国家出版基金项目
NATIONAL PUBLICATION FOUNDATION

阿拉伯文学史

（第四卷）

仲跻昆 著

北京大学出版社
PEKING UNIVERSITY PRESS

图书在版编目（CIP）数据

阿拉伯文学史.第四卷 / 仲跻昆著.—北京：北京大学出版社，2020.6
ISBN 978-7-301-27090-5

Ⅰ.①阿…　Ⅱ.①仲…　Ⅲ.①文学史—阿拉伯半岛地区　Ⅳ.① I371.09

中国版本图书馆 CIP 数据核字 (2020) 第 087465 号

书　　名	阿拉伯文学史（第四卷） ALABO WENXUE SHI（DI-SI JUAN）
著作责任者	仲跻昆　著
责任编辑	严　悦
标准书号	ISBN 978-7-301-27090-5
出版发行	北京大学出版社
地　　址	北京市海淀区成府路 205 号　100871
网　　址	http://www.pup.cn　　新浪微博：@ 北京大学出版社
电子信箱	pkupress_yan@qq.com
电　　话	邮购部 010-62752015　发行部 010-62750672　编辑部 010-62754382
印 刷 者	北京虎彩文化传播有限公司
经 销 者	新华书店
	720 毫米 ×1020 毫米　16 开本　20 印张　330 千字
	2020 年 6 月第 1 版　2020 年 6 月第 1 次印刷
定　　价	78.00 元

目录

第九编 尼罗河流域阿拉伯文学

第一章 埃及现代文学(上)…… 3

第一节 历史与文化背景 …… 3

第二节 诗歌概述 …… 7

第三节 巴鲁迪 …… 10

第四节 邵基 …… 16

第五节 哈菲兹·易卜拉欣 …… 20

第六节 “笛旺诗社” …… 24

第七节 “阿波罗诗社” …… 27

第八节 新诗——自由体诗 …… 32

第二章 埃及现代文学(下)…… 36

第一节 散文及其先驱 …… 36

第二节 现代小说的发轫 …… 43

第三节 现当代小说概述 …… 47

第四节 “六十年代辈”作家 …… 61

第五节 迈哈穆德·台木尔 …… 70

第六节 塔哈·侯赛因 …… 73

第七节 陶菲格·哈基姆……78
第八节 舍尔卡维和尤素福·伊德里斯……85
第九节 纳吉布·马哈福兹……89
第三章 苏丹现代文学……97
第一节 历史与文化背景……97
第二节 诗歌……100
第三节 法图里……106
第四节 短篇小说……107
第五节 中长篇小说……115
第六节 塔伊布·萨利赫……119

第十编 马格里布地区阿拉伯文学

第一章 阿尔及利亚近现代文学……123
第一节 历史与文化背景……123
第二节 近代文学……125
第三节 伊本·巴迪斯……127
第四节 穆罕默德·伊德、宰克里亚及其他诗人……129
第五节 小说的发轫与先驱里达·胡胡……132
第六节 本·海杜盖、瓦塔尔及其他著名作家……135
第七节 迪布与法语文学……139
第二章 摩洛哥现代文学……140
第一节 历史与文化背景……140
第二节 诗歌……141
第三节 散文与小说……149
第三章 突尼斯近现代文学……156
第一节 历史与文化背景……156
第二节 近代文学……159
第三节 哈兹纳达尔与穆斯塔法·阿加……163

第四节 塔希尔·哈达德与沙比 …… 165
第五节 其他诗人 …… 169
第六节 现代小说先驱阿里·杜阿吉 …… 170
第七节 迈哈穆德·迈斯阿迪 …… 174
第八节 其他小说家 …… 175
第四章 利比亚现当代文学 …… 181
第一节 历史与文化背景 …… 181
第二节 诗歌 …… 184
第三节 小说 …… 191
附录 1 人名索引 …… 201
附录 2 作品、报刊名索引 …… 234
附录 3 部分中文参考书目 …… 296
附录 4 部分阿拉伯文参考书目 …… 302
附录 5 古代阿拉伯主要王朝世系表 …… 310

第九编

尼罗河流域阿拉伯文学

第一章　埃及现代文学（上）

第一节　历史与文化背景

埃及自1517年后，一直处于奥斯曼帝国统治下。1798年拿破仑率法国军队入侵埃及，拉开了埃及近现代史的序幕，也为埃及近现代文学的复兴运动吹响了前奏曲。

1805年，阿尔巴尼亚籍军官穆罕默德·阿里（محمد علي，Muḥammad ‘Alī 1769—1849）利用人民的力量，夺得了埃及的政权，迫使奥斯曼帝国素丹承认他为埃及总督（1805—1849）。穆罕默德·阿里力图把埃及变成一个独立的强国，为此，他对内一方面严加统治和盘剥，另一方面也实施了一系列有利于资本主义的改革；对外则进行扩张侵略，并吞了苏丹，并与奥斯曼帝国抗争，曾一度占领过叙利亚、黎巴嫩和巴勒斯坦等地。

但对埃及觊觎已久的英国趁机插手干预，并通过1838年的"英土商务协定"，将埃及变成他们的工业品推销市场和原料供应地。1859—1869年苏伊士运河的开凿，进一步把西方列强的资本引进埃及，不啻给埃及插上了一支吸血的针头。

统治者的穷奢极欲和外债债台高筑，使埃及被迫于1876年4月宣布财政破产，英、法两国趁机通过被称为“欧洲内阁”的傀儡政府，进一步在政治上控制了埃及，在经济上则进行更加残酷的剥削。

处于殖民主义和封建主义双重压迫和剥削下的埃及人民不堪忍受屈辱、压迫，不堪忍受饥寒交迫而不断进行反抗斗争。1879 年 1 月，埃及出现了第一个以爱国军官和知识分子为骨干，以奥拉比、穆罕默德·阿布笃和巴鲁迪为首的资产阶级政党——“祖国党”。1881 年，奥拉比领导军队起义；1882 年“祖国党”人组成以巴鲁迪为首相、以奥拉比为陆军部长的新政府。新政府受到广大人民的欢迎和拥护，但却被英、法帝国主义视为眼中钉。同年，英军侵埃，遭到奥拉比领导的埃及军民奋力抵抗，但由于敌人内外勾结，埃及终于被英国占领。

20 世纪初，埃及的民族独立运动进入一个新高潮。1906 年，发生了著名的“丹沙微事件”：英军横行乡里，农民被任意宰割，激起人民更强烈的反英斗争。同时，在外国资本和本国封建势力的双重统治下，新兴的埃及资产阶级自 19 世纪末 20 世纪初，发动了一场资产阶级的改良主义运动。1907 年，组建了以穆斯塔法·卡米勒为首的民族党。

在第一次世界大战期间，英国宣布埃及为其保护国，把埃及变为其重要的军事基地，而对埃及人民实行残酷的军事管制和无情的掠夺，使他们饱尝了战争的苦难。

第一次世界大战后，英国拒不履行大战结束后埃及即可获得独立的诺言，继续在埃及实行军事统治。无情的掠夺、野蛮的统治，引起埃及人民对英帝国主义的强烈仇恨，终于在 1919 年爆发了扎格鲁勒领导的全民反英斗争，一场民族革命的大风暴。

1922 年 2 月，英国在强大的埃及民族独立运动的压力下，被迫承认埃及在名义上是独立王国。1936 年，英国诱迫埃及签订了不平等的《英埃二十年同盟条约》，使埃及实际上沦为英国的殖民地，并用法律形式把埃及的这种地位固定下来，从而遭到埃及人民强烈反对，掀起了一次又一次反对英帝国主义及其走狗的斗争。

1952 年 7 月 23 日，以纳赛尔为首的自由军官组织推翻了法鲁克王朝。1953 年 6 月 18 日，废除君主制，宣布成立埃及共和国。1956 年 7 月将苏伊士运河收归国有；同年10月，英、法、以三国发动侵埃战争，以失败告终。1958年，埃及与叙利亚合并成立阿拉伯联合共和国，1961年解体。此后10年中，纳赛尔采取了一系列比较激进的对内对外政策。1967年，阿拉伯与以色列之间爆发了第三次中东战争，以色列占领了西奈半岛。1970年纳赛尔逝世后，埃及当局清除了“权力中心”的影响，逐渐放宽了各种限制。1973年，埃、叙曾联合向以色列发动进攻，是为第四次中东战争。后经联合国调停和美国斡旋，埃以会谈，达成和解协议。

埃及的近现代文学，正是在这一背景下产生、发展起来，又反过来，推动与反映这一历史进程的。

法军侵埃（1798—1801）的同时，拿破仑还带去了一批学者，他们在埃及成立学会，对埃及各方面进行研究，并在埃及建立实验室、图书馆、印刷厂等，使埃及人民首次接触到西方文明，注意到西方科学的进步。穆罕默德·阿里掌权后，竭力主张学习西方科学技术，一方面向西方派了大量留学生，另一方面也创办了一些军事、技术学校，聘请了不少西方学者在埃及执教讲学，从而为埃及接触与传播西方文化打通了渠道。伊斯梅尔（إسماعيل باشا，Ismā‘īl Bāshā 1830—1895，1863—1879在位）上台后，进一步向西方开放，建立了歌剧院、王家图书馆，建立了许多中小学，并成立了女子学校。同时，许多在黎巴嫩、叙利亚遭受迫害的知识分子又纷纷逃至埃及定居，从而使埃及在阿拉伯近现代文学复兴运动中处于领先地位。

所谓阿拉伯文学的复兴运动，是针对近古时期（13—18世纪）阿拉伯文学的中衰而言的。这一运动始于19世纪下半叶，而上半叶则是处于孕育、准备阶段。

埃及的近现代文学复兴运动，实际上，是埃及—阿拉伯民族文化与西方外来文化相互撞击、融合，使本民族文学在传承、弘扬自身的传统文化，引入、借鉴外来文化的基础上，进行创新、发展的过程。这一运动实质上是与当时资产阶级改良运动相辅相成的文化启蒙运动；也是在西方文化影响和民族意识觉醒的情况下，文学走上现代化的运动。

现代印刷技术的引进，报刊和其他传播媒介的出现和发展，学校、图书馆和各种学会的建立，西方国家东方学者们的研究及参与，这一切都为埃及—阿拉伯近现代文学复兴运动的产生与发展创造了有利条件。特别是随着民族解放运动的发展，报刊作用日显重要，成为引进、传播先进思想和科学知识的主要媒介，也为各类文学作品，特别是杂文、散文和诗歌提供了广阔的园地。

埃及近现代文学复兴运动的先声是始于19世纪初的翻译运动。但最初的翻译仅限于军事、医学、理工等自然学科领域，随后才是对包括文学在内的各种人文科学的翻译。翻译队伍主要由两部分组成：一部分是从西方学成归国的留学生，另一部分则是来自黎巴嫩、叙利亚地区毕业于基督教教会学校的学者。

翻译运动的先驱和代表人物是雷法阿·塔赫塔维。他生于上埃及塔赫塔市一个贫苦家庭中，于开罗爱资哈尔大学毕业后，1826年被委任为埃及首批赴法留学生团团长。1834年学成回国后，先在技术学校任翻译，后任语言学校校长、翻译局局长、军校校长等职。并曾办过《园地》《埃及时事》等报刊。雷法阿·塔赫塔维在文学方面翻译了法国古典主义作家费纳隆的名著《忒勒马科斯历险记》，也译过包括《马赛曲》在内的一些法国诗歌。

雷法阿·塔赫塔维的学生欧斯曼·杰拉勒则翻译了莫里哀的《达尔杜弗》（即《伪君子》）《丈夫学堂》《太太学堂》《女学者》等喜剧，拉辛的《爱丝台尔》《亚历山大大帝》等悲剧，拉封丹的《寓言诗》，贝纳丹·德·圣皮埃尔的小说《保尔和薇吉妮》等。为了使译作更易为人们接受，很多人在翻译过程中将西方的作品阿拉伯化或埃及化，即将作品的地名、人名、环境、习俗改成阿拉伯或埃及的。

还有的人精于阿拉伯文，但不懂外文，则求助他人初译，再进行加工、改写。其中最著名的是曼法鲁蒂。他虽不懂外文，却译过许多法国浪漫主义小说，如他将贝纳丹·德·圣皮埃尔的《保尔和薇吉妮》译成《美德》，罗斯丹的喜剧《西哈诺·德·贝热拉克》被他改写成小说《诗人》，小仲马的《茶花女》被改译成《牺牲》，阿尔方斯·卡尔的《在椴树下》被改译成《玛姬杜琳》。许多并非名家名著的作品，经他改译后，竟风靡一时，读者争相阅读。这一方面是由于曼法鲁蒂文笔流畅，文字典雅；另一方面也是由于当时长期处于封建封闭状态的埃及青年一代非常渴望了解国外世界，向往个性解放、人格独立和自由、平等、博爱的外部世界。

近现代的翻译运动的影响和作用，可与阿拔斯朝初期的翻译运动相比。没有这一翻译运动就没有阿拉伯近现代文学的复兴。因为它使阿拉伯人民更清楚地了解与认识了西方文化和文学；通过翻译，引进了各种新的文学体裁（如小说、戏剧、杂文等）和新的文学流派（如古典主义、浪漫主义、现实主义等）；通过翻译，使古老的阿拉伯语重新焕发了青春和活力：引进或确立了许多术语，从而丰富了阿拉伯语的词汇，提高了它的表达能力；同时，通过翻译，也使人们意识到，不能沿袭近古以来那种僵死的华而不实的“八股”文风，从而使文学的形式、内容都发生了明显的变化。

第二节　诗歌概述

埃及诗坛在奥斯曼帝国统治下，直至19世纪上半叶，一直处于万马齐喑的局面。诗人多是拾古人牙慧，蹈袭、模仿成风；题材狭窄琐细，内容庸俗浅薄；作诗成了玩弄辞藻堆砌或炫示雕虫小技的文字游戏。

19世纪下半叶起，那种空洞无物、矫揉造作、脱离人民和现实的诗歌，开始受到人们的唾弃。许多诗人决心起来打破这种陈腐的框子。这是因为在这一时期，他们接触了外国文学；同时，由于各种古诗集的出版，他们也开始了解到真正的阿拉伯传统诗歌——贾希利叶时期、伊斯兰时期，特别是阿拔斯朝时期的诗歌与他们当时时尚的诗歌是多么不同；新思想的传入，民族主义的勃兴，以及严酷的现实生活，也使很多诗人感到不能再躲在象牙塔里无病呻吟了，于是诗坛开始复兴。

诗歌最初的复兴实际上是一种复古，即挣脱羁绊，力挽颓波，使诗歌恢复到阿拉伯古代，特别是阿拔斯朝初期的风格：晓畅达意、朴实凝练而又能忠实地反映社会生活和时代精神。这一派诗人被称为“新古典派”，亦称为“复兴派”“传统派”。

这一流派的主要特点是：在表现形式上严格地遵循古典诗歌的格律，讲究词语典雅——语言美，音韵和谐——音乐美。而在内容上，则极力反映时代脉搏、政治风云、社会情态和民间疾苦。其先驱和代表人物是巴鲁迪（见本章第三节）。

巴鲁迪不仅是在埃及，也是在阿拉伯近现代诗坛上承上启下，开一代诗歌之新风的先驱者。所谓承上，是指他继承了阿拔斯朝及其以前阿拉伯诗歌的古风，使诗歌抒发个人的情感，也反映国家、民族的痛苦、愿望和时代精神。所谓启下，是指他对后世诗人影响很大。在埃及近现代诗坛上受其影响者就有伊斯梅尔·萨布里、邵基、哈菲兹·易卜拉欣等。

伊斯梅尔·萨布里曾赴法国留学，攻读法律，于1877年毕业。归国后曾任检察官、亚历山大市市长、司法部次长等职。1908年退休后，其家成为诗人、文学家聚会的沙龙，他亦被认为是当时诗人的领袖。他受法国浪漫派诗人的影响，诗多以爱情、友谊、生死等为主题，亦常歌颂祖国光荣的过去与山川的秀丽，诗中常含有格言、警句。值得提及的是，萨布里也是一位爱国的民族主义者，他与新祖国党领袖穆斯塔法·卡米勒交往甚笃。当年他虽任高官显爵，却从不去登门拜访英国总督，认为那样做是奇耻大辱，他在诗中写道：

对于自由人，一片面包
　　加上盐和尊严，
胜于珍馐美馔、
　　蜜糖加上责难。

其诗虽沿用传统的格律形式，但写得轻柔、细腻，和谐悦耳，常配乐供人传唱，有埃及的“布赫图里”之称。

新古典派或复兴派诗歌，在第一次世界大战后，在邵基（见本章第四节）、哈菲兹·易卜拉欣（见第五节）手中得到发扬光大，盛极一时。邵基被认为是这一派的代表诗人，被推崇为“诗王”。哈菲兹·易卜拉欣的诗歌在很大程度上反映了埃及人民的疾苦，表达了人民的呼声。因此，他被称为“尼罗河诗人”。

与邵基和哈菲兹·易卜拉欣同时代及其后代表新古典派著名的诗人还有艾哈迈德·穆哈莱姆、阿里·加里姆、阿齐兹·阿巴扎、阿里·俊迪等。

随着时代的发展，政治风云、社会情态、思想意识的变化，随着阿拉伯诗人大量接触西方特别是英、法浪漫主义诗人的作品并深受其影响，一些诗人认为新古典派诗人所遵循的诗歌传统模式，无论思想内容还是所用语言、表现形式，对创作都是一种束缚。他们强调创作自由，强调诗歌创作的主观性。他们由于对现实强烈不满，把精神生活看作是同鄙俗的物质实践活动相对抗的唯一崇高价值，因而主张在反映客观现实方面应侧重从主观内心世界出发，描述对外界和大自然景物的内心反应和感受；抒发对理想世界的热烈追求；认为诗是强烈情感的自然流露，诗歌是想象和激情的语言。于是，在埃及诗坛出现了浪漫主义。其实，早在20世纪初叶，在旅居埃及的黎巴嫩诗人、被称为“两国诗人”的穆特朗的作品中，浪漫主义倾向已初露端倪；此后出现的“笛旺诗社”和“阿波罗诗社”更使浪漫主义在埃及现代诗坛形成一股强大的势力。

“笛旺诗社”兴起于第一次世界大战前后。其成员是阿卜杜·拉赫曼·舒克里、易卜拉欣·马齐尼和阿卡德。他们主张诗歌无论是内容还是形式都不应因循守旧，蹈常袭故，而应有所创新。（见本章第六节）

“阿波罗诗社”成立于1932年。诗社首推诗王邵基为主席。邵基于当年死后，“两国诗人”穆特朗继任主席，艾布·沙迪任秘书。诗社同时出版《阿波罗》杂志，由艾布·沙迪任主编。诗社和诗刊的宗旨虽都明确指出，对于各种诗歌和各个流派兼容并蓄，一视同仁，但诗社的主要成员和主要倾向还是属于浪漫主义的。（见本章第七节）

创新的浪漫主义派诗歌盛行于两次世界大战之间，特别是在20世纪三四十年代达到鼎盛。第二次世界大战后，20世纪50年代初，埃及诗坛开始兴起新诗——自由体诗。

埃及新诗——自由体诗的主将与代表诗人是萨拉赫·阿卜杜·萨布尔。

此外，著名的自由体诗人还有穆罕默德·艾布·辛奈、艾哈迈德·希贾齐、迈勒·冬古勒等。

新诗——自由体诗的出现曾引起当年竭力主张诗歌创新的阿卡德等人的批评，认为不讲究韵律使诗歌失去了传统的音乐美。但实际上，正如这位诗人对邵基和哈菲兹·易卜拉欣等新古典—复兴派诗歌的批评有些片面、过激一样，他们对新诗——自由体诗的批评也不免失之偏颇。

当代埃及的诗坛是传统的格律诗形式与新的自由体诗并存，现实主义、浪漫主义和现代主义各种流派争芳斗艳，各呈异彩。但从整体看来，现当代诗歌的发展变化远不及小说、戏剧的发展变化那么快，那么大。

第三节　巴鲁迪

巴鲁迪生于开罗，是曾在马木鲁克王朝掌权的塞加西亚人的后裔。其父曾任炮兵司令，后被穆罕默德·阿里任命为苏丹北方省的省长，死在任上。其时，诗人年仅 7 岁。他 12 岁时入军校，1854 年毕业。他的舅父是一位名诗人，且有一个藏书颇为丰富的图书馆，巴鲁迪曾在诗中写道：

我与诗歌本有亲缘，
写诗岂用外人指点；
我的舅父易卜拉欣
就曾驰名整个诗坛。

舅父的影响使巴鲁迪很早就与诗歌结缘；舅父的图书馆使他涉猎到阿拔斯朝及以前的阿拉伯古诗的精华。后来，他又去了伊斯坦布尔，在奥斯曼帝国外交部工作。在那里，他除了阅读和研究大量阿拉伯古典文学作品外，还学会了土耳其语和波斯语，进而研究了土耳其文学和波斯文学，并能用这两种语言作诗。1863 年，他受到当时正在伊斯坦布尔访问的埃及总督伊斯梅尔的赏识，归国后，平步青云于军界、政界，曾出访英国、法国，参加过对克里特岛的战争（1866）和俄土战争（1877）。战后归国曾任埃及东方省省长和开罗市市长，后又任圣战部大臣和总理大臣，并为埃及民族主义政党——“祖国党”领导成员之一。

1882 年，随奥拉比领导埃及人民进行反英斗争。起义失败后，他被流放到锡兰岛达 17 年，至 1900 年方获释归国。其间，除写诗外，他还学会了英语。晚年，他虽双目失明，但仍坚持创作，并整理、选编古诗。死后出版了《巴鲁迪诗集》2 卷（1940）和《巴鲁迪选古诗集》4 卷，后者选有 30 位阿拔斯朝诗人的作品。

巴鲁迪曾在其诗集“前言”中对诗及其作用做过这样的论述：诗歌是一道想

象的光亮，闪耀在思想的天庭，它的光线射向心田，于是心中涌出光明的河流，而与舌头相连，从而吐露出种种哲理、智慧，使黑暗变成光明，为行人指引路程。最好的话语是词句和谐，内容丰富，通俗易懂，内涵深邃，而不矫揉造作，无病呻吟，也不艰深难解。这是好诗的特点。诗人在其诗作中，正是身体力行这一观点的。

其诗在形式上，遵循古诗严谨的格律，继承了古诗凝练、朴实的风格；内容上却体现了时代精神、民族感情，反映了个人与祖国兴衰、荣辱与共的命运和坎坷曲折的道路。他在作诗和做人方面，都不趋时媚俗，而有其鲜明的个性。他在诗中写道：

我从不因为畏惧，
而对丑恶养奸姑息，
因为容忍丑恶
与虚伪有何差异？
我的心灵是自由的，
不肯行事卑鄙，
我的心充满自信，
我的宝剑锋利无比。

其诗歌题旨虽和古诗题旨相似，但他很少写颂诗去为腐败的统治者歌功颂德。相反，他不顾封建统治者对自己的赏识和自己既得的荣华富贵，敢于针砭时弊，如他在描述伊斯梅尔时代的黑暗时写道：

埃及早已不似当年，
全国都在动荡不安。
农民因暴虐疏于耕田，
商人怕破产拼命赚钱。
到处都令人心惊胆战，
即使夜里都无法安眠……

他还在另一首诗中抨击土耳其人的统治：

最令人致命的病
　　是亲眼看到暴君暴行，
却在大会小会上
　　听人为他颂德歌功……

他像阿拔斯朝大诗人穆太奈比，擅长写矜夸诗，如在一首诗中写道：

不论是平日还是危难时，
都会听到我的声音，我的话语。
在文坛，我是诗人，
在战场，我是骑士。
我一旦骑上战马，
就是宰德[①]在奔驰；
我一旦开口发言，
就是伊雅德的古斯[②]……

而在另一首诗中，他不无骄傲地写道：

我手中有只笔，一旦我动起，
人们干渴的头脑会畅饮春雨；
千军万马要在它面前退去，
炸弹、刀枪也难与它匹敌。
它如果在纸上鸣唱，
一切管弦都要对它拜倒在地；
它一旦骑上手指前去突袭，
一切良马快驹都会俯首，自愧不如。

---

① 宰德（？—629）是先知穆罕默德的义子，以勇敢善战著称，曾多次参加伊斯兰教初期圣战。
② 古斯（？—600）是伊雅德部落人，奉基督教，为伊斯兰教前著名演说家，以口才雄辩著称。

我跨上战马，一切勇士都成了懦夫；
我如果开口，一切话语都不值一提。
我可以信口开河而出口成章，
诗歌会为我的话语骄傲无比……

同时他也善于描状。他写战马，写利剑，写他多次参加的战斗，还在诗中歌颂祖国的自然风光和祖先光荣的业绩。作为一个埃及人，他有强烈的民族自豪感，为祖国悠久的历史和祖先创立的丰功伟绩感到无比的骄傲，希望重现和恢复昔日的荣光。如他在一首题为《金字塔与狮身人面像》的诗中，就满怀豪情地吟道：

请向辽阔的吉萨[①]将金字塔探悉！
也许你会知道你不曾知道的奥秘。
那些建筑曾抵御过时光的侵袭，
它们战胜了时光，这真是奇迹。
经历了多少风雨沧桑，它们傲然屹立，
在天地间证明建筑者的丰功伟绩。
世上有多少民族、多少朝代如风云流逝，
它们却存在世上，成为奇迹，引人深思。
自古有多少作品将它们颂扬，
它们是永世述说不完的传奇。
那里有多少密码，你若能破译，
世上万物的一切你皆可洞悉。
世上没有什么建筑或是东西，
深究起来可以与它们相比。
巴比伦的殿堂没有它们壮丽，
古波斯的宫殿也难与之匹敌。
它们好像巨大、丰满的乳房，

① 埃及城市，吉萨省首府。在尼罗河下游左岸，同开罗隔河相望。是金字塔和狮身人面像的所在地。

从尼罗河汲取乳汁滋润大地。
在它们之间是狮身人面像，
威严地昂首趴伏在那里。
它那深情的目光注视着东方，
好像是在盼望黎明的曙光升起。
在这里有多少学问，多少奥秘，
证明人类的能力真是天下无比。
它们好像是根深叶茂的参天大树，
能将天上的星辰和雄鹰托起。

但他写得最好的诗篇是在奥拉比起义中鼓动人民起来反对殖民主义，和本国卖国贼进行斗争的作品：

同胞们，起来！生命就是时机，
世上有千条道路，万种利益。
我真想问真主：你们如此众多，
却为什么要忍辱受屈？
真主的恩德在大地如此广布，
你们却为何要在屈辱中苟活下去？
我看一颗颗脑袋好像熟透了的瓜，
却不知锋利的刀剑操在谁手里。
你们要么俯首帖耳任人宰割，
要么起来斗争，不受人欺！

而在流放锡兰期间的作品，则表达了诗人的内心痛苦、孤寂、幽怨和对祖国、亲人的怀念与眷恋。如他在一首题为《在锡兰岛上》的诗中，针对自己为了祖国、民族的利益，不惜放弃了既得的高官厚禄，与人民站在一起，投身于革命中，结果却遭到被捕、抄家、流放的悲剧性的命运，不禁悲愤地呼喊道：

我的遭际真是千古奇冤，

我的遭遇确是万分荒唐。
我本没有犯下什么过错，
凭什么夺我财产，将我流放？
难道护教卫国也是罪过，
竟让我含冤受屈背井离乡？

但诗人并没有向命运低头而垂头丧气，他接着高傲地表白：

我并不在意灾难夺去的一切，
因为我所富有的是无上荣光。
贫苦无损于一颗崇高的心灵，
财富不能让碌碌无为者把名扬。
真理面前我从不畏缩却步，
恼怒也不会影响我的品德高尚。

只是他在被流放的异国他乡一时一刻也不能忘怀美丽可爱而又苦难深重的祖国。在一首题为《思乡》的诗中，他满怀深情地写道：

何不随我到尼罗河边去？
那里有枣椰林，硕果满枝。
那里充满了情，充满了爱，
充满了希望，一派生机。
多少心灵都对她熟知，
思念的痛苦化为声声叹息。
她会引起快乐、欢愉，
把一切烦恼从心中抹去。

他在流放期间得知妻子逝世的噩耗使他痛苦万分，曾以深沉的情感为她写下多首悼亡诗，这些诗大多凄婉感人，催人泪下。如他在一首诗中写道：

啊，老天！为什么让我遭难丧妻？

须知：她是我的一切，是我的命根子。
你若不能怜悯我因失去她而垮下来，
难道就不可怜我的孩子会悲伤无比？
让悲伤的人挺得住，这真是强人所难，
因为他毕竟不是草木，亦非铁石。
痛失你之后，还让我镇定自若，
或让我安然入睡，这谈何容易！

总之，巴鲁迪不仅是埃及，也是整个阿拉伯世界近现代诗坛复兴的先驱。他一扫近世阿拉伯诗坛那种脱离现实、玩弄辞藻、无病呻吟的颓废之风，而使诗歌与现实政治、社会生活密切结合起来，成为现实的镜子、时代的号角、战斗的檄文，从而使阿拉伯诗歌获得了新生。他的影响是极其深远的，因为作为阿拉伯诗歌复兴运动的先驱和新古典派的创始人，他不仅推动了埃及诗歌的发展，也推动了整个阿拉伯近现代诗歌的发展。

第四节 邵基

邵基是“复兴派”或“新古典派”的代表诗人，这一流派的诗歌在其手中达到登峰造极的程度。他生于开罗一富贵之家，家族混有阿拉伯、库尔德、塞加西亚、土耳其、希腊血统。诗人1878年毕业于开罗法律学院翻译系后，被选派赴法留学，曾先后在蒙彼利埃大学和巴黎大学进修法律。其间曾大量阅读西方名家名著，深受影响。1892年回国后，曾在宫中任职，并写诗为王室和奥斯曼土耳其帝国歌功颂德，受到宠幸，成为宫廷诗人。如他29岁时在希土战争（1897）中写的一首题为《战争的回响》的名诗中，就歌颂土耳其素丹道：

靠你的宝剑，真理就会战无不胜，
你打到哪里，真主的宗教就会被尊奉。

宝剑在人间就是王权的象征，
惟有征服者才能发号施令。
宝剑不寐，国家的灾难就会沉睡，
宝剑沉睡，灾难就会纷纷苏醒……

他曾在 1894 年代表埃及赴日内瓦参加“东方学者”代表大会，在会上朗诵了他的长诗《尼罗河谷大事记》，追述了埃及光辉历史上许多重大的事件。诗中指出：

要珍惜历史，对它的篇章
要敬若天启经书一样。
翻翻《新约》，看看伊斯兰教，
你会发现历史很有分量。
你要永垂不朽、万世流芳，
就会发现，永恒是历史的一章。
忘掉自己历史的人们，
就像弃儿，无法将自己的宗谱标榜……

邵基一直追随阿巴斯二世（عبّاس حلمي الثاني，‘Abbās Ḥilmī Ⅱ 1874—1914，1892—1914 在位），直至第一次世界大战爆发，英国废黜了阿巴斯二世，邵基也随之被逐出王宫，流放至西班牙的巴塞罗那。在宫廷期间，邵基的诗歌，主要内容是为伊斯兰教、为奥斯曼帝国、为埃及王室、为埃及的光辉历史唱赞歌。至于对英国人的态度，作为御用诗人，他则往往是看当时王室眼色行事：王室与英国人相互勾结时，他往往一声不哼，王室与英国有矛盾，或诗人感到自身安全不会受到威胁时，他也会在诗中指责英国殖民主义者。如 1907 年，当臭名昭著的英国驻埃及总督克罗米尔离任返国时，邵基曾写诗道：

你滚蛋了，全国都谢天谢地，
你好似祸根，是沉疴痼疾。
你警告我们：情况不会改变，

我们要永远受屈辱，遭奴役。
你以为真主竟不如你有能力，
不会改天换地，使星转斗移？

邵基1919年自流放地西班牙归国后，其诗歌创作倾向发生了明显的变化，进入了一个新阶段。这时，他已渐置身于广大人民群众为争取民族解放而斗争的潮流中，写诗号召埃及人民继承并发扬祖先的光荣传统，跟上时代的步伐，振兴祖国，诗中充满爱国主义的精神。如1922年针对英国宣布埃及名义上独立的骗局，诗人写道：

埃及从声明中得到的只是
铁锁链换成了金锁链。
拿起刀枪，尼罗河青年！
重新投入这场长期的圣战！

同时，他站在阿拉伯全民族的立场上，以民族事业为己任，对阿拉伯各国人民的反帝斗争都写诗表示支持与同情，认为阿拉伯民族是一个整体，同仇敌忾，同舟共济。如在1927年面对来自阿拉伯各国的代表，诗人曾吟道：

真主使我们同病相怜，
同样的遭遇，同样的悲惨。
每当伊拉克受伤发出呻吟，
东边的阿曼也同样会有痛感。
我们与你们都身戴锁链，
如同雄狮挣扎在铁笼间。
我们在这世界上同样贫困，
又同样地热爱自己的家园……

经过磨难，邵基不再像初期那样，作为一个宫廷诗人只为王公贵族歌功颂德，而是关心人民的疾苦。诗歌的题材也涉及当时的重要社会问题。如他曾在诗中歌颂劳动者：

劳动者！你们终年
都在苦干、奉献，
使大地充满生机盎然，
若非你们，大地将是荒芜一片。

他还在诗中揭露、谴责当时社会种种不公正、不合理的现象。如在一首诗中，他抨击社会上那种老夫少妻的买卖婚姻时写道：

金钱将一切不合法的都变成合法的，
甚至糟老头子也可以娶童贞少女。
那姑娘并不是嫁人为妻，
只是青春与美貌被金钱买去。

邵基晚年曾致力于将诗剧这一形式引进阿拉伯文坛。在阿拉伯文学史上，他虽不是最早创作诗剧的人①，却是在这方面最有成绩、最有影响的先驱者。

他曾用诗体创作过5部悲剧：《克里奥帕特拉之死》《莱伊拉的情痴》《冈比西斯》《安塔拉》《大阿里贝克》。其实，远在1893年，他留学法国时就受法国古典主义作家，特别是高乃依的影响，尝试写过诗剧《大阿里贝克》，但并不成功，于是在晚年，他又重新改写了这一剧本。除诗体外，他还用散文写过另一部历史悲剧《安达卢西亚公主》。此外，他还用诗体写过一部讽刺喜剧《胡达太太》。

《克里奥帕特拉之死》《冈比西斯》和《大阿里贝克》三部悲剧，是作者站在埃及民族主义立场上，借诗剧表达埃及人民的爱国主义情感。其中创作于1927年的《克里奥帕特拉之死》被认为是作者最好的一部诗剧，作品取材于古埃及女王克里奥帕特拉（前69—前30）与罗马帝国侵略者进行斗争，最后失败自杀的悲剧。

西方史学家、文学家历来都是将克里奥帕特拉描绘成一个淫荡不忠的艳后，

① 阿拉伯最早的诗剧为黎巴嫩文学家赫利勒·雅兹吉（خليل اليازجي，Khalīl al-Yāzijī，1856—1889）于1876年创作的《义与信》。

但邵基却基于民族自尊心和爱国主义精神，一反这种诋毁和丑化，将克里奥帕特拉塑造成一个聪明、美丽、有雄才大略，有强烈的爱国热忱和民族自尊心，又富有人情味的完美的女王形象：她以情折服罗马统帅安东尼后，试图让安东尼与前来讨逆的罗马新执政官屋大维在亚克兴角的海面火拼。安东尼初胜，后败，又误信克里奥帕特拉已死，而殉情自杀。女王被俘后，不甘屈辱，遂纵蛇咬伤自身，中毒而死，最后通过祭司之口向侵略者发出警告："不错，你们战胜了埃及，然而，也为罗马掘开了坟墓！"

《莱伊拉的情痴》《安塔拉》和《安达卢西亚公主》三部剧表达了诗人的阿拉伯民族主义情感和伊斯兰宗教情感。而《胡达太太》这部喜剧，则用诙谐、调侃的笔调，通过一个富有的女人让男人们垂涎三尺而相互钩心斗角、争夺不休的故事，讥讽了 19 世纪末埃及社会的种种不良风气。

不难看出，邵基的诗剧同他后期的诗篇一样，都较密切地贴近国家、民族的政治和社会生活。

邵基逝世于 1932 年。遗有诗集四卷。其诗语言凝练、优美、典雅，富于感情和想象，尤工于音律，宜于入乐，为歌唱家和听众所喜爱。诗人因其诗歌成就突出，于 1927 年被阿拉伯诗界尊为"诗王"。

第五节　哈菲兹·易卜拉欣

哈菲兹·易卜拉欣被誉为"尼罗河诗人"。他生于上埃及戴鲁特市一个水利工程师的家庭中，早年丧父，由在开罗的舅父抚养成人。1891 年于开罗军事学校毕业后，曾先后在陆军部、内务部工作，后被派往苏丹服役，因参加军队哗变，受过审判，被迫退役，长期赋闲。1911 年任埃及国家图书馆文学部主任，后升任副馆长。

哈菲兹·易卜拉欣早在中学时期，已经显示出他对文学，特别是对诗歌的热爱，他尤爱读巴鲁迪的作品。他长期生活在群众中，又同一些著名的民族主义政治家和社会改革家（如穆罕默德·阿布笃、穆斯塔法·卡米勒等）保持广泛的接触，从而受到影响，其诗能体现时代的脉搏，传达人民的呼声，洋溢着强烈的民族主义和爱国主义的精神；虽在形式上沿用古诗的传统模式，内容却像一面镜子，清楚地反映了当时的政治风云、社会情态和人民的疾苦。如1904年，当英、法达成分赃协议，双方对法国侵略摩洛哥、英国侵略埃及之事，相互不予干涉，而埃及也对此表示沉默时，诗人曾悲愤地疾呼：

埃及呀！你不是一个美好的国家，
不是文人墨客的家园！
埃及呀！你有多少作家
不再写作，把笔抛在一边。
别怪我如此沉默，
我对你实在是不满。
在人家相互媾和的日子，
你沉寂、嬉戏，岂能令我赞叹！
曾有多少人为失去权利怒不可遏，
我们却无动于衷，毫无怨言。
青年们！侵略者真在埃及动手了，
你们可不能视同儿戏一般！

在1906年著名的丹沙微事件中，英国占领军夏日到埃及农村猎鸽，与农民发生纠纷，英军军人中暑而死，却将无辜的农民逮捕，并判以绞刑、鞭笞、监禁。诗人得知这一惨案后，不禁愤怒、痛苦地对英国殖民主义者讽刺道：

不必那么多军队，你们尽可睡得安详，
可走遍各地，寻求你们打猎的对象！
如果你们找不到鸽子，
那就尽管朝人们开枪。
我们同鹁鸽完全一样，
项圈始终都套在脖子上……

哈菲兹·易卜拉欣的诗虽在艺术上不及邵基，但诗中表现出反对帝国主义、殖民主义的民族主义、爱国主义精神则比邵基有过之而无不及，显得更加激烈、率直。

他曾于1918年创作一首长达187个拜特的长篇史诗《欧麦尔颂》。全诗概述了伊斯兰第二任哈里发欧麦尔的生平，赞扬了欧麦尔对内如何守正不阿、廉洁无私、克己奉公、疾恶如仇、除暴安良；对外如何身先士卒、南征北战，大败波斯、罗马。作者在长诗的最后指出，他写这首诗的目的就是要借古喻今，希望这一史实能供人们引以为鉴。当时埃及正处于帝国主义与本国封建势力相互勾结的黑暗统治下，诗人正是要借伊斯兰历史上理想的领袖创建的丰功伟绩激发人民的民族热情，对他们当时的境遇进行反思，奋起斗争。

又如发表于1925年的长诗《埃及自述》，全诗57个拜特，通过埃及自述的方式，歌颂了埃及古老的文明和悠久的历史，追述了她对整个人类做出的永垂史册的丰功伟绩，指出历史上任何侵略埃及的人都是自食其果，以失败告终。他在诗中号召埃及人民要团结起来，继承古埃及的光荣传统，同仇敌忾，奋起进行反侵略、反殖民主义、争取独立和自由的斗争，以便光复山河，建设一个新埃及。此诗发表后，不胫而走，人们争相传诵，极大地鼓舞了当时人们反帝爱国斗争的热忱。

诗人退休后更无所顾忌。就在这一年，他在一首题为《致英国佬》的诗中矛头直指侵略者：

你们可以让尼罗河改道，
可以挡住阳光，一手遮天；
可以抹掉星光灿烂，
可以禁止春风送暖；
可以在大海布满军舰，
可以在天空撒满炸弹；
可以在每一寸土地上都派一个宪兵，
用皮鞭把人们打得浑身皮开肉绽；

可我们对埃及的忠诚不会改变，
即使我们的尸骨在泥土中腐烂……

诗人与人民同呼吸，共命运。当殖民主义与封建统治者相互勾结，致使物价飞涨，民不聊生，一些政客空喊改良，对现状却一筹莫展时，哈菲兹·易卜拉欣曾在一首题为《物价飞涨》的诗中写道：

改良家们！我们的日子可真艰难，
你们对此也未做出什么改善。
低贱的货物也变得昂贵了，
以至于擦皮鞋都成了大灾难。
食物在人们手中贵如宝石，
致使穷人在做斋戒的打算。
闻得到草香，闻不到肉香，
勒紧裤带度过一天又一天。
大饼像天上的圆月，可望不可及，
肉类似禁猎的珍禽，难以到口边。
即使千辛万苦搞到了大饼，
他也会喊：我怎买得起菜来下饭……

哈菲兹·易卜拉欣的诗歌文笔豁达豪放，挥洒自如，简洁有力，通俗易懂，颇似演讲词，富有鼓动性。阿拉伯一代文豪塔哈·侯赛因在评论哈菲兹·易卜拉欣时曾说："哈菲兹·易卜拉欣精于描述人民的疾苦，使他的政治诗和悼亡诗具有一种演讲辞的色彩，赋予它一种能真正打动人心，使人们为之倾倒的奇异的力量。"真是一语中的。

哈菲兹·易卜拉欣有诗集传世，收有5000余个拜特诗。诗人也因而被誉为"尼罗河诗人"。

第六节　“笛旺诗社”

“笛旺诗社”（جماعة الديوان，Jamā‘ah ad-Dīwān 亦可意译为“诗集派”）兴起于第一次世界大战前后。其成员是阿卜杜·拉赫曼·舒克里、易卜拉欣·马齐尼和阿卡德。他们当时出版的诗作皆以“笛旺”（意为“诗集”）为题，并互写序言，阐述他们的主张。尤其是 1921 年，阿卡德与马齐尼在他们合出的《文学与批评集》中，更全面地抨击了他们认为是守旧的新古典派，集中地阐述了他们的革新观点，故被称为“笛旺派”。

“笛旺诗社”成员的共同特点是除阿拉伯文学修养外，受英国文学影响较深；善于理性思索；富有理想和叛逆精神。他们认为诗歌不应是为他人应景写作，主张诗歌应摆脱生活的喧嚣，而须表达诗人本身的悲伤、痛苦，抒发诗人真实的内心世界；主张诗歌无论是内容还是形式都不应因循守旧，蹈常袭故，而应有所创新：针对阿拉伯传统古诗将每一个“拜特”作为一个意义单位，他们主张作为一件完整的艺术作品，一首诗应是一个有机的不可分割的整体；他们主张一首诗不一定要一韵到底，可以变换韵脚。

他们曾对当时诗坛以邵基和哈菲兹·易卜拉欣为代表的新古典派进行了过激的批评，认为新古典派诗人不仅在诗歌形式上因袭旧体，而且指责他们写的政治、社会方面的诗歌也只是涉及表面现象，而未深入问题的实质。

阿卜杜·拉赫曼·舒克里生于塞得港，祖籍摩洛哥。1906 年，因写诗支持穆斯塔法·卡米勒领导的反对英国殖民主义统治的民族运动而被开除出法律学校。1909 年毕业于高等师范学校后，赴英国学习文学与历史。1912 年学成归国后曾从事教育工作，任过校长、督学等职。他自 1909 年起，曾先后发表过《曙光集》《秋花集》《干枝集》等七部诗集，并写有小说《疯理发师》。他认为破旧立新是历史发展的必然规律，他在诗中写道：

有多少民族害怕消亡，

但他们还是不免灭亡。
他们担心世道会变样，
但世道还是不免变样。
岁月、国家间本有竞争，
有些人却缺乏应变力量。
世上一切都有规律，
如同洪流岂可阻挡？！
号哭、悲泣都没有用，
阻挡洪流是自取灭亡。

他主张阿拉伯诗歌应只要格律，不需要韵脚，可谓自由体诗之先声，但遭到诗坛多数同仁反对。其诗往往抒发个人的悲愁、伤感，表现出强烈的悲观主义情调，有些诗具有象征主义色彩。

易卜拉欣·马齐尼出生于开罗市郊的一个贫民家中。1909年于高等师范学校毕业。曾任中学英语教师，后转入新闻界与文学界。他博览群书，既从阿拉伯古代著名诗人穆太奈比、伊本·鲁米、谢里夫·赖迪等的诗中汲取营养，又深受西方特别是英国浪漫主义诗人如雪莱、拜伦、莎士比亚的影响。他先后于1914年、1917年出版了两部诗集，内容多为抒发伤感、忧郁的情怀。自1925年，他转入了后期以小说、散文和文论为主的写作。因此，他不止一次地宣称：旧的马齐尼是诗人，新的马齐尼是作家。

“笛旺诗社”后来因三人主张不尽一致，互相攻击，而渐解体。马齐尼、舒克里都较早地退出了诗坛。“笛旺诗社”的主将和代表是阿卡德。

阿卡德生于上埃及阿斯旺一个小康之家，自幼好学，没有受过高等教育，主要靠自学成材，曾做过教师、职员、编辑。一方面，他受阿拉伯古代诗人伊本·鲁米、伊本·法里德等作品的熏陶，使他具有深厚的阿拉伯文学功底；另一方面，受英国浪漫主义诗人雪莱、拜伦、华兹华斯和文艺评论家哈兹里特的影响，又促使他倡导浪漫主义，他曾提出：让诗表达健康的心灵！除此而外，不必在意诗的题材、功利。如果诗没有谈社会问题、人们的热情、众人议论纷纭的事情和群众的呼声，也不要指责它冷漠。

但实际上，阿卡德并没有脱离政治和社会，如在 1930 年，他在议会演讲中曾影射国王福阿德说：全国都准备砸碎一个最大的背叛、践踏宪法的脑袋……因而被判监禁 9 个月。他在一首诗中写道：

人民的理想和愿望，
列强与侵略者都无法阻挡！
尼罗河的人民，为命运而奋斗！
放眼看看努力的成果将多么辉煌。
只要意志坚强，不断追求，
就一定会取得无限的荣光！

阿卡德最大的特点就在于他的叛逆精神。无论在政治上还是在艺术上，他都不肯做一个安分守己、趋时媚俗的顺民。在这方面，他最好的代表作是他的长诗《魔鬼传》。诗人在诗中以魔鬼作为自己和其他志同道合的诗人、艺术家的象征：他们酷爱自由，不畏强暴和专制，敢于向传统势力挑战。

受伊本·鲁米和第一次世界大战后西方出现的一种热衷于写凡人常事之风的影响，阿卡德也在大量诗歌中，以街头巷尾普通人的日常生活为题材，抒发他的感受。这集中表现在他的诗集《路人》（1937）中，如在一首写熨衣工人的诗中，诗人写道：

不要睡，不要睡！
人们这时也在忙。
有的夜里未合眼，
有的也许在梦乡。
你掌握他们的命运，
他们在翘首企望。

明天他们将穿上新衣，
明天他们将喜气洋洋。

有多少光洁的皮肤，
啊，那皮肤真光亮！
还有高贵的身躯
在等待熨好的衣裳。
多少漂亮的情人
要把青春宣扬。
他们全都在梦想
明天会换上新装……

阿卡德是位多产的诗人，其诗集有《晨醒》（1916）、《午热》（1917）、《昏影》（1921）、《夜愁》（1928）、《四十的灵感》《鹬鸟的赠礼》（1933）、《路人》（1937）、《黄昏暴风》（1942）、《暴风之后》（1950）等。阿卡德不仅是位诗人，还是一位文学家、哲学家、思想家，写过小说《萨拉》（1937）以及各种有关政治、社会、哲学、宗教、历史、文艺批评、人物传记等作品达六十余部，被认为是阿拉伯近现代文坛巨匠，一代宗师。1960年获国家表彰奖。

第七节　“阿波罗诗社”

“阿波罗诗社”（جماعة أبولو，Jamā‘ah Abūlū）成立于1932年9月，由诗人艾布·沙迪倡导组成，借用希腊神话中司诗歌和音乐之神“阿波罗”为诗社命名。诗社首推诗王邵基为主席。邵基于当年去世后，“两国诗人”穆特朗继任主席，艾布·沙迪任秘书。诗社同时出版《阿波罗》杂志，由艾布·沙迪任主编。诗社和诗刊的宗旨都明确指出，它对于各种诗歌和各个流派都是兼容并蓄，一视同仁的。实际上，诗社也的确包括了各种流派的诗人，诗刊也先后发表过各种流派的诗歌。尽管如此，这个诗社的主要成员和主要倾向还是属于浪漫主义的。

“阿波罗诗社”浪漫派产生的主要原因是：首先，他们受“笛旺诗社”创新派诗人的影响，这使得他们能在“笛旺诗社”的基础上，更往前跨进一步。

其次，同“笛旺派”一样，这一派的诗人也同样受了西方特别是英国浪漫派诗人的影响。这一派的先驱者，当时是一些青年诗人，受的是欧洲文化教育，精通英语，酷爱英国浪漫派诗人华兹华斯、拜伦、雪莱、济慈等的作品。

“阿波罗诗社”浪漫派出现的第三个因素是受了黎巴嫩－叙利亚以纪伯伦、努埃曼等人为首的旅美派诗人的影响，特别是那些不懂外语或不能直接阅读西方浪漫派原著的诗人，受旅美派影响尤大。因为第一次世界大战前后的旅美派与埃及的“笛旺派”遥相呼应，要求革新，他们的很多诗歌发表在埃及的《新月》《文摘》杂志上，使埃及立志创新的青年诗人受益匪浅。

最后，还有一个促使这一流派产生的原因则是社会因素，即在20世纪20年代末、30年代初的埃及处于政治最黑暗的时期：殖民主义与封建势力相互勾结，阴谋夺走1919年埃及人民革命的成果；他们多次践踏宪法，解散议会，扼杀自由，致使政治腐败，经济危机。在西德基内阁时期（1930—1933），黑暗势力达到登峰造极的地步。

在这种情况下，青年诗人感到压抑、痛苦、悲观、失望。这使他们时而从爱情中，时而从大自然中寻求宽慰。他们也常沉湎于虚无渺茫的梦幻中，企图从中寻求一个更为广阔、清净、明朗的世界，借以逃避灰色的阴暗的现实生活。因此，与“笛旺诗社”的浪漫主义相比，这些人更侧重于抒情，他们的诗歌带有更为强烈的感情色彩，而“笛旺诗社”则更侧重表意，他们的诗歌常带有深邃的哲理色彩。

故埃及的文学批评家艾哈迈德·海卡尔博士在《埃及现代文学的发展》一书中，把“笛旺诗社”的浪漫主义称为“理智革新倾向”（الاتّجاه التجديدي الذهني，al-Ittijāh at-Tajdīdī adh-Dhihnī），而把“阿波罗诗社”中的浪漫主义称为“感情创新倾向”（الاتجاه الابتداعي العاطفي，al-Ittijāh al-Ibtidā‘ī al-‘āṭifī）。

其实，以“阿波罗诗社”为核心的浪漫派的形成早于诗社的成立。早在1927年，艾布·沙迪就发表了在很大程度上代表了这一流派特点的诗集《哭泣的晚霞》。大约在同一时期，这一派的其他成员也都在当时的报刊上发表了他们具有这一倾向的早期作品。不过，1932年“阿波罗诗社”的组成和诗刊的问世，促使这一流派的诗人集结起来，同时，也是他们诗歌成果的大检阅。因为就在这一年，这一派的一些主要成员出版了他们各自的第一部诗集：迈哈穆德·塔哈的《迷茫的水手》，易卜拉欣·纳吉的《云外》，赛莱菲的《失落的曲子》和焦戴特的《焦戴特诗集》。

在诗歌题材方面，他们往往把爱情和女人放在首要地位：有的写苦恋不得或失恋之后的痛苦、无奈，有的写狎妓、性爱的体验。其次，借景抒情也是他们诗歌的一个重要方面：他们歌颂大自然的美丽，借以倾诉他们在尘世的烦恼和痛苦。在诗歌中，他们往往显得悲观、厌世、忧伤、哀怨、迷惑、怅惘，对往事的追念与对现实的抱怨往往也是他们诗歌题材的一大特色。他们也在诗歌中描述社会的黑暗，世道的不公，特别是乡村的落后、贫穷，农民的不幸和痛苦。沦落风尘的妓女，为生活奔波的流浪汉，往往都是他们诗歌描述的对象。

在诗歌形式上，他们往往打破了一诗一韵的格局，而喜欢一诗多韵；在音韵方面，他们使诗歌摆脱了那种铿锵、响亮，似江河奔腾，似进行曲威武雄壮的乐感，而代之以柔声细语，似小溪流水潺潺，似小夜曲情意缠绵的乐感；在诗歌结构上，他们往往把一首诗分成几节，以节为单位，表现一个完整的意思，而不再像传统诗歌那样以一拜特为表述一个完整意思的单位；在词语方面，他们喜欢用一些能表达具体意象或具有象征意义的词句或短语，如“明媚的寂静”“悲哀的庙宇”“生命的废墟”“毁灭的帐篷”“冬的世界”等。又如：

热恋凋谢了，卷了起来，
我摆脱了恋爱的苦痛。
往事桩桩又回到我的脑海，
熙熙攘攘，热闹而喧腾……

如前所述，这一派的倡导者是艾布·沙迪，但主将和代表诗人却是易卜拉欣·纳吉。

艾布·沙迪，全名艾哈迈德·扎基·艾布·沙迪，1892年12月9日生于开罗，1912年至1922年曾在英国学医，专攻内科和细菌学；回国后，曾任医生、实验室主任，1942年任亚历山大医学院副院长，1946年移居美国，直至1955年死在那里。他父亲是著名的律师和报人，曾创办《伊玛目周报》和《扎希尔报》，与著名诗人伊斯梅尔·萨布里、哈菲兹·易卜拉欣、穆特朗等交往甚密。其舅父是诗人，母亲也会作诗。艾布·沙迪自幼就在这样的氛围中接受熏陶，酷爱诗歌。1910年就出版了他的第一部诗集《朝露》。他在英国学习，精通英文，深受雪莱、济慈等诗人的影响，且能用英文写诗。

艾布·沙迪的诗作甚丰，有诗集《泽娜布》《埃及集》（1924）、《吟与鸣》《咏怀》（1925）、《哭泣的晚霞》（1927）、《一年启示选》（1928）、《光与影》（1931）、《火焰》（1932）、《春影》《艾布·沙迪之歌》（1933）、《泉》（1934）、《农村之歌》（1935）、《牧人的归来》（1942）、《来自天上》（1949）等；此外，他还写有不少叙事诗，如《阿布笃贝克》《姆哈》，以及歌剧《伊赫桑》《艾尔德希尔》《泽芭》《群神》等。

艾布·沙迪精力充沛，爱好广泛，知识渊博。他所受的影响是多方面的，写出的诗歌多而杂，内容有时显得浮浅，缺乏深刻的思想和丰富的想象。如同他倡导创建的“阿波罗诗社”一样，他的诗也显得是各种流派和思想内容兼容并蓄，五花八门，但主流是浪漫主义。

易卜拉欣·纳吉1898年生于开罗舒卜拉区。其父有一个小图书馆，藏有大量阿文、英文书籍，使纳吉受益匪浅。他尤喜欢邵基、哈菲兹·易卜拉欣、穆特朗的诗和狄更斯的小说。1922年于医学院毕业后从医，曾任铁路局医生、宗教基金部医务处主任，退休后，曾开私人诊所至1953年逝世。

诗人身材短小，其貌不扬，性格内向；青少年时代爱上邻居一个美丽的女孩而失恋，遂使他的诗歌大半倾吐失恋、失意的忧伤和苦恼。

他自20世纪20年代末开始在报刊发表诗歌。1932年“阿波罗诗社”成立后，他是核心成员。曾出版诗集《云外》（1934）、《开罗之夜》（1952）、《受伤的鸟》（1953）等。他崇尚英国诗人劳伦斯和法国诗人波德莱尔，曾译过《恶之花》的一些篇章。纳吉的诗主要是抒发情场失意所受的痛苦、折磨、孤独感和失落感。如在一首题为《归来》的诗中，诗人写道：

这是我们绕行的天房所在，
我们曾在此祈祷——朝朝暮暮，
曾多少次，我们在此为美顶礼膜拜，
啊，真主！我们归来却为何形同陌路。

我的梦想、爱情之所见到我们，
如同见到生人那样呆板、生硬，
他对我们显得并不相认，
尽管往昔一见就笑脸相迎。

心在胸中像被宰割的小鸟扑腾，
我呼唤着：心儿啊，且莫狂跳！
泪水和受伤的往昔齐声相应：
我们何苦归来，不归来该有多好！

为什么要归来，而不把爱情卷起，
从此摆脱开思念和苦痛？
为什么不能怡然自得，安享静寂，
归于一片空虚，好像什么也没发生？

我们从诗中不仅可以看出这派诗人诗歌内容方面的特点，而且可以看出艺术形式方面的特点：以小节而不是以拜特为意义的单位；全诗不是一韵到底，而是每节都变换韵脚，且每节的双联句（相当于中国诗的四行）中每前半联押一种韵，后半联押另一种韵。

这个诗社浪漫主义派中还有一个干将，就是阿里·迈哈穆德·塔哈。

阿里·迈哈穆德·塔哈生于尼罗河三角洲上曼苏拉城一个知识分子家中，1924年于工艺美术专科学校毕业后，先在家乡做建筑工程技术员。后在政府做

公务员，相继于社会工程部、商业部、国民议会秘书处等机关任职，逝世前为埃及国家图书馆馆长助理。他通晓英文、法文，阅读并翻译了拉马丁、雪莱、维尼等西方浪漫主义诗人的一些作品。他深受旅美派诗人与法国浪漫主义诗人影响，故其诗主要倾向是浪漫主义。阿里·迈哈穆德·塔哈自1927年25岁时开始写诗，1932年开始在《阿波罗》《使命》等杂志发表诗作，1934年出版了他的第一部诗集《迷茫的水手》，以其浓郁的浪漫主义色彩引起文坛注意。

1938年，他出游欧洲，访问了奥地利、瑞士、意大利、德国等国，诗集《迷茫的水手之夜》（1941）就是这次游览的记胜诗。此后，诗人又发表了《魂灵与幽灵》（1942）、《花与酒》（1943）、《归思》（1945）、《东方与西方》（1947）等诗集。

其诗多以爱情和大自然为题材，常表现出诗人倾向于那种强调单纯的感官快乐、培养友谊和回避政治的伊壁鸠鲁主义哲学观点。但在后期作品中，我们可以看到诗人已渐摆脱个人的圈子，抒发自己对祖国、民族、伊斯兰教热爱之情的诗篇占有相当的比重。

阿里·迈哈穆德·塔哈的诗歌形式严整，炼字讲究，音律精巧，便于入乐，常为当代歌唱家传唱。他被认为是埃及继绍基之后成就最大的诗人之一。

此外，诗社著名的浪漫主义诗人还有：穆罕默德·海姆舍里、萨利赫·焦戴特、哈桑·卡米勒·赛莱菲等。

第八节　新诗——自由体诗

第二次世界大战后，整个世界形势起了很大变化：世界明显地分为两大阵营；阿拉伯世界像其他亚、非、拉地区一样，民族解放运动风起云涌；埃及人民摆脱了殖民主义、封建王朝统治，在第二次中东战争中取得了苏伊士运河的全部主权；在建设祖国和支持阿拉伯民族运动的风风雨雨中，他们经历了种种重大的变革和考验。这一切使诗人无法把自己关在象牙塔里去咬文嚼字、雕词凿句，或吟风弄月，自我陶醉。年轻一代诗人反对“为艺术而艺术”，而对民族、历史、社会负有一种使命感，去投入战斗，干预生活。同时，他们在很大程度上又受西方现当代诗潮的影响，希望进一步打破旧体诗格律传统的束缚，以便更充分、更自由地表达个人的思想感情，反映现实，表现新的意境。

于是，在浪漫—创新派和古典“彩锦体诗”的基础上，新诗——“自由体诗”便应运而生。这种诗歌，不再以拜特为单位，讲究格式规整，而是每行长短不一，参差不齐，韵律宽松，富于变化，节奏明快。内容以反映现实为主，自由，奔放，富有战斗性，内涵丰富而深邃，具有强烈的个性。但随着西方当代诗潮的影响和国内政治、社会形势的发展变化，新诗的内容和形式也有所发展，有所变化。特别是 20 世纪 60 年代开始对思想意识的控制和 1967 年对以色列战争失败，使一些有左倾思想的诗人更趋向于用象征、隐晦、朦胧乃至荒诞的手法，在诗中表达自己的思想感情，曲折地反映现实。

埃及新诗——自由体诗的主将和代表诗人是萨拉赫·阿卜杜·萨布尔和艾哈迈德·希贾齐。

萨拉赫·阿卜杜·萨布尔生于扎卡济格市，1951 年毕业于开罗大学文学院，曾任教员、编辑，生前曾任埃及图书总署署长。诗人从 13 岁开始写诗，最早是模仿古代大诗人穆太奈比、麦阿里，写传统的格律诗，也效法过易卜拉欣·纳吉等浪漫—创新派诗人；后受艾略特等西方诗人的影响，于 1951 年开始写自由体诗，成为埃及新诗诗坛的先驱和领袖。

萨拉赫·阿卜杜·萨布尔于 1957 年开始发表其第一部诗集《祖国的人们》，后又发表《受伤期间的沉思》《我告诉你们》（1961）、《老骑士之梦》（1965）、《夜行》（1971）等诗集，并写有《哈拉志的悲剧》（1965）《夜行者》《公主在等待》《莱伊拉与她的情痴》等诗剧。其中《哈拉志的悲剧》最早发表于 1964 年，是写阿拔斯朝著名的苏菲派哲学家哈拉志企图将伊斯兰教与希腊哲学调和起来，却被认为是异端邪说、离经叛道而惨遭酷刑杀害的悲剧故事，影射现实，寓意深刻，曾获 1965 年度国家诗歌鼓励奖。

萨拉赫·阿卜杜·萨布尔不仅是位诗人，也是一位文艺批评家，曾写有《时代的声音》（1959）、《他们为历史留下了什么？》（1961）、《重读古诗》（1968）等，为新诗——自由体诗鸣锣开道。

有评论家认为萨拉赫·阿卜杜·萨布尔一生经历了乐观的社会主义、悲观的存在主义和悲哀的理想主义三个阶段。他的诗歌表现了变革时期人们在追求崇高的人道主义理想道路上所遭受到的种种痛苦、忧伤和烦恼。其诗在一定程度上受苏菲派哲学的影响，时而浅白如话，时而又闪烁着神秘、朦胧的色彩，具有象征的倾向，蕴藏着深刻的哲理。如在《一曲》这首诗的结尾，诗人写道：

若是在暗中亮起一盏孤灯，
要记住，
那灯油是我和我的朋友们的目光，
我的朋友都很善良。
也许他们中有人无法糊口，
他们如风，
在这世上来去匆匆，
又如小鸽子一样温顺、安静。
然而却肩负着伟大而独特的重担，
重担就在于要在黑暗中把孤灯点燃。

艾哈迈德·希贾齐生于一个富裕的农家，自幼以背诵《古兰经》启蒙。他曾暗恋一个年长于他的村姑，但她却嫁给了他人。失败的初恋是他离乡去开罗的动因；抒发这一恋情，也是他诗歌最早的题材。他于1955年毕业于师范学校，也是在同一年，他开始在报刊发表诗作。他积极参与政治活动，因与萨达特总统政见相左，1974年流亡国外，于法国巴黎大学讲授阿拉伯现代诗歌，1990年归国，任《创作》杂志主编。他最初是写传统的格律诗，后成为埃及自由体新诗的主将之一。他认为诗人作为一个知识分子，应具有使命感、责任感，应该一直是民族的良知，是世界的良知，人类的良知。他说道：我通过诗，不是要对人们说：要这样做，不要那样做！而是要启迪读者的美感和创造精神，让他感到他是一个人，世界是美好的，他也是美好的，人绝不应该受人践踏，受人压迫，或是被监禁，受蔑视，挨饿，受苦。我们应该维护人的这种尊严，尊严就在于他是美好的，尊严就在于他是富有的，安全的，自由的……他在一首题为《从流放地归来》的诗中写道：

城市解放后，我从流放地归来，
在人们的面孔中将我的朋友找寻，
却一个都没找到，
我感到筋疲力尽。

我探询我们的家园，我的亲人，
人们都感到惊奇，对于这一寻问。
我问起一片老树林，
它曾为那条通往山上的道路遮阴，
人们都感到惊奇，对于这一寻问。
我徒劳地将城市的河流找寻，
却注意到从太阳炭火上落下的灰烬，
那太阳已经西沉。
我感到惊恐，当我看到我的城市的居民
朝我用一种异样的腔调在议论，
我远离开他们，
他们在我面前盯着我用沉重的步伐倒退，
直到我走出城，带着沉重的行李
像一根盐柱坍倒
在沙漠里。

他的主要作品有诗集《无心的城》《奥拉斯》（1959）、《只有坦白》（1965）、《悼念美好年华》（1973）、《黑夜王国的万物》（1978）等。

此外，当代埃及著名的自由体新诗诗人还有穆罕默德·艾布·辛奈、艾迈勒·冬古勒、法鲁格·舒舍、法鲁格·朱维戴等。

第二章　埃及现代文学（下）

第一节　散文及其先驱

与诗歌情况相仿，直至 19 世纪上半叶，埃及的散文仍未完全摆脱阿拉伯近古时期以来崇尚的那种病态的文风——形式上讲究押韵、双关、谐音、对偶，追求骈俪、雕饰；思想、内容却狭隘、干瘪，空洞无物，脱离现实。不过有些先驱者，如前面提到的塔赫塔维，除翻译外，还开始以其著作对埃及和阿拉伯人民进行启蒙。在这一方面，他最重要的作品就是《披沙拣金记巴黎》。

《披沙拣金记巴黎》是塔赫塔维将其留法期间（1826—1834）所见所闻记录成书，首次印行于 1834 年。全书包括序言和 6 篇正文，每篇正文又分若干章。书中谈到派他们留学的目的；谈到法国人衣食住行诸方面的生活习惯和风土人情；谈到了他们的文化、科学、技术和政治制度；也分析了致使他们先进发达的原因；书中引述了法国宪法，并加以评论。

作者的目的在于呼吁故步自封的本国封建统治者，唤醒沉睡于愚昧、落后的人民起来进行改革，以跟上世界和时代前进的步伐。但在表述形式上仍未完全摆脱讲究骈偶、押韵的羁绊。

散文的真正复兴同诗歌一样，也始于19世纪下半叶。阿拔斯朝伊本·穆格法、贾希兹等人作品的印行和西方文学作品的大量翻译、引进，使文人们通过比较，认识到近古以来崇尚的那种矫揉造作、华而不实的文风症结之所在，而开始追求自然、流畅、通俗易懂的文风，并努力使自己的作品反映现实，反映时代精神。

民族意识的复苏，伊斯兰宗教改革运动，资产阶级改良运动的兴起，反对英国殖民主义及其走狗，以争取民族独立斗争的高涨，都促进了散文的繁荣和发展。很多著名散文作家、演说家本身就是启蒙运动的先驱，是改革运动和民族运动的领袖。而这一时期纷纷创办起来的形形色色的报刊，则为散文发展提供了广阔的园地，客观上也为其繁荣、发展创造了条件。

这一时期的散文形式多种多样。其中主要是随着报刊的兴起而引进的"杂文"这一形式。它能直接迅速地反映社会变化和社会倾向，明确地阐述作者的见解和观点，以短小、犀利见长。再者是阿拉伯传统的散文形式——演说辞。演说家往往借节日、群众集会时机，向民众进行宣传、鼓动，提出改革的主张，发出战斗的号召。

此外，还有文艺散文和科学小品等。散文的题材广泛，内容丰富。不同的作家从不同的角度反映当时社会现实的诸多尖锐问题，并积极鼓动人民起来进行改革与斗争。其代表作家有穆罕默德·阿布笃、穆斯塔法·曼法鲁蒂。此外，还有穆斯塔法·卡米勒、卡西姆·艾敏等。

穆罕默德·阿布笃生于布海拉省马哈拉·纳斯尔镇。自幼习诵《古兰经》，受传统宗教教育，1866年入爱资哈尔大学。1871年始，师从阿富汗籍的泛伊斯兰主义哲学家、宗教改革家哲马鲁丁·阿富汗尼，积极参加政治活动，提倡泛伊斯兰主义，反对西方殖民主义者对伊斯兰和阿拉伯世界的侵略，被认为是哲马鲁丁最得意的门生。1877年，阿布笃获爱资哈尔大学学者学位，并留校任教；翌年任教育学院历史教员。1879年，哲马鲁丁被逐出埃及，阿布笃亦返回故乡。次年，他应聘主编《埃及时事报》，利用该刊积极宣传反抗英、法统治，鼓吹进行社会、宗教改革。1882年，因参与奥拉比起义，英军占领埃及后，他被监禁三

个月，后又被逐出境。1884年，他去巴黎，与其师哲马鲁丁·阿富汗尼合办《坚柄》月刊，继续进行反殖民主义、反封建专制、主张宗教改革的宣传，引起英、法当局不安。《坚柄》月刊仅出18期即被查封。随后，阿布笃去贝鲁特，从事教学工作。1888年，他回埃及，在司法界任职多年，曾任上诉法院大法官；并曾去法国、瑞士等地讲学。1899年，任埃及穆夫提（伊斯兰教典阐释官），直至逝世。

阿布笃被认为是埃及和阿拉伯近代文学复兴和启蒙运动的先驱者之一，是一位杰出的思想家、宗教改革家，是伊斯兰现代主义的倡导者，终生抱有对政治、宗教、社会等各方面进行改革的热忱。他提倡思想自由，反对迷信、盲从、保守、僵化，企图使伊斯兰教与当代社会协调一致：既保留伊斯兰教本身的原则和价值，又要掌握当代文明和世界文化的新成就。

他主张根据时代与社会条件的变化，以新的观点来重新解释伊斯兰教义，改革陈规陋习，吸收先进的科学文化，以增强其活力，适应时代和社会发展的潮流。他曾在《金字塔报》上发表文章，呼吁发展民族文化教育，提倡现代科学技术，以赶上西方先进国家。

他曾说：闭耳不闻和脱离科学，在蒙昧时期是可以的，而在现时代则是不容许的。他继承了古代穆尔太齐赖派的唯理论观点，企图调和理性与宗教，以理性论证信仰，认为《古兰经》尊重理性，《古兰经》命令我们用理性去观察宇宙现象及其定理，以谋得对于《古兰经》之教训的确信。在1881年，他在支持奥拉比起义期间，曾写有三篇论文，引用《古兰经》和《圣训》，详细地论证像西方议会制那样进行民主协商本是伊斯兰教的传统。

他主张恢复伊斯兰教本来面目，摆脱种种宗派、功利主义的影响，还号召各地穆斯林团结起来，坚持宗教原则，反对殖民主义侵略。

阿布笃在阿拉伯近代散文发展方面的地位与影响，与巴鲁迪在阿拉伯近代诗坛上的地位和影响颇为相似，起了一个承前启后、开一代新风的作用。他有较深厚的阿拉伯古典文学的功底，熟谙阿拔斯王朝的伊本·穆格法、贾希兹和近古时期的伊本·赫勒敦等人的作品和文风；又受西方文化的影响：流亡前，读过各种翻译书籍，流亡期间又学会了法文，这些都为他在散文方面的推陈出新创造了条件。

他开始在《金字塔报》发表的文章还带有当时崇尚的骈偶、雕饰文风的痕迹，后来在他主编《埃及时事报》时，则完全摈弃了那种无病呻吟、空洞无物、华而不实，只讲究押韵、雕琢、藻饰，不重视思想内容的旧文风。他使报刊杂文自成一体，使其内容密切贴近政治、社会生活，随时代脉搏跳动；文字通俗、晓畅、生动、活泼、清新、自然，但又不失严谨、典雅。

曼法鲁蒂，全名穆斯塔法·曼法鲁蒂，除了如前所述，是位林纾式的翻译家外，也是当时最著名的散文大师之一。他生于上埃及的曼法卢特县的一名门显贵之家。童年在书塾学习《古兰经》，后入爱资哈尔大学学习约10年，于1897年毕业。其间师从穆罕默德·阿布笃。他酷爱文学：一方面，他精心研究过阿拔斯王朝的古典诗文；另一方面，他又细心阅读过其师阿布笃及同代人的大量著译；他曾在报刊上发表大量杂文和著译结合的短篇小说，是当时《穆艾叶德报》最著名的撰稿人和专栏作家。

如果说，在诗歌方面，巴鲁迪是承上启下的“复兴派”先驱，邵基是其继承者，并使这一“新古典派”诗歌艺术达到高峰的话，那么，在散文方面，阿布笃则与巴鲁迪在诗坛地位相似，而曼法鲁蒂则类似诗歌界的邵基。他师承阿布笃，使散文艺术臻于精妙，达到高峰。

曼法鲁蒂的散文最重要的特点是：不因陈袭旧，不矫揉造作，不追求骈俪藻饰；他一扫绮靡板滞、华而不实的遗风，而追求清新、典雅、凝练、流畅、音韵铿锵和谐、文字优美、独成一体的文风。从其散文中既可看出古代诸如阿拔斯王朝散文大师伊本·穆格法、贾希兹、赫迈扎尼等人以及某些著名演说家的影响，又可看出近代阿布笃、穆斯塔法·卡米勒等人和西方文学的影响。在艺术手法方面，他既继承了传统，又有所创新。

其散文的代表作是《管见录》和《泪珠集》。

《管见录》（1925—1926）共三卷，原为曼法鲁蒂1910—1920年期间发表于《穆艾叶德报》上的专栏社会性杂文，于1925—1926年结集出版。文集的主要内容是作者站在人道主义立场上，揭露了当时社会种种黑暗、腐败现象：富者为富不仁，穷者啼饥号寒，贫富悬殊；呼吁平等、正义、博爱；要求社会改良。因内容多取材于作者周围生活，作家又注重感情色彩的渲染，故而很多篇章内容感人肺腑，催人泪下。除社会内容外，文集中还有有关文学批评和伦理、道德的论述。但囿于作者知识面较狭窄，其文学批评缺乏全面分析，不够深刻；在伦理道德方面，作者竭力主张维护阿拉伯—伊斯兰传统文化，反对西方文明的浸染。但作者思想亦有偏颇处，没有认识事物的两重性，而对西方文明采取了全面否定的态度。

《泪珠集》出版于1915年。与其说它是一部散文集不如说它是一部短篇小说集。其中有些故事是根据外国小说译写的，如《牺牲》就是根据法国小仲马的《茶花女》改写的。另一些故事则是作者创作的，如《孤儿》《面纱》《悬崖》《惩罚》等。

曼法鲁蒂基于其人道主义，主张社会改良的立场，创作与改写的故事多反映穷人饥寒交迫却安贫乐道，而富人锦衣玉食却荒淫无耻的种种社会现象。这些作品往往带有一种悲观、灰暗的色彩，催人泪下却不能令人鼓舞。作品语言优美、典雅而又通顺、流畅，但往往平铺直叙，又杂以作者大段的议论，缺乏人物性格、心理的描写、分析，故事性不强。这些作品可以认为是当时埃及短篇小说的萌芽，对后来一些作家的成长颇有影响。

当时的散文文风约有三种：一种是拟古体，仿照玛卡梅体的文风，文字讲究骈俪、雕饰、音韵和谐，显得矫揉造作，这种文风可以诗人邵基出版于1916年的散文集《金市》与陶菲格·伯克里出版于1912年的散文集《珠池》为代表。另一种文风则以鲁特菲·赛伊德为代表，他们受西方文化、思想影响更为明显，文章也更加注重思想内容，而不追求文字优美典雅，去讲究骈俪、押韵。

曼法鲁蒂的散文则是介于这两种文风之间，兼备二者所长：其作品在思想内容方面，与时代和现实密切联系；在语言文字方面，则显得典雅、和谐，故而成为当时人们，特别是青年学生争相传阅的范文。

穆斯塔法·卡米勒生于开罗一名门望族。曾在法律专科学校学习，后去法国进修。这期间，正是奥拉比革命失败之后，卡米勒积极投身于民族启蒙运动，成为运动的领袖，并于1907年创建了“民族党”。他在国内外到处奔走、呼号，在《金字塔报》《穆艾叶德报》（意为《受拥护的报》）及其于1900年创办的《旗帜报》（1907年又创办《旗帜报》英、法文版）等报刊上发表大量政论，并利用一切机会进行演讲。

他继承并发展了“演说辞”这一阿拉伯传统的散文体裁，赋予它以新的内容和时代精神，是阿拉伯近现代最著名的演说家之一。

他猛烈抨击英国占领者的种种罪行，以唤起民众的民族意识，燃起反对帝国主义和殖民主义的怒火。这些演说辞和政论文的主要特点是言辞铿锵和谐，充满了激情，内容深刻，逻辑性强，富有感染力和鼓动性。如他在 1901 年于亚历山大发表的一篇演说中曾说：

> 祖国啊，祖国！属于你，我的挚爱，我的心灵！属于你，我的存在，我的生命！属于你，我的鲜血，我的魂灵！属于你，我的头脑、喉舌，我的五脏六腑！这一切都非你莫属！你就是生命，啊，埃及！没有你，人们无法活下去！有些愚昧无知的人说我爱国爱得忘乎所以！可一个埃及人对埃及岂能不爱得忘乎所以？我无论对她爱到什么地步，都无法达到与她的美丽、她的庄严、她的历史、她的伟大相适应的程度……

卡西姆·艾敏生于开罗郊区，父亲是库尔德族军官。他曾入爱资哈尔大学学习伊斯兰教教法和教义，结识了著名伊斯兰教改革家穆罕默德·阿布笃和萨阿德·扎格鲁勒（سعد زغلول，Sa‘d Zaghlūl 1857—1927），并深受他们革新思想的影响。后留学法国，在蒙彼利埃大学学习法律，其间曾接触过尼采的哲学、达尔文的进化论、马克思主义等近代各种思潮，颇受影响。1885 年回国后，曾在埃及司法部门任职，官至全国上诉法院顾问。他积极参加各种社会政治活动，还在报刊上发表大量杂文，并先后出版了《解放妇女》（1899）、《新女性》（1906）等书。当时，即 19 世纪末，穆斯林妇女是否必须戴面纱是埃及社会最敏感的问题。那时埃及的面纱是连头带脸全蒙住的，女人不能抛头露面，接触男人。卡西姆·艾敏则在《解放妇女》一书中勇敢地指出：

"妇女照现在这种样子戴面纱，并非出自伊斯兰教的要求，让她们抛头露面也并非离经叛道。"除了面纱问题之外，他在书中还谈到了有关妇女参加工作和社会活动、多妻制、休妻或离婚等问题。他认为在这些方面都应该向西方学习，认为那样做是同伊斯兰精神相一致的。他呼吁给予阿拉伯妇女以受教育的机会，让她们摘下面纱，从闺阁中解放出来，走上社会，并进而号召取消多妻制，承认妇女有要求离婚等权利。

他认为妇女的愚昧、闭塞和处于受屈辱的地位，是导致国家、民族愚昧、落后，影响国家振兴的一个重要原因。他并根据《古兰经》和《圣训》等进行论证，认为诸如让妇女戴面纱等种种对妇女日常生活的禁条，都只不过是在一定历史、社会条件下由偏见产生的陈规陋习，而在伊斯兰经典中找不到法律根据。他说道：有些人会说我今天发表的这些意见是标新立异。我要说，对！我就是标新立异来了。不过这不是对伊斯兰教的标新立异，而是对那些早就该改良的陈规陋习的标新立异。

在《新女性》一书中，卡西姆·艾敏再次强调"戴面纱、妇女幽居是当代一种不宜实行的风习。"他极力反对抱残守缺，而积极主张穆斯林妇女应向西方妇女学习，以适应时代。

阿拉伯著名学者艾尼斯·穆格戴西对卡西姆·艾敏做过这样的评价：

> 20世纪刚一破晓，在埃及就响起了一个声音，震动了整个伊斯兰世界，那就是卡西姆·艾敏的声音。他呼吁他的同胞以及穆斯林兄弟，必须让女孩子受教育，减轻面纱的束缚或是取消它，要对结婚和离婚定出法规，给妇女以社会权利与天赋的自由。他在呼吁这一切是依据了《古兰经》和《圣训》的原文：他试图以符合时代精神的方式去诠释这些经文。当卡西姆·艾敏将他的理由呈现于阿拉伯东方时，保守派对他进行了反击。他像每一个改良者一样遭到了保守者们的种种攻击，公众舆论对他的话也并不赞赏。对此，尼罗河诗人哈菲兹·易卜拉欣曾有诗曰：
>
> 啊，卡西姆！人们的心都死啦！

他们不理解你写的是什么。

直到今天他们迷误的面纱并未揭掉，

因此，你在呼吁谁，又在责备谁呀？！

不过卡西姆·艾敏并没有白费劲。他的呼吁还是鼓动了喜欢革新和自由的人们的心灵，于是他们在报刊，在家里，在集会时不断地谈起这个问题。

卡西姆·艾敏的杂文笔锋犀利，论事鞭辟入里，不蔓不枝，简洁流畅。他的那些有关妇女问题的社会性杂文，在当时保守派与改良派之间曾引起激烈的争论，影响很大。作家也因而被列为阿拉伯近代文学史中著名的启蒙者之一。

第二节　现代小说的发轫

阿拉伯的小说与古典文学具有较深的渊源：贾希利叶时期和伊斯兰教初期，民间就广泛留传着被称之为“阿拉伯日子”的种种战争逸事，还有成语故事、神话、传说、寓言等。在阿拔斯王朝时期及其后，更出现了著名的伊本·穆格法著译并重的寓言故事集《卡里来和笛木乃》《一千零一夜》、迈赫扎尼与哈里里的《玛卡梅集》以及诸如《安塔拉传奇》等民间传奇故事。

埃及和阿拉伯的近现代小说的产生与发展正是继承了阿拉伯古典文学遗产，并通过前述的翻译运动引进、借鉴西方小说加以消化的结果。如前所述，曼法鲁蒂的《泪珠集》就可以认为是一部创作与译写参半并不成熟的短篇小说集。

试图利用阿拉伯民族传统模式创作小说，并取得显著成绩，具有一定影响的是穆罕默德·穆维利希和他的代表作《伊萨·本·希沙姆叙事录》。

穆罕默德·穆维利希出身于开罗富家名门。他曾在爱资哈尔大学听过哲马鲁丁·阿富汗尼和阿布笃的课，参加过奥拉比革命。革命失败后曾一度流亡欧洲，学会了法语、意大利语。回开罗后，曾参加《金字塔报》《穆艾叶德报》等报刊的编辑工作，并协助其父创办《东方明灯》文学杂志。他曾在报刊上发表过大量有关政治和社会的杂文，文中充满了反对英国殖民主义者占领埃及的民族革命精神。在文学方面，他曾对西方文学有着广泛的接触，但仍趋于保守。

《伊萨·本·希沙姆叙事录》一书最早是以连载的形式刊登于《东方明灯》杂志上（1898—1900），于1906年正式出版。这是一部玛卡梅体的长篇社会小说。作家借用了赫迈扎尼的《玛卡梅集》叙事人伊萨·本·希沙姆的名字为自己小说的叙事人命名，并受《新约》与《古兰经》中有关“七眠子”死于山洞中三百余年后又复活的宗教传说故事的启发，让一个死后复活了的旧时代的陆军大臣——艾哈迈德帕夏作自己小说的主人公。

故事梗概是：伊萨·本·希沙姆在开罗公墓见到死于50年前的穆罕默德·阿里时代的陆军大臣艾哈迈德帕夏复活，自愿陪他回家。路上与一驴夫发生纠纷，被送进警察局，后又被控侮辱当局，从而被迫与检察官、法官、宗教法官、律师等司法人员打交道。此后，两人又遇见了医生、乡长、高利贷者、歌女、流氓等形形色色人物。

通过叙事人伊萨·本·希沙姆与主人公艾哈迈德帕夏的所见所闻，作者用犀利的笔锋、幽默的笔调，淋漓尽致地揭露了英国殖民主义者占领下埃及社会的种种阴暗和弊端：上层权贵、豪富骄奢淫逸，整日沉湎于声色犬马之中，对外卑躬屈膝、卖国求荣，对内专横跋扈、贪赃枉法；而下层平民百姓却在贫苦、愚昧、落后中受尽欺压。小说辛辣地讽刺了当时的司法制度和种种陈规陋习，同时也抨击了西方文明带来的道德败坏、世风日下的状况。

《伊萨·本·希沙姆叙事录》由于使用了讽刺、夸张的手法，语言幽默，故事性强，同时也由于它直接描述并尖锐地批判了当时埃及的社会现实，且有较明显的反英倾向，因而深受读者欢迎。

《伊萨·本·希沙姆叙事录》在内容上是反映了本民族传统的和西方当代的两种文明、两种道德价值观念在相互撞击过程中所表现出的种种差异和矛盾；在艺术形式上同样也是将西方小说形式同阿拉伯古典的玛卡梅形式嫁接起来，是一次大胆而不太成功的尝试。小说采取了传统的玛卡梅模式：有主人公，有传述人，文字讲究骈俪、雕饰、押韵，结构颇似系列故事，每章情节可以相对独立成篇。但它已不再像过去赫迈扎尼、哈里里的《玛卡梅集》那样，以文丐作主人公，以卖弄文字技巧，用机智骗取钱财为主要内容，而是面向现实，针砭时政。如作者在该书前言所述，其目的是：“描述各阶层的人们所应避免的缺点和所应具备的美德。”因而这部小说的社会意义和对现实的批判价值远远超过了前人的《玛卡梅集》。全书结构上较前人的《玛卡梅集》更为紧密，各种人物和故事，由一条情节主线贯穿起来。作家自觉不自觉地受到西方小说家创作手法的影响，如在小说中采用了内容广泛的对话，这些对话又往往挣脱了韵文形式的束缚，从而更贴近现实生活。

这一时期试图以传统的玛卡梅体形式进行创作的作家和作品还有著名诗人哈菲兹·易卜拉欣的《赛蒂赫夜话》（1907—1908）。主人公是贾希利叶时代传说能预卜未来的巫师赛蒂赫。作品借赛蒂赫与作者及卡西姆·艾敏等作家的对话，对当时埃及的政治、社会及文学诸方面的问题进行批评、讨论，并借以阐述当时阿拉伯民族启蒙者、改良者的见解。它更类似一部政论作品。其故事性、艺术性及社会影响都远逊于《伊萨·本·希沙姆叙事录》。

这种试图通过传统的玛卡梅形式表现一定的社会、政治思想内容，反映现实，针砭时弊的作品，可认为是阿拉伯近现代小说的先驱，是一种过渡形式。

较早摆脱玛卡梅骈体韵文的束缚，用通俗流畅的语言文字反映重大的政治、社会内容和现实生活的是迈哈穆德·塔希尔·哈基的中篇小说《丹沙微的少女》。

小说取材于1906年著名的丹沙微惨案，并在惨案发生后不久写成，同年连载于《论坛报》上，后出单行本，被认为是埃及最早的现实主义小说之一。小说以丹沙微惨案为背景，写了一对青年男女——穆罕默德与茜娣尔真情相爱，另一青年出于嫉恨而诬告姑娘的父亲，致使其无辜惨遭英国占领者杀害的故事。小说从艺术性讲，虽不够完美，但因反映了现实，发表后被争相传阅，有力地配合了当时的政治斗争。不过囿于当时的环境，作者只能婉转地表达其反帝爱国的民族主义思想。作品的另一特点是叙述部分用正规语，对话部分用方言土语，从而在阿拉伯文学作品中第一次较好地处理了正规语与方言土语的关系问题。

标志着埃及乃至阿拉伯近现代小说臻于成熟，并在阿拉伯文学史上产生重大影响的是海卡尔的长篇小说《泽娜布》的问世。

穆罕默德·侯赛因·海卡尔出身于乡村富贵人家，1909年于法律专科学校毕业后，赴法留学，在巴黎大学法学院专攻政治、经济，1912年获博士学位，归国后从事法律、教育工作，参加了自由立宪党，并任该党机关报《政治报》主

编，后任该党主席。曾任国务部长、教育部长、社会事务部长、参议院议长等职。是埃及著名作家、政治家。写有大量小说、散文、传记、政论等。如散文集《业余录》（1925）、《苏丹十日》（1927）、《我的孩子》（1931），传记《穆罕默德生平》（1935）、《艾布·伯克尔传》（1942）、《欧麦尔传》（1945），文论《文学的革命》（1933），回忆录《埃及政治回忆录》（1952），长篇小说《生就如此》（1955）等。

《泽娜布》是作者留学期间写成的。1914年以“埃及一农夫”的笔名在报刊上分章发表。小说以现实主义的手法，描述了当时在封建传统、宗法、礼教的压制、束缚下，几个青年男女的爱情悲剧。受过教育的地主儿子哈米德与堂妹阿齐扎相爱，但囿于旧礼教，他们不能相互表达心曲。哈米德痛苦地得知堂妹嫁人后，逐渐爱上美丽的雇农女儿泽娜布。泽娜布自知他们之间门第相差悬殊，遂钟情于年轻的雇农易卜拉欣，但同样因受封建礼教的束缚，不敢向家人吐露自己的爱情，而被迫嫁给了自己并不爱的哈桑。后来易卜拉欣被迫去苏丹服兵役，哈米德离乡去开罗，泽娜布则因身心皆病，郁郁而死，临死手中还紧握着易卜拉欣送给她的头巾。

《泽娜布》的产生，正如作者在小说的序言中所说，是作者在异国他乡留学时，“对祖国和祖国人民怀念的结果”，同时“也表示他对巴黎和法国文学的敬佩”。作品用大量笔墨描写了埃及农村绚丽多彩的自然风景，满怀深情地描写了埃及农村的民风习俗，表达了淳朴农民的欢乐和悲愁，也反映了当时农村社会的落后和愚昧。

作者力图使自己的作品真实地反映20世纪初埃及农村的现实生活，并对其中许多不合理的现象、制度加以批判。作家以埃及农村为背景，让穷苦的雇农作为自己作品的主人公，并通过他们的爱情悲剧抨击了当时封建的婚姻制度，替广大青年男女，特别是农村妇女发出了自由恋爱、择偶的呼声。这在当时无疑是难能可贵的。这实际上是卡西姆·艾敏等文化启蒙者要求解放妇女等主张在文学作品中的又一表现，从而使这部作品具有比较广泛的社会意义。

毫无疑问，海卡尔在写《泽娜布》这部小说时，是明显地受了法国文学的影响。这表现在小说严谨的结构，颇具伤感色彩的浪漫主义情调，对自然景色、人物性格细腻的描绘与刻画，从而使这部作品被认为是“完全符合西方小说定义的第一部埃及小说”。小说的语言通俗、流畅，接近口语；根据故事情节的需要，还夹杂一些方言土语，从而使小说摆脱了玛卡梅体那种追求骈俪、押韵、修辞、藻饰，致使文字有时显得佶屈聱牙的弊病。

《泽娜布》这部小说被认为是为埃及新文学奠定了第一块基石。

如果说《丹沙微的少女》与《泽娜布》是埃及最早出现的新型中、长篇小说的话，那么，穆罕默德·台木尔的《在火车上》则是埃及最早出现的现代形式的短篇小说。

穆罕默德·台木尔出身于书香门第，父亲艾哈迈德·台木尔是著名学者和藏书家。受家庭熏陶，穆罕默德·台木尔自幼便酷爱文艺。1911—1914 年在巴黎学习法律，同时注意研究欧洲文学与戏剧。1914 年第一次世界大战爆发时他返回祖国，遂从事新闻、文学和戏剧工作。

《在火车上》发表于 1917 年。小说写出了在火车乘客中发生的一场论争：以村长、教长、塞加西亚贵族为代表的封建保守势力反对普及教育，主张对待农民只能用鞭子；而以青年学生为代表的新一代则反对这种视农民为奴隶的封建传统观念，主张革新改良。

穆罕默德·台木尔深受法国文学，特别是莫泊桑的影响。作品遵循现实主义，有明显的倾向性。他往往从现实生活中选取素材，揭露社会的不公与弊端，唤起人们要求改革的愿望。他的短篇小说多在其死后被集成《目睹集》出版。他曾参与创建戏剧爱好者协会，为许多大剧团写过剧本，如《笼中鸟》《阿卜杜·赛塔尔先生》《深渊》等。由于英年早逝，留下的作品虽不算太多，且艺术性不尽完美，但作为先驱者，他仍被尊为埃及短篇小说和戏剧的奠基人之一。

第三节　现当代小说概述

第一次世界大战后，随着西方文学影响的增强和出版事业的进一步繁荣，特别是 1919 年革命后，埃及工人阶级登上政治舞台，民族独立运动日益高涨，小说这一更能真实、贴切地反映现实生活的体裁得到进一步发展，逐渐走向成熟。

第一次世界大战期间，一些提倡民主思想的贵族青年组成了“现代学社”（المدرسة الحديثة，al-Madrasah al-Ḥadīthah）。他们在埃及现代文学史上自成一个流派，称“埃及现代派”或“埃及新派”。他们首先在文学学报《露面》（السفور，as-Sufūr）上发表文章，摆脱传统的束缚，创立符合时代需要的纯正的埃及文学。1919 年革命的爆发，更把他们从高楼深院推到了街头广场，使他们从空泛的议论走向斗争的实践。他们于 1925 年 4 月开始创办机关刊物《黎明》（الفجر，al-Fajr）文学周刊，坚持每期刊登一篇小说。学社和刊物的宗旨集中体现在周刊的口号上：“《黎明》是一份有破有立的刊物”。

“现代学社”活跃于20世纪二三十年代，前期受英、法等西欧文学影响较大，后期则深受由英文、法文转译的俄国文学的影响。其代表作家是拉辛和叶海亚·哈基。

迈哈穆德·塔希尔·拉辛生于开罗，祖籍巴尔干，母亲是土耳其人。作家于专科学校毕业后，曾在市政规划局任工程师。他在创作中奉现实主义、自然主义，多以小商人、小业主的生活为其创作题材，文风朴素、自然，语言诙谐、幽默。作品有短篇小说集《笛声的嘲讽》（1926）、《据说……》（1929）、《飘飘的面纱》（1940）。小说多揭露社会的种种弊端和病态。这种小说从题目就不难看出其内容，如《多妻》《娶外国女人》《驯顺室》等。《据说……》是一个放荡的富家女嫁给一个穷小职员以掩饰她与情夫私通的故事；《命运》则写出一个知识青年最后发现其母是用卖身钱供他上学的。他发表于 1934 年的中篇小说《没有亚当的夏娃》则以现实主义手法揭示了当时的阶级矛盾及其在人际关系中的反映，写出了当时重门第轻才学的不合理现象；同时也反映了一些出身于中下层的知识分子企图摆脱穷困、落后的下层社会以跻身于上层社会而不可得的苦闷、彷徨、矛盾的心理。

叶海亚·哈基生于开罗一个平民区，祖籍土耳其。作家出身于书香门第，叔父就是写作《丹沙微的少女》的迈哈穆德·塔希尔·哈基。叶海亚·哈基自 1925 年法律学校毕业后，1927—1928 年，曾在上埃及当过检察官助理。

这段期间虽短，却是他一生中最重要的两年。作家对此曾解释道：这使我有机会认识我的祖国和人民，使我能就近同农民混在一起。这两年的重要意义在于：能让我直接接触埃及的大自然，接触动植物；直接接触农民，了解他们的本性和习俗。这一点也反映在他的文学作品中。他的作品具有浓郁的现实主义色彩。

他的很多短篇小说，如《邮差》《狱中的故事》《栗子》等都清楚而真实地反映了上埃及农村社会的诸多问题。此外，也由于他曾长期生活于平民区中，使他能在自己的作品中更细致、深刻地反映出埃及普通百姓的真实生活和他们的精神面貌。叶海亚·哈基曾长期出任外交官员，也曾任商贸部商业局局长、国家指导部艺术局局长、埃及图书馆艺术顾问、《杂志》杂志主编、文艺及社会科学最高委员会委员与广播电视最高委员会委员、小说俱乐部成员和文联理事等职。

他是“现代学社”的创始人和现代埃及短篇小说的先驱之一，对于埃及短篇小说的发展有很大贡献。他受俄、英、法文学影响很大，主张现实主义，擅长象征主义手法。主要作品有短篇小说集《血与泥》《乌姆·阿瓦吉兹》（1955）、《安塔拉与朱丽叶》（1960），中篇小说《乌姆·哈希姆灯》（1944）和文学评论集《评论的几个步骤》《埃及小说的黎明》（1960）等。此外，还有许多译作。

活跃于20世纪20年代初的埃及现实主义小说先驱还有伊萨·奥贝德和舍哈泰·奥贝德两兄弟。他们祖籍叙利亚，早年丧父，母亲操裁缝业，供兄弟俩在开罗上学。他们曾在外国人办的学校学习法语，故受法国文学影响较深。伊萨·奥贝德的主要作品是短篇小说集《伊赫桑太太》(1921)和中篇小说《苏里娅》(1922)，舍哈泰·奥贝德的代表作是短篇小说集《痛苦的一课》（1922）。两兄弟作品遵奉现实主义，对当时半殖民地的埃及旧社会的种种陈规陋习作了一定的揭露和批判。他们擅长描述和刻画妇女心理，对受封建礼教束缚和压迫而要求自身解放的阿拉伯妇女深表同情。在收在《伊赫桑太太》集中的短篇小说《希克玛特小姐记事》一篇里，作家让女主人公投身于民族爱国运动中，参加了1919年的反英革命斗争。

伊萨·奥贝德英年早逝。其弟舍哈泰·奥贝德得不到鼓励和帮助，在绝望和愤怒之余辍笔，弃文经商。

如果说穆罕默德·台木尔以发表于1917年的《在火车上》开创了埃及现代短篇小说之先河的话，那么继承并发扬光大其事业，在埃及现当代短篇小说方面取得成就更大的则是他的弟弟迈哈穆德·台木尔（见本章第五节）。此外，在第二次世界大战前就以短篇小说成名的作家是迈哈穆德·白戴维。

迈哈穆德·白戴维生于邻近艾斯尤特的一个乡村里。在开罗读高中时接触并喜爱上了西方文学，如狄更斯的小说、莎士比亚的戏剧等。他以在《使命》杂志发表翻译小说开始其文学生涯。1935年，发表了中篇小说《旅行》，取材于自己生平第一次旅欧的经历。随后发表了约有20部短篇小说集，如《一个男人》（1936）、《多瑙河旅馆》（1941）、《饿狼》（1944）、《最后一辆车》（1948）、《一夜间的事》（1953）、《少女与黑夜》（1956）、《码头上的跛子》（1958）、《第一次失足》（1959）、《房顶上的小屋》（1960）、《路上的一夜》（1962）、《少女与野兽》（1963）、《星期四晚上》（1964）、《金船》（1971）、《旁门》（1977）、《墙上的一张照片》《未拆的信封》（1980）等。其作品多取材于他童年经历过的农村生活和他多次旅游欧亚各国的见闻。他毕生刻意探索短篇小说的创作艺术，作品布局严谨，人物刻画生动、形象，对生活现象的描述准确、细致。他尤其善于描写上埃及的风土人情，作品具有浓烈的乡土气息和强烈的人道主义精神。揭示社会的阴暗、颂扬人性的美丽，常是他作品的主题。

在长篇小说方面，前面提到的"笛旺诗社"诗人易卜拉欣·马齐尼写于1925年，发表于1931年的《作家易卜拉欣》，是继穆·侯·海卡尔的《泽娜布》之后的一次新尝试。这是一部具有浪漫主义色彩的自传性质的小说，是马齐尼的代表作。作品通过主人公先后与三个女人——新寡的女护士玛丽、乡居的漂亮表妹舒舒和在卢克索遇到的现代女性莱伊拉的爱情纠葛，反映了当时在旧的封建传统观念与新的西方现代意识两股潮流的冲击下，青年男女的种种矛盾、痛苦、犹疑、彷徨的心理。作者受西方文学，特别是受其所译的俄国作家阿尔志跋绥夫的《萨宁》（阿拉伯文译本名为《自然之子》）一书的影响，在作品中侧重于对主人公的感情、心理进行分析。作家用幽默、诙谐的笔调，用自身的经历、感情，向人们展现了一个多愁善感、清高、孤傲，内心充满了矛盾和痛苦，企图逃避现实，颇有些颓废、悲观的青年知识分子的典型形象。

此外，在两次世界大战之间，小说创作方面最有成就的作家及其作品则有塔哈·侯赛因（见本章第六节）的《日子》《鹬鸟声声》《一个文人》，陶菲格·哈基姆（见本章第七节）的《灵魂归来》《东来鸟》《乡村检察官手记》，阿巴斯·阿卡德的《萨拉》，叶海亚·哈基的《乌姆·哈希姆灯》等。1988 年诺贝尔文学奖得主纳吉布·马哈福兹在这一时期，也以其短篇小说和长篇历史小说在文坛上崭露头角。

阿巴斯·阿卡德的《萨拉》发表于 1937 年。男主人公胡马木怀疑自己的爱人萨拉对自己不忠，因而两人分手。胡马木又让自己的朋友艾敏监视萨拉的行踪，结果只是发现她与一个男子同车而去。她究竟是否不忠？如果她对胡马木果真不忠，那么这件事是发生在两人分手之前，还是分手之后？小说以怀疑开始，以怀疑结束。据说小说是作者亲身经历，带有自传性质。小说大部分章节采取了心理分析的手法，缺少发展、变化的情节。它从一个方面反映了当时的社会道德价值观念和伦理问题。

叶海亚·哈基《乌姆·哈希姆灯》发表于1944年，是一部寓意深刻的中篇小说，是“20世纪105部阿拉伯最佳中长篇小说”之一。小说反映了东方传统信仰与西方文明、科学的冲突和矛盾。主人公伊斯梅尔是个学生，从小就受着伊斯兰传统宗教的教育，习惯于看到人们在清真寺中，用他们认为灵验的乌姆·哈希姆灯的灯油治眼疾。后来他到英国留学，专攻眼科医学，并学会西方文明的生活方式。回国后对周围的一切处处看不惯，特别是看到母亲仍用乌姆·哈希姆灯的灯油给其堂妹治眼疾，他大为恼火，打碎了那盏灯，结果被人们揍了一顿，随之他处处碰壁、事事失败。最后他领悟到科学应与信仰结合起来，自己开了一个门诊所，为堂妹治眼，并同她结了婚。小说具有象征意义：在学习西方文明，引进科学时，不能脱离本民族的群众和他们的传统、信仰和价值观念。

第二次世界大战后，涌现出一批青年作家。他们多为左派知识分子，认为作家应对民族、政治社会、历史有使命感，积极主张用现实主义方法反映埃及现实。其中最著名的现实主义作家有阿卜杜·拉赫曼·舍尔卡维、尤素福·伊德里斯（见本章第八节）。此外，还有·阿卜杜·拉赫曼·哈米西等。

阿卜杜·拉赫曼·哈米西早年曾做过店员、公共汽车售票员、印刷厂的校对，

写过歌曲，演过剧，直至后来当过电台播音员和教员。坎坷的生活经历，使他最了解普通劳动人民的生活。他自 1947 年开始在《埃及人》报上发表小说。最早印行的一部短篇小说集称之为《深》，主要作品还有短篇小说集《血衣》《我们不会死》（1953）、《热风》（1954）、《艾米娜》（1966）等。

他在一篇题为《文学为人民》的文章中曾写道：

> 人民所要读的作家是逃脱出隐居的禅房，探求人生经历的人；是描绘民族斗争、维护人民及其自由的人；是随时准备为大家的生存牺牲自己的生命而不是为达到个人的目的而损害公众利益的人。人民要读的文学是与人们密切相关的。它启迪人们为幸福的未来而斗争，它反对人剥削人，它知道憎恶那些压迫者，并能煽动起被压迫者的仇恨。人民要读的文学是时代的画卷，是反对暴虐斗争的镜子，并激励人们反对帝国主义与剥削制度的斗志。①

哈米西的作品具有鲜明的立场。揭露权贵的虚伪、丑恶与歌颂劳动人民为幸福的明天而与剥削阶级、帝国主义进行不懈的斗争，往往是哈米西小说的主题。他被誉为埃及奉行革命浪漫主义的无产阶级作家。他由于信奉共产主义而被迫长期流亡国外；曾于 1980 年获列宁和平奖。

现当代埃及最著名的浪漫主义小说家被认为是穆罕默德·阿卜杜·哈里姆·阿卜杜拉、尤素福·西巴伊和伊赫桑·阿卜杜·库杜斯。他们作品的共同特点是多以浪漫、传奇的爱情编织故事，语言优美流畅，故事生动感人。作家多产，作品畅销，并多被改编成广播剧、电视剧、电影，使得这些作家、作品在群众，特别是青年读者中有较大的影响。

穆罕默德·阿卜杜·哈里姆·阿卜杜拉出身于农家，1937 年毕业于教育学院，曾长期在语言学会任编辑，后任总监。作家生前写有 13 部中长篇小说、10 部短篇小说集，被认为是杰出的浪漫主义作家。早期作品多反映

① الأدب للشعب، جريدة الشعب، ١٩٥٣.٢.٢٨، الطبعة الثامنة.

农村生活，尤其是中下层妇女的爱情悲剧，或农村青年到城市后艰苦奋斗的历程。后期作品则侧重伦理、历史题材。其作品多通过爱情故事褒贬人们的社会道德和价值观念，赞美一些善良、纯真的青年男女在坎坷中自强自爱、奋斗不息的精神。笔调细腻，颇具诗意。其代表作是中篇小说《弃婴》（1947），曾获阿拉伯语言学会奖；《秋天的太阳》（1951），1953年获国家奖。中篇小说《黄昏之后》（1949）除了曾获埃及教育部一等奖外，还被阿拉伯作家协会评为“20世纪105部阿拉伯最佳中长篇小说”之一。小说描述了埃及农村迷人的景色、农民艰苦的生活和青年男女纯真的爱情。

尤素福·西巴伊生于开罗一文学世家。其父穆罕默德·西巴伊被认为是埃及新文学复兴运动的先驱之一。

尤素福·西巴伊早在1933年还是中学生时就开始发表短篇小说。1937年，他毕业于军事学院，曾任军事院校教官、军事博物馆馆长。20世纪50年代初，于开罗大学新闻学院进修毕业后，七二三革命时是“自由军官组织”成员之一。革命后曾参与筹建并领导了“小说俱乐部”“文学家协会”“国际笔会俱乐部”等组织；曾任埃及文艺与社会科学最高委员会秘书长、亚非团结委员会秘书长、埃及文化部长等职。1978年2月18日在塞浦路斯遇刺身亡。遗有短篇小说集《幻影》（1947）、《十二个女人》（1948）、《十二个男人》（1949）、《这就是爱情》（1951）、《六女六男》（1953）、《夜与泪》（1955）等21部，中长篇小说《死神的代表》（1947）、《我们不栽刺》（1968）等15部，剧本《乌姆·莱蒂芭》（1951）、《幕后》（1952）、《杀妻协会》（1953）、《比时间更强》（1964）4部，还有《云后》（1970）、《日子与往事》《飞在两洋间》（1971）等。

他曾长期从事新闻工作，对重大的政治和社会问题感觉都很敏锐，剖析也很深刻。所以他常将爱情故事与政治时事作为自己作品的经纬，如长篇小说《还回我的心！》（1954）就是通过一个花匠的儿子与王爷家小姐曲折的爱情故事，表达了个人命运与国家变革息息相关。

他的长篇小说《归途》（1956）、《纳迪娅》（1960）、《泪水已干》（1961）、《夜总有尽头》（1963）、《生命一瞬间》（1973）等也都是以重大的历史事件作背景的悲欢离合的故事。长篇小说《伪善之地》（1949）用寓言、象征的手法讽刺了人们诸如贪婪、虚伪、阿谀、投机等等缺点和弊病，表现了作者的理想主义。小说《我去了》（1950）和《废墟间》（1952）以曲折动人的故事情节讲述了两位女主人公的爱情悲剧，缠绵悱恻，催人泪下，在阿拉伯世界是受到男女青年欢迎的畅销书。长篇小说《水夫死了》（1952）则是一部极受批评家重视的作品。如果说尤素福·西巴伊的创作总体倾向是浪漫主义的话，这部小说却似乎例外，它是一部现实主义的作品，被认为是20世纪初开罗民间生活的艺术文献，生动、细致地描述了开罗一个居民区形形色色人物的生活状况。是“20世纪105部阿拉伯最佳中长篇小说”之一。

伊赫桑·阿卜杜·库杜斯生于开罗，1942年毕业于开罗大学法学院，做过律师和记者。1945年起，先后任《鲁兹·尤素福》周刊主编、《今日消息报》主编和董事长、《金字塔报》董事长等职。著有中长篇小说和短篇小说集三十余部。长篇小说《我家有个男子汉》（1958）是与阿卜杜·拉赫曼·舍尔卡维的《后街》、尤素福·伊德里斯的《爱情的故事》相并列的埃及抵抗文学或爱国主义文学的代表作，也是“20世纪105部阿拉伯最佳中长篇小说”之一。小说通过主人公易卜拉欣创造了一个被认为是最完美的爱国主义英雄的典型形象，并描述了他的成长过程及其与少女娜娃勒的纯真爱情。小说出版正值第二次中东战争之后，阿拉伯世界反帝爱国、民族解放斗争处于高涨时期，昔日英雄及其同伴反对英帝国主义及其走狗的英勇斗争，历经艰险，对当时的阿拉伯青年无疑是巨大鼓舞，故而小说及据其改编的同名电影极受欢迎，影响很大。长篇小说《心思》（1958，中译本名《罪恶的心》）反映了埃及七二三革命前封建统治阶级的腐朽没落，揭示了革命的必然性。其他作品如《别让烟消云散》（1977）、《别把我一个人撇下》（1979）、《亲爱的，我们都是贼》（1981）也都折射出不同时代重大的政治问题。伊赫桑·阿卜杜·库杜斯的作品文笔流畅，题材广泛、新颖，作家尤其擅长刻画女性心理。

成名于20世纪50年代的小说家还有萨德·迈卡维、法塔希·加尼姆、赛尔瓦特·阿巴扎。

萨德·迈卡维生于尼罗河三角洲北部的穆努菲亚县戴拉屯乡。早年的农村生活和父亲的小图书馆，无疑是萨德·迈卡维作为一个作家在成长过程中最早吸取的养料。他在开罗读完高中后，曾去法国留学，在蒙彼利埃大学医学院学习一年后，因喜爱文学，转入索邦大学文学院学习。在巴黎留学期间（1936—1939），他对西方的文艺作了广泛的涉猎。回开罗后，曾从事多种有关文艺的工作。曾任《晚报》《人民报》《共和国报》等报纸的文学编辑，是埃及作家协会的创始人之一。

萨德·迈卡维是一位多才多产的作家。他自1936年发表第一篇短篇小说、1948年出版第一部短篇小说集起，一生共创作了近300篇短篇小说，大都收集于《瓷制的妇女》（1948）、《疯子咖啡馆》（1951）、《爪牙》（1953）、《富裕时期》（1954）、《宰马利克区的修女》（1955）、《混水》（1956）、《谢茜莱及其他故事》（1957）、《魔鬼会所》（1959）、《绿草上的舞蹈》（1962）、《黎明访问花园》（1975）、《在死亡河畔》（1985）等14部短篇小说集中。

他还有长篇小说《男人与道路》（1963）、《睡人行》（1965）、《鞭子》（1984）、《别让我独饮》（1985），剧本《死人与活人》《困难的日子》《梦入乡》《赠礼》以及翻译作品、杂文集等。

萨德·迈卡维是一位信仰马克思主义、有社会责任感的左翼作家。他曾说："文学如果舍弃了自己真正的任务，那它就只会成为毫无价值的把戏。鲜活的文学就是要讲它那个时代的话语，因时代的热潮而燃烧，揭示时代的痛苦和希望，引导时代的斗争，它要植根于生活本身的土壤中，为它那个时代的真理和需要服务，把培养人、创建生活当作自己的任务。"①

萨德·迈卡维早期作品具有浪漫主义色彩，后转为现实主义，多描述城乡下

① جريدة الشعب، ٨ مارس ١٩٥٨، الطبعة الثامنة، من سيد حامد النساج، اتجاهات القصة المصرية القصيرة، دار المعارف، القاهرة، ١٩٧٨م، ص ٢٥٨.

层人们的艰难竭蹶的生活，揭示社会的阴暗面和阶级矛盾。

作家诸多作品中影响最大、被认为是其代表作的是长篇历史小说《睡人行》。小说分三部分：《孔雀》《瘟疫》和《磨》，因此也被认为是一部小型的三部曲。小说取材于曾统治埃及等地二三百年之久的马木鲁克王朝时期的三十年间（1468—1499）的史实。小说一方面描述了上层社会如何钩心斗角，尔虞我诈，争权夺利；掌权的如何专制独裁，卖官鬻爵，贪污腐化，草菅人命；投机者如何两面三刀，欺上瞒下，对上吹牛拍马，对下飞扬跋扈；另一方面也描写了下层百姓如何在贫穷、落后、愚昧、疾病的状况中逆来顺受，忍气吞声，俯首听命，任人宰割的悲剧。作者试图在20世纪60年代埃及缺乏民主的时局中，以此小说借古喻今，影射现实。《睡人行》被评为是“20世纪105部阿拉伯最佳中长篇小说”之一。

法特希·加尼姆生于开罗。1944年毕业于法鲁克一世大学（今开罗大学）法学院。曾长期在《鲁兹·尤素福》《共和国报》《早晨好》等报刊从事编辑工作。20世纪50年代末开始发表作品。1957年发表第一部短篇小说集《一次爱情的经历》，1959年发表第一部长篇小说《山》（1959），后又发表《失去影子的人》（四部，1969）、《泽娜布与王座》（1977）、《象群》（1982）、《舒布拉来的姑娘》（1986）等。

法特希·加尼姆是一位具有历史使命感和社会责任感的作家，时刻关注政治风云变化，紧跟时代进程，不断变换创作手法。在文学创作道路上，其作品无论是思想内容，还是艺术手法，他都不喜欢重复自我。他的作品往往反映了埃及社会各种尖锐的矛盾和斗争，因而常引起强烈的反响。

《山》是写位于尼罗河西岸邻近著名故迹卢克索城的一个村庄，村民多靠盗挖法老古墓和制造、贩卖假文物为生，当政府决定让村民搬迁到为他们建立的模范村，以阻止他们的不法行为时，却遭到他们强烈地反对。村长带领村民，面对政府的武力迫迁威胁，死也不肯离开他们的故土山村。

《失去影子的人》全书分四部：《玛布鲁卡》《莎米娅》《纳吉》和《尤素福》。叙事方式颇似英国作家德雷尔（Lawrence Durrell 1912—1990）的《亚历山大四重奏》，每部都是不同的人通过各自的角度用第一人称叙述一系列相同或相关的人和事。全书的主人公应是尤素福。前三部的叙述人分别是：农村出身原为保姆的尤素福的继母玛布鲁卡；一度与尤素福同居，作其情妇，临近结婚却被他遗弃的美女莎米娅；曾是尤素福的同事和上司——开罗一家报刊主编却被他排挤离职的纳吉。最后一部则是尤素福的自述。全书从不同的视角全面地揭示和刻画了尤素福这样一个为了个人名利向上爬，竟然六亲不认、忘恩负义、卖友求荣、不择手段、不顾一切的极端自私自利的个人主义者。该书被译成英文后，曾受到西方文坛好评。

《象群》是法特希·加尼姆的又一力作，是“20 世纪 105 部阿拉伯最佳中长篇小说”之一。作家采用隐喻、象征等现代主义的艺术手法，通过尤素福儿子参加宗教极端组织的经过，试图阐释当代宗教极端主义者和恐怖分子产生的根源及其危害：某些人本想笼络、利用他们，以玩弄使不同的政治、思想派别保持平衡的把戏，不料这些极端分子却造了主子的反，像发疯的象群，将拦在他们去路的一切踩在脚下，令人难以控制。作家将历史与现实、虚幻与真实穿插交叉，在扑朔迷离的氛围中，让读者与作者一道深思。

赛尔瓦特·阿巴扎生于书香门第，父亲曾作过大臣。1950 年于开罗大学法学院毕业后曾任律师，后转入《共和国报》和《小说》杂志社，任编辑。他 16 岁开始在报刊发表杂文，27 岁发表第一部历史传记小说《伊本·阿马尔》（1954）。他曾任广播电视杂志社董事长、《金字塔报》文学版主编、埃及作家协会主席、埃及协商会议副主席等职。

他遗有21部中长篇小说、7部短篇小说集、11本杂文集和3本剧作集。1958年，因长篇小说《逃避岁月的人》获国家长篇小说鼓励奖，1983年获国家文学表彰奖。著作颇丰，除《伊本·阿马尔》《逃避岁月的人》外，还有《尼罗河上的宫殿》（1957）、《太阳随之升起》（1959）、《相会在那里》（1961）、《雾》（1964）、《有些怕》（1966）、《波浪无边》（1972）等21部，有短篇小说集《绿色岁月》（1963）、《久远的往事》（1964）、《当天平偏了时》（1970）等7部，此外，还写有剧本、杂文多部。

其代表作是《逃避岁月的人》和《有些怕》。《逃避岁月的人》是写劫富济贫的凯马勒一伙绑架了勾结官府、鱼肉乡里的乡长的女儿，乡长求助于邻村的黑帮，以解救其女儿。两帮势力火拼，乡长女儿得救后，乡长害怕报复，从此离乡远逃去开罗。《有些怕》则是一部象征主义的作品，作者试图通过一桩包办婚姻的故事，批评纳赛尔当政时期缺乏自由、民主，致使人们“有些怕”。这部作品被评为是“20 世纪 105 部阿拉伯最佳中长篇小说”之一。

在埃及小说界值得提及的老一辈小说家远不止这些，尚有：穆罕默德·赛义德·阿尔扬、萨拉赫·齐赫尼、艾敏·尤素福·乌拉布、尤素福·焦海尔、阿卜杜·哈米德·焦达·萨哈尔、尤素福·沙鲁尼等。

他们都是颇有成就的著名小说家。当然，埃及小说乃至阿拉伯小说最杰出的代表还是诺贝尔文学奖的获得者纳吉布·马哈福兹。他的创作道路体现了阿拉伯小说的整个进程。（见本章第九节）

埃及的现当代小说界，出现了不少著名的女作家。她们多为受过良好教育的职业妇女，从事教育、报刊编辑、记者、医生、律师等工作。教育和工作开阔了她们的视野，使她们对国家、民族重大的政治、社会问题都有积极的参与意识和忧患意识。她们本身的生活经历，对某些旧的传统价值观念和陈规陋习的不满和对女性命运的担忧，往往促使她们用笔杆作武器，为女性的自由、权利而斗争。如：

纳娃勒·赛尔达薇，1954 年毕业于开罗盖斯尔艾尼医学院，1966 年获纽约哥伦比亚大学公共卫生学硕士学位，是一位心理学医生，妇女解放运动领袖之一。曾任埃及卫生部卫生文化司司长、《健康》杂志主编。1972 年，因发表《妇女与性》一书而激怒宗教权势阶层，迫使卫生部免去她的司长及主编职务。1973 至 1976 年，于开罗艾因·夏姆斯大学医学院任研究员，潜心于妇女心理问题的研究。1979 年曾任联合国非洲与中东的顾问。曾因其思想与作品触犯伊斯兰社会禁区而多次引起争议，并被捕入狱过。她自 1958 年开始发表作品，先后出版过短篇小说集《她学习爱情》（1959）、《一点温柔》（1964）、《真诚时刻》（1966）、《线与墙》（1972，曾获国家奖），中长篇小说《女医生回忆录》（1965）、《寻求爱情的女人》（1974），专著《妇女与性》（1972）、《女性是根本》（1974）等二十余部。其代表作《零下的女人》[①] 讲述了一个孤女一生的悲剧：自幼便是男性玩弄的对象，曾被迫嫁与一个糟老头子，不堪其虐待逃出后，又屡次被骗、遭摧残，为求生存曾卖身，最后因不堪流氓欺压而杀人，被判死刑。

莱娣法·泽娅特生于杜姆亚特。1946 年毕业于开罗大学文学院英语系，后获艾因·夏姆斯大学英语文学博士学位。1952 年后，长期执教于艾因·夏姆斯大学女子学院，任英语系系主任，讲授英美文学、翻译等课。在文学领域，除了从事批评、研究、翻译工作外，还从事文学创作。写有长篇小说《敞开的大门》（1960）、《户主》（1994），中篇小说《知道自己罪名的男人》（1995），短篇小说集《老年及其他》（1986），剧本《买卖》（1994）等，曾获 1996 年度的埃及国家文学表彰奖。莱娣法·泽娅特也是一位社会活动家，积极关注并参与政治活动，特别是有关妇女问题的活动。早在 1946 年的学生时代，她就被选为当时领导埃及人民反对英国占领的“学生工人全国委员会”秘书长。1979 年，她参与创建了“保卫民族文化委员会”，并任主席。莱娣法·泽娅特的成名作和代表作是长篇小说《敞开的大门》，是“20 世纪 105 部阿拉伯最佳中长篇小说”之一。小说是在 1946 至 1956 年这一历史时期，埃及人民反对英国殖民主义占领，收复苏伊士运河，反对外国侵略斗争的背景下，通过女主人公莱伊拉冲破重重阻力，走出家门，走向社会，登上历史、政治舞台，与男人们并肩战斗的经历，从个人、社会、政治不同的角度，深刻地阐述了妇女、社会、国家的关系，力图说明妇女解放与民族解放是分不开的。

当代埃及文坛女作家新秀的代表是雷德娃·阿舒尔与赛勒娃·伯克尔。

雷德娃·阿舒尔生于开罗，1975 年于美国马萨诸塞大学

① 又译《不求宽恕的女人》《冰点女人》。

获文学博士学位。现任埃及艾因·夏姆斯大学文学院英语系系主任、教授。其文学著作有近似自传小说的《游记——一个埃及女学生在美国的日子》（1983），短篇小说集《我看见了枣椰树》（1989），长篇小说《温暖的怀抱》（1985）、《海迪婕与苏姗》（1989），历史长篇小说《油灯》（1992）。她的代表作是《格拉纳达》三部曲（第一部《格拉纳达》于1994年单独成册出版，第二部《马丽玛》与第三部《迁徙》于1995年合集出版，1998年，三部合出）。该书实际上是一部有关安达卢西亚的长篇历史小说。小说以1491年格拉纳达陷落至17世纪初阿拉伯穆斯林被逐去非洲这一段时间为背景，但不是讲帝王将相的荣辱或王国的盛衰史，而是讲述了以艾布·加法尔、哈桑、阿里等人为代表的阿拉伯穆斯林平民百姓一家三代的变迁与遭遇。“通过生动、有力的叙述，阿舒尔在挖掘五个多世纪以来，阿拉伯固有的和养成的软弱的根源。读者不可避免地要对当时穆斯林的状况和当今他们在占领下的状况进行比较。这一动人的文本试图对阿拉伯历史上政治最困难也最有争议的时期进行重新评价。阿拉伯人之间的争斗应对当时格拉纳达的陷落负责，同样，这种争斗在很大程度上也应对今天阿拉伯人遭受的很多事负责。”① 这也许是这部作品被阿拉伯作家协会选为“20世纪105部阿拉伯最佳中长篇小说”之一的重要原因。

赛勒娃·伯克尔生于开罗，曾在艾因·夏姆斯大学管理专业学习，同时还在戏剧学院学习过戏剧评论。曾在埃及、黎巴嫩等作过报刊记者。自20世纪70年代末开始发表短篇小说，写有短篇小说集《平凡的故事》（1979）、《领袖葬礼的点缀》（1986）、《关于逐渐被偷去的灵魂》（1989）等。1991年发表了长篇小说《金车上不了天》，随后又发表了长篇小说《夜莺的模样》《夜与昼》。其代表作是相继发表于1998年和2000年的《白士穆雷人》（上下卷）。小说以一段学者、文人至今尚未深入涉足研究的历史时期——阿拉伯穆斯林征服埃及——为背景，写出了埃及原著的科普特基督教徒与阿拉伯穆斯林如何从相互冲突到相互融和的过程。小说着重说明了不同的宗教其实有很

① د. بثينة شعبان، ١٠٠ عام من الرواية النسائية العربية، دار الآداب، بيروت، ١٩٩٩، ص ٢٠٥-٢٠٦.

多相通的地方，可以求同存异，重要的是要区分虔诚的教徒与利用宗教谋求权势、钱财的阴谋家、野心家。赛勒娃·伯克尔的很多作品被译成英、法、德等外文，还被改编为电视剧和电影。《白士穆雷人》被选为“20世纪105部阿拉伯最佳中长篇小说”之一。

埃及现当代著名女作家家还有：苏海尔·盖勒玛薇、宾图·莎蒂、苏菲·阿卜杜拉、贾吉碧娅·西德基、伊赫桑·卡玛勒、伊格芭勒·芭莱卡等。

在当代埃及文坛上，最具影响力的是被称为“六十年代辈”的新一代作家群体。

第四节 “六十年代辈”作家

所谓“六十年代辈”作家是指这些作家多于20世纪60年代跻身文坛。他们大多出生于20世纪三四十年代，又大多出身于贫苦家庭，民族解放、国家独立后，使他们有了受教育的机会。他们中很多人接受了马克思主义，有的还参加了左派革命组织，并为此付出了代价，或被捕入狱，或一度流亡。他们对国家、民族、社会有强烈的责任感和忧患意识。因此他们在自己的作品中反映新时期国家、民族存在的种种问题。有的作品借古喻今，有的作品乡土气息很浓。在创作手法上，他们大胆地借鉴西方现代主义、后现代主义手法，同时又在传承民族文学遗产的基础上加以创新，使民族传统、现实主义与现代主义融为一体，标志着埃及小说的成熟。其中主要作家有：

杰马勒·黑塔尼生于上埃及一贫寒家庭，后随家迁入开罗。1966年毕业于工艺美术学校，专业为地毯设计。同年因“共产党罪”被捕入狱。1967年出狱后转入新闻界，做过战地记者。曾任《文学消息》周报主编。

1969年他以自费出版的短篇小说集《一千年前一个青年的文件》跻身文坛，受到好评。他在文学方面师承纳吉布·马哈福兹，并潜心研究埃及法老文化与阿拉伯－伊斯兰文化遗产，从《一千零一夜》、阿拉伯－伊斯兰史书典籍、传奇故事、玛卡梅体故事、民间口头文学、苏菲文学乃至诸如地毯图案设计、建筑艺术等汲取营养，寻求灵感，从而使他的作

品既具有鲜明的时代特征，又带有明显的民族特色，独树一帜，别具一格。

其代表作是《吉尼·巴拉卡特》（1974）。小说讲述了1517年埃及马木鲁克王朝败亡于奥斯曼帝国前后一个小政客的发迹史：巴拉卡特最初以清廉公正的形象博得民众好感，被封为“吉尼”，任治安官。但在官场上，他却玩弄欺上瞒下、两面三刀的投机政客伎俩，对百姓横征暴敛，实施高压恐怖政策，与特务头子宰克里亚尔虞我诈，争权夺利。当奥斯曼军队进占开罗后，他又设法继续当官。小说着重描述了当时让人们惶恐不安、胆战心惊的特务统治。作家的目的在于借古讽今，影射20世纪60年代第三次中东战争失利前后的埃及政局和社会现实。小说借鉴了传统史书的叙述方法，还虚构了一些文件，摘录了当时一个意大利旅行家访问开罗的见闻录和某些史学家的记述，使人更容易以为那是史实，而不是虚构。总之，小说从内容到形式，都令人耳目一新，从而被选为“20世纪105部阿拉伯最佳中长篇小说”之一。

此外，杰马勒·黑塔尼还著有中长篇小说《宰阿法拉尼街区案件》（1976）、《雷法伊》（1978）、《黑塔尼路线》（1981）、《显灵书》（三卷，1983—1986）、《钟情与恋爱》（1987）、《洞察归宿》（1989）、《落日的呼唤》（1992）等。

尤素福·盖伊德生于尼罗河三角洲一农家。曾服兵役，参加过1973年的第四次中东战争，做过教师、记者、编辑，曾在《画报》周刊任职。他于20世纪60年代末步入文坛。作家对民族、政治、社会具有强烈的忧患意识。其作品多以他所熟悉的农村为背景，以先进知识分子的目光审视当代埃及存在的诸如城乡差别、贫富悬殊、农村的贫穷、落后、愚昧及陈规陋习。尤素福·盖伊德著有中

长篇小说《居丧》（1969）、《冬眠》（1974）、《迈尼西庄园逸事录》（1971）、《干旱的日子》（1973）、《一周有七天》（1975）、《发生在现今的埃及》（1977）、《埃及本土上的战争》（1978）、《能说会道的埃及人的抱怨》三部曲（1981—1985包括：《富人沉睡》《干粮袋》《穷人不寐》）等，短篇小说集《沙滩》（1976）、《擦干眼泪》（1981）等。其代表作是长篇小说《埃及本土上的战争》，

是“20 世纪 105 部阿拉伯最佳中长篇小说”之一。小说揭示了权势阶层与弱势群体的矛盾与斗争：乡长借权势让更夫的独子冒名顶替他的儿子去服兵役，结果牺牲于 1973 年的第四次中东战争中。当被宣布立了功的烈士遗体被运回家乡后，冒名顶替的事败露了。上面派人进行调查，但当事实基本查清楚时，负责调查此案的人却被调回开罗，一位大官告知他，此事到此为止，不了了之。小说使用最通俗的语言，乃至夹杂不少土语方言，具有浓郁的乡土气息。但在艺术手法方面又有其特色，如多人多角度的叙述，中间插有大量的文件，显得所述事实更加真实可信。

萨布里·穆萨生于杜姆亚特，1952年毕业于工艺美术学院，最初是画画，写诗，后转为小说创作。著有《半米事件》（1962）、《处处堕落》（1973）和《菠菜地里出身的先生》（1978）。他从古老的神话传说汲取营养，作品多表现人与传统、社会以及自然的矛盾和斗争。情节往往显得扑朔迷离、亦幻亦真，颇具神话与科幻小说色彩。他被认为是“六十年代辈”中最早显示现代主义风格的作家。除小说外，他还是著名的电影编剧，编写的电影脚本有：《邮差》《乌姆·哈希姆灯》《征服黑暗的人》《被禁止的愿望》《你们哪能一手遮天》等。1968年获国家电影编剧奖；1973年获国家文学鼓励奖；1992年获共和国科学与艺术勋章；1999年获国家杰出贡献奖；2003年获国家表彰奖。其代表作《处处堕落》是“20世纪105部阿拉伯最佳中长篇小说”之一。

叶海亚·塔希尔·阿卜杜拉生于上埃及著名的卢克索卡尔纳克村。幼年丧母，其父为阿訇，兼小学教师，对叶海亚·塔希尔·阿卜杜拉影响颇大，使其自幼就喜爱文学，且有较好的语言功底。自农业中专毕业后，曾一度在农业部工作。1961 年开始短篇小说创作，并很快引起文坛瞩目，他被认为是埃及“六十年代辈”代表作家之一。1966—1967 年，因政见与当局相左被捕入狱。主要作品有长篇小说《枷锁与手链》（1975），短篇小说集《三棵橙子树》（1970）、《手鼓与箱子》（1974）、《旧的事实会引起惊异》（1977）、《土、水与太阳的素描》（1981）。1981 年死于车祸。1983 年，阿拉伯未来出版社出版了他的作品全集。

作家惯于运用内心独白、意识流等现代派手法表现上埃及农民强烈要求变革的愿望和他们的苦恼。作品中感情细腻，具有浓郁的诗情。其作品曾被译为英、意、德、波兰语等文字。

阿卜杜·哈基姆·卡西姆生于西部一农村。1956 年毕业于开罗大学法律系，1957 年开始创作。其代表作是长篇小说《人类七天》（1969），是“20 世纪 105 部阿拉伯最佳中长篇小说”之一。所谓七天是指在上埃及地区一伙苏菲派的苦修者（达尔维什）准备每年一度去到坦塔市朝觐圣贤巴达维圣地的过程。每一天表示其中的一个项目或活动。作者通过这群人最大的头目凯里姆哈只的儿子阿卜杜·阿齐兹的眼睛去观察、思考、评论这一切。但所描述的是前后 15 年的经历、变化。小说用内心独白、自由联想、时空交错等意识流的写法，极其细致、生动地描述了农村的一些自然景物、传统风俗习惯，使人感到社会传统势力如何束缚着人，制约着人。

孙欧拉·易卜拉欣生于开罗一个小职员家庭。曾在开罗大学法学院学习过。20世纪60年代因参加共产党而被捕入狱达5年。1968年去黎巴嫩，后去当时的东德和苏联学习电影艺术。著有中长篇小说《那种气味》（1966）、《八月的星》（1969）、《六一年》（1973）、《委员会》（1978）。20世纪80年代后又陆续出版新作《贝鲁特，贝鲁特》《荣誉》《自身》《瓦尔黛》等。他的很多作品都带有自传性质和强烈的政治色彩，较真实地反映了一些左派知识分子的遭遇和他们的观点。他的作品注意结构，运用了大量的报刊、文件材料，以强调作品内容的真实性，反映了阿拉伯世界特别是埃及的政局和有关阶层的政治思想倾向，从而受到评论界的关注。其代表作《荣誉》是“20世纪105部阿拉伯最佳中长篇小说”之一。

易卜拉欣·艾斯兰生于坦塔市一个邮政职工的家庭。1963 年开始写作。著有中长篇小说《苍鹭》（1983）、《夜班》（1992）、《尼罗河的鸟雀》（2000），短篇小说集《晚上的湖》（1971）、《尤素福与外套》（1986）。易卜拉欣·艾

斯兰作品数量不多，但在文坛却让评论界非常关注。他一反传统现实主义小说的写法，而以颇似法国“新小说派”的手法，罗列一系列细节、一系列小人物的日常生活，去描述他置身其中的现实本身，要求读者参与作品的创作，并从作品本身而不是从社会意义方面去寻求作品存在的价值。如其代表作《苍鹭》，就讲述了作者所在的开罗一个平民区——印巴巴区不到两天的日常生活。小说分长短不等的 21 部分，先后描述了 80 多个人物的大大小小事件，其中有平行的，也有交叉的。没有核心人物，也没有重要情节。但令人读后，却要掩卷深思，感到这就是当今的埃及，这就是生活。《苍鹭》是“20 世纪 105 部阿拉伯最佳中长篇小说”之一。

迈吉德·图比亚生于上埃及一农家。曾做过中学数学教师。20世纪50年代末开始发表作品。曾获1980年国家文学鼓励奖。他善于从古老的阿拉伯－伊斯兰文化遗产中汲取营养，融现实、神话、传说、寓言于一体。他对民族有很强的忧患意识，喜欢用象征性的语言借古讽今，影射现实。著有中长篇小说《难圆的圈》（1972）、《沉默的人们》（1974）、《这些人》（1976）、《哈图》（1981）、《丽玛染发》（1983）等。

其代表作是《伯尼·哈特侯特族人迁往南国记》（1992）。小说借鉴了阿拉伯传统的民间传奇故事的形式。特别是借鉴了《伯尼·希拉勒族人西迁记》这一著名的民间传奇。小说分19卷，讲述了伯尼·哈特侯特部落人历时14年，从阿拉伯半岛南迁至苏丹国的传奇故事。其间，小说的主人公或传奇的英雄们遭遇并战胜了类似伯尼·希拉勒部落在长期西征至突尼斯期间所遭遇的艰难险阻。小说在结构、语言方面都成功地模仿了传统的民间传奇，被认为是推陈出新使现代文学民族化的一个成功的典范，从而被选为“20世纪105部阿拉伯最佳中长篇小说”之一。

艾布·穆阿蒂·艾布·奈加生于尼罗河三角洲的宰加济格农村一书香门第。1959年毕业于开罗大学教育学院后，曾任教员、语言学会编辑，后长期在科威

特，任实用教育总署公关与宣传处长，后在科威特《阿拉伯人》杂志社工作。他少年时代就喜欢为村里乡亲读《古兰经》，讲述《一千零一夜》《艾布·宰德·希拉里传奇》和其他民间传奇故事，后又受前辈作家曼法鲁蒂和旅美派作家纪伯伦、艾布·马迪、艾敏·雷哈尼等人影响，酷爱文学。他于1960年以短篇小说集《城市姑娘》跻身文坛，1970年以其代表作、长篇历史小说《回归流亡》（1969）获国家小说鼓励奖，这部小说也是"20世纪105部阿拉伯最佳中长篇小说"之一，小说通过民间首领阿卜杜拉·奈迪姆（عبد الله النديم，'Abd al-Lāh al-Nadīm，1845—1896）这一人物与奥拉比起义这一事件，回顾了这一段重要的历史时期。他还著有短篇小说集《暧昧的笑》（1967）、《人们与爱情》（1973）、《不寻常的任务》《大家都获奖》《在今晨》，长篇小说《针对无名氏》（1973），文论集《一座城有多条路》。艾布·奈加以擅长深刻的心理刻画和细腻的细节描写著称。作品往往有鲜明的思想性和独特的艺术性，主题多为主张自由、正义、社会进步与发展，歌颂真善美。

爱德华·海拉特生于亚历山大，祖先为埃及南方的科普特族人。他自1964年开罗大学法学院毕业后，曾任过律师、新闻记者、大学教授、亚非作协秘书长等职。他曾以短篇小说集《高墙》（1959）获国家短篇小说鼓励奖，后又获开罗美国大学出版社颁发的1999年度纳吉布·马哈福兹长篇小说奖，是著名的小说家、文学评论家、翻译家。著有短篇小说集《高墙》（1959）、《高傲的时刻》（1972）、《热恋的烦闷与早晨》（1983）、《夜浪》（1991），长篇小说《拉玛与龙》（1979）、《别的时候》《火车站》（1985）、《条条沙丘》（1987）、《喂，亚历山大的姑娘们！》《飞翔的相思》（1990）、《布比鲁的石头》（1993）、《渴望的信念》（1995）等，有文论《七十年代短篇小说选讲》（1982）、《阿德里·里兹格拉》（1986），翻译了托尔斯泰的长篇小说《战争与和平》（1958），罗马尼亚短篇小说集《吉普赛女郎与骑士》（1958）。

爱德华·海拉特既深知古埃及和阿拉伯传统文化，又熟谙西方现代文学理论，因此，其小说创作别具一格。其代表作长篇小说《拉玛与龙》尤其体现了这一点。小说借鉴了古埃及有关司生命与丰收的女神伊西斯以及凤凰涅槃等神话故事，把现实与神话结合起来，讲述女主人公拉玛与旱魔斗争的故事，使拉玛与伊西斯浑然一体，亦幻亦真，扑朔迷离，论述了死亡与复活再生的主题，深受文坛关注和好评，是“20 世纪 105 部阿拉伯最佳中长篇小说”之一。

海利·舍莱比生于开罗郊区一个贫穷的农村知识分子家庭。曾先后于达曼胡尔普通师范专科学校和电影剧本专科学校（现称电影学院）毕业。童年时期，其父与一家亲戚各有一小型图书馆，其中所藏各种书刊是哺育作家成长最早的精神食粮。《一千零一夜》、各种民间传奇，老作家陶菲格·哈基姆、纳吉布·马哈福兹、尤素福·伊德里斯、叶海亚·哈基和外国作家高尔基、契诃夫、陀思妥耶夫斯基、巴尔扎克、伏尔泰、福楼拜、莫泊桑的作品都给予他很大影响。他初涉文坛是与诗结缘。他自 13 岁起开始写诗，最初是写土语诗，后一直关注自由体新诗的发展进程。曾任《诗歌》季刊主编，后任《广播与电视》杂志专职作家。

海利·舍莱比是一位多产的作家，至今已发表七十余部作品。主要作品有长篇小说《场外的游戏》（1971）、《群氓》（1978）、《泡菜、糕点商游记》（1983）、《机灵鬼们》（1985）、《两枝仙人掌》（1986）、《宿眠回旋曲》《阿蒂亚代理行》（1991）、《斗篷之死》（1993）、《舔门槛》（1994）、《珠池》（2002）等。

他的小说多以埃及社会一些为生活挣扎、为温饱奔波的边缘人物、小人物为主人公，反映他们的疾苦，揭示社会的种种弊病和阴暗面，富有生活气息。他的小说语言幽默、诙谐，不乏辛辣的讽刺，而且往往带有诗的韵味。他注意吸取现代叙事技巧，其写作手法不断变化。他的很多作品已被改编为影视或广播剧，受到好评。很多小说被译成多种外文。2003 年，他被加拿大 Ambassadors 文化集团推荐为诺贝尔文学奖的候选人。其代表作《阿蒂亚代理行》是“20 世纪 105 部阿拉伯最佳中长篇小说”之一。

杰米勒·阿蒂亚·易卜拉欣生于金字塔所在的吉萨省。1961 年于开罗艾因·

夏姆斯大学商学院毕业，同年还获得音乐学院证书。1974 年获艺术科学院艺术审美研究所证书，1980 年以优异成绩获艺术审美与批评研究所艺术史硕士学位。曾先后于埃及青年最高委员会、青年部、文化部工作。1979 年去瑞士定居，但每年都要回开罗，至少住两个月。杰米勒·阿蒂亚·易卜拉欣是一个具有强烈民族主义热忱和社会责任感的作家。其作品特色是用现代文学最新的叙事手法，以社会中下层的边缘小人物的经历和角度去反映政治、社会的重大问题。其代表作《1952》三部曲就是以埃及 1952 年七二三革命为题材的，是“20 世纪 105 部阿拉伯最佳中长篇小说”之一。此外还著有长篇小说《亚历山大文件》《话篓子》《河畔上的一棵枣椰树》等。

易卜拉欣·阿卜杜·迈吉德生于亚历山大一个平民区，1972年于亚历山大大学文学院哲学系毕业。曾在亚历山大造船厂工作，后又从事群众文化工作，因政见与当局相左曾被捕入狱。著有长篇小说《距离》《在第六十七个夏天》《热恋与流血的夜晚》《猎人与野鸽》《他乡》《海蜇》《亚历山大无人入睡》《海燕》等。其中除《他乡》与《海蜇》外，都是以亚历山大为背景。易卜拉欣·阿卜杜·迈吉德擅长以平民百姓、小人物为主人公，写战争题材——写第二次世界大战，写1956年的第二次中东战争，写阿以之间的历次战争。其代表作《亚历山大无人入睡》是作者花了6年时间，查阅了大量有关材料并经多次实地考察写出的。小说真实地反映了第二次世界大战期间的亚历山大港的方方面面，是“20世纪105部阿拉伯最佳中长篇小说”之一。

穆罕默德·白萨提生于埃及北方曼宰拉湖畔杰马利叶镇。他从20世纪60年代末开始写短篇小说，后又写中长篇小说。著有短篇小说集《大人与小孩》（1968）、《三层的故事》（1970）、《短命人的梦》（1979）、《这是往事》（1987）、《河流拐弯的地方》（1990）、《微弱的亮光照不出什么》（1993）、《黄昏时分》（1996），中长篇小说

《商人与油漆匠》（1976）、《玻璃咖啡馆》《困难的日子》（1978）、《树后人家》（1993）、《湖的喧闹》（1994）、《夜晚的声音》（1998）、《列车》《别的夜晚》等。穆罕默德·白萨提与其他“六十年代辈”作家的最大区别是他面对种种忧患不是大声疾呼，而似乎是低声细语地将处于城乡边缘地区的一些平民百姓、小人物在危机、灾难中遭遇的种种不幸、悲剧娓娓道来，倒引人深思，发人深省，令人震撼。

如《夜晚的声音》是讲农村的一群老太太，她们在战争中失去了丈夫，成了所谓烈士的妻子，她们结伙乘火车进城花费她们的抚恤金。小说围绕这些老太太的世界，她们又回忆起自己的丈夫，把一个个创巨痛深的伤口再次撕裂开来。

穆罕默德·白萨提的代表作是长篇小说《湖的喧闹》。小说分四部分，分别以“老渔夫”“浪潮”“旷野”“他们走了”为题，讲述了几个人物看似并不相关的故事，实质上却是围绕着湖，这些人与事最终又有一定的关系。小说颇像几幅现代派的画，许多情节显得虚幻、模糊，必须调动读者的想象，让读者参与创作与解读。小说叙事方式独特，被称为“奇异的现实主义”，受到文坛极大关注。小说也是20世纪105部阿拉伯最佳中长篇小说之一。作家2001年获苏尔坦·阿维斯小说创作奖。

白哈·塔希尔1956年于开罗大学文学院历史系毕业，曾做过话剧导演和电台播音员。20世纪70年代中期被迫出国，曾在一些国际组织任翻译。1981年定居于日内瓦，为联合国雇员。1995年归国。他于1964年在《作家》杂志上发表了第一首短诗，是为处女作。著有短篇小说集《求婚》（1972）、《昨日我梦见了你》（1984）、《国王我来了》（1985），长篇小说《枣椰树林东》（1983）、《杜哈说》（1985）、《我的姨妈和修道院》（1991）等。

发表于1995年的长篇小说《流亡地的爱情》曾获当年开罗国际书展最佳长篇小说奖，又被选为“20世纪105部阿拉伯最佳中长篇小说”之一。作家曾获1998年度国家文学表彰奖。2008年，小说《日落绿洲》获阿拉伯“布克奖”。

穆罕默德·吉卜利勒生于亚历山大贝哈雷地区。其父是位会计，兼做翻译。

家中藏书颇丰，使吉卜利勒自幼便从中获益，喜爱文学。他1959年开始在《共和国报》做一名编辑，后又在《晚报》工作；自1967年1月至1968年7月，他曾任关注文化问题的《社会改良》月刊编辑部主任，并任阿拉伯居民发展建设宣传研究中心顾问；曾在阿曼任《祖国报》主编达9年之久，后回国主持《晚报》文化版。他是位多产的作家，其著作有50多部。如短篇小说集《那一瞬间》（1970）、《艰难岁月的反映》（1981）、《节日集市》（1997）、《犹太街区》（1999）、《我们看不见的》（2006），中长篇小说《围墙》（1972）、《穆太奈比的遗稿》（1988）、《山中碉堡》（1991）、《向下看》（1992）、《海湾》（1993）、《村长的忏悔》（1994）、《朝花》（1995）、《彼岸》（1996）、《天际孤星》（2001）、《连接时》（2002）、《影子男人们》（2005）等。其中不少是历史小说，如《村长的忏悔》就是仿古埃及《亡灵书》的语言写法老时代的故事。除小说外，他还写有一些有关文学评论的著作。当然，其代表作是被评为"20世纪105部阿拉伯最佳中长篇小说"之一的《贝哈雷四重奏》（1997—1998）。小说被认为是一部史诗式的巨著，分别以亚历山大市出生于贝哈雷区的四名圣徒为全书四部分命名，即第一部是《艾布·阿巴斯》，第二部是《亚古特·阿尔氏》，第三部是《蒲绥里》，第四部称《阿里·台姆拉兹》。小说以第二次世界大战结束后至1952年7月以纳赛尔为首的自由军官组织推翻了法鲁克王朝这段时期的亚历山大贝哈雷区为背景，写出了形形色色的凡人琐事。小说一方面受西方魔幻现实主义的影响，另一方面也具有苏菲神秘主义的色彩。《贝哈雷四重奏》全书有1000多页，分105章，有名有姓的人物达上百个。在一定程度上是作者青少年时代的回忆录。《贝哈雷四重奏》是"20世纪105部阿拉伯最佳中长篇小说"之一。

第五节　迈哈穆德·台木尔

迈哈穆德·台木尔自幼受父兄的熏陶，很早就接触了阿拉伯古代和近代文学，

并阅读了大量西方文学作品，深受莫泊桑、屠格涅夫、契诃夫等西方和俄国现实主义作家的影响。1925 年，他发表了第一部短篇小说集《朱玛教长》，从此以现实主义风格登上了阿拉伯文坛。

台木尔以写短篇小说见长，被誉为“尼罗河的莫泊桑”，是阿拉伯现代文学短篇小说艺术的奠基人之一。他一生写了近 400 篇短篇小说，被收在《穆台瓦里大叔》（1927）、《歌女的心》（1937）、《小法老》（1939）、《命中注定》（1941）、《鬼丫头》（1942）、《恭贺新禧》（1950）、《我是凶手》（1961）、《今天的姑娘》（1971）等 26 部短篇小说集中。

台木尔早期作品受埃及改良主义思潮和文化启蒙运动的影响，作品往往以人道主义为基调，采用白描的手法，描写社会中形形色色的人和事。

《二路电车》最初是以《鬼丫头》为题，发表于同名短篇小说集（1942）中，1946 年收入短篇小说集《厚嘴唇》时，改名为《二路电车》。是写一个售票员与一个穷得常要逃票的姑娘由互不了解、相互敌对，到相互同情，进而相亲相爱的曲折、有趣的故事。《乞丐》写了一个残废的乞丐因拾到别人的钱财而深感良心不安，终于将这意外之财送归原主。《小耗子》写了一个孤苦无靠的小女佣人受尽女主人欺凌的悲惨命运。作者在这些作品中，描写了下层劳动人民善良、勤劳、淳朴等高尚的品德，对他们的贫穷生活深表同情，从正面或侧面反映了资本主义社会贫富悬殊、人压迫人等黑暗现象。

在《赛拉姆帕夏的姨妈》中，作者却用辛辣的笔调揭露了上层政客贪吝、卑鄙、伪善、丑恶的嘴脸：姨妈在世时，帕夏从不关心她，待她因贫困而死时，他却大办丧事，以达到沽名钓誉的目的。在《塔瓦杜德太太》中，作者用很短的篇幅，成功地刻画出一个贪婪、悭吝的女财主的嘴脸：她继承了大笔财产，又靠高利贷盘剥，可谓家财万贯。但她悭吝成性，过着类似禁欲者的生活。一家穷亲戚在走投无路的情况下求助于她，她掏了半天，最后竟摸出五个皮阿斯特（一埃镑等于一百皮阿斯特）。亲戚愤然而去，她却趴在地上寻回那五个皮阿斯特。作者笔下的这一典型形象与莫里哀笔下的阿巴贡与巴尔扎克笔下的老葛朗台有着异曲同工之妙。

在《成功》中，我们可以看到，在资本主义社会中，一个新闻记者靠正直和才华不能取得成功，而靠造谣惑众、炮制黄色新闻却能扶摇直上，红得发紫。作者不仅揭露了资产阶级新闻界的堕落，也抨击了资本主义社会的黑暗、腐朽。

《上天堂》《穆台瓦里大叔》《小清真寺的教长》等篇则从一定的角度揭示了神权、宗教迷信对普通群众的毒害和某些宗教人士虚伪、丑恶的灵魂：《上天堂》写农村青年苏维木由于受宗教的影响，不愿再过终日在田野劳动的穷苦日子，而一心向往天堂的幸福生活，竟至要求别人把自己杀死，以达到去天堂的目的这样一个离奇的悲剧。《穆台瓦里大叔》，原题为《被期待的马赫迪》，是写穆台瓦里大叔本是一个穷苦的小贩，阴错阳差，被一些愚昧、迷信的人们以讹传讹地推奉为下凡救世的“圣人”——“被期待的马赫迪”，而加以崇拜，终因经受不住现实与幻觉的矛盾，精神分裂发了疯，成了宗教迷信的牺牲品。

《小清真寺的教长》则写的是，一个丈夫盛怒之下休了妻子，后又后悔，希望复婚，但照教法，被休了的妻子必须再与另一个人名义上结一次婚，然后再离，才能与原来的丈夫复婚。休了妻子的丈夫出于信赖，求助于道貌岸然、“德高望重”的小清真寺教长，希望他能扮演这场复婚“过渡”的角色，教长答应之后，见到教徒的妻子年轻美貌，竟从此霸占不“还”，并声称是真主的旨意。这类故事虽然显得荒唐、离奇，却是现实的反映，寓意极为深刻。

迈哈穆德·台木尔著作甚丰。除短篇小说外，他还写有中长篇小说十余部，如《莫名的召唤》（1939）、《赛勒娃彷徨歧途》（1944）、《别了，爱情！》（1959）、《泥塑神胎》（1969）等。

其中，《赛勒娃彷徨歧途》是一部较有名的批判现实主义长篇小说。主人公赛勒娃本是一个天真无邪的贫苦女孩，但因母亲放荡被休弃，父亲早亡，祖父性情孤僻，致使她从小就失去了家庭的温暖，过着孤寂的生活。她在复杂的社会环境中受到各种不良因素和邪恶势力的影响，逐渐堕落，最后在善良的女友感召下，表示痛悔。小说结构严谨，故事曲折、感人，在一定程度上揭露了当时贵族阶层的荒淫无耻，暴露了当时社会的一些黑暗面。但作者只是从人性论的观点出发，把主人公的堕落归罪于遗传因素，这显然是作者世界观的局限。

迈哈穆德·台木尔还写有剧本约20部。如《十三号防空洞》《炮弹》（1943）、《永恒的夏娃》《今朝有酒……》（1945）、《比鬼还鬼》（1956）等。《十三号防空洞》是作者较有代表性的3幕喜剧：作者用讽刺的笔法写了第二次世界大战期间一群不同阶层、不同性格的人，为躲避空袭而聚集在一个防空洞里。他们平时各按各自不同身份行事：或倨傲，或矜持，或随和，或谦卑。一旦得知洞口被附近炸倒的大楼废墟堵死，而洞中只有小贩带有糕点，大家都面临死亡时，他们就纷纷暴露出贪生怕死、自私自利的本性；但当救护队来临，他们即将获救时，就各自重又按照自己的身份再装腔作势起来。剧本取材于现实生活，大胆地嘲笑和讽刺了上层贵族的虚伪、自私，颇有社会意义。《炮弹》也是一出3幕喜剧，写了一些城里人在面临炮弹袭击的危险下，才想起他们应到乡下去"帮助改善农民的状况"。但到了乡下，遇到重重困难和麻烦，于是在权衡得失之后，他们仿佛忘记了自己的豪言壮语，又纷纷回城。作者在剧中揭示了当时埃及社会的城乡差别，以及资产阶级虚伪自私的本质。

此外，迈哈穆德还写有一些散文、游记和有关语言、文学的论著。其作品体裁多样，题材广泛。其主要倾向是批判现实主义。他力图从各个角度摄取题材，针砭时弊，表达爱憎；表现了他要求改良社会、追求理想道德的愿望。他曾多次因文学、语言方面的成就而获奖。

第六节　塔哈·侯赛因

塔哈·侯赛因是埃及，也是阿拉伯世界现代最著名的文学家、文学评论家、思想家之一。他虽出生于穷乡僻壤，又自幼双目失明，但却以超乎常人的毅力在黑暗中，在布满荆棘的道路上顽强、执着地探索、追求、前进，终于成为一名著作等身、享誉国内外的作家、学者，被人尊称为"征服黑暗的人"，被誉为"阿拉伯文学之柱"。

塔哈三岁时患眼疾，被庸医所误，致使双目失明。父亲把他送往私塾，习诵《古兰经》，以求将来成为"诵经师"而谋生。塔哈自幼聪明过人，除背诵《古兰经》

外，他还学习过不少古代诗文，并从民间说唱艺人那里听过很多民间传说故事，这些大概就是他受的启蒙教育。1902 年他随兄赴开罗，入爱资哈尔大学学习。当时，爱资哈尔大学是一个维新与守旧两种思想激烈斗争的中心。正是在这里，赛义德·迈尔赛菲先生教授的文学课（在爱资哈尔大学被认为是“皮毛课”，以与宗教的“精华课”区别）引起塔哈对文学的浓厚兴趣；文化启蒙运动的先驱穆罕默德·阿布笃、主张妇女解放的卡西姆·艾敏和力主改良、维新，提倡言论自由的思想家艾哈迈德·鲁特菲等在校内外都曾对塔哈的思想产生过积极的影响。

1908年，塔哈开始在新创建的埃及大学（开罗大学的前身）学习文学、历史、哲学等课，并在夜校补习法语。埃及大学是一所新型大学，所授的新课程、新思想，使塔哈大大地开阔了眼界，受益匪浅。1914年，他以研究阿拔斯朝后期著名的盲诗人艾布·阿拉·麦阿里的论文《纪念艾布·阿拉》而获该校第一个博士学位。论文因观点新颖、大胆，论证严密，史料翔实而获好评。论文表明作者具有深厚的学术功底，掌握了较科学的研究方法，并有卓越的治学才能，从而使年轻的作者声誉鹊起，名噪一时。

同年，他被学校派往法国留学，在蒙彼利埃大学学习。约一年后，即 1915 年，他因赞助其留学的母校经济拮据而被召回。3 个月后，经一番周折，他再次赴法，分别在索邦大学和法兰西学院学习文学、哲学、历史等。他曾广泛涉猎世界文学名著，潜心研究古希腊、罗马文化和近代欧洲，特别是法国文学、哲学。在法留学期间，作家结识了一位名叫苏珊的姑娘，在生活和学习上都得到了她很大的帮助，后来两人相爱，结为伉俪。

1918 年，塔哈以论文《伊本·赫勒敦的社会哲学》获博士学位。1919 年，塔哈·侯赛因离法返国，先后在埃及大学教授希腊、罗马史和阿拉伯文学，并同时在报刊上发表杂文，投入了当时文化战线上维新与守旧两种思想的斗争。在这一期间，他曾大量翻译、介绍古希腊、罗马的文化遗产、欧洲文艺复兴运动以及近代西方特别是法国的文学、文化成果，以使埃及、阿拉伯人更好地了解、欣赏、借鉴这些西方文化的精华，借以推动阿拉伯文学、文化复兴运动的进程。

他翻译出版了《希腊诗剧选》（1920），亚里士多德的《雅典人的制度》（1921），法国社会心理学家勒庞的《教育精神》（1922），介绍了法国一些著名剧作家的作品《戏剧故事》（1924），发表了评传《思想领袖》（1925）。此后，他还翻译过拉辛的名剧《安德罗玛克》，伏尔泰的哲理小说《查第格》，纪德的《忒修斯》等名著，并主持了《拉辛剧作选》和《莎士比亚剧作选》的翻译工作。

与此同时，塔哈·侯赛因还利用他从西方学到的理论和方法深入研究阿拉伯文学遗产，并重新加以评价。1926年他的《论贾希利叶时期的诗歌》公开发表；在这本书中，塔哈·侯赛因强调了文学的社会属性。他介绍了部分西方文学批评的理论和方法，特别是他在这本书中采用了法国哲学家笛卡尔“系统的怀疑论”方法和认识上“唯理论”的观点，对伊斯兰教以前的诗歌进行了研究，从历史、语言、艺术性等方面加以分析。

结果，他对这些诗歌的真实性及其价值表示怀疑，认为它们大多是后人伪托的赝品。这种研究方法及其结论，对于那些惯于抱残守缺、陈陈相因的经学院的学究们无疑是一次巨大的冲击，引起的震动和反响是作者始料不及的。论敌们紧紧抓住行文中几段有关宗教的问题大做文章，认为塔哈·侯赛因简直是离经叛道，亵渎伊斯兰教和先知，从而掀起一场轩然大波，对他口诛笔伐，进行围攻，并要求议会对他进行制裁，宣布该书为禁书。后来由于政府出面干涉，塔哈·侯赛因作了某些妥协，并一度去欧洲避难，这场风波才算平息。

塔哈·侯赛因是著名的教育家、社会活动家。他于1929年、1934年曾两度出任埃及大学文学院院长，20世纪40年代曾任亚历山大大学校长，1950—1952年任教育部长，在任期间，签署了免费教育法令，从而实现了他的“教育机会均等的主张”。塔哈·侯赛因在1952年七二三革命胜利后曾任埃及作协主席，阿拉伯语言学会会长、《共和国报》主编等职。雅典大学、牛津大学、罗马大学、里昂大学、马德里大学、蒙彼利埃大学、剑桥大学等七所大学先后授予他名誉博士称号。1949年他获得国家文学奖，1958年获国家文学表彰奖，1965年获尼罗河勋章。他还他曾两度被推荐为诺贝尔文学奖候选人。作家逝世于1973年10月28日，享年84岁。

就在他逝世前一天，联合国宣布授予他在人权方面有最杰出成就的名人奖。

塔哈·侯赛因一生不肯随波逐流、趋时媚俗，不肯向命运屈服，不肯向权贵低头，不肯向传统势力、保守思想妥协。早在他出国留学之前，他就受到改良、维新派思想的影响，站在这一营垒内，以在报刊上发表论文的形式参加战斗。当他留学归国后，更是很快就成为埃及、阿拉伯文化复兴运动的旗手与领袖。

塔哈·侯赛因积极主张并身体力行向西方现代文化、文学借鉴、学习，但并不主张照搬欧洲的一切，他认为东西方文化是要互补的，应当相互交流，既要“拿来”又要“给予”。他反对复古守旧，但同样反对全盘否定阿拉伯古代文化遗产，而主张对西方文化、文学的借鉴应与发扬本民族的优良文化传统结合起来，有取有舍，取其精华，去其糟粕。他的有关文艺批评思想已打破了当时封建的复古守旧思想的框子，在很大程度上摆脱了传统宗教偏见的束缚，从而在埃及和整个阿拉伯世界建立了新的文艺批评标准，对阿拉伯各国的现代文学的迅速发展起了积极的作用，这也是塔哈·侯赛因对阿拉伯文学发展的最大贡献。

塔哈·侯赛因是位多产的作家，留下 70 多部著作。1974 年黎巴嫩图书社曾出版《塔哈·侯赛因全集》，共 19 卷，内容包括文学、语言、历史、哲学、政治、教育、宗教等诸方面。如文论《哈菲兹与邵基》（1929）、《谈诗论文》（1936）、《与穆太奈比在一起》（1937）、《文学与批评》（1945）、《星期三谈话录》（三卷，1925—1957）、《争论与批评》（1955）、《批评与改革》（1956）、《我们的当代文学》（1958）等。其代表作是自传体小说《日子》。

《日子》共三卷，分别发表于 1929 年、1939 年、1962 年。《日子》最早以连载的形式发表于 1926 年的《新月》月刊上，1929 年才出单行本。第一卷是写作家的童年时代，描写了在帝国主义侵入和封建统治下，埃及的贫穷、落后、愚昧的情景。第二卷集中地记述了作者在爱资哈尔大学的学习生活，从侧面反映了当时在文化教育领域内主张改良的革新派同封建势力的斗争。正是在这种情况下，新型的埃及大学一成立，他就迫不及待地入学听课。第三卷则记述了作者进入这所新式大学后，如何如鱼得水般地汲取新思想、新知识，使他视野大为开阔；还记述了他赴法留学的经过，他在法国的学习生活和传奇式的爱情。我们可以从中看到西方文化对他的影响及他对幸福、光明的追求。

综观全书，我们可以看到，《日子》是以 19 世纪末 20 世纪初动荡、变革年代中的埃及社会为背景，通过作者的亲身经历、感受和成长过程，真实地反映了当时一代知识分子在资产阶级改良和文化启蒙运动中，如何从朦胧中逐渐觉醒，要求进步、民主和科学；深刻地揭露了当时埃及社会的封建、守旧、愚昧、落后的状况，揭示了社会变革的必要性和迫切性。小说以对历史的真实描述，使它具有认识价值；又以其批判意识和改革意识，使它具有较大的社会意义。

《日子》这部文学作品，在艺术方面也具有很多特点：

第一，是它的体裁特点。这是一部自传体小说，而不单纯是自传。它不是流水账式地按年代去写自己经历的生活，而是恰当地选择了一些典型的人物和事件，并精心安排，加以描述，详略有致地为作者既定的主题服务。同时，典型的人物和典型的事件、引人入胜的故事，绘声绘色、细腻形象的描述，这一切使它具有小说的特点。对这些人和事，作者又以具有感情色彩的语言进行褒贬、评论，甚而从社会角度、心理角度详加分析，使它又有些像具有论证色彩的研究论文和报告文学。

第二，作者将对自己个人青少年时代的生活经历的追述与整个社会风云变化联系在一起，并通过对比的手法，写出新旧两种、两种思想的斗争，从而使作品具有较深刻的社会意义。

第三，从叙事方式上看，《日子》像是自传体小说，但通篇叙述用的是第三人称，而不是第一人称，好似作者谈的不是他本人，而是另外一个人。这可以让作者与书中的自己拉开一个距离，以便站得更高一些，客观、自由地对书中的人和事进行描述、分析和评论。作者在书中有意地不写出人名和地名，使这部小说描写的人物、事件、环境更带有典型性。

第四，作品具有强烈的感情色彩和浓厚的抒情意味。作者时而用抒情笔调、娓娓动听的语言，描写一个双目失明、正直、善良、敏感、自尊、要强的孩子在寻求光明的道路上遇到的种种艰难困苦，令人读后不禁会洒下同情的泪水；时而又用幽默、诙谐的语言，漫画式的手法，绘声绘色地刻画出那些不学无术而又要装腔作势、招摇撞骗的守旧势力的代表人物的丑恶嘴脸，使人读后忍俊不禁。

第五，语言特色。《日子》像塔哈的其他散文作品一样，语言清新流畅，音韵和谐。他不刻意追求华丽的词句，但通过多用同义词、近义词，讲究对比、重复，多用短句且讲究押韵等手法，使得他的散文有一种音乐美。他的散文这种独特风格，被人认为是“易而难及”的风格。

除《日子》外，塔哈·侯赛因其他具有较大影响的小说还有中篇小说《鹧鸟声声》（1934），写出了在愚昧、落后的封建传统礼教以及各种邪恶势力的压迫下，埃及农村妇女的悲惨遭遇，表现了作者对身受重重压迫的劳动妇女的深切同情，对残害妇女的封建礼教、传统习俗和邪恶势力予以无情的谴责和鞭笞。这部作品被阿拉伯作家协会选为“20 世纪 105 部阿拉伯最佳中长篇小说”之一。

心理分析小说《一个文人》（1935），描写了作家的一位同乡、朋友和同学与他一起在埃及大学和在法国留学的经历。这位同学性情孤僻、乖戾，为了达到留学的目的，他休了爱妻，在国外求学过程中又拈花惹草，时而发奋上进，时而又堕落沉沦，最后终于身心交瘁，精神分裂。

《山鲁佐德之梦》（1943），借用《一千零一夜》女主人公山鲁佐德在 1009 夜至 1014 夜梦中向国王山鲁亚尔讲的有关精灵公主法蒂娜与她的众多求婚者的神话故事，阐述了作者要求和平、民主，反对列强为各自利益而进行战争的思想。

《苦难树》（1944），反映了陈腐的传统习惯势力、封建迷信思想和包办婚姻带给广大人民特别是妇女的苦难。

短篇小说集《大地的受难者》（1948），通过 11 篇故事和论述，指出当时埃及人民如何在贫穷、落后、愚昧、疾病、奴役的苦难中挣扎，指出社会的种种黑暗和不公。作品出版后不久，即被当局宣布为禁书，作者亦被指控为“共产党”，该书的观点由此可见一斑。

塔哈·侯赛因的小说多以反对封建、保守、愚昧、落后，提倡科学、民主、进步、革新为主题。但作品中往往夹杂大段的评论、分析，而缺乏对具体形象、故事情节生动、细致的描写。很多地方更像是语言优美的散文，而不像以故事情节和人物形象取胜的小说。这些大概与作者的双目失明，影响了对事物的观察，而使他更善于思索，更讲究理性和语言美有关。

第七节　陶菲格·哈基姆

陶菲格·哈基姆被认为是埃及，同时也是整个阿拉伯世界现当代文坛最著名的作家和思想家之一。他站在开创阿拉伯现代小说艺术的先驱行列，更是阿拉伯现代剧坛之魁首。

陶菲格·哈基姆生于亚历山大的一个富裕的家庭中。父亲在农村中有很多田产，同时又在司法界任法官、法律顾问；母亲是土耳其贵族后裔。父亲想照自己的模式塑造儿子：孩子小学毕业后，就被送往开罗上中学，然后上法律学校。陶菲格·哈基姆自幼就明显地表现出他对音乐、戏剧艺术的爱好。他常追随那些流动剧团到各县巡回演出，混迹于穷苦的江湖艺人之中。

1918 年，陶菲格·哈基姆写出了第一部剧本《讨厌的客人》。剧本以其深刻的政治寓意表明了年轻作家的民族主义和爱国主义的倾向。“讨厌的客人”正是指英国殖民主义者：他们不请自来，又赖着不走。检查官似乎嗅出了作品的反英味道，因而禁止演出。1919 年，当埃及政治舞台演出一场轰轰烈烈的反英爱国斗争的活剧时，作家参加了这一斗争，并遭逮捕。获释后，陶菲格·哈基姆又先后写出了《未婚夫》《新女性》《阿里巴巴》等剧，是他最初对戏剧创作不成熟的尝试。

1924 年，陶菲格·哈基姆在法律专科学校毕业后，父亲便把这个不肯安分的儿子送到法国去深造，期盼他能学成个法学博士。但陶菲格·哈基姆在法国的四年，并没有遵从父命专心学习法律，而是被西方的文艺深深地吸引住了。他出入咖啡馆、音乐厅、歌剧院、剧场，如饥似渴地阅读西方古典和现代的名家名著，特别是古希腊的阿里斯托芬、索福克勒斯、欧里庇德斯和现近代的萧伯纳、皮兰德娄、易卜生、契诃夫等人的剧作。他不仅阅读剧本，也钻研小说艺术的创作，并尝试用法语写成小说《灵魂归来》（后用阿拉伯语改写，于 1933 年发表）。

1928 年，陶菲格·哈基姆归国后，在司法部门任职，曾任乡村检察官。这使他有机会接触当时埃及贫苦农民，更清楚地观察到农村中的种种阴暗面。这一切为他以后创作的中篇小说《乡村检察官的手记》（1937），短篇小说集《艺术与司法忆旧》（1953）和剧本《交易》（1957）等积累了生活素材。

1934 年，作家被调到教育部任调研司司长，后又任社会事务部社会指导司司长。在任职期间，他一直坚持创作。其中很多著作和文章由于针砭时弊、抨击当局，而常惹得上司恼羞成怒，扬言要对他惩处，但迫于舆论压力，往往以扣除其半月薪金作罢。1943年，由于不堪忍受官职带给他创作、言论的种种限制和不便，他辞去公职，以便能更加自由地从事他所喜爱的创作事业。不过，1951年他还是接受了国家图书馆馆长的任职。埃及七二三革命胜利后，他曾任文学艺术社会科学最高委员会戏剧委员会主任、埃及常驻联合国教科文组织代表、剧作家协会名誉主席、作家协会主席、语言学会理事等职。

陶菲格·哈基姆1958年曾获“共和国勋章”，1960年获国家表彰奖，1975年获埃及艺术科学院荣誉博士称号，1977年获地中海国家文化中心授予的“最佳文学家与思想家”称号，1979年获最高尼罗河勋章，并于1980年和1982年两次被提名为诺贝尔文学奖候选人。

陶菲格·哈基姆崇尚民族主义、爱国主义精神，但并非是狭隘的民族主义者。他认为世界文明是东西方各民族共同创造的遗产，主张在学习、借鉴西方文明的同时，要保持东方的精神。因此他说我们要学习西方人头脑中的东西，而要摈弃他们心灵中的东西。在他看来，西方文化也是我们的，我们要从中吸取一些，并补充进一些我们自己的东西。他强调东方精神，珍惜古老的埃及民族文化遗产和传统的价值观念，但他反对因循守旧，曾大声疾呼：让我们伸出手来，不要受传统习惯锁链的束缚！因此，他终生在思想和创作上都不断地求新。

陶菲格是位思想家。他主张自由思想和思想自由。他曾说：我不崇拜什么东西，也不敬仰什么人，我只是认真地看待一件事，就是思想。因为只有它才是闪耀在一座金字塔尖上的光明，这金字塔四边的基石是真、善、美和自由。只有这座金字塔才是我的存在中唯一永恒不变的东西。

陶菲格在《文学艺术》一书的开头曾提出他对文艺的看法：只有文学，才会发现和保存人类和民族永恒的价值；只有文学，才会带有并传承打开民族性和人性觉悟的钥匙……而艺术则是驮着文学在时间与空间驰骋的活跃而有力的骏马。

陶菲格是位多产的作家。其作品无论是体裁还是题材都是多种多样的。他一生曾创作有七十余部剧本，此外，还写有小说、文论、杂文集等约50部，其作品多被译成英、法、俄、德、西、意、中等各国文字，其剧本也曾在欧美世界上演。

陶菲格·哈基姆最著名的小说是他带有自传性质的《灵魂归来》《乡村检察官的手记》和《东来鸟》。

如前所述,《灵魂归来》是陶菲格留法期间先用法文写成，后用阿拉伯文重写，分两卷，于1933年发表，是作者的代表作之一，也是“20世纪105部阿拉伯最佳中长篇小说”之一。小说取材于作者在开罗上高中时期的一段生活。主人公穆赫辛从乡下来到首都开罗，寄居在两个叔叔家里。与他们同住的还有堂叔——一个停职的警官、姑姑——一个其貌不扬、急待嫁人的老处女，此外还有一个男仆。叔侄们不约而同地都暗中爱上了邻居——一个退伍军官的女儿，但姑娘却另有所爱，嫁给了别人。穆赫辛精神上受到沉重打击，有些垂头丧气，全家也为此发生了一场风波，这时埃及1919年的革命爆发了。穆赫辛与全家人都抛弃了个人的烦恼和嫌隙，同仇敌忾，积极投身于反英爱国的民族革命的洪流中，为自由而战。小说在现实主义的基础上，又增添了一层象征主义的色彩。小说用幽默、诙谐的笔调生动地描写了当时埃及城乡人民的社会风貌，并用穆赫辛叔侄一家象征埃及整个民族，指出这个民族是有着几千年古老文明和传统精神的。他们勤劳、朴实、坚韧不拔，内心深处蕴涵着巨大的精神力量。他们内部虽难免发生龃龉，存有芥蒂，但却是一个利害相关、荣辱与共的整体；他们虽还贫穷、愚昧、落后，但一旦有“神”——一个英明的领袖起来召唤，这一民族就会振兴起来，那曾创造了金字塔奇迹的民族灵魂就一定会归来，再创奇迹。这就是本书的主旨。这部作品被阿拉伯作家协会选为“20世纪105部阿拉伯最佳中长篇小说”之一。

《乡村检察官手记》是一部中篇小说，发表于1938年。小说取材于作者1928年留法回国后在乡镇任代理检察官的一段生活。作者用犀利、嘲讽的笔调，通过一位乡村检察官始于对一件农民杀人案的调查，终于将这一案件不了了之的“归档”过程，用12天日记的形式，对法官、律师、警察局长、宗教法官、检察官、乡长、形形色色的农民形象作了生动的描述，淋漓尽致地揭示了当时腐朽、落后的埃及社会，特别是埃及农村的状况。小说一方面有力地抨击了当时掌权的官僚们是如何贪赃枉法、强奸民意、草菅人命、残暴、狠毒而又昏聩、愚蠢，另一方面也描述了当时埃及农民的愚昧无知、贫穷落后、听人摆布、任人宰割的悲惨可怜的境况。这是一部成功的社会批判小说，通过司法界黑暗的一角，透视出百孔千疮的埃及社会的种种弊病，好似一部警世小说，振聋发聩，引人深省。美国一家著名的文学月刊曾将《乡村检察官的手记》列入 1920—1950 年间问世的 60 部世界最佳作品之中。①

发表于 1941 年的《东来鸟》则取材于作者在巴黎留学（1924—1928）的一段生活：来自东方、性格内向的埃及留学生穆赫辛爱上了法国姑娘伊玛，但囿于东方的传统道德精神，他又非常拘谨，不敢敞开心扉，不敢大胆地追求、接近她；西方姑娘无法理解东方青年这种复杂的表达方式，因而两人的关系未能继续发展。同时，小说还写了穆赫辛与侨居法国却憎恶西方物质文明、向往东方精神文明的俄国工人伊凡的友谊。时值第一次世界大战之后，各种思潮频起，社会主义也刚在阿拉伯世界出现。作者试图通过这一小说，表现东方精神文明与西方物质文明的撞击与矛盾。作者曾在该书前言中说："今天的读者不应忘记，这部也许是那一时代最早涉及世界各种思潮和倾向的埃及小说所反映出的景象，正是第一次世界大战之后不久的那些年代中东西方世界的景象：那时，世界由于一些新思想的出现而动荡，同时，各种倾向、信仰和传统相互撞击，欧洲的思潮很快转向古老的东方，而古老的东方也时而以一种神秘的形象，时而又以一种精神理想充满欧洲的头脑，同时，朦胧的社会主义实验也还没有揭示出结果，甚至还不能让那位住在西方的工人完全放心……"② 这段话也许可以作为这部小说颇好的注解。

陶菲格·哈基姆最大的成就是在戏剧创作方面。他为埃及、阿拉伯的现代散文剧作奠定了坚实的基础。在他手中，阿拉伯戏剧日臻完善，走向成熟，并可与现代世界最优秀的戏剧相比美。

陶菲格·哈基姆在留法期间，深受萧伯纳、易卜生等戏剧大师的影响；回国后，他企图摆脱当时种种政治党派之争，而专心思考一些有关整个人类永恒的问题，于是，在他笔下便产生了一系列的哲理剧。

这类哲理剧的特点是借用一些古代的神话故事、宗教传说，赋予新意，用借古喻今的方法阐述一些人类共同的问题，不受时间与空间的限制。这类剧反映的

---

① توفيق الحكيم، لعبة الموت، الشركة العربية للطباعة والنشر والتوزيع، ١٩٥٩م، ص ١١٧.

② توفيق الحكيم، عصفور من الشرق، مكتبة مصر، القاهرة، ١٩٧٧م، ص ٨ من للمقدمة.

是思想、哲理，而并非是现实事件与人物。写这种哲理剧的主要目的不在于演出，而在于供人阅读、深思。因而剧中人物、事件、细节往往写得缺乏戏剧效果，不太适于演出。

陶菲格·哈基姆在戏剧方面的成名作和代表作是写于 1929 年、发表于 1933 年的哲理剧《洞中人》。剧本取材于著名的宗教传说七眠子的故事。作者据《古兰经》中“有人将说：‘他们是三个，第四个是他们的狗。’”（《古兰经》18：22）一语，将剧中主人公写成三人。他们在古罗马时代，为逃避宗教迫害，躲进一个山洞中，沉睡了 309 年，醒转来，还以为只睡了一夜。重新回到社会中去，虽由于时代变迁，他们被当成圣徒，到处受到尊敬，并过上非常舒适的物质生活。但时过境迁，三百余年的变化，使他们这些生活在过去特定时期和环境中的人物，处处与新时代、新环境产生矛盾；当年与他们休戚相关的亲朋好友已不复存在了，往日的理想、追求也已破灭。他们感到在新的现实中无法适应，而宁愿回到洞中死去。作者试图释阐人与时间的矛盾与斗争，说明人受时代的制约，谁落后于自己所处的时代，就无法生存下去。

剧本出版后，埃及文豪塔哈·侯赛因曾予以高度评价，指出：“这一剧本的问世在阿拉伯文学史上具有划时代的伟大意义。……它是阿拉伯文学中创作出的第一部真正可以称之为剧本的作品；可以说它丰富了阿拉伯文学，为这一文学增添了一笔从未有过的财富，可以说它提高了阿拉伯文学的地位，使这一文学毫不逊色于古今的外国文学。”①

如果说《洞中人》的主题是要说明人与时间的斗争，人无法摆脱时间制约的话，那么作家发表于1934年的第二部哲理剧《山鲁佐德》则是说明人与空间的斗争，人终归摆脱不开空间制约的悲剧。剧本以著名的《一千零一夜》主架故事的主人公——国王山鲁亚尔和成了王后的聪明、美丽的山鲁佐德为剧本的主要人物。故事从《一千零一夜》的结尾写起：山鲁亚尔听过山鲁佐德讲的各种故事后，受到很大启发。他变得渴求知识，希望了解世界及其奥秘，不再追求物质及肉欲的享受。他想摆脱感情的束缚，只听凭理智的指导，离开自己所在的现实空

① طه حسين، الأدب والنقد، مجموعة طه حسين، المجلد الخامس، الشركة العالمية للكتاب، لبنان، ص ٤١٩.

间，到世界各地周游，追本穷源，去探求世上种种事物的真相与本质。但实际上，他好似上不着天、下不着地，感到惶惑不安。他终于又回到了自己的皇宫，却发现王后与一个黑奴私通，这才觉得世界并不那么理想，地球好似一个旋转的监狱，人无法超越空间，脱离现实。

发表于 1942 年的《皮格马利翁》也是一部著名的哲理剧。故事取材于希腊神话传说：潜心于艺术的名雕塑家皮格马利翁创作了一尊美女的塑像，并爱上了她。她求助于女神维纳斯，使塑像有了生命，遂与她结为伉俪。原神话故事本来到此结束，但剧作家却接着引申：艺术要求的专心致志与饮食男女的人生诱惑之间产生了矛盾，使得皮格马利翁再次要求维纳斯女神让美女恢复成塑像，当女神满足了他的要求后，他却又心猿意马，六神无主，绝望中打碎了塑像。作家企图通过这一悲剧，表达自己的亲身感受，说明艺术和生活之间的矛盾。

除哲理剧外，陶菲格·哈基姆还写有大量的反映现实生活的社会剧，如出版于 1950 年的《社会舞台》一书中就收有 21 个这类的社会剧。《昼夜之间》写一次内阁倒台时，一位大臣的未婚女婿和办公室主任都急于摆脱与这位大臣的关系，他们在背后诋毁他，深怕自己会因同这位下台大臣的关系而倒霉。但一听说新组成的内阁名单上又有那位大臣，他们又迫不及待地对他拍马溜须，极尽阿谀奉承之能事。昼夜之间，两副嘴脸。短短的一出喜剧把世态炎凉、势利小人的丑态刻画得淋漓尽致。《勤必有福》是一出一幕三场的喜剧。职员谢尔班勤勤恳恳，工作从不拖拉，每天都抓紧时间处理好大堆的文件，上司却只看到他工作之余在休息，认为他偷懒，提职时没有他的份儿。后来，经朋友指点，他让需要处理的文件堆积如山，叫嚷人手不够，结果，增加了人员，他倒升了官。《细嫩的手》（1954）写原来的贵族、知识分子如何在革命后社会、生活变化面前，由狼狈、不适应，到渐渐适应的过程。

作家写得最好、影响最大的社会剧发表于 1956 年，题为《交易》。作家在剧中生动地塑造了一系列革命前农村的人物形象：有地主，有农民，也有可憎的高利贷者，还有大胆、泼辣的村姑。可贵的是剧本写出了农民由于团结一致、共同行动，所以在为维护自己权益的斗争中取得了胜利。剧情起伏跌宕、引人入胜，针砭时弊，妙语横生。在开罗上演时深受广大观众的好评，被认为是埃及剧坛现实主义的杰作之一。

如前所述，陶菲格·哈基姆在艺术创作中是个永不满现状而勇于创新的人。他曾借鉴梅特林克（Mauriee Maeterlinck 1862—1949）的象征剧、季洛杜（Jean Giraudoux 1882—1944）对希腊悲剧的新编以及尤内斯库（Eugène Ionesco 1909—1994) 的荒诞剧。他试图将戏剧与小说形式结合起来，称之为“戏剧小说”，即小说中包括大量戏剧式的对话。出版于 1967 年以 20 世纪 60 年代埃及的政治舞台为背景的《不安的银行》就是这种文体的尝试。此外，他还写有荒诞派的剧本《喂，上树的人们！》（1962）、《人人有饭吃》（1963）等。

陶菲格·哈基姆被认为是一位语言大师。无论是小说还是剧本，他的语言都非常幽默、诙谐、生动、形象、通俗、流畅，颇有些像我国小说家、戏剧家老舍先生的语言。为解决阿拉伯语标准的书面语言与口头的方言土语严重脱离的问题，他曾提出要用“第三种语言”，并在自己的剧作中加以实践。他使用的这种“第三种语言”通俗易懂，合乎正规语的语法规则，又可把它用土语的发音方式变成人们日常用的口语。

第八节　舍尔卡维和尤素福·伊德里斯

阿卜杜·拉赫曼·舍尔卡维出生于尼罗河三角洲北部的穆努菲亚县戴拉屯乡一个农民家中，是信奉马克思主义的左翼作家萨德·迈卡维的同乡。这位同乡对舍尔卡维影响很大，作家自己曾说过：“我在早年曾受萨德·迈卡维先生的一定影响。我很受他的影响，当时都是照他的样子发表作品。是他引导我去认知契诃夫、高尔基、马雅可夫斯基的。”[①] 舍尔卡维 1943 年于开罗大学法学院毕业。早在 1935 年，他就开始写诗。先是写古体诗，后改为写自由体诗。1943 年起，陆续在报刊发表诗歌、小说和文学评论。其代表作是长篇小说《土地》（1954）、

① سيد حامد النساج، اتجاهات القصة المصرية القصيرة، دار المعارف، القاهرة، ١٩٧٨م، ص ٢٥٩.

《坦荡的心灵》（1956）和《农民》（1968）。

《土地》是以20世纪30年代初伊斯梅尔·绥德基执政时代为背景，小说的叙述人（即第一人称的“我”）当时是小学刚毕业，正准备上中学。《坦荡的心灵》的时代背景是20世纪40年代初，正值第二次世界大战激战时期的埃及农村，小说的叙述人是法学院三年级的学生。而《农民》的故事情节则是发生在1965年冬，叙述者是位早已投身于社会、在开罗工作的作家。作家不止一次地说过，小说的基本事实不是虚构的，而是他目睹过的真事。三部小说反映了不同时代的埃及农村悲剧，揭示了贫雇农、小土地所有者同他们的敌人——本国或外国的封建地主、反动政府以及革命后篡权的政治投机家、阴谋家的斗争，歌颂了广大农民群众与一切正直的人们在这一次又一次斗争中团结一致显示出的力量。

《土地》是写政府为照顾一个“人民党”议员、封建庄园主的利益，强行削减农民的灌溉用水，致使田里的稻秧、棉花濒于枯萎。农民想通过地主向首相转呈他们要求恢复合理用水的呈文，却被地主偷梁换柱，变成要求修一条经过地主家门的公路的呈文，结果，农民们非但没有争取到水，反而招来农田被破坏以修筑公路的横祸。小说一扫埃及早期小说的那种以个人爱情生活反映农村的浪漫主义色彩和田园诗的情调，通过诸如热血青年阿卜杜·哈迪、刚直不阿的村警队长艾布·苏维利姆及其女儿娲赛法、农村爱国知识分子、老校长哈苏纳等一个个具有鲜明个性的人物群像和他们的生活、斗争，真实、生动地反映了当时埃及农村尖锐的阶级矛盾和激烈的斗争。小说一问世，就在阿拉伯文坛引起强烈反响，被认为是一部具有社会主义现实主义倾向的划时代力作。

《坦荡的心灵》则主要通过老穆台瓦里的儿子青年农民加尼姆与邻近的意大利女庄园主及其以村长为首的走狗之间的斗争，从一个侧面，反映了埃及人民在第二次世界大战期间团结一致，反对帝国主义及其代理人的斗争。女庄园主的管家（也是洋人）企图以洋人的特权霸占老穆台瓦里家的草料场，全村农民都支持加尼姆与外国庄园主斗争。但外国女庄园主却仗势暗中向当局诬告加尼姆捣乱、肇事，于是当局竟下令要逮捕加尼姆并将其流放山区。村长趁机要向老穆台瓦里敲诈勒索100镑钱，遭拒绝。于是保安队下乡来逮捕加尼姆，结果扑了空。全村农民，包括曾与加尼姆昔日有芥蒂的人都团结起来，齐心协力保护、藏匿加尼姆。

《农民》则反映了革命后，农村的阶级斗争并没有停息。没落封建地主的后代雷兹格·贝在革命后，进行政治投机，当上了社会联盟书记和农业合作社管理委员会主任。他与土改检察员勾结，使得土改检察员用倒填日期的手法将20费丹最好的地归于他的名下，而以次顶好，把一些贫瘠的土地换给那些原来分有好地的贫农；合作社监察员则利用职权让合作社的农机免费为雷兹格·贝干活，而把费用负担转嫁到小农头上。乡社盟的两位具有正义感的成员阿卜杜·阿泽姆与阿卜杜·迈格苏德希望开会公开讨论这些事。雷兹格·贝却依仗权势拒不同意，并利用自己与有关上级的关系在村里造成一种恐怖气氛，又进行诬告，致使阿泽姆与迈格苏德遭到逮捕。小说反映了革命后，农村阶级斗争的尖锐与复杂。

《土地》《坦荡的心灵》和《农民》被认为是埃及农民的三部曲。

舍尔卡维的《后街》(1960)被认为是爱国主义抵抗文学的代表作之一。此外，他还写有短篇小说集《战斗的土地》（1954）、《小小的梦》（1957），也多以农村为背景，以反封建主义、反殖民主义为主题。诗剧《加米拉的悲剧》(1962)、《青年马赫兰》（1966）、《我的故乡阿卡》（1969）、《侯赛因在战斗》《侯赛因殉难记》（1971）等，多以民族解放斗争或以历史影射现实为题材。作家1974年曾获得埃及国家文学表彰奖。

尤素福·伊德里斯1951年毕业于开罗大学医学院，曾做过医生、卫生部监督员，后成为专业作家。

尤素福·伊德里斯从1950年开始文学创作，主要作品有短篇小说集《最廉价的夜晚》《英雄》《难道不是这样吗？》(1957)、《声誉事件》(1959)、《天涯海角》(1961)、《黑军人》(1962)、《指猴的语言》（1966）、《肉屋》（1972），中长篇小说有《白女人》《罪孽》（1959）、《过错》（1962）、《男人与公牛》（1964）、《爱情的故事》（1969）等。

此外，他还是位剧作家，写有剧本《法尔哈特共和国》《棉花大王》（1957）、《紧要关头》（1958）、《人间喜剧》（1966）、《不男不女》（1971）等。尤素福·伊德里斯是一位具有使命感的作家，他曾说：“我们要求作家首先是使者，他们每个人的人生都要有目标和使命感。没有这一点，他们将达不到任何优秀水平或并不优秀的水平。小说本身并不是价值，人、爱情、生活才是价值。小说是对一种价值、一种使命的表达。只要作家的信仰不是优秀的，那么他的表达就将一直是无能的，僵滞的。”①他遵循现实主义风格，颇像俄国的契诃夫，诊断社会、政治中的各种弊病，剖析社会形形色色的人物和问题，有相当的深度和广度，被认为是当代埃及和阿拉伯文坛第一流的作家。

尤素福·伊德里斯作品中最著名、最有影响的是发表于1957年的中篇小说《罪孽》，是“20世纪105部阿拉伯最佳中长篇小说”之一。小说深刻地反映了革命前农村最底层——短工的悲惨生活。故事以在水湾边上发现一个死婴为线索，设下悬念——这是谁犯下的罪孽？又是为什么呢？经过几天的查询，发现杀死婴儿的正是婴儿的亲生母亲——从外地来打短工正在害产褥热的阿齐莎。原来，阿齐莎是三个孩子的母亲，由于身为雇农的丈夫积劳成疾，瘫痪在床上，阿齐莎只好挑起养家的重担。一天，她到地里去捡残留在土里的白薯，被地主的儿子趁机强奸并怀了孕。为了养家，她随人们到外地去打短工，由于怕丢丑，更由于害怕失去工资极为微薄的工作，她竭力遮掩，不使人们看出她怀孕的体形，并在7个月早产下婴儿后被迫把他闷死了。最后这个善良、纯朴而又懦弱的农妇自己也因不堪精神和肉体双重痛苦的折磨，而悲惨地离开了人世。小说形象地揭示了埃及革命前社会制度的黑暗和罪恶，农村中残酷的阶级压迫和剥削。从而使人们深切地感到推翻这一社会制度的必要性。

不过，尤素福·伊德里斯最擅长的还是短篇小说。

他曾说过：“谁看不到社会是个一时都不停地运动、变化、发展的活体，那他就是一个大傻瓜。语言、文学、艺术正是发展的社会的产物。正如社会是不断变化一样，它们也不断变化。”②为了及时反映不断变化的现实生活，短篇小说无疑是最理想的体裁。

尤素福·伊德里斯的短篇小说的特点是题材广泛，内涵丰富。他能抓住发生在埃及的一些城乡凡人小事，反映出对民族乃至全人类都有普遍意义的重大问题。

---

① سيد حامد النساج، اتجاهات القصة المصرية القصيرة، دار المعارف، القاهرة، ١٩٧٨م، ص ٢٨٥.

② سيد حامد النساج، اتجاهات القصة المصرية القصيرة، دار المعارف، القاهرة، ١٩٧٨م، ص ٢٨٦.

如他于20世纪50年代初最早发表的短篇小说《廉价的夜晚》，就是写贫困的农村到处都是孩子，穷苦的农民在夜晚回家同妻子做爱，相互取暖，是最廉价的消遣方式，孩子一出生，他又会受到祝贺，从而揭示出“人口爆炸”产生的复杂原因，以警世人。

引人入胜的叙事能力；全面透视社会症结的现实主义精神；细致地刻画种种人物典型形象而不重复；小说对话大胆使用土语，以显得小说更加真实、生动；使作品的民族性——个性，与世界性——共性统一起来；在现实主义的基础上不断地借鉴、吸收现代主义的表现手法，这些无疑是尤素福·伊德里斯创作的特点。

如果说，在埃及和阿拉伯世界，长篇小说的泰斗是纳吉布·马哈福兹的话，那么，短篇小说的魁首则是尤素福·伊德里斯。

第九节 纳吉布·马哈福兹

1988年10月13日，瑞典科学院宣布将当年诺贝尔文学奖授予埃及作家纳吉布·马哈福兹。这是埃及，也是整个阿拉伯世界第一位获此殊荣的文学家。对他的授奖评语曾指出：他通过大量刻画入微的作品——洞察一切的现实主义，唤起人们树立雄心——形成了全人类所欣赏的阿拉伯语言艺术。瑞典科学院常任秘书斯图尔·艾伦先生在颁奖辞中还指出：纳吉布·马哈福兹作为阿拉伯散文的一代宗师的地位无可争议，由于在他所属的文化领域的耕耘，中长篇小说和短篇小说的艺术技巧均已达到国际优秀标准。这是他融会贯通阿拉伯古典文学传统、欧洲文学的灵感和个人艺术才能的结果。

纳吉布·马哈福兹于1911年12月11日生于开罗杰马利叶区。父亲是个小职员，后弃职经商；母亲是个典型的贤妻良母。作家有两个姐姐、两个哥哥。这个家庭最主要的两个特点是：笃信伊斯兰教；关心国家大事和民族命运。作家曾回忆说：“我在童年时代所学到的基本价值观念就是爱国主义。我父亲当时在家总是热情地谈起民族英雄，非常关注他们的消息。因此，从很小时起，家庭与世界的密切关系就印在了我童

年的生活中。”生活本身是培养作家最好的学校。当时作家所处的大环境是：埃及人民生活在英国殖民主义统治和土耳其以及本国封建势力的压迫下，但他们又不甘心于这种命运而进行斗争；作家所处的小环境——杰马利叶区则是一个中下层百姓混杂的居民区。五光十色的生活、三教九流的人物形象都成了作家日后取之不尽、用之不竭的创作素材。

作家从小是在宗教和传统文化的氛围中成长的。法老时代就流传下来的《亡灵书》，各种优美的神话、传说、故事，《古兰经》《卡里来和笛木乃》《一千零一夜》，玛卡梅体故事和各种传奇，还有阿拉伯人引以为荣的诗歌，使自幼就喜好文学的纳吉布·马哈福兹从民族传统文学的土壤中吸取了充足的养料，为他打下了坚实、深厚的语言、文学功底；培养了他熟练地驾驭阿拉伯语言的能力。

纳吉布·马哈福兹 1930 年入开罗大学学习哲学，1934 年毕业。在校期间，他曾学习、研究过各种哲学思想、流派，并深受当时埃及新文学运动和社会主义思潮的影响。

纳吉布·马哈福兹从中学时代就迷恋上了文学，与文学结下了不解之缘。为文学，他放弃了可能成为足球明星的机会；为文学，他舍弃了可能使他跻身于哲学家行列的专业，而甘当苦行僧，在文学这条崎岖、坎坷的道路上，始终执着如一地追求、探索。正如埃及著名文学评论家尤素福·沙鲁尼所说：纳吉布·马哈福兹是一个不断发展、不断创新、不知停顿的艺术家。也许他成功的最大原因——除了他的天赋之外——正是他认识自己的道路，并一直走下去，荣誉的闪耀和物质的光彩都没有使他左顾右盼。在他为之献身的事业中，这种艺术苦行为他提供了成功的方法。

纳吉布·马哈福兹大学毕业后，曾在校务处做过书记员，后在宗教基金部任过秘书，又先后在文化部任过艺术司办公室主任、电影企业管理委员会主任、文化部顾问等职。直到 1971 年年底退休后，才应聘为《金字塔报》的专职作家。长期来，他一直是业余从事创作的。

在这方面，他曾将自己与美国作家海明威做过对比，不无感慨地说道：他过着自己的生活，再将这些生活详详细细地传述给人们，缺少什么经历，他可以去寻求，可以飞往地球任何地方去体验，再把它写出来。而对于我来说，写作却是一种撕裂神经的受罪过程：我的政府工作占据了我白天的大部分时间，只有在夜晚我才能动笔，最多写上两小时就熬不住了。人们把我写出的东西称为文学作品，而我则要把它称为职员的文学作品。

就在这种情况下，纳吉布·马哈福兹为阿拉伯文坛奉献出约50部作品，其中约30部作品为中长篇小说，余者为短篇小说集，总发行量达上百万册。其作品往往先发表在报刊上，然后出单行本，再改编为广播剧、电影。通过这些传播媒介，纳吉布·马哈福兹其人及其作品的主要人物在阿拉伯世界几乎家喻户晓，妇孺皆知。作家于1957年获国家文学奖，1962年获一级勋章，1968年获文学方面国家表彰奖。作家的一些重要作品已被译成东西方各种文字，在世界各国广为传播。其作品的中译本也有十余种，他是作品译成中文最多的阿拉伯作家。

纳吉布·马哈福兹从学生时代就开始写作。他最初开始写诗，也写过侦探小说，发表过一些哲学论文。在20世纪30年代至40年代初，他写了大量短篇小说。据说，他因认为不满意而撕掉的有50篇左右，发表的约有80篇，其中约30篇集选于其第一部短篇小说集《狂人呓语》中。这些短篇小说多是揭露当时社会的种种黑暗、腐朽、丑恶现象的。其中很多是作家日后创作的中长篇小说或其中某些情节的雏形。

曾任埃及文化部长的著名文艺批评家艾哈迈德·海卡尔曾对这些小说给予过很高的评价：事实上，由于这些抨击帕夏、贝克和王公大臣的小说，纳吉布·马哈福兹被认为是对当时旧时代的腐败表示愤怒谴责的革命文学先驱之一；同时，由于他在小说中体现了阶级社会的弊端，表明了对穷人和劳动人民的同情，及对封建主和资本家的抨击，他被认为是在埃及文学中最早为社会主义现实主义铺路的人之一。

短篇的创作，对于纳吉布·马哈福兹来说，不过是牛刀小试，中长篇才是他的拿手好戏。发轫之作是三部以法老时代的埃及为题材的历史小说：《命运的戏弄》（1939）、《拉杜嬖奴》（1943）、《忒拜之战》[①]（1944）。这一阶段被认为是纳吉布·马哈福兹的浪漫主义历史小说阶段。作家实际上是用春秋笔法借古讽

① 又译《底比斯之战》。

今地对当时英国殖民主义和奥斯曼王室这些外来的侵略者及其统治进行抨击，并表达了人民追求自由、独立、民主、幸福的理想。当时纳吉布·马哈福兹像英国名作家司各特和阿拉伯擅长写历史小说的乔治·宰丹那样，花了很大气力去研究历史，有一个写埃及历史的选题计划，共选定了约40个题目。但后来，他“对历史的偏爱一下子就消失了”，至于原因，作家曾做过这样的解释：看来，我发现历史已经不能让我说出我想说的话了。通过历史，我已经说出了我要说的主题：废黜国王，梦想一场人民革命，实现独立。

从此，作家进入了一个新的文学创作阶段：现实主义社会小说的阶段。他先后发表了《新开罗》（1945）、《汗·哈里里市场》《梅达格胡同》（1947）、《始与终》（1949）和著名的《宫间街》《思宫街》《甘露街》三部曲等。这些小说主要反映了半封建、半殖民地的开罗中产阶级即小资产阶级的生活。作家往往通过一个街区、一个家庭和一个人的悲惨遭遇，表现当时整整一代人的悲剧；对当时社会的种种弊病及其制造者进行了无情的揭露和批判。作品往往具有相当的深度和广度。如《新开罗》写了一个穷苦的大学毕业生为了生存，并向上爬，不惜与荒淫无耻的官僚政客的情妇结婚，甘心戴“绿帽子”，结果身败名裂。《梅达格胡同》则是通过英军占领下一条胡同的一些善良、纯朴的居民的人性如何被扭曲、美好生活如何遭到破坏，控诉了西方及其文明带 给人民的种种灾难。《始与终》也是一部悲剧：以失去父亲的兄妹四人与他们的寡母一家人在贫困中挣扎、渴望爬上更高的社会地位开始，以姐弟二人蒙羞、含恨自杀告终。

这一时期创作的《宫间街》《思宫街》《甘露街》三部曲，虽发表于1956—1957年，但实际上，早在埃及七二三革命前三个月已完成。这部巨著被认为是阿拉伯长篇小说发展的里程碑，是作家引以为荣的代表作之一。全书通过一个开罗商人阿卜杜·贾瓦德一家三代的遭遇、变迁，生动、形象地描写了从1917年至1944年埃及革命前夕这一历史时期整个埃及的政治风云变化和社会风貌，刻画出当时形形色色众多人物的群像。

三部曲每部侧重描写一代人的生活，并以这一代人居住的街区为书名。

第一代阿卜杜·贾瓦德是位性格复杂的人物：他在家里道貌岸然，独断专行，实行严厉的家长式统治；在外却又放浪形骸、纵情酒色；同时，他又是一位民族主义者，不满英国的压迫、剥削，具有反帝爱国意识。大儿子亚辛成日寻花问柳、醉生梦死；二儿子法赫米积极投身民族解放运动，牺牲于反英游行示威中。

在第二代中，作者着力刻画的是小儿子凯马勒：自幼的家教使他笃信宗教，但随着激烈的时代变革、西方思潮的影响，特别是达尔文进化论的影响和对哲学的研究，动摇了他对宗教的信仰。对真理、科学的追求与传统价值观念的束缚、理想与现实的矛盾，常使他感到苦闷、迷惘，从而陷于感情、信仰、精神的危机中。

第三代人则明显地表现出他们的政治分野：外孙阿卜杜·蒙伊姆成了穆斯林兄弟会的骨干分子，他的兄弟艾哈迈德及其女友苏珊却走上了革命道路，成为马克思主义者，积极传播社会主义思想。小说既反映了当时人们进行的反帝爱国的民族斗争，更反映了新思想如何引导新一代向陈旧的封建、传统、保守势力的冲击、斗争的过程。

作家自己曾指出，他写三部曲的目的是“为了分析与评论旧社会”。纳吉布·马哈福兹的三部曲很容易使人联想起我国大作家巴金的《家》《春》《秋》三部曲。两者确有异曲同工之妙。作家的这一三部曲被阿拉伯作家协会选为“20 世纪 105 部阿拉伯最佳中长篇小说”之一。

埃及革命后，纳吉布·马哈福兹认为革命后的艺术应与革命前的不同，应该深思熟虑、慎重对待。为此，他辍笔达 4 年之久。1959 年发表的《我们街区的孩子们》标志着作家又进入了一个新的阶段。作家本人将这一阶段称之为“新现实主义”阶段，以别于传统的现实主义，并说明两者的区别是：传统的现实主义的基础是生活：要描述生活，说明生活的进程，从中找出其方向和可能包含的使命：故事从头到尾都要依赖生活、活生生的人及其详尽的活动场景。至于新现实主义，其写作的动机则是某些思想和感受，面向现实，使其成为表达这些思想和感受的手段。作家完全是用一种现实的外表形式表达内容的。在这一阶段中，作家借鉴了许多西方现代主义的表现手法，如内心独白、联想、意识流、时空交错、怪诞的卡夫卡式故事等。

《我们街区的孩子们》是一部现代寓言小说，也是纳吉布·马哈福兹的重要代表作之一。小说以象征主义的手法，以一个街区的故事，寓意整个人类社会历史的演进过程，反映了以摩西、耶稣、穆罕默德为代表的先知时代直至此后的科学时代，人类为追求幸福、实现理想而坚持不断的努力，表现出在此过程中善与恶、光明与黑暗、知识与愚昧的斗争。作者借书中人之口，指出象征创世主的老祖宗杰巴拉维早就与世隔绝，不管他的子孙——人间事了；又写出象征科学的阿拉法特闯进了杰巴拉维——创世主隐居的所在，造成了这位老祖宗的死亡。这一切无疑激怒了宗教界的头面人物，于是《我们街区的孩子们》在埃及成为禁书，1969 年才得以在黎巴嫩贝鲁特出版。

《平民史诗》（1977）是作家运用象征寓意手法，从哲理的高度总结人类斗争经验的又一力作。小说侧重表现了劳苦大众对幸福的追求。它通过 11 代人几百年的斗争历史，告诉人们：人类对美好理想的追求从未停止过；人类在争取一个公正、合理、幸福的社会的斗争道路上，从不是一帆风顺的，但只要他们坚持不懈、勇往直前，胜利终将属于他们。

在“新现实主义”阶段中，即使反映 1952 年革命后的社会现实生活的作品，作家也赋予它以更深的哲理与象征寓意。如《盗贼与狗》（1961），批判了种种只能同甘不能共苦、背信弃义的机会主义者。《尼罗河上的絮语》（1966），表现出埃及知识分子在动荡的年代、变革的现实中的惶惑、迷惘、牢骚满腹。

这一阶段其他主要作品还有《鹌鹑与秋天》（1963）、《道路》（1964）、《乞丐》（1965）、《镜子》（1971）、《雨中的爱情》（1973）、《卡尔纳克咖啡馆》（1974）、《我们街区的故事》《深夜》《尊敬的先生》（1975）、《爱的时代》（1980）、《千夜之夜》（1982）、《王座前》《伊本·法图玛游记》（1983）、《生活在真理之中》（1985）、《日夜谈》（1986）等。

纳吉布·马哈福兹的作品在思想内容方面的共同特点是：

第一，作家紧随时代前进，其作品紧随时代脉搏跳动。作家曾说：记得有人把文学家分成过去式、现在式和将来式。我细想一下自己，我发现自己是现在式作家，是当代的作家。我不喜欢过去，对预言未来也不感兴趣。

第二，作品表现出作家对政治的强烈参与意识。他曾说：在我写的所有作品中，你都会发现政治。你可能会发现有一篇小说没有写爱情，或是别的什么，但却不会没有政治，因为它是我们思想的轴心。政治斗争总是存在的。

第三，作家虽关心政治，但其作品不取媚于政治，作家始终不渝地和他作品的主人公一道为追求真理、宣扬科学而斗争。他是一位社会批判家，对国家、民族，对世界、人类的命运有强烈的忧患意识。他曾说：我并非故意伤感，但我们确是伤感的。我是属于这样一代人：即使是在欢乐的时刻，也往往是忧心忡忡。这一代人中，只有玩世不恭或是脱离人民的上层人物才会感到幸福。我们写忧伤小说，这并不奇怪，相反，若写欢乐故事倒是一件怪事了。

第四，纳吉布·马哈福兹具有鲜明的立场和观点，是一个负有历史使命感的作家。他追求公正、合理、幸福美好的社会，尽情地揭露、批判、鞭挞人世间一切暴虐、不义、邪恶、黑暗的势力。但由于政治和社会现实的复杂性，他往往利用不同的表现手法、不同的艺术表现形式表达自己的种种见解。作家在其著名的三部曲中，曾借年轻的女革命者苏珊之口说过这样一句意味深长的话：写文章，清楚、明白、直截了当，因此是危险的，至于小说则有数不清的花招，这是一门富有策略的艺术。这句话可以看作是了解这位作家每部作品深层中的政治内涵和哲理寓意的钥匙。

在艺术手法方面，由于作家博览群书、学贯东西，并随时代前进，具有变革创新意识，因而我们可以看到，他既继承发扬了埃及、阿拉伯民族古典文学传统的各种表现手法，也借鉴了西方的浪漫主义、自然主义、现实主义，以及包括诸如表现主义、结构主义、意识流、荒诞派，乃至拉美的魔幻现实主义在内的各种表现手法。正如作家自己所说：通过这些作品，我可以说，自己是烩诸家技巧于一鼎的。我不出于一个作家的门下，也不只用一种技巧。传承、借鉴、创新，贯穿于纳吉布·马哈福兹的整个文学创作历程中。作家为创作民族化的小说所作的努力是值得称道的。纳吉布·马哈福兹的作品是现实主义、现代主义及本民族传统文学融会在一起，共同孕育的产物。因此，它既有民族性，又有世界性，最能体现阿拉伯现当代文学的风采。

纳吉布·马哈福兹的创作道路实质上体现了阿拉伯现代小说发展的历程。他的得奖，标志着阿拉伯现当代文学登上了世界文学的高峰，并占有不可忽视的地位。

埃及共有 29 部作品被阿拉伯作家协会选为“20 世纪 105 部阿拉伯最佳中长篇小说”。它们是马哈福兹的《宫间街》三部曲、陶菲格·哈基姆的《灵魂归来》、塔哈·侯赛因的《鹬鸟声声》、优素福·伊德里斯的《罪孽》、叶海亚·哈基的《乌姆·哈希姆灯》、穆罕默德·阿卜杜·哈里姆·阿卜杜拉的《黄昏之后》、尤素福·西巴伊的《水夫死了》、伊赫桑·阿卜杜·库杜斯的《我家有个男子汉》、萨德·迈卡维的《睡人行》、法特希·加尼姆的《象群》、赛尔瓦特·阿巴扎的《有些怕》、杰马勒·黑塔尼的《吉尼·巴拉卡特》、尤素福·盖伊德的《埃及本土上的战争》、萨布里·穆萨的《处处堕落》、阿卜杜·哈基姆·卡西姆的《人类的七天》、孙欧拉·易卜拉欣的《荣誉》、易卜拉欣·艾斯兰的《苍鹭》、迈吉德·图比亚的《伯尼·哈特侯特族人迁往南国记》、艾布·穆阿蒂·艾布·奈加的《归于流亡》、爱德华·海拉特的《拉玛与龙》、海利舍莱比的《阿蒂亚代理行》、杰米勒·阿蒂亚·易卜拉欣的《1952》三部曲、易卜拉欣·阿卜杜·迈吉德的《亚历山大无人入睡》、穆罕默德·白萨提的《湖的喧闹》、白哈·塔希尔的《爱在流亡地》、穆罕默德·吉卜利勒的《贝哈雷四重奏》、雷德娃·阿舒尔的《格拉纳达》三部曲、赛勒娃·伯克尔的《白士穆雷人》、莱娣法·泽娅特的《敞开的大门》。

第三章　苏丹现代文学

第一节　历史与文化背景

苏丹位于非洲东北部，东北濒红海，北与埃及接壤，面积有 188 万余平方公里，是非洲国土面积第三大的国家。

苏丹古称“努比亚”，历史悠久。早在公元前 5 千纪末，这里就已有居民。其文明是非洲古代尼罗河文明的重要组成部分。7 世纪中叶至 15 世纪，大批阿拉伯部落经埃及、红海移居这一地区，伊斯兰教与阿拉伯语也随之在这里流传，苏丹渐成为阿拉伯—伊斯兰世界的一部分。由于历史的原因，苏丹至今仍是个以阿拉伯人、伊斯兰教为主的多民族、多宗教的国家，存在一定的民族、宗教矛盾，民族、宗教冲突时有发生。

名义上臣属于奥斯曼帝国的埃及总督穆罕默德·阿里控制埃及后，曾于 1821 年派兵先后征服了苏丹尼罗河沿岸各部落，苏丹大部分地区遂沦于奥斯曼帝国与埃及统治之下。1874 年，埃及统一了整个苏丹。

19 世纪 70 年代，英国殖民主义者开始在苏丹进行野蛮征服。苏丹人民不堪忍受他们残酷的掠夺、压榨，于 1881 年举行了长达 10 年举世闻名的马赫迪武装起义，并于1885年打败了入侵的英国殖民军，杀死了英国派去统治苏丹的总督戈登（也是曾血腥镇压我国太平天国运动的刽子手）。英国殖民者不甘失败，于1898年卷土重来。1899年，苏丹沦为英、埃共管，实际上被置于英国殖民统治之下。英国人在苏丹采取软硬兼施的政策：有时是实行铁与火的残酷镇压；有时则利用宗教、宗族或部落的矛盾进行挑拨离间、分化瓦解。

苏丹文学同苏丹的政治发展紧密相连。在苏丹人民反抗奥斯曼、埃及和英国殖民统治的革命斗争中，产生了一批诗人。他们受到革命起义鼓舞，描写起义斗争的场面，揭露外来殖民者的丑恶嘴脸，歌颂爱国的起义将士和苏丹人民的光明未来。许多诗人、作家战死沙场。马赫迪起义失败后，有的诗人、作家被捕受审，有的保持沉默。民族文学一度衰滞。

1902年英国人在喀土穆创办了“戈登学院”，本意是要培养一批可供他们驱使的奴才。他们从埃及、黎巴嫩聘请了约50位教员。结果，这一学院却为苏丹的近现代文学复兴创造了条件。苏丹很多诗人、作家就是在这所学院了解了阿拉伯丰富的文学遗产和西方的科学、文化，也受到有关宗教改革、社会改良、妇女解放等进步思想的启蒙。

1924年，民族解放运动再度兴起。一些知识分子和军官组织了反对英国殖民统治的“白旗会”。旋即苏丹军队发生反对英国军官头头的兵变，全国爆发了一场轰轰烈烈的爱国运动。这场爱国运动虽被镇压下去，却促使苏丹人民民族意识增长，出现了“苏丹是苏丹人的苏丹”的口号，从而也为苏丹现代文学的复兴奠定了思想基础。通过埃及、黎巴嫩在苏丹的教师，通过埃及、黎巴嫩等国报刊的传播，也通过去国外留学（其中有去西欧的，亦有去埃及、黎巴嫩的）的青年学子，苏丹的知识分子逐步接触了欧洲文化和各种新思潮，他们愈加迫切地要求改变愚昧、落后、封闭、保守的状况，渴望冲破旧思想牢笼。

苏丹的文学就是在埃及、黎巴嫩，以及西方文化的影响下，在民族意识由觉醒而日益增长中开始复兴的。

20世纪30年代在苏丹出版了第一批文学杂志——《复兴》（النهضة，an-Nahḍah，1931）、《曙光》（الفجر，al-Fajr，1934）等。这些杂志刊登诗歌、散文和评论文章，并最早引进了小说这种形式。诗歌由于是阿拉伯民族最熟悉的传统体裁，又有诗人常常以他们的激情鼓动群众斗争的特点，一直受到人们的青睐而在文坛上处于领先地位。很多诗人本身就是爱国志士，他们常用火一般的诗句鼓舞人民投入反对殖民主义的爱国斗争。小说则多涉及各种社会问题，特别是婚姻、家庭和陈规陋习的问题。1938 年在喀土穆成立了“毕业生总会”（مؤتمر الخريجين العام，Mu'tamar al-Kharījīn al-'āmm），并在各地建立分会。这一组织的出现，是苏丹文学史上的一件大事，它把很多作家和诗人团结在一起，每年在一个大城市举办由全体文学家参加的文学节，给各种文学体裁的优秀作品颁发奖金。至第二次世界大战末，这一组织在苏丹北部和东部各大城镇已有分会一百多个，有会员两万名。同时，在一些大城市开始出现文学俱乐部或小组。这些刊物和组织在团结、培养苏丹诗人、作家乃至推动整个现代苏丹文学的复兴运动的进程中，都起了很大的积极作用。

第二次世界大战期间，苏丹不断爆发争取民族独立的群众运动。苏丹民族资产阶级和无产阶级纷纷建立自己的政党，他们在民族独立运动中发挥了不同程度的作用。1946 年 3 月，在埃及反英殖民主义、争取民族独立运动的推动下，苏丹所有政党举行会议，并通过决议，要求英国军队撤离苏丹，废除英埃共管苏丹的制度，建立苏丹民主政府。英国拒绝了这些要求，逮捕了大批苏丹爱国人士，并在各大城市加强了警察统治。在此期间，一些文学报刊被迫停刊，一些作家、诗人遭受迫害，文坛再度冷落。

第二次世界大战后，反帝爱国运动日益高涨，特别是工人阶级登上了政治舞台。1948 年，铁路工会曾进行为时 33 天的大罢工，受到农民、学生、知识分子的声援。文坛再度活跃，诗人、作家积极参加斗争。1951 年，埃及宣布废除英埃“共管”苏丹的协定。1953 年 2 月，英国被迫与埃及达成关于苏丹自决的协议。1956 年 1 月 1 日，在隆重的苏丹独立大典上，宣告苏丹共和国诞生。从此，苏丹便作为一个独立的主权国家而进入了国际社会。1958 年 11 月 7 日，阿布德军人集团发动政变，实行军人专政。1964 年 10 月，全国爆发了大规模的反对军政权运动，推翻了阿布德的军政权统治，组成了过渡政府。1965 年 6 月，乌玛党和民族联合党为主的新政府组成。1969 年 5 月，尼迈里率部发动政变，改国名为苏丹民主共和国。1985 年 4 月，尼迈里政权又被推翻。苏丹独立后曾多次发生政变，政府亦几经更迭和改组。

第二次世界大战后，特别是苏丹独立后，苏丹文学得到了长足的发展。许多报刊不时用整版的篇幅来介绍、讨论各种文学流派、思潮，评介作家、作品。文学团体相继成立，早在1953年就在恩图曼成立了“文学俱乐部”，后改称苏丹作家协会，是阿拉伯国家中最早成立的文学团体之一。小说在20世纪六七十年代逐渐取代诗歌的地位，而成为苏丹文坛的主要艺术形式。戏剧也自20世纪60年代以后逐渐发展起来。到了70年代，国内业余剧团蓬勃兴起，演出活跃。总之，在苏丹坎坷的发展前进道路上，进步的诗人和作家一直与人民站在一起，为彻底清除殖民主义、封建残余势力，为建设一个真正独立、自主、富强的苏丹而斗争。

第二节　诗歌

诗歌一直是苏丹最主要的文学表现形式。苏丹诗歌发展的历程大体也与埃及、黎巴嫩、叙利亚、伊拉克等相似。

近现代的苏丹诗歌是传统的格律诗即新古典主义诗歌占统治地位。

近代诗坛最著名的诗人是穆罕默德·欧麦尔·班纳。他文武双全，足智多谋，在马赫迪起义期间，追随马赫迪左右，写有大量诗篇，揭露英国侵略者的罪行，鼓动人民起来参加反英国殖民主义的起义斗争，歌颂起义的英雄：

你可以去喀土穆看看！
一群流氓、坏蛋正在横行。
他们恣意妄为，欺压百姓，
从不知对真主有丝毫尊敬。
他们趾高气扬，傲慢专横，
啊，真主至大！宝剑会指引路程！
他们无法无天，大逆不道，
胡作非为，什么宗教都不放在眼中。
真主至大！他们这一切不会长久，
您岂能不管芸芸众生。

别管敌人猖狂，追随起义大军！
自有战旗在前指引征程。
挖掘战壕，把他们困在当中，
像当年先知的门徒一样行动……

诗人艾哈迈德·穆罕默德·萨里赫曾在凭吊欧麦尔·班纳墓时吟诗道：

你掩埋了一轮皓月，一颗明星灿烂，
你将白昼的太阳从此遮掩。
真主至大！倒下了一座高山，
他曾是智慧和威严的源泉。

欧麦尔·班纳在诗坛和人民心中的地位与影响由此可见一斑。

新古典主义的代表诗人是穆罕默德·赛义德·阿巴西。他少年时代师从一些苏丹著名学者学习阿拉伯语文和伊斯兰教义。1899年曾赴埃及去军校学习两年。其诗结集于《阿巴西诗集》中。诗多宣扬阿拉伯民族主义，主张弘扬伊斯兰精神。他在诗中谴责西方文明给苏丹人民带来的是灾难和屈辱：

愿真主惩罚这种文明，
给它降下大灾大难！
世上发生过多少事，
可它从不扶弱、行善。
我们因它而不幸、屈辱，
没戴项链却戴它的锁链……

他主张阿拉伯民族团结，反对分裂。他宣布自己恪守阿拉伯文化传统，因此，他的诗歌最近似阿拉伯贝都因人诗歌的古风：站在废墟遗址前，追述恋情，倾诉衷肠，抱怨时世。

新古典派的另一位代表诗人是阿卜杜拉·阿卜杜·拉赫曼。他生于宗教世家，祖父穆罕默德·艾敏是著名的宗教学者。诗人曾求学于戈登学院，毕业后留校任教。作品有诗集《真正的曙光》，1947年于埃及出版。其诗主张恢复阿拉伯昔日的光荣，反对殖民主义，宣扬科学、教育救国的思想，表现出诗人的民族主义精神和宗教热忱；此外，他还善于描绘自然景色。他在一首题为《人们与生活》的诗中，曾谈起自己对诗歌的认识：

生活是战斗，人们是战士，
诗人是旗手，手中举战旗。
诗歌是音乐，一旦乐声起，
病人听见它，也会变痊愈。
无论何复兴，总要人建起，
每一行诗歌，就是一砖石……

此外，著名的新古典派诗人还有阿卜杜拉·班纳、陶菲格·艾哈迈德·伯克雷、阿卜杜拉·塔伊布等。

苏丹的浪漫主义诗潮兴起于20世纪20年代末30年代初。它的起因一方面是受埃及笛旺诗社、阿波罗诗社和以纪伯伦为首的旅美派诗歌的影响；另一方面是受雪莱、济慈、华兹华斯等英国浪漫主义诗人的影响；还有一个原因是1924年反英国殖民主义斗争的失败，促使一些诗人进行反思，认为包括诗歌在内，不能再墨守成规，而应大胆革新。

诗人、文学批评家哈姆宰·迈利克·坦白勒首先举起创新的旗帜。他曾读过很多阿拉伯文学批评家（特别是埃及笛旺派的马齐尼、阿卡德）的著作，同意他们的观点，并主张将其实行于苏丹诗坛。他首先在1927年的《苏丹文化报》，后又在《复兴》杂志上发表文章，批评新古典派诗歌的因袭、僵化。提出新的苏丹文学、诗歌必须从现实生活，从诗人、作家生活的环境和土地上寻求活力，必须要有明显的个性。他说："我们要让国外人读起我们的诗时会说：这首诗的思想内容可以证明：这诗是个苏丹人写的；这壮丽的风光只有在苏丹才有；这种美是苏丹妇女的美；这些园林里的花草树木是生长在苏丹土地上的。"他主张诗歌要直抒胸臆，首先要重视诗歌的思想内容、精神实质，其次才是外表形式。他于1931年出版的诗集《自然》正体现了自己的文学主张。如在一首题为《要命的厌烦》的诗中，诗人表达了自己对当时现实的不满：

我已经对人生感到厌烦，
同代的自由人都是如此这般。
无论我把脸转向何处，
所看到的只有伪善。
我看到多少人无衣无食，
却没有人对他们慈悲、可怜。
我们在大地一直演绎苦难，
这一出戏到何时才完？
到何时大幕才会落下，
让地球和地面上的人全都完蛋！

诗人穆罕默德·艾哈迈德·迈哈朱布也是诗坛创新、浪漫主义的积极倡导者。他钻研过埃及文学，也大量阅读过英文原著。他在《苏丹思想运动该往何处去？》一文中，详细地阐述了他的创新主张，驳斥了守旧派说他们是离经叛道的指责，并将创新与远大的政治目标联系起来，说：“这是我们的理想：维护我们的伊斯兰教，掌握我们阿拉伯的遗产，同时对广阔的思想天地采取完全宽容的态度，要有宏图大志去研究、学习别人的文化。这一切都是为了我们民族文学的复兴，激发我们的爱国意识，直至形成一个政治运动，实现我们政治、社会、思想的独立。”他遗有诗集《一颗心的故事》。其诗多为情诗。

浪漫派诗歌的代表诗人是提加尼·尤素福·白希尔。

提加尼·尤素福·白希尔生于恩图曼一个信奉苏菲派的宗教家庭中，自幼受到的是封建保守的宗教教育。但他很快受到旅美派文学、埃及新文学以及西方译作的影响而奋起与严酷的现实斗争。他准备赴埃及留学，但由于殖民主义统治者的阻挠，未能成行，愤郁成疾，死于肺病，年仅 25 岁。

诗人遗有诗集《曙光》，集中地反映了诗人在动荡不定的生活中的种种境况和心态——童年的世界与理想、周围环境的黑暗与腐朽、诗人的愤世嫉俗、对宗教与科学的探索与反思、对殖民主义的谴责、对光明的追求与追求中的痛苦，他时而在诗中表现出忧国、忧民的情感：

站住！让我们为这个国家洒满热情，
摧毁它那摇摇欲坠的根基！
它对外来的人慷慨大方，
而对本国人却悭吝无比。
外国人从中发了横财，
却不会对它表示感激……

时而又通过赞美自然风光，表达自己的一腔爱国热情。如在《喀土穆》一诗中，诗人写道：

像花儿一样娇艳，
向全国散发着馨香。
迷人的河岸，绿树成荫，
胸中跳动着尼罗河的心脏。
好像无声的歌儿一般，
美为她谱曲，在河上荡漾……

他的诗想象神奇，感情真挚，内涵丰富，突出一个“美”字，又带有一种苏菲派的神秘色彩。他在诗坛独树一帜，不仅是苏丹现代浪漫主义诗歌泰斗，而且在阿拉伯半岛、北非地区也有许多追随者，以至在阿拉伯诗坛形成一个“提加尼派”。

著名的浪漫派诗人还有尤素福·穆斯塔法·提尼、伊德里斯·穆罕默德·杰马、穆哈伊丁·沙比尔等。

浪漫主义一个很大的特点就是诗人面对现实只是感叹、宣泄、逃避，而并不想参与变革现实的斗争。因此，在第二次世界大战后，在高涨的反帝爱国的民族解放斗争中，新现实主义取代了浪漫主义，成为苏丹诗坛的主流。新现实主义的特点是诗人以诗歌为武器，积极地参与变革现实的斗争。他们有明确的历史使命感，用诗歌擦亮人民群众的眼睛，启发他们的觉悟，鼓舞他们的斗志，推动历史发展的进程。在艺术形式上，为适应斗争的需要，为便于真实情感的充分表达，诗人们多采用无韵的或韵律宽松的自由体诗。

著名的新现实主义诗人有塔志·希尔·哈桑、吉里·阿卜杜·拉赫曼等。

塔志·希尔·哈桑生于苏丹北部一个具有宗教传统的商人家庭。诗人童年曾在乡村私塾受过启蒙教育，后赴埃及的爱资哈尔大学学习。他最早的诗歌受苏菲派影响较大。在埃及留学期间，其诗歌最初题材狭窄，多抒发思乡之情；后来他视野渐宽，题材也由囿于个人思绪扩展为关心民族的政治命运、社会苦难。在诸如《茅屋》《革命》《教士》《爱情路上的花朵》等诗篇中，揭露了封建领主的残暴、教士的欺诈、贫民百姓的不幸与痛苦。但早期作品颇似口号式的呼喊，缺乏艺术感染力。后来诗人从变革现实的斗争中吸取灵感，使内容、形式臻于完美。

吉里·阿卜杜·拉赫曼生于杰齐腊·萨伊一个贫民家庭中。九岁时就被迫随父亲去埃及谋生。诗人在开罗与当地下层人民同甘共苦，一起斗争。在1950—1951年的革命高潮中，诗人说，他从群众中学到了信念——“我们可以创造未来”。从此诗人从一个限于抒发个人思乡、孤寂情感的苏菲派诗人的小天地，走向一个包容整个民族和人类的大世界。他描述贫民百姓啼饥号寒的生活，揭露社会种种不平、黑暗与腐朽，唤醒民众，歌颂他们的斗争。如在《战斗的思念》一诗中，诗人写道：

我归自南方的家园，
胸中充满无穷的思念，
思念那沙、那水、那夜晚，
还有亲人、舅舅的一双眼。

我的精神姐妹，你可知道哈布布风①？
我正是归自哈布布风的家园。
曾有多少次我卷扬在山麓间，
把沙粒扑向一双双眼……

他以新的艺术形式、风格来写新的革命内容，诗句朴实、生动、通俗，又有深远的思想内涵。有诗集《骏马与折剑》（1966），名篇有《春花巷的孩子们》《乡村黎明》《市街》《夏天的雨》等。

此外，属于新现实主义派的著名诗人还有：毛希丁·法里斯、萨拉赫·艾哈迈德·易卜拉欣等。

第三节　法图里

当代最著名的苏丹诗人是穆罕默德·法图里。

法图里的父母原为迁居苏丹的利比亚人。诗人生于苏丹南部加扎勒河省，却在埃及亚历山大市长大，并在那里受教育，后在开罗爱资哈尔大学毕业，又曾在开罗大学进修。后定居于黎巴嫩。曾任阿拉伯联盟的新闻宣传专员，并在利比亚驻贝鲁特人民办事处任过外交官。他在学生时代就发表了第一部诗集《非洲之歌》（1955），其作品还有诗集《来自非洲的情人》（1964）、《记住我，非洲！》（1965）、《苦行僧之曲》（1969）、《英雄、革命与绞架》（1972）、《证词》（1973）、《笑到群马经过时》（1975）、《血鸟》（1983），有诗剧《苏拉拉》（1970）、《欧麦尔·穆赫塔尔的起义》（1974）等。

法图里的诗歌具有强烈的民族主义和爱国主义革命激情。反对殖民主义统治、反对民族压迫和种族歧视，号召非洲人民团结、斗争，争取独立、自由、平等常为其诗歌主题。其诗节奏明快、有力，似战鼓，震撼人们的心灵。如在《非洲之

① 哈布布风是一种源自苏丹南方的季节性的沙尘暴热风。

歌》一诗中，诗人写道：

啊，我在东方各地的兄弟，
啊，我在世界各国的兄弟，
是我在呼唤你，你可认识我？
啊，我的兄弟，我的患难知己！
我已经扯破了黑暗的尸衣，
我已经摧毁了软弱的墙壁；
我不再是讲述腐朽的墓地，
我不再是哭泣垃圾的小溪；
我不再是自己锁链的奴隶，
我不再崇拜偶像和衰老的过去；
不怕死亡，我将永远长存，
不受时间所限，我将永远是自由之躯，
请听我的声音，我的话语，
只有死尸的耳朵才听不进去……

诗人对古典传统的格律诗与自由体新诗两种形式融会贯通，运用自如。后期诗歌则受象征主义、超现实主义、存在主义等现代派诗歌的影响，显得朦胧、模糊、费解。他的诗歌发展道路，在一定程度上反映了苏丹现当代诗歌发展的历程。

第四节　短篇小说

近代乃至20世纪30年代前的苏丹散文一直不太景气，更不要提小说了。只有一些老学究偶尔写些东西，也是一味模仿近古时代的文风，追求骈俪、押韵，玩弄辞藻，内容空洞无聊。苏丹新小说的出现与繁荣远远落后于埃及与黎巴嫩、叙利亚等文化较先进的阿拉伯兄弟国家。直到20世纪30年代，随着《复兴》《曙光》等文学刊物的创办，苏丹具有现代气息的散文、小说才逐渐发展、繁荣起来。

促使苏丹新小说的产生、发展大约有这样几个因素：

首先是当地流传大量的民间故事，其中有类似《盖斯与莱伊拉》的爱情故事；

有类似《赛福夫·本·齐叶金传奇》的英雄传奇；有在荒漠贝杜因人中流传的侠寇劫富济贫的冒险故事；有讲圣贤显示奇迹的宗教故事；也有荒诞不经的民间传说。这些传统民间故事的流传，使苏丹的读者在接受新小说这一形式时，不会感到很陌生。

其次是报刊的出现，在促进小说的产生、发展、繁荣方面，无疑起了很大作用。这些报刊刊登西方翻译小说并引进其他阿拉伯国家作家的小说。与此同时，苏丹作家最初也正是在这些报刊上找到了发表小说的园地，而与广大读者见面的。

再者是苏丹小说的产生与发展也是同它受其他较先进的阿拉伯国家的文学，特别是埃及文学的影响分不开的。很多苏丹作家都曾在埃及留学；他们如饥似渴地阅读埃及和黎巴嫩出版的书籍、报刊；老一辈苏丹作家大都受过曼法鲁蒂、塔哈·侯赛因和陶菲格·哈基姆等人的影响，而第二次世界大战后新一代的作家则大都受过纳吉布·马哈福兹和尤素福·伊德里斯等人的影响。

当然，苏丹小说的产生与发展也与它受到西方文学特别是英国文学影响，还有苏俄一些现实主义作家如契诃夫、高尔基等人的影响是分不开的。

苏丹独立前，在殖民主义统治之下，当局禁止写锋芒毕露的政论，因此作家多以杂文的形式讨论文学或社会问题，并往往将自己的主张用小说的形式表达出来。

最早的短篇小说是发表于1931—1932年间由穆罕默德·阿巴斯·艾布·雷什创办的《复兴》杂志上。这家杂志多转载埃及、黎巴嫩、叙利亚或西方的一些浪漫主义作品。一些苏丹作家也争相仿效，写些有关爱情悲剧的浪漫主义小说：不是相爱男女一方痴情而死，就是另一方相思成疾。这多半是受了西方诸如歌德的《少年维特之烦恼》、小仲马的《茶花女》以及埃及曼法鲁蒂的《泪珠集》之类的浪漫主义爱情故事影响所致，而与苏丹的国情不尽相符。

如小说《阿卜杜·蒙伊姆》写主人公与一个叫陶希黛的姑娘相爱，后来姑娘远走他乡，阿卜杜·蒙伊姆却不能追随前去，因而相思成疾，以致两眼深陷，憔悴不堪，直至奄奄一息。临终前，他叫来好友尤素福，托付他：一旦遇到陶希黛，一定要替自己照顾好她，并要娶她为妻，以补偿他自己失去的爱情。

《感情的胜利》则是另一个版本的《阿卜杜·蒙伊姆》：外乡来的小公务员穆伊拉遇上了乡村姑娘麦哈馨，并与她炽烈地相爱。但命运却阻止了这一爱情的发展，穆伊拉突然奉调要远去，两个恋人只能相对而泣，而难再有机会相见。此后，雪上加霜的是姑娘的父亲又病死。姑娘打算离乡远去朝觐、苦修，以便忘掉那让她失去两个亲人（恋人和父亲）的地方。

1934年阿拉法特·穆罕默德·阿卜杜拉在创办《曙光》杂志时，曾撰写文章批评了这类与苏丹现实生活相脱节的爱情浪漫故事。他曾说道：我们苏丹社会是很少有这种男女情人的。这是由于我们代代相传的风土人情和宗教传统所致。如果青年男女不接触对方，那就不会产生这种爱情，否则，也是一种无力的、虚假形式的爱情。他指出人们对这类小说不感兴趣的原因是它们未能反映现实生活。特别是当时的妇女不能走出家门，没有受教育的权利，更遑论谈情说爱的自由。

因此，《曙光》刊登的小说多为反映苏丹当时的社会现实、针砭时弊的批判现实主义作品。作家通过这些作品宣扬社会改良的主张，抨击各种陈规陋习、封建礼教和种种不合理的社会现象，如包办婚姻、买卖婚姻 、老夫少妻，以至导致休弃、自杀、疯癫、家庭解体等悲剧。

面临或发现这些问题的往往是新一代青年知识分子。他们受过一定程度的文化教育，通过阅读或在国外留学所见所闻，或通过在国内首都或一些大城市与外国人的接触，他们受到西方文化的影响，因此，对本国社会的一些陈规陋习不禁加以重新审视，而试图挣脱传统礼教的樊篱。因而这些小说的主人公多半是受过教育的小公务员，或是即将毕业的学生，他们面临的往往是家长执意包办他们的婚姻，要为他们娶一个他们并不喜欢的妻子，或是阻挠他们与自己所爱的姑娘成婚，而把她嫁给她愚昧的堂兄或是一个年迈的富翁，或诸如此类的问题。

小说《为了幸福》讲述在尼罗河畔的一个乡村里，赛阿德与法蒂玛是一对青梅竹马一起长大相亲相爱的青年男女。赛阿德离家去喀土穆的戈登学院学习，法蒂玛为这一离别痛哭失声，赛阿德则希望父亲答应将来让他与法蒂玛成亲。过了几年，赛阿德毕业，当了一位小职员，正攒钱准备聘礼。这期间，法蒂玛的一个颇有钱的堂兄从埃及回乡，并看中了法蒂玛，向她父母提亲，得到应允。法蒂玛急将这消息设法告诉了赛阿德，赛阿德急忙回乡，却正赶上法蒂玛嫁给她富有的堂兄的婚礼。

悲剧的高潮在于：按照习俗，新娘在入洞房前与女伴们一起去尼罗河沐浴，但新娘不是沐浴，而是投河自尽了。赛阿德闻讯走到法蒂玛的灵前，说：“真主啊！我作证：她实践了自己的诺言，现在我也要实践我的诺言！”说罢，他掏枪自杀了，临死前还说：“啊，这就是幸福！父亲！就让我在她跟前一了百了吧！”这类故事的结局虽然也有些类似《复兴》上的小说，而且显然是受了曼法鲁蒂一类作家的影响，但可贵的是，这些小说在很大程度上反映了苏丹以及很多阿拉伯国家农村社会的婚姻问题。

除了婚姻问题外，很多小说还揭示了社会不公、贫富悬殊及由此引发的种种社会问题。如小说《108号囚徒》就反映了贫穷如何把一个人推向犯罪道路的问题：主人公是一个穷苦的小职员，生儿育女，一家大小全靠他养活，生活拮据，迫使他盗用了公款，结果被判坐三年牢。

创办《曙光》的阿拉法特·穆罕默德·阿卜杜拉本人就是一位著名的小说家。他在《曙光》上曾发表多篇小说，其中《县长》颇著名。小说试图揭露英国殖民主义统治时期官场的黑暗、腐败：县长并不是苏丹人，而是原籍埃及。他飞扬跋扈、鱼肉乡里，喜巴结、讨好上司。他还贪污腐化，整日沉湎于声色犬马之中。作者在勾勒县长丑恶形象的同时，还刻意描绘了他善良、美丽的苏丹妻子，以作反衬。我们可以看到那位县长如何卑劣地虐待他的妻子，迫使她离家，以便娶在他手下工作并勾引他的埃塞俄比亚姑娘为妻。

阿拉法特·穆罕默德·阿卜杜拉除自己写小说外，还以《曙光》为阵地，团结一批志同道合、具有开明意识的青年作家，如诗人兼散文、小说作家穆罕默德·艾哈迈德·迈哈朱布、穆罕默德·阿舍里、穆阿威叶·努尔等。

穆罕默德·艾哈迈德·迈哈朱布与穆罕默德·阿舍里受英国文学影响较大，他们的文风是把古典阿拉伯语的简练同英语的流畅结合在一起。

穆阿威叶·努尔则受埃及文学影响，在这一时期的小说界尤具代表性。他生于喀土穆，曾入戈登学院学医。后因不满英国殖民统治而受到迫害，先后流亡于埃及、黎巴嫩。他早在1927年就在埃及《政治周刊》等报刊上撰文，呼吁小说要重视社会心理和社会现实。并在《曙光》杂志发表题为《让我们受教育》的文章，呼吁在苏丹普及教育，认为教育是复兴和进步的关键。1930年5月，他于埃及《政治周刊》上发表的《堂弟》被认为是苏丹最早出现的一篇结构完整、艺术较成熟的现实主义短篇小说。小说从一个侧面反映了在殖民主义统治下，苏丹社会阶级的分化和传统道德价值观念的蜕变。

此外，他在短篇小说《信仰》中，写了当时知识青年在变革时代的迷惘、惶惑；在《列车的悲剧》中，则把斗争矛头直接指向殖民主义，号召尼罗河沿岸的人民起来斗争。其作品短小、朴实，虽没有离奇的情节，却寓意深刻，给人以启迪。

如果我们把20世纪30年代至第二次世界大战前作为苏丹小说发展的第一个阶段的话，那么我们可以明显地看出，这一阶段的苏丹小说还很不成熟：故事情节主要靠作者平铺直叙，文字多为追求雕词凿句、华而不实的风格；作者不时地企图在作品中冒出来，发一通议论，来一番说教、劝诫；情节发展往往靠巧合、命运安排；小说中对话很少，即使有，也多为方言土语。

第二次世界大战后，苏丹的小说进入了一个全面发展的新阶段。

这种可喜局面的出现是多方面因素促进的结果：世界政治局势发生了巨大变化，反帝、反殖的民族解放运动风起云涌；以“毕业生总会”为核心的苏丹知识青年在为争取国家民族独立、社会改革、普及教育而努力奔波；工人阶级登上了政治舞台，产业工人、农业工人和青年学生积极参加政治运动；埃及、黎巴嫩、叙利亚等阿拉伯兄弟国家的文学、西方文学、苏俄文学的影响日益深广；妇女积极地要求受教育，要求参与社会活动；各种报纸，如《坦诚报》《尼罗报》《新苏丹报》《这里是恩图曼报》《舆论报》《天天日报》等报纸相继出版，并辟有文学专版。特别是1960年《小说》月刊的创办，这一切无疑开阔了作家的视野，为小说创作提供了大量的素材和发表园地。在这种形势下，很多青年作家踊跃地投身于小说创作，以至于小说在苏丹现代文学的地位一时竟超越了传统诗歌的地位。

之所以会出现这种局面，除了上述氛围的影响外，还有这样一些因素：小说由于有引人入胜的情节和生动感人的形象描述，它已成了反映社会现实问题、把读者与他们的日常生活联系起来的最好的文学形式；这时的小说已在其他一些阿拉伯国家的文学中产生了较大的影响，通过进口的书籍、报刊，这些国家（特别是埃及、黎巴嫩）的小说在苏丹产生了很大的影响，诸如埃及的迈哈穆德·台木尔、陶菲格·哈基姆、纳吉布·马哈福兹、尤素福·伊德里斯和黎巴嫩的乔治·

宰丹、苏海尔·伊德里斯等阿拉伯著名作家在苏丹都有很大的读者群；还有，很多青年作家误以为小说创作比诗歌创作容易，从而诱使不少初涉文坛的青年提笔写起小说来。

如前所述，在第二次世界大战后，特别是苏丹独立后，1960 年《小说》月刊的创办在苏丹小说发展历程中起了很大作用。

刊物编者在"发刊词"中说道：本刊是在一个我们大家都感到需要一个文学刊物来帮助我们的文学发展的时刻发行的……我不否认一些周刊和一些日报的每周副刊在这一领域做出的并仍在做的贡献。但它们由于条件所限，只能专为文学提供很少的版面，因此无法像一份每页都为文学和文化事物而设的刊物那样，满足人们的期望，达到预期的目的。由于小说在苏丹和其他国家受到作家和读者的最大关注，本刊将把首要的注意力放在这方面。但是它也不会忽视诗歌、批评、研究和戏剧等其他的文学体裁。

《小说》发表的小说题材内容是多种多样的，有历史小说、社会小说、言情小说，也有侧重写景状物的散文式小说。其中多涉及苏丹社会在过渡、转型时期面临的种种问题，以及随着现代科学文化新事物的出现，西方文明及其生活方式的影响，人们价值观念和意识形态的转变等现象。

如阿卜杜·拉希姆·艾布·宰德的小说《纳苏拉》就是写在一家公司的办公室里一位苏丹青年与一位欧洲姑娘的故事：姑娘的欧洲衣饰打扮，谈吐、举止及与异性相处的自由、开放，都使小伙子感到新奇而具有吸引力。他希望自己能接近她，与她恋爱或是娶她。但最终突然发现两人之间横着一道鸿沟：肤色、种族歧视使他对她可望而不可即。

伊本·赫勒敦的小说《奶茶》表述了同一个问题：一个充满活力、事业成功的欧洲青年实业家引起一个走出家门参加工作不久的苏丹姑娘无限的遐想。她在与他相处中，发现了一个与她原先生活完全迥异的新天地，于是她禁不住诱惑，为之倾倒。但最后，她终于发现两人之间的鸿沟而感到自卑。那是两种文化之间的鸿沟，肤色和宗教的差异更加深了这一鸿沟，并使之更加复杂化。于是两人的关系终于以失败告终，没能走向婚姻的殿堂。当然，在婚姻与爱情的问题上，许多小说还不能不一再地揭示现代青年男女要求择偶、婚姻自由与保守的苏丹社会传统礼教的矛盾。涉及更多的是女孩无权对自己的婚姻发表意见，更不要说自由恋爱了。不过作家在处理这类题材时，特别提到，根据伊斯兰教法，妇女对择偶是有权发表意见的。他们有意识地暗示读者，剥夺妇女择偶的权利实际上是违背伊斯兰教法的。

由于伊斯兰教在苏丹社会中的地位，作家在作品中的这一提示无疑会有很大的影响。另一方面，作家又常通过小说说明包办、买卖婚姻往往会产生血泪悲剧的结局：得不到爱情的姑娘结果自杀了或堕落、误入歧途，从而给人们以警示作用。此外，《小说》上的不少作品还涉及苏丹广大城乡劳动者在社会变革时期面临的种种问题。很多作品描述了20世纪下半叶出现的新阶层——小职员的生活：他们有一定的文化，接触一些新事物、新思想，而与封闭在家又无知识的妻子很难沟通，从而出外寻欢作乐，难免堕落。

在诸如艾哈迈德·艾敏·白希尔（أحمد الأمين البشير，Aḥmad al-Amīn al-Bashīr）的短篇小说《阿巴斯师傅》和《男人们》中，我们还可以看到背井离乡到城里打工的农民如何将妻小留在农村受穷受罪，他们自己又如何在凄风苦雨中挣扎。阿卜杜拉·阿里·易卜拉欣（عبد الله علي إبراهيم，'Abd al-Lāh 'Alī Ibrāhīm）在《多方面的事物》等小说中则描写了产业工人和工人运动。

苏丹的小说自20世纪60年代中期开始，在阿拉伯其他国家文学和西方文学的影响下，更加繁荣，走向更成熟、更深刻的新阶段。很多小说不仅在本国报刊发表，而且已经超越疆域界限，在阿拉伯世界各国，特别是埃及、黎巴嫩的各种期刊上发表；大量短篇小说结集在本国或国外出版。成长起来的一大批优秀的小说家也开始蜚声文坛，享誉海内外。

如果说，苏丹小说在最初阶段大多是虚构的言情小说，继而开始接近现实，并逐渐涉及社会与生活中的一些难题的话，那么在这一阶段，绝大多数的小说都是以社会现实生活、人们群体或个人面临的种种问题以及他们如何与之奋斗为题材内容的。这自然是与苏丹独立后风云多变的政治进程、坎坷曲折的社会发展和动荡不定的现实生活有关。在政治舞台上，在社会发展进程中，我们可以看到大学生、知识分子、工人、农民始终站在斗争的前列，起了积极的主要的作用；我们可以看到随着教育事业的发展，受过教育、有文化知识的妇女日益增多，她们积极地参与社会政治、经济、文化活动，并有了诸如《妇女之声》一类的专门刊物和苏丹妇女联合会等组织；我们可以看到政治演进、社会发展、妇女地位的改变对苏丹社会生活中的一些陈规陋习、因袭守旧的礼教不能不引起强烈的震撼；此外，我们还可以看到作为阿拉伯世界的一部分，阿拉伯各国的民族解放斗争、政治风云变化，在苏丹都引起了强烈的反响。所有这一切在这一阶段的苏丹小说中都有所反映。

擅长写短篇小说的著名作家有奥斯曼·阿里·努尔、塔伊布·宰鲁格和阿里·迈克等。

奥斯曼·阿里·努尔是《小说》月刊的创办人，在苏丹文学发展史上占有重要地位。他不仅自己写小说，而且通过他创办的《小说》月刊，对苏丹小说的发展、繁荣和团结、组织作家队伍做出了巨大贡献，因而被尊称为苏丹短篇小说之父。他写有短篇小说集《乡村美女》（1953）、《闹鬼的房子》（1955）、《伟大的爱情》（1958）、《城市的另一面》（1968）等。其作品具有民间文学风格，文字简练朴实，很受读者欢迎。作品内容多反映社会现实问题。如《咆哮》是写1964年10月爆发的人民群众反对腐败的军政权的斗争。《火与金》和《欢呼》则写出了在埃及人民收复苏伊士运河、反对外国干涉与侵略的斗争中，苏丹人民1957年勇于牺牲，坚决支持兄弟邻邦的立场与精神。

塔伊布·宰鲁格曾留学埃及学医，受埃及著名的短篇小说家尤素福·伊德里斯和阿卜杜·拉赫曼·哈米斯的影响颇深。他自1956年开始在报刊上发表短篇小说，曾出版短篇小说集《小小人生》（1957）、《黄土地》（1961）、《苏丹短篇小说》（与艾布·白克尔·哈利德合集）等。作家以苏丹的现实为其作品的主要题材。他关注劳动人民的生活和苦难，注重描述人物的内心世界，而且常常通过儿童的观察与感受描写周围的世界。故事往往写得很简练，但却包含了丰富的生活素材。小说的语言朴素、平易，接近口语，体现出明显的现实主义风格。

阿里·迈克毕业于喀土穆大学。他早在上中学时就喜爱读雪莱、拜伦等西方浪漫主义诗人的诗歌，把塔哈·侯赛因的《日子》看作是“当时青年人的《新约》”；大学时则

受埃及阿卜杜·拉赫曼·舍尔卡维，英国的萧伯纳、狄更斯，苏联的高尔基、肖洛霍夫等人的影响，遵循现实主义创作道路。他在大学时代就开始写短篇小说，1961 年发表收有《考试》《雨》《一位天才》《尼亚加拉》《在乡下》《疗养院》6 篇作品的短篇小说集《在乡下》。在这之前，他曾与同学、诗人萨拉赫·艾哈迈德·易卜拉欣合集出版过短篇小说集《小资产阶级》（1958）。作家用讽刺、幽默的笔调在小说中描述了他们在大学的亲身经历，也描述了苏丹妇女的现状、城乡的阶级矛盾和殖民主义者制造的伊斯兰教和基督教之间的对立、人民的苦难、社会的不公。如在《雨》中，写出了城里的白领阶层与乡下农民对秋雨的不同感受：前者认为雨是一种灾殃，让人厌烦，后者则把下雨看作是喜事，因为它能滋润庄稼，预示丰收。又如《在乡下》，写出了久居城里的知识分子想要下乡观光、散心，但到了乡下，他才感到西装革履打扮的自己与一身褴褛的贫苦农民是那样陌生，格格不入。作家感情真挚，充满人道主义精神，对未来满怀信心。

第五节　中长篇小说

第二次世界大战前的苏丹小说多为发表在报刊上的短篇小说，很少结集成书出版，也几乎没有中长篇小说问世。

穆罕默德·艾哈迈德·迈哈朱布与阿卜杜·哈里姆·穆罕默德（عبد الحليم محمد，'Abd al-Ḥalīm Muḥammad）于 20 世纪 40 年代合写的《尘世消亡》篇幅虽长，却很难把它算作是文艺小说。书中记载了两位作者的个人经历和他们对人生、现实的种种看法。它在很大程度上反映了当时苏丹资产阶级知识分子这个阶层的生活：他们有机会受到一定的西方文化教育，长期与英国高级官员或外国大商人接触，受西方文明影响较深，而在一定程度上脱离了本国广大群众。文中记述了当时发生的一些重大事件，还选录了不少有关的诗文。与其说它是小说，不如说它是长篇散文。

第二次世界大战后，奥斯曼·穆罕默德·哈希姆于 1948 年发表的《塔朱志的故事》被认为是苏丹最早出现的中长篇小说。它实际上是作家根据流传于苏丹东部海丹杜瓦与哈姆兰部落贝杜因人的民间传奇故事改写而成的。小说以民间流传的一个像阿拉伯古代伍麦叶朝“盖斯与莱伊拉”式凄婉感人的爱情故事为经，以部落战争为纬，编织成一个颇为生动的英雄与美人的故事。作者在写作这部小说时，苏丹仍处于英国的殖民主义统治之下，人民争取独立解放的斗争如火如荼。因而作者在小说中有意识地渲染了主人公为保家卫国、抗击异族侵略而英勇战斗、不怕牺牲的英雄精神，以期在读者中燃起革命激情，为彻底摆脱殖民统治，争取完全独立而斗争。作者在小说中刻意地描写了苏丹传统的民风习俗、人情世故，因而为小说的人物、事件增添了一定的现实氛围。只是它在结构上不够完整，艺术上也不够成熟。

白戴维·阿卜杜·卡迪尔·海利勒（بدوي عبد القادر خليل，Badawī'Abd al-Qādir Khlīl）1954年于开罗出版的《大地上的苦恋者》被认为是开苏丹中长篇浪漫主义小说之先河的作品。作家为富家子弟，曾在开罗留学学医。他的这部作品实际上是由37封相互往来的情书组成。通过这些情书，讲述了主人公与几个女孩的恋爱故事。小说在一定程度上反映了作者本人的一些个人经历和苏丹资产阶级知识分子的生活。

1956年苏丹独立后的文坛，短篇小说与中长篇小说共同发展、繁荣；浪漫主义与现实主义两种倾向并行不悖，但以现实主义为主；创作手法比较传统；缺少鸿篇巨制，作品多为中篇小说。

代表浪漫主义倾向的中长篇小说有：沙基尔·穆斯塔法的《直到你归来》（1959）；穆罕默德·奥斯曼·阿里（محمد عثمان علي，Muḥammad 'Uthmān 'Alī）的《泪水的秘密》（1969）；穆罕默德·阿里·白拉勒（محمد علي بلال，Muḥammad 'Alī Balāl）的《受苦的女人》（1969）；福戴里·杰马厄（فضيلي جماع，Fuḍaylī Jamā'）的《乡村的泪水》；辛迪·伊沃德·凯里姆（هندي عوض الكريم，Hindī'Iwad al-Karīm）的《泪水生涯》；海利勒·阿卜杜拉·哈只（خليل عبد الله الحاجّ，Khalīl'Abd al-Lāh al-Hājj）的《他们是人》等。

在《直到你归来》中，我们可以看到迈哈穆德与女中学生阿娃蒂芙之间本来有着浪漫的情缘，但他却娶了一个欧洲姑娘，不久她又弃他而去。于是他沮丧地又回到自己的同乡恋人身边，却发现她已卧床不起，奄奄一息，于是他伏在她身上失声痛哭。阿娃蒂芙死了，迈哈穆德感到无比失落。

《泪水的秘密》是一部作者满怀同情之心描述的有关妓女的浪漫故事：女主

人公不堪丈夫的虐待，导致她误入娼门。男主人公发现她原是自己从小就失散了的乳母的女儿，对她百般同情、关爱。故事的结尾是身为烟花女的女主人公临死前，躺在床上表示深深的忏悔。作者用很多巧合编织故事，令人难以置信，是小说明显的缺点。

《受苦的女人》也是同一类的题材。不过导致女主人公堕落的原因是：她饱受男人的凌辱与欺骗，因而她蔑视他们，要对他们报复。她利用自己的美与性，随意地操纵男人们，迫使他们围着自己转。作者采用了平铺直叙的手法讲述故事，又夹以大段的说教，故而人物形象和故事情节都显得并不生动感人。

《乡村的泪水》用大量篇幅描绘了农村的大自然风光，并通过情书和作家刻意制造出来的巧合讲述一个个浪漫的爱情故事，作者则借主人公曼苏尔之口加以评论。

《他们是人》于1960年在苏丹《人们报》（الناس，an-Nās）上连载，1961年于开罗出版单行本。小说虽发表于军政权时期，内容却是描写苏丹独立前群居于恩图曼一条胡同人们的故事。故事以两条线向前发展：一条是知识青年哈萨尼与街区的美女布赛娜的爱情故事；另一条则是同住一个大院的两对从事低贱职业的夫妻以及房东迈尔加尼老爹之间恩恩怨怨的故事。哈萨尼虽与布赛娜相爱，但布赛娜的父亲却横加阻挠，并贪图财势，硬把她嫁给了年龄相差很悬殊的富翁瓦斯菲。作者在小说的结尾有意将两条线并在一起，并安排了一个美满的结局：布赛娜与丈夫瓦斯菲离了婚，她生下的孩子死了，同时大院中的一对冤家夫妻也离了婚，迈尔加尼老爹将大院作为遗产赠送给哈萨尼，让他在那里建新房，过上幸福的新生活。作者似乎是有意仿效埃及著名作家纳吉布·马哈福兹创作的《梅达格胡同》。正如作者在小说前言中所说："我个人认为这当然是一个故事，一个苏丹的梅达格胡同的故事，正如《梅达格胡同》是埃及的一条胡同的故事一样。"但是，显然无论是小说思想内容的深度还是艺术技巧、作品结构的完美，《他们是人》都无法同《梅达格胡同》相比。

与此同时，我们可以看到另一些作家更关注国家、民族的命运，在他们的作品中尽力反映政治风云、社会风貌，描述人们在现实社会生活中面临的种种问题以及他们如何为理想和幸福而斗争。他们遵循现实主义的创作道路。其中成就最突出的是著名的小说家艾布·伯克尔·哈利德。

艾布·伯克尔·哈利德生于恩图曼，1950年入开罗爱资哈尔大学预备部学习，后又入教法学院。1958年毕业后，曾在埃及苏丹之角广播电台工作。他在开罗受进步思想影响，曾在埃及《晚报》多次发表文章，提倡写具有革命内容的以社会主义为宗旨和使命的新现实主义小说，并身体力行。他最初是在一些文学刊物上发表短篇小说，后收入在《苏丹短篇小说集》（1957，与塔伊布·宰鲁格合集）和《诗人与其它》两部短篇小说集中。

艾布·伯克尔·哈利德的短篇小说多取材于苏丹的日常生活，好似一篇篇速写，素描式地描绘出苏丹社会各个阶层的世态百相。如：《诗人》写出一个喜欢自吹自擂、目空一切，毫不关心国家命运，一心只顾实现自己出国留学美梦的青年大学生的形象。《白皮鞋》则写出了一个自尊自强的擦皮鞋孩子的诚实、美好的心灵。《沙拉赫》反映了大学生中进步的左派与反动的右派之间的斗争。

小说通过一个保守、落后学生的视角描述了革命、进步青年大学生沙拉赫的英雄形象。他在同学中宣扬左派的观点，并同反动、保守的右派学生激烈辩论，进行斗争。不久他被捕入狱。他在狱中虽身患绝症，仍坚强不屈，决心为崇高的理想奋斗到底，致使最初与他完全对立的“我”，在与沙拉赫的接触中，特别是通过几次探监，深受教育，为过去对他的不解与指责而感到内疚。沙拉赫瘐死狱中后，“我”竟以他的名字为自己的儿子命名，希望儿子长大后能做一个像他那样的人。

自20世纪50年代起，艾布·伯克尔·哈利德开始涉足中、长篇小说，先后发表了《早春》（1958）、《苦泉》（1966）、《跳越矮墙》（1976）等。他受埃及著名作家纳吉布·马哈福兹影响极深，其第一部长篇小说《早春》就是仿照马哈福兹的《新开罗》而作的，原称《新恩图曼》。小说通过三男两女青年主人公对生活的态度和他们的遭遇，反映了苏丹自第二次世界大战后至独立前夕这一阶段复杂的政治形势和各种政治党派的斗争，反映了青年一代在摆脱传统礼教、封建落后意识，追求科学进步与自由解放过程中所感到的内心矛盾、惶惑和所受到的外界种种阻力。

《苦泉》则以1958年至1964年军事专政时期的苏丹首都喀土穆为背景，写出了在新的动荡、变革时期年轻一代知识分子的不同道路、不同信念、不同追求。作者笔下的女主人公塔希娅无疑是作者精心塑造出的苏丹现代妇女理想的形象：她倔强、自信，冲破传统习俗的束缚去求学、工作，并作为一个革命者，积极参加反对军事专政的政治斗争，从而与她的丈夫——一个自私自利，对祖国命运、前途漠不关心的机会主义者在感情上开始分裂。

第六节　塔伊布·萨利赫

当代苏丹最著名的作家是塔伊布·萨利赫。

塔伊布·萨利赫生于苏丹北方省马尔维县一个村庄里。父亲是个信奉苏菲派的虔诚的教长，崇拜苏菲派的诸圣贤，经常拜谒位于他们村里的圣贤塔伊布陵墓，故以“塔伊布”为儿子命名。作家在家乡念完小学、初中后，转入恩图曼念高中，中学毕业后，入喀土穆的戈登学院学习，后留学英国，毕业于牛津大学，获政治学博士学位。他曾作过中学教师、英国广播公司阿拉伯部主任，曾在卡塔尔新闻部任职，并担任过喀土穆大学校长。

从北方省马尔维县到恩图曼、喀土穆、伦敦，这变化多端、丰富多彩的生活是作家取之不尽、用之不竭的创作源泉。童年对农村家乡的回忆和体验，往往是他最早客居伦敦时为阿拉伯报刊撰写短篇小说的素材。

此外，他还像蜜蜂采蜜一样，阅读了大量西方特别是英国古今著名作家、诗人的作品；当然，他也以同样的热情阅读了阿拉伯古今文坛的杰作。其中，在阿拉伯的小说家中，他最欣赏，对他影响最大的是纳吉布·马哈福兹。

中篇小说《宰因的婚礼》（1964）是他的成名作，有多种文字的译本，并被科威特艺术家拍成同名电影，受到普遍好评。小说主人公宰因是个头脑简单、发育不良然而心地善良、淳朴忠厚的农村青年。他到处游荡，见到谁家的姑娘漂亮就到处张扬，说姑娘如何美丽，自己如何爱上了她。在封建保守的乡村，这无疑是一种变相的广告，致使乡绅名流闻风而至，登门前去求婚。家长们很快认识到宰因的这种特殊的宣传作用，从而由厌恶他变为讨好他，求他替他们待嫁的女儿广为宣传。宰因就这样甘愿为人作嫁，长期“播种爱情”，让别人收获。但最终以自己的善良、忠厚获取了堂妹尼阿玛的爱情，并冲破种种阻挠，得到了幸福。小说比较客观地反映了苏丹农村社会情况及人际间的微妙关系，嘲讽了陈旧传统的势力，婉转地批判了社会种种落后现象，具有浓厚的乡土气息和人情味，在艺术上亦有独到之处。

使塔伊布·萨利赫享誉整个阿拉伯文坛并驰名世界的是其代表作《移居北方的季节》[①]。这部中篇小说最初连载于文学月刊《对话》1966年9月—12月号上，后由贝鲁特回归出版社及开罗新月出版社出单行本，在阿拉伯世界引起普遍重视，受到好评；并迅即被译成英、法、俄、德、意、西、日、中等东西方多种文字，在国际文坛上引起反响。

小说主人公穆斯塔法·赛义德出生于苏丹北方农村，早年丧父。他勤奋好学，先后负笈于开罗、伦敦深造，在牛津大学获博士学位后留校任教。他受西方文化的影响，寻花问柳、放荡不羁于风月场上，致使几个西方女性因情而死。主人公因而受审、服刑。获释后，他回到苏丹，隐姓埋名，在一个偏僻的村镇定居下来。后因不慎，讲出当年在西方的经历，为世俗不容，羞愧自杀。小说题目中的“北方”，一语双关，实指政治意义上的世界北方，即西方世界。小说通过东西方两种文化在主人公身上反映的矛盾、冲突，以至酿成悲剧，鞭笞了西方殖民主义及其“文明”的罪恶，表达了作家强烈的民族主义情感，同时也揭示了在东西方两种文化传统影响下教育出来的苏丹知识分子的迷惘、困惑，寓意深刻、耐人寻味。

作家在这部作品中大量借鉴西方现代派的各种表现手法和文学技巧，如两条平行的叙事线索、意识流、闪回倒叙、内心独白、时空交错、象征等，使小说达到很高的艺术水平，而备受文学评论家的赞扬，被认为是当代阿拉伯文学中思想内容和艺术形式都较完美的一部难得的佳作。

在阿拉伯作家协会选出的20世纪105部阿拉伯最佳中长篇小说中，《移居北方的季节》是唯一入选的苏丹作品。

此外，塔伊布·萨利赫还写有中长篇小说《道莱与哈米德》（1967）、《班达尔·沙赫》（1971）和短篇小说集《瓦德·哈米德的枣椰树》等。

---

① 又译《迁徙北方的季节》《移居北方的时期》《风流赛义德》。

第十编
马格里布地区阿拉伯文学

第一章　阿尔及利亚近现代文学

第一节　历史与文化背景

阿尔及利亚位于非洲西北部，是阿拉伯马格里布地区的一部分。16 世纪，西班牙入侵北非，曾一度占领阿尔及利亚部分地区。此后，奥斯曼帝国取代西班牙，把阿尔及利亚置于自己的统治之下，并把它作为与西班牙争夺西地中海霸权的重要基地。17 世纪中叶后，阿尔及利亚虽然在名义上仍是奥斯曼帝国的一部分，但实际上是一个独立的军事封建国家。

阿尔及利亚物产丰富，战略地位重要，早已为法国统治者所觊觎。1830 年，法军找借口入侵并征服了阿尔及利亚。继而，法国宣布阿尔及利亚为法国属地，实行军事统治。法军在征服阿尔及利亚的过程中，实行"焦土战术"，奸淫、烧杀、掳掠，无所不为，而且亵渎伊斯兰教，把清真寺改为天主教堂，任意破坏穆斯林的坟地。1905 年，法国军队占领撒哈拉地区，阿尔及利亚从此全部沦为法国的殖民地。第一次世界大战期间，法国殖民主义者强征大批阿尔及利亚人为他们当炮灰，并在阿尔及利亚横征暴敛，搜刮了大量的财力、物力，为其战事服务。

法国殖民主义者在阿尔及利亚统治期间，全面推行种族歧视、民族压迫和同化政策。他们鼓励本国人或其他欧洲人移居阿尔及利亚，意在改变其社会人口构成，进而消灭阿尔及利亚人民的民族文化。在法国殖民当局的统治下，移居去的欧洲人享有公民权，而土著的阿尔及利亚人则沦为毫无政治权利的“臣民”。法国殖民主义者对阿尔及利亚政治上“恩威并施”，经济上敲骨吸髓，文化上则实行愚民政策、奴化政策。他们根本不关心、不支持阿尔及利亚的教育事业；不准阿尔及利亚人自由集会和使用本民族文字，企图从根本上改变阿尔及利亚人民的阿拉伯—伊斯兰属性。这种政策使其阿拉伯文化横遭摧残，产生极为严重的后果，致使能让少数阿尔及利亚人受到初等教育的小学校也越来越少，儿童的失学率则越来越高。据统计，刚独立时阿尔及利亚的文盲竟占全国人口的 85%，其余 15% 的人大多只懂法文，真正掌握正规阿拉伯语的人为数很少。老百姓口头多用阿拉伯语夹杂法语的土语。

但阿尔及利亚人民始终没有屈服。在法国殖民主义统治的一个多世纪里，他们一直为争取民族独立进行英勇顽强的斗争，先后爆发武装起义达 50 次。如：早自 1832 年，阿尔及利亚人民就在民族英雄阿卜杜·卡迪尔（عبد القادر，‘Abd al-Qādir 1808—1883）领导下，进行了长达 15 年英勇的反法武装斗争。值得一提的是，阿卜杜·卡迪尔不仅是一位曾领导人民把法国侵略者打得焦头烂额的天才军事领袖，而且是一位著名的诗人。1871 年，乘法国在普法战争中失败之机，阿尔及利亚人民在穆罕默德·穆格拉尼领导下，再次爆发了全民族的反法武装大起义。斗争坚持了 10 个月，一度几乎将法国侵略者逐出阿尔及利亚东部地区。

第一次世界大战前，阿尔及利亚民族解放运动的主要形式为部落起义。大战后，则转为地主资产阶级领导的政治斗争。他们通过办报刊、建立政党，号召人民摆脱法国殖民统治，争取民族独立。其中，1931 年，阿尔及利亚爱国宗教界代表人物伊本·巴迪斯等人组成的阿尔及利亚穆斯林贤哲会（جمعية العلماء المسلمين الجزائريين，Jam‘iyah al-‘Ulamā’al-Muslimīn）颇具代表性。他们主张保卫阿拉伯民族文化，革新伊斯兰教，反对法国殖民当局的同化政策。1936 年，阿尔及利亚共产党正式成立，主张法军从阿尔及利亚撤走，实现民族独立。

第二次世界大战后，觉醒了的阿尔及利亚人民要求得到补偿，法国殖民者却死抱着殖民制度不放，非但不履行战时曾答应给予阿尔及利亚独立的诺言，反而对要求独立的阿尔及利亚人民进行残酷的镇压，从而使得阿尔及利亚民族解放运动日益高涨。1954 年，阿尔及利亚民族解放阵线领导人民进行全面武装起义。1958 年 9 月，成立了阿尔及利亚共和国临时政府。1962 年，法国被迫承认阿尔及利亚人民自决与独立的权利，后经公民投票，阿尔及利亚正式宣布独立，成立了阿尔及利亚民主人民共和国。

为铲除殖民主义的影响，独立后的阿尔及利亚政府在文化方面的工作重点就是推行阿拉伯化，以复兴和维护民族文化。

第二节　近代文学

阿尔及利亚近代文学的主要形式是传统的诗歌。最著名的诗人是阿卜杜·卡迪尔·杰扎伊里。

阿卜杜·卡迪尔·杰扎伊里出生于马斯卡腊贵族世家。在父亲马迪丁的关怀下，受过良好教育。他曾随父反对土耳其人的统治。1830 年法国侵占阿尔及利亚后，又随父进行反法武装斗争。1832 年他接替年迈的父亲，称“埃米尔”，被众多部落推为反法武装斗争的领袖。他有勇有谋，文武双全，曾率阿尔及利亚反法武装力量多次挫败兵力雄厚、装备精良的法军，使之疲于奔命，遭受很大损失。他曾以马斯卡腊为首都，建立各级行政机关，消除封建割据，组建了一支约 2000 人的正规军。他平时住在帐篷中，以身作则，艰苦奋斗，战争时则身先士卒，所向披靡。他率众坚持反法武装斗争，直至 1847 年，终因寡不敌众，被迫投降。他先被囚于法国，1852 年获释，1855 年定居于大马士革，直至病逝。

阿卜杜·卡迪尔有诗集传世，20 世纪 60 年代初，经后人整理，在大马士革出版。

阿卜杜·卡迪尔的诗在艺术形式上严格遵循传统古诗的格律，题旨亦包括恋情、悼亡、矜夸、描状等。在诗中，他歌颂了昔日和平宁静的草原游牧生活，痛责法国侵略者带来的所谓“西方文明”。他擅长描写雄鹰、战马和军旅生活，颇似古代的穆太奈比或近代埃及诗人巴鲁迪，以矜夸诗见长。如在一首诗中，诗人不无自豪地吟道：

我愿献出生命——
　　在战斗的日子里，
纵然在和平时期
　　它最为宝贵。
你可以问问
　　法国佬的军队，
在我的刀枪下
　　他们有多少人丧生成鬼！

在阿尔及利亚的近代散文作品中，应当引起人们重视的是穆罕默德·本·易卜拉欣所写的《情人的爱情与思念的故事》。原书副标题为《知名王子与商人之女扎赫莱·安丝逸事》。原著写于1849年，但于1977年才经艾布·卡西姆·萨阿杜拉博士校勘出版。

穆罕默德·本·易卜拉欣又称穆斯塔法埃米尔（الأمير مصطفى，al-Amīr Muṣṭafā），生于阿尔及尔。其祖父穆斯塔法帕夏曾任奥斯曼帝国驻阿尔及利亚最高行政长官——“台伊”，其父易卜拉欣因反对法军占领并拒绝撤出阿尔及尔而被捕，1846年瘐死狱中。

穆斯塔法埃米尔本是养尊处优的王子，但法军占领后，却家破人亡——家族财产被没收，父亲瘐死，两兄弟逃亡，三个妻子也死去一个。在残酷的现实面前，作家借酒浇愁，并企图在炽烈的恋情中忘掉过去，以求解脱。《情人的爱情与思念的故事》就是在这种情况下写出的一部王子（伊本·迈利克，又称穆斯塔法埃米尔）与其情人——富商之女扎赫莱·安丝的浪漫史：王子40岁时父亲死了，他感到孤寂、悲伤；扎赫莱是位能歌善诗、才貌双全的美女，“貌若令日月羞惭的红宝石”。丧母，父亲又远出经商未归，也使她成日郁闷不乐。两人邂逅，一见钟情，堕入爱河，情诗往来，私约幽会，卿卿我我，共度良宵，其间虽有周折，终以大团圆为结。书中写出了当时富贵阶层沉湎酒色的奢靡生活，也反映了当时整个社会动荡不安的情景。它在一定程度上好似一部传统的王子与美人的民间传奇故事，但其反映的社会现实和人物近于写实，又不同于民间传奇故事；它似玛卡梅体故事：故事借老香料商之口叙述主人公王子（伊本·迈利克）的故事，他们两人颇似赫迈扎尼《玛卡梅集》中叙述人伊萨·本·希沙姆和主人公艾布·法塔赫·伊斯坎德里，或哈里里《玛卡梅集》中叙述人哈里斯·本·海马姆及其主人公艾布·宰德·赛鲁基的角色。书中有讲故事，有对酒会、游猎场景的描述，还嵌有诗歌，这些都似玛卡梅体故事。

但全书是一个完整的故事，目的不在用于教学，行文不讲究骈俪、押韵，主人公也不是卖弄文字、设法骗人钱财的乞丐，这些又都不同于玛卡梅体故事。它又似一部具有故事情节的长篇小说，但在情节安排、人物刻画、景色描写、文字技巧诸方面又都显得没达到现代小说的水平。因而阿尔及利亚文学评论家欧麦尔·本·吉纳博士在《阿尔及利亚小说研究》一书中认为，它是一部介于玛卡梅、民间故事和小说之间的作品，并认为它可能是整个阿拉伯世界最早出现的一部长篇小说。又由于这部作品最早从一个侧面，在一定程度上反映了法国入侵给阿尔及利亚社会带来的变动与灾难，因而，无论从艺术形式还是思想内容上看，这部小说都应在阿尔及利亚乃至整个阿拉伯文学史上占有一定的地位。

第三节　伊本·巴迪斯

独立前，阿尔及利亚人民在文化战线上反对法国殖民主义的愚民、同化政策的斗争一直未停。领导这一斗争的旗手和先驱者是伊本·巴迪斯。

伊本·巴迪斯生于君士坦丁，毕业于突尼斯宰图奈大学。曾见到过埃及的宗教改革家穆罕默德·阿布笃，并受其影响。他先后创办了《评论家报》（المنتقد，al-Muntaqid）（1925）和《流星》杂志（1926）。并于1931年与穆罕默德·巴希尔·易卜拉希米等人创建了著名的阿尔及利亚穆斯林贤哲会。协会以“伊斯兰教是我们的宗教，阿拉伯语是我们的语言，阿尔及利亚是我们的祖国”为行动口号，在抵制法国同化政策，培养人民的民族感情，激励人民的民族斗志方面，起了重要的作用。

伊本·巴迪斯通过其领导的“贤哲会”和创办的报刊，发表大量的政论和演说，反对法国殖民主义统治，强调阿尔及利亚的阿拉伯—伊斯兰的属性。他不仅是一位热忱的宗教改革家，一位领导人民进行反对法国殖民主义统治的民族主义的政治领袖，同时也是一位在阿尔及利亚现代文学史上颇有影响的文学家、诗人，一位阿尔及利亚文学复兴运动的先驱。其政论和演说洒脱、流畅，振聋发聩。如他在1939年7月14日法国自由节演说时说道：

啊，自由！诗人歌颂你的壮丽，人们为你流血牺牲，可如今你在哪里？有多少国家把奴役的枷锁戴在别的一些国家的头上，却在那里庆祝你的节日！又有多少人早在心中、在头脑里将你摧毁，却在大地上为你树立塑像……

在谈到如何才能达到真正的自由时，他说：

要一次阿尔及利亚的变革，要培养一批优秀青年，要在他们身上体现出我们祖先的天才，要进行一次伊斯兰—阿拉伯的复兴，这一复兴要从往昔的荣耀、今朝的警觉中吸取力量，使它在光辉的未来道路上前进，避免跌倒和偏离……

伊本·巴迪斯不仅擅长演说，写政论，而且也会写诗。如他在一首诗中写道：

谁要同我们友好，
会受到尊敬与欢迎；
谁想侮辱我们，
得到的将是轻蔑与战争。
这就是我们的法则，
用光和火焰写成……

伊本·巴迪斯逝世后，墓碑上刻有这样的诗句：

他将阿尔及利亚从沉睡中唤醒，
使人民懂得了何谓真正的人生。

他度过了整整五十个春秋，
为穆斯林立下了伟绩丰功。

写下这些诗句的是阿尔及利亚现代诗坛的先驱穆罕默德·伊德。

第四节　穆罕默德·伊德、宰克里亚及其他诗人

穆罕默德·伊德生于艾因贝达市。1918 年随家迁入比斯克腊市。1921 年曾去突尼斯于宰图奈大学进修，1923 年回归比斯克腊，从事教育工作，并在《流星》《评论家》《沙漠回声》《改良》等报刊上发表诗文，参加了文化思想启蒙、复兴运动。1927 年，他应邀去阿尔及尔，任自由青年学校校长，达 12 年之久。诗人曾参与穆斯林贤哲会的创建，并任理事。他于 1940 年返回比斯克腊，潜心从事诗歌创作。1948 年后，又相继在巴特纳与艾因姆利拉重执教鞭。1954 年阿尔及利亚武装起义爆发时，诗人因其反帝爱国言行被捕入狱，出狱后，被遣回比斯克腊受管制，直至 1962 年阿尔及利亚获得独立。

穆罕默德·伊德自 20 世纪 20 年代开始发表诗作。其诗受邵基、哈菲兹·易卜拉欣、穆特朗影响极大，被认为是现代阿尔及利亚新古典派诗的先驱之一。其抒情诗于 1967 年结集出版。此外，他还写有诗剧《比拉勒》，根据伊斯兰初期奴隶出身的比拉勒的事迹，塑造了一个为了信仰而不畏艰险、舍死忘生的英雄形象。他的诗作中还有一首长达 426 拜特的史诗，记述了阿尔及利亚的重大历史事件。他在诗歌中倡导宗教改革和社会改革，企图唤醒人民跟上时代步伐，振兴祖国和民族；也热情地讴歌了阿尔及利亚人民的反帝爱国斗争。如在一首题为《解放军之声》的诗中，诗人写道：

我们解放大军是战斗的力量，
南征北战，好像猛虎雄狮一样。
战鼓咚咚，军号吹响，
我们奋起，使祖国大地震荡。

我们将高山当作堡垒，
我们的战歌在山中回响。
广播把我们的胜利告诉人们，
捷报频传，喜讯飞向四方。
我们勇敢，我们顽强，
我们曾树立起多少光辉的榜样。
我们像熊熊烈火奔赴战场，
千难万险都不放在心上。
我们转动战磨，取得胜利，
严惩敌人，让他们把苦头尝。
我们要把殖民主义彻底埋葬，
让我们的人民挣断枷锁，求得解放。

穆罕默德·伊德被誉为“阿尔及利亚的诗王”（أمير شعراء الجزائر，Amīr Shu‘arā’al-Jazā’ir）。

在阿尔及利亚现代诗坛地位仅次于穆罕默德·伊德的是穆夫迪·宰克里亚。

穆夫迪·宰克里亚出身于商人家庭，自幼习诵《古兰经》，后到突尼斯，先后在赛拉姆经学堂、赫勒敦学堂、宰图奈大学学习。自1954年阿尔及利亚民族解放阵线成立时起，他就参加了这一组织，从事反法爱国斗争，曾5次被捕入狱。1959年越狱后，继续斗争。他被誉为“阿尔及利亚革命诗人”（شاعر الثورة الجزائرية，Shā‘ir ath-Thawrah al-Jazā’iriyah）。

宰克里亚的主要作品收入诗集《神圣的火焰》（1961）《菩提树荫下》（1965）。此外，还有诗集《出发》，反映了自1935 年至1954年间的政治斗争；《痛苦的心》是一部情诗集；《童年习作》收集了诗人少年时代的作品；《神圣进军歌谣》则是一本用土语写的革命民歌、民谣集。宰克里亚的诗充满了革命激情，表达了在法国殖民主义统治下，阿尔及利亚人民的苦难和他们的斗争精神。如他在1955年狱中写的《请作证》一诗，独立后被定为国歌，诗中写道：

重重灾难降临在祖国头顶，
纯洁的热血在心中奔涌；
耀眼的战旗迎着暴风，
飘扬在巍巍群山之中。
我们誓为生死存亡而斗争，
我们决心要让阿尔及利亚永生。
请作证！

我们是为真理而战的士兵，
我们誓为祖国独立而斗争；
我们的话语既然没有人听，
那就让火药来表达我们的心声。
我们让机关枪奏鸣，
我们决心要让阿尔及利亚永生。
请作证！

他的诗歌通俗易懂，节奏明快，铿锵有力，富有战斗性和鼓动性，常被谱成歌曲，广为传唱。

诗人萨利赫·海莱费也很著名。他生于盖拉拉市。1961年于开罗大学文学院毕业，退休前任阿尔及利亚大学文学院教授。他曾受法国殖民当局迫害，流亡于突尼斯、开罗、大马士革等地。他被认为是革命的阿尔及利亚的喉舌，多次参加国际会议。曾于1960年获埃及文学艺术最高理事会颁发的诗歌奖。其代表作是诗集《神奇的阿特拉斯山》（1968）、《你是我的意中人》（1974）。早期作品严格遵循古典格律诗的形式，且喜欢用长律，后期作品富有创新精神，韵律富于变化。

其诗集好像阿尔及利亚革命的史册，真实地记录了人民的苦难、敌人的暴行、革命者的英勇斗争，表达了人民的心声，反映了他们在斗争中宁死不屈、宁折不弯的民族气节。如诗人在一首诗中写道：

> 那些悲剧的发生，足以
> 在我们心里掀起一场风暴，
> 仇恨的风暴深藏在胸中，
> 一旦刮起，将把邪恶和恶棍扫掉。
> 昨日我们还只是要求国家自立，
> 相信吧，今日我们要把仇报。
> 不，我们的鲜血不会白流，
> 我们将饮侵略者的血，当作医药。

阿尔及利亚现当代的著名诗人还有：哈姆德·赖马丹、伊姆提亚兹、穆罕默德·沙伊希、赖比欧·布沙麦、艾布·卡西姆·萨阿达拉等。

第五节　小说的发轫与先驱里达·胡胡

由于诗歌简短明快，便于传诵，又具有战斗性、鼓动性，故而在阿尔及利亚的现当代文学史上比较繁荣、发达。而阿拉伯文小说在阿尔及利亚独立前则如凤毛麟角，只是在独立后，特别是全面贯彻阿拉伯化的政策后，才逐渐发展、繁荣起来。

据考证，第一篇阿尔及利亚短篇小说出现于1925年的《阿尔及利亚报》上，标题为《法兰赛瓦与拉希德》。[①] 作者是穆罕默德·赛义德·扎希里。内容是有关欧洲人与阿尔及利亚人平等的问题：阿拉伯人拉希德与法国人法兰赛瓦几乎是同时诞生的。他们是邻居。他们在同一天上学，同一天大学毕业，又在同一天参加法军服兵役。在此期间，拉希德牢记着法国教师们在学校里教导他的话：法兰西给他们带来了文化、文明和其他事物。他对法国老师的这些话深信不疑。他参军后就与他的朋友、邻居法兰赛瓦分开了。后来，法兰赛瓦一步步被提升，直至

① عبد المالك مرتاض، في الرواية الجزائرية، المجلة العربية، بيروت، ١٤ سبتمبر ١٩٨٧، ص ٤٩.
“法兰赛瓦”为阿拉伯语音译，意为“法国人”“法国佬”。

当上了上校军官，而拉希德却一直是普通一兵；法兰赛瓦享有很多特权，拉希德却一无所有。这时他才明白原先法国老师教导他的一切全是骗人的谎言。他决定上山参加反殖民主义的起义军，但又认为环境不容许，无法做到，于是绝望自杀身死。

小说发表后，在知识分子和广大读者中引起很大反响。他们同情小说主人公拉希德的遭遇，以至于当年《评论家报》曾举办以悼念小说主人公拉希德为题的征文比赛。连著名诗人穆罕默德·伊德都写诗为拉希德鸣不平。这虽然是阿尔及利亚最早的短篇小说的尝试，艺术性远不够成熟，但不难看出，作者在写这篇小说时是怀有一种使命感的，致使作品带有强烈的政治色彩，因而会在唤起阿尔及利亚读者的民族意识，反对法国殖民主义统治的斗争中，起到一定的战斗作用。此后，穆罕默德·赛义德·扎希里又做了许多小说创作的尝试。

这些作品大多发表于开罗的《法塔赫》杂志上，以宗教改革为主要内容，并于 1928 年以《伊斯兰需要宣教》为题结集出版。这是阿尔及利亚出版的第一部短篇小说集。这些作品多是作者借一个故事发表自己的见解。其中最著名的一篇题为《阿伊莎》，是书信体。内容是一个阿尔及利亚律师的法国妻子在其丈夫与故事叙述者有关伊斯兰教的辩论中，逐渐信服了伊斯兰教教义，由基督教改信伊斯兰教，并为自己改名为“阿伊莎”。

穆罕默德·赛义德·扎希里被认为是阿尔及利亚小说发轫时期“改良主义小说”的代表作家之一。这类小说主要是揭示殖民主义统治下的阿尔及利亚社会种种愚昧、落后、不公、崇洋媚外现象，予以批判，主张改良。小说夹叙夹议，作家往往借一个故事发表自己大段的议论，提出自己的见解、主张。这些作品与其说是小说，不如说是叙事杂文。自 1925 年至 1956 年，阿尔及利亚的“小说”多属这类作品。

这种“改良主义小说”的代表作家除穆罕默德·赛义德·扎希里外还有：穆罕默德·本·阿比德·杰拉里、艾哈迈德·本·阿舒尔等。

阿尔及利亚现代阿拉伯文小说的先驱是艾哈迈德·里达·胡胡。

艾哈迈德·里达·胡胡生于西迪欧克巴市。小学毕业后，曾在家乡邮局任职。1935 年，他随家侨居沙特阿拉伯麦地那。1938 年，于麦地那教法学校毕业后，因成绩突出而留校任教。1940 年，他辞去教职，供职于麦加邮局。1945 年末，第二次世界大战后，他离开沙特回到祖国，归途中曾游历法国、埃及。1946 年，他到达君士坦丁后，就加入了阿尔及利亚穆斯林贤哲会。他最初任一个阿拉伯学校的校长，1947 年伊本·巴迪斯学院成立后，他就任校董会的秘书长，直至 1956 年 3 月 29 日，他被法国警察刺杀身亡。

里达·胡胡精通阿拉伯语与法语，精心研读两个民族的古今名著。他一方面受埃及作家塔哈·侯赛因、易卜拉欣·马齐尼、阿卡德、陶菲格·哈基姆等人的影响，另一方面又受法国作家雨果、拉马丁、拉布吕耶尔、莫里哀等人的影响。早在沙特阿拉伯时，他就翻译过不少法国文学作品，为报刊写文章，并开始了小说创作。

里达·胡胡于 1947 年发表的《麦加的姑娘》是阿尔及利亚第一部阿拉伯语的长篇小说。作者在题赠中写道："谨向那些被剥夺享受爱情、知识和自由权利的人们，向那些在这世界上被忽视的可怜的人们，向阿尔及利亚妇女献上这部小说，以资慰藉。"小说内容是写一个希贾兹少女宰姬娅与表兄杰米勒青梅竹马，怀有纯真的情愫。宰姬娅长大了，却需戴上面纱、幽居闺阁，不能抛头露面。后来有一个纨绔子弟前来求婚，为扫清障碍竟陷害杰米勒，使其入狱。结局是宰姬娅伤情而死，杰米勒也病死狱中。

小说受埃及侯赛因·海卡尔的《泽娜布》、法国小仲马的《茶花女》的影响，有时还有些像埃及作家曼法鲁蒂的笔调，富有浪漫主义色彩。小说出版后，曾受到一些宗教保守势力的攻击，但里达·胡胡对封建卫道者的指责进行了反击。

他深切地同情妇女，指出："妇女处于这种愚昧的境地，应归罪于那些不关心她们教育的家长，也应归罪于没有为她们建立教育途径的社会。"

里达·胡胡同时也是现代阿尔及利亚短篇小说的先驱。他最早的一篇短篇小说《我梦想的姑娘》发表于 1949 年第 4 期的《北非》杂志上。以后又相继发表短篇小说集《哈基姆的驴子》（1953）《有灵性的女人及其他》《人的性格》（1954）等。在这些作品中，作家时而用幽默、诙谐的语言针砭时弊，讥讽丑类；时而又用白描速写的手法描绘世态众生。

第六节　本·海杜盖、瓦塔尔及其他著名作家

阿尔及利亚当代最著名的小说家是阿卜杜·哈米德·本·海杜盖和塔希尔·瓦塔尔。

阿卜杜·哈米德·本·海杜盖生于塞蒂夫的一个书香门第，父亲是位语文教师，母亲也是位知识分子，使作家自幼就受到文学的熏陶。他高中毕业后，曾两度赴法留学，前后在法国逗留 8 年之久。后又赴突尼斯，先后在宰图奈大学文学系和阿拉伯戏剧学院学习；还曾在阿尔及利亚大学攻读过法律。这些经历，不仅使他精通阿拉伯语、法语，而且使他学识渊博、阅历丰富。在独立前，他曾参与《阿尔及利亚青年》杂志和阿拉伯文版《圣战者报》的编辑工作，并在广播电台任《阿尔及利亚之声》广播节目编导。国家独立后，他曾任阿尔及利亚广播电台台长、广播电视制作委员会主任和国家电影局局长等职。

本·海杜盖的代表作是发表于 1971 年的长篇小说《南风》。小说通过一个女中学生娜菲莎由首都回到边远山乡度假期间的遭遇，反映出独立后的阿尔及利亚农村在变革时期新旧势力的斗争远没有结束：青年马利克过去是反法爱国斗争的英勇战士，胜利后回乡，立志改变家乡贫穷落后的面貌；而地主伊本·高迪过去一贯进行政治投机，且有通敌卖国行为，独立后，面临土改，为保田产和掩盖其不光彩的历史，他又故技重演，企图将小女儿娜菲莎嫁给村长马利克，以便把水搅浑。但娜菲莎已不是昔日的农村妇女，而是一个受了革命教育的现代青年，她不愿受父辈摆布，而决心出走。作家以新现实主义的创作手法，真实地反映了革命后农村错综复杂的矛盾和斗争。小说出版后，不仅在阿尔及利亚国内和阿拉伯世界文坛引起轰动，且被译成多种语言，享誉国外。

除《南风》外，本·海杜盖还写有长篇小说《昔日之终结》（1975）、《揭露》（1980）、《杰姬娅和达尔维什》（1983），短篇小说集《七支火炬》《作家》《无头雕像》，以及诗集、剧本等近 20 部。

塔希尔·瓦塔尔生于奥雷斯的一个农家。在君士坦丁的伊本·巴迪斯学院毕

业后，又赴突尼斯留学进修。1956年，参加阿尔及利亚民族解放阵线。他自20世纪50年代在突尼斯留学期间就开始了小说、杂文的创作，作品多发表在突尼斯的《思想》杂志和《晨报》上。《失去的爱》（1955）是他发表的第一篇小说。1962年独立后，他主要从事新闻宣传工作。1963年，他在君士坦丁创办了《自由人》报，在阿尔及尔创办了《群众报》。后又任民族解放阵线党的政治监察员，是阿尔及利亚作家协会的创始人之一。1985年退休。

塔希尔·瓦塔尔写有短篇小说集《我心中升起的烟》（1962）、《打击》（1971）、《烈士们本周回来》（1974）；长篇小说《拉兹》（1974）、《地震》（1976）、《骡子的婚礼》（1978）、《动荡岁月的爱和死》《宫殿和渔夫》（1980）；剧本《在彼岸》（1959）、《逃亡者》（1974）等。

塔希尔·瓦塔尔的代表作是长篇小说《拉兹》。作家自1958年就开始酝酿这部小说，动笔于1965年，完成于1972年，出版于1974年。“拉兹”是故事主人公的名字，它有两个意思：在当地土语中为“私生子”，而在西文中，原意为纸牌游戏中的“王牌”，转义为“英雄”“好汉”“能手”。一语双关，正合主人公的身份和他成长的道路。拉兹原是个私生子，从小打架斗殴，不务正业，受到人们的嫌弃。与生身父亲游击队长泽丹邂逅，在其教育、引导下走上了革命道路。他凭着自己的聪明、才智混进敌营，对伪军进行瓦解、策反；被捕后，又经受住了敌人的严刑逼供，并设法组织难友越狱，参加了游击队，与敌人展开了英勇顽强的斗争，从而从一个私生子、小流氓成长为革命英雄。

小说具有相当的深度与广度。它不仅刻画了拉兹这位主人公，而且生动地勾勒出了正、反面人物的群像；不仅描写了反法爱国这一主要斗争，也反映了革命阵营内部的种种矛盾和斗争。作品在现实主义的基础上采用了大量新的现代表现手法：如时空交错、闪回、内心独白、意识流、梦幻、寓意象征等。《拉兹》发表后，受到多方赞誉，作品被认为是阿尔及利亚现当代文学和社会主义现实主义高度的典范；主人公则被列入阿拉伯现当代文学创作出的革命英雄画廊中的一个难得的典型形象。

小说《地震》则让我们看到了与“拉兹”截然相反的另一种人物：主人公阿

卜杜·迈吉德·布·艾尔瓦赫是曾依附法国殖民势力作威作福的封建主，在独立后失去了权势，回到家乡君士坦丁，面临着诸如土地革命的种种政治、社会变化，无法适应，心中充满仇恨，整日念叨着《古兰经》中《地震》章的经文，盼望发生一场地震，终于发疯。通过这一人物的见闻及其心理活动，作者从另一个侧面展示了革命胜利和社会进步带来的种种变化；同时也反映了独立后出现的种种新的矛盾和斗争。

小说《动荡岁月的爱和死》被认为是《拉兹》的续篇。它反映了阿尔及利亚独立后土地革命和20世纪70年代中期大规模的农业合作化运动中的各种矛盾和斗争。在揭露敌人丑恶嘴脸的同时，也表现了社会改革过程中人与人之间的新型关系。

本·海杜盖的《南风》和塔希尔·瓦塔尔的《拉兹》都被阿拉伯作家协会评为20世纪105部阿拉伯最佳中长篇小说之一。同时享有这一殊荣的还有拉希德·布杰德拉的《一千零一年的思念》、女作家祖胡尔·瓦妮茜的《龙杰与妖怪》，以及艾赫拉姆·穆斯苔嘉妮米的《肉体的记忆》。

拉希德·布杰德拉是小说家，也是诗人。毕业于阿尔及尔大学。20世纪60年代初开始发表诗作。他原用法语写作，1969年发表了颇有影响的小说《休妻》，揭示了传统礼教、夫权家长专制统治对人性的摧残：为人父者竟要休掉结婚已15年的妻子，而去娶一个年仅15岁的少女。拉希德·布杰德拉在阿拉伯文坛引人注目的是他用法文创作了为数不少的诗歌、小说和研究论文后，宣布他今后要用自己民族的语言——阿拉伯语创作。自1981年发表长篇小说《分裂》开始，至今他已用阿拉伯文创作了《小巷之战》《乱七八糟》《台米姆人》《一千零一年的思念》。小说《分裂》讲述了当代阿尔及利亚的城乡差别，当年浴血奋战的革命战士如今已被新的一代逐渐淡忘。他创作的特点是把现实主义与西方现代派的手法结合在一起，描述阿尔及利亚当今社会在变化、改革中存在的种种问题。

当代阿尔及利亚最著名的女作家是祖胡尔·瓦妮茜和艾赫拉姆·穆斯苔嘉妮米。

祖胡尔·瓦妮茜1935年9月13日生于君士坦丁。她是阿尔及利亚第一个用

阿拉伯语写作的作家和记者。她参加了民族解放战争，以为《见识报》写杂文开始其文学生涯。阿尔及利亚历代的斗争历史及先驱者们如伊本·巴迪斯、穆罕默德·巴希尔·易卜拉希米以及里达·胡胡等人的言行对她的思想发展、文学历程影响很大。她从他们的作品和思想中发现了一种对当时传统价值观念的反叛精神和对理想世界的追求、探索精神。阿尔及利亚独立后，她入阿尔及尔大学学习，取得阿拉伯文学与哲学双学士。20世纪70年代初，创办《阿尔及利亚妇女》杂志。曾任阿尔及利亚作家协会、记者协会书记处书记、国会议员、社会事务部长、教育部长等职。著有短篇小说集《沉睡的人行道》（1967）、《在彼岸》（1974）、《延伸的影子》（1985），中篇小说《女家庭教师日记》，长篇小说《龙杰与妖怪》（1993）。作品题材多为描述阿尔及利亚人民反法爱国斗争，批判社会传统的落后习俗。

艾赫拉姆·穆斯苔嘉妮米是作家，也是诗人。她1971年毕业于阿尔及尔大学文学院，曾在阿尔及尔广播电台主持诗歌节目《细声细语》。后随黎巴嫩籍的丈夫侨居法国，获巴黎索邦大学社会学博士学位。她著有诗集《在日子的港口》（1972）、《写在赤裸的瞬间》（1976）、《一条鱼的谎言》（1993），长篇小说《肉体的记忆》（1993）、《感官的混乱》（1996）。

作家的父亲原是君士坦丁的一位领导反法斗争的爱国领袖，曾多次被捕入狱，后又被迫到突尼斯，继续进行民族解放斗争。独立后，他不满昔日战友的权势之争，而成为牺牲品，死于精神病院。作家的《肉体的记忆》及其续篇《感官的混乱》显然在一定程度上受其父亲经历的影响。她用表现主义的手法，用第一人称的叙事方式，象征性地讲述了阿尔及利亚，特别是君士坦丁的斗争历史和现状，表现了当年为民族解放勇于献身的革命者，国家独立后却受迫害、遭排挤，而一些机会主义者却结党营私，腐败堕落。

当代用阿拉伯语创作的著名作家还有：艾布·伊德·杜杜、米尔扎格·巴格塔什、伊斯梅尔·艾姆卡特、吉拉里·海拉斯、沃希尼·爱阿拉吉、穆罕默德·

艾敏·扎维等。

第七节　迪布与法语文学

不能不提及的是，长期受法国殖民主义统治的结果，现当代的阿尔及利亚的文坛有一批用法语写作的小说家和诗人，其中最著名的小说家有：

穆罕默德·迪布，代表作是《阿尔及利亚三部曲》，包括《大房子》（1952）、《火灾》（1954）和《织布机》（1957），此外他还写有长篇小说《非洲的夏天》（1959）、《记住大海的人》（1962）、《奔走在荒凉的海岸上》（1964）、《追猎能手》（1973）等。

穆鲁德·费拉翁，主要作品有《穷人的儿子》（1950）、《大地与鲜血》（1953）、《上坡路》（1957）。

穆鲁德·马默里，主要作品有《被遗忘的山丘》（1952）、《公正人睡着了》（1956）和《鸦片和木棒》《1965》。

卡提布·亚辛，代表作是长篇小说《娜吉玛》（1956），此外还写有剧本《被围着的尸体》《1959》、《带有野性的女人》（1963）、《星》（1966）等。

马立克·哈达德，主要作品有长篇小说《最后的印象》（1958）、《我献给你一只羚羊》（1959）、《学生与功课》（1960）、《鲜花的码头不回答》，此外还发表有诗集《危险中的悲剧》（1956）、《请听我的呼唤》（1961）。

阿西娅·杰巴尔，主要作品有长篇小说《渴望》（1957）、《焦急的人们》（1958）、《新世界的儿女》（1962）和《天真的云雀》（1967）等。

著名的诗人则有让·阿鲁什、让·舍拉克、巴希尔·哈德什·阿里等。这些作家、诗人虽然自幼学的是法语，也深受法国文学的影响，但他们的作品反映的却是阿尔及利亚各阶层人民在法国殖民主义统治下的苦难生活和反抗斗争。正如穆罕默德·塔马尔（محمد الطمّار，Muhammad at-Tammār）在《阿尔及利亚文学史》一书中所说：无论如何，阿尔及利亚的法语文学描述的是法国佬的暴虐和对爱国者的镇压；这些文学家反对西方化和同化，他们描述了阿尔及利亚人在殖民主义统治下所过的贫困、不幸和痛苦的生活。

第二章　摩洛哥现代文学

第一节　历史与文化背景

摩洛哥位于非洲西北部。西临大西洋，北隔直布罗陀海峡与西班牙相望，东北濒地中海，东与阿尔及利亚接壤，南与西撒哈拉、阿尔及利亚相邻。

摩洛哥是非洲古老的国家之一，最早的居民是柏柏尔人。7 世纪开始阿拉伯－伊斯兰化。从 15 世纪起，先后遭到西方列强的侵入。

摩洛哥于1912年3月被迫与法国签署《非斯条约》，从此沦为法国的保护国。同年11月，法国又同西班牙签订《马德里条约》，确立西班牙在摩洛哥的占领区（约为法占区的1/20），法、西划分了各自的势力范围。法国殖民主义者还利用摩洛哥民族中有40%是土著的柏柏尔人这一特点，实行分而治之的政策，曾相继于1914年、1930年颁布过两道柏柏尔法令，把柏柏尔习惯法纳入法国的司法体系；还兴办了一些法国—柏柏尔学校，课程全部为法文，企图拉拢柏柏尔人，使之不能和阿拉伯穆斯林结成统一的反法联盟。法国殖民主义限制摩洛哥教育的发展，摧残其民族的传统文化，同时，还力图使摩洛哥与东方的阿拉伯—伊斯兰世界隔绝开来。

但摩洛哥人民一直坚持反殖民化的斗争，从未屈服。1921 年到 1925 年东北部里夫地区曾爆发大规模农民武装起义，并建立里夫共和国。这次起义虽被法、西联军残酷镇压下去，但人民的反帝爱国斗争并未停息。参加这一斗争的有爱国的宗教学者、民族资产阶级、青年学生、工人和一般市民。应当特别提及的是，早在第一次世界大战前，摩洛哥的一些民族主义者就深受伊斯兰教改革家哲马鲁丁·阿富汗尼和穆罕默德·阿布笃学说的影响，形成旨在恢复祖先的或原始的伊斯兰教纯洁性的"萨拉菲派"，把要求复兴伊斯兰教和反对法国殖民统治紧密结合起来。他们从兴办教育、创建现代伊斯兰学校（即自由学校）入手，在反对法国的文化专制主义方面取得了一定的胜利。后来，萨拉菲派与一些受过法式教育的爱国者于 20 世纪三四十年代先后组成民族集团、民族党、独立党，领导人民进行反帝爱国的民族解放运动。

第二次世界大战期间，1942 年，盟军在摩洛哥登陆，摩洛哥人民要求独立的呼声更加强烈，曾爆发过大规模的罢工、示威。此后，摩洛哥素丹穆罕默德五世也向法国提出备忘录，要求修改《非斯条约》。恼羞成怒的法国殖民当局于 1953 年废黜和流放了这位素丹，并残酷镇压民族解放运动。摩洛哥人民为了民族的解放，展开了反法武装斗争， 终于迫使法国于 1955 年 11 月同意穆罕默德五世复位。1956 年，法、西先后被迫承认摩洛哥独立。

独立后，摩洛哥政府对内积极推行阿拉伯化，重视文化教育事业的发展，鼓励文学艺术的创作；对外实行文化开放政策，从而为摩洛哥文学艺术的繁荣和发展铺平了道路。

摩洛哥的现当代文学是在继承、发扬阿拉伯民族传统文学并借鉴新时代新文学的基础上，向前发展的。借鉴又来自两方面：一方面是直接向西方文学特别是法国文学学习、借鉴；另一方面则是向在文学复兴方面先行一步的东方阿拉伯国家如埃及、黎巴嫩、叙利亚（特别是旅美派文学）等学习。

第二节　诗歌

诗歌一直是摩洛哥阿拉伯人民喜闻乐见的传统文学形式。无论是在长期的反法斗争中，还是在独立后的国家发展、建设中，诗歌都发挥了积极的作用。很多诗人是反法斗争的领袖。

摩洛哥近现代诗坛最著名的新古典派——复兴派的先驱是穆罕默德·苏莱玛尼。

穆罕默德·苏莱玛尼生于非斯城一名门望族，自幼受过良好教育，养成刚正不阿，不趋炎附势的性格。其命途多舛，晚年贫病交迫，死于故乡。

穆罕默德·苏莱玛尼在诗中大胆地指出当时社会存在的贫穷、愚昧和种种弊病：

同愚昧一道生活是一种迷失，
它会让青年人活着也像死去。
傻瓜的心本来就顽冥不灵，
有教养的人反倒受人歧视……

他企图唤醒民众去追求科学、进步、幸福、公正。如在一首题为《致宗教的保姆》的诗中，他对言行不一的宗教人士公开挑战：

别再让我吸吮你们的口水了，
你们那甜蜜的嘴巴离我远一点！
何不让我们坦城地互进忠言，
这宗教的尊严简直要被糟蹋完。
别再来孩提时代那一套了，
那只能哄骗天真的青少年。
我不会去听人大唱赞歌，
调情的情诗我也不会喜欢……

继穆罕默德·苏莱玛尼之后，摩洛哥现代诗坛新古典派的先驱和代表是阿卜杜拉·卡嫩。

阿卜杜拉·卡嫩生于得土安，出身于书香门第，自幼在父亲的关怀下受到良好的教育。他从 14 岁起就开始写诗，其诗作严格遵循传统诗歌格律。题旨也多

为恋情、颂扬、矜夸、激励等。在民族解放和思想启蒙运动中，他的思想和诗歌内容都有明显的发展，如他在《我们有文学吗？》一诗中，批评当时一些关在象牙塔中脱离现实、远离民族解放斗争的作家、诗人：

群星在文学的天空闪现，
要体现摩洛哥人的情感。
但它们却失去了光彩，
被遮掩成一片黑暗。
所吟诗歌虽然韵律正确，
情调内容却腐朽不堪。
作家们虽在舞文弄墨，
但愿他们从未写出只字片言。
文坛群星都在竭力炫耀、卖弄，
实际却为阿拉伯文学丢尽了脸……

他在名篇《诗人》中也指出，真正的诗人并不像某些人当时认为的那样，只会无病呻吟、长吁短叹、放荡不羁、追欢猎艳，而是壮志凌云、勇敢的叛逆：

人们说他憔悴、可怜，
不停地诉苦、抱怨。
满嘴都是痛苦啊，痛苦！
不断地发出长吁短叹。
人们的说法全然不对，
其实他雄心壮志冲天。
他的品性之一是革命，
他的特征之一是勇敢。
……
诗歌是为人指路的明灯，

是号召人们建功立业的呼唤……

他的很多诗篇反映了人民的痛苦和不幸，表达了他们对幸福、自由、平等的追求和向往，同时也抒发了自己忧国忧民、好似身居异乡的孤独感：

异乡人不是远离故土，
而是在自己的祖国遭受虐待。
异乡人会有消愁解闷时，
我这样的人却无法忘掉悲哀。
我忧心忡忡，却得不到帮助，
于是终生都是忧伤满怀。
我为这个国家哭泣，这里愚昧横行，
一伙笨蛋驱赶着人民，任意胡来……

阿卜杜拉·卡嫩的诗歌以勇于直抒胸臆、语言严谨著称。其诗作多集于诗集《诗情画意》（1966）中。他不仅是位诗人，也是位著名的学者，曾任摩洛哥学者联谊会主席、开罗阿拉伯语言学会理事，并曾获马德里大学名誉文学博士。其论著有《摩洛哥现代诗歌研究》《马格里布名人传》《摩洛哥在阿拉伯文坛的出类拔萃者》《我们的诗人埃米尔》等。

与阿卜杜拉·卡嫩同代，却介于新古典派与浪漫派之间的代表诗人是穆罕默德·阿拉勒·法西和阿卜杜·卡迪尔·哈桑。

阿拉勒·法西不仅是位诗人，而且是位著名的学者、思想家、民族解放斗争的领袖和政治家。他于1910年生于非斯，1930年于盖莱维因大学毕业。大学期间他接受了“萨拉菲派”的思想。此后，他又旅居埃及、麦加多年，求贤问业。回国后，在盖莱维因大学任教，以其强烈的民族主义精神和宗教热忱，使其所授的宗教课变成了宣讲民族主义、爱国主义的政治课。他成了萨拉菲派的领袖，把爱国青年团结起来，1936年当选为反法的“民族集团”主席，1937年被殖民当局逮捕并被流放至加蓬达9年之久。回国后，他创建了独立党，并任主席。独立后，曾任摩洛哥国务部长，负责伊斯兰事务。

作为一个政治家的阿拉勒·法西体现了摩洛哥现当代历史的风云变化，作为一个诗人的阿拉勒·法西体现了摩洛哥现当代诗歌发展的历程。他早在学生时代就以其爱国诗篇饮誉诗坛。如在一首《我的同胞将会认识我》的诗中，时年15岁的诗人写道：

难道十五春秋已过，
我还能无忧无虑游戏人生？
我有远大的目光、不屈的心灵，
寻求位于银河的上空。
我要实现自己的凌云壮志，
如果玩世不恭就会一事无成……

他一方面从古典文学中吸取营养，另一方面也向东部的阿拉伯诸国和旅美派的诗人学习。在继承传统的基础上，在内容与形式方面都有所创新。在政治上，他将自己的命运与祖国的命运连接在一起；在诗歌方面，他也将自己的个性与民族的共性融为一体。如在一首《我们要为祖国的荣誉而死》的诗中，诗人写道：

为了祖国的生存，死也快乐，
为拯救祖国，敢于赴汤蹈火。
这就是我要追求的目标，
这就是我要创建的荣誉之所，
我生来并不是为了我自己，
我生来就是为了祖国……

他的很多诗歌好似文献，真实地反映了摩洛哥民族斗争、社会变革、文风衍变的发展过程。在形式上，其诗韵律活泼多变，打破了传统诗歌一韵到底的格式。新古典派与浪漫派的特征在他的诗歌中都有反映，他还试写自由体的新诗。除抒情诗外，他还以伊斯兰教初创时期的历史人物为题材，写有长篇叙事诗《凯耳卜·本·麦利克》。

阿卜杜·卡迪尔·哈桑生于马拉喀什。因家境贫寒，少年时代就被迫求职谋生，直到17岁才有受教育的机会。他曾积极参加反殖民主义的民族解放斗争，以诗歌为武器，鼓舞战友的士气，令敌人不安，因而多次被捕入狱。除1936年出版的诗集《黎明的梦》外， 他还常在各种报刊发表诗歌。摩洛哥独立后，他曾在政府内任职，晚年因信奉苏菲派而渐杜门苦修。

阿卜杜·卡迪尔·哈桑激烈反对诗歌因陈袭旧、抱残守缺。他主张诗歌应表达诗人的主观世界，也要反映民族和社会。其诗格律富于变化与创新。他的创作道路实际上是由新古典主义向浪漫主义转变的过程。如他在1949年写的长诗《无羁》中吟道：

如果我有一天失魂落魄，
朋友，请把理智还给我！
不要让我在迷途中茫然失措，
哭红双眼，悲叹命运坎坷。
还是让我唱起温柔的歌，
斟满酒杯，让我痛快地喝！
让我的酒坛里什么都别留着！

诗歌流露出明显的浪漫主义色彩。而发表于1951年的一系列四行诗，更表明诗人在掌握诗歌艺术方面已经达到炉火纯青的地步，诗歌内容也更加趋向深邃的哲理，含有明显的苏菲主义思想：

我行我素，放浪形骸，
是因为我不怕有人责难。
末日清算若不尽我意，
那又如何区别学者、笨蛋？

理智啊，你不要对我提醒！
我只有在迷雾中才感到宁静。

你在赛场上是一种羁绊，
谁摆脱了你谁就会取胜。

摩洛哥现代诗坛浪漫主义的先驱和代表诗人是阿卜杜·凯里姆·本·沙比特。

阿卜杜·凯里姆·本·沙比特生于非斯。1928年入小学学习，但他对当时古板、守旧的教学内容表示强烈的不满，故常去盖莱维因大学旁听文学和一些符合自己心意的文化知识课。又因家境富裕，使他可以选购大量自己喜爱的作品去阅读、学习，同时常去各地旅游，以领略祖国山河之秀丽。他曾旅居埃及，第二次世界大战期间，积极参加爱国运动。1944年在开罗，曾参加起草致同盟国各使馆要求摩洛哥完全独立的备忘录。独立后，曾任摩洛哥驻突尼斯使馆文化参赞。遗有代表作《自由诗集》（1968）。他颇似埃及阿波罗诗社的易卜拉欣·纳吉与旅美派的艾布·马迪，其诗内容多歌颂自由和真善美，富有象征和哲理色彩。语言平易流畅，浅白如话，富有音乐美。如他在著名的长诗《桎梏》中吟道：

从降生那天起，我就为美而歌唱，
可美却在远处幻想的天地里徜徉。
我向往美，希望同他交往，
可尽管挣扎，桎梏却使我难把嘴张。
　　那桎梏在何处？在何处？
　　今天人们的眼睛可能看清楚？

你看他们是不是把它放在眼前作屏障，
遮住了光明、美和各种艺术的影响，
让他们看到种种空想伴随猜测成长，
而过去，眼睛却是一道门，通向疯狂。
　　那桎梏在何处？在何处？
　　今天人们的眼睛可能看清楚？

他写于20世纪40年代末的哲理叙事长诗《出卖往事的人》则以其深刻的思

想内容和崭新的形式，被认为是摩洛哥现代诗歌史上里程碑式的作品。

这一时期另一倾向浪漫主义的著名诗人是穆罕默德·哈莱维。

穆罕默德·哈莱维生于非斯一个虔诚守旧的穆斯林家庭中。1942年毕业于盖莱维因大学。曾在得土安市任过教员。摩洛哥独立后，他在盖莱维因大学任教授。他早在青年时代就以其爱国诗篇享誉诗坛。他的爱国热情激怒了法国殖民当局，1944年竟被判处一年半的苦役，许多诗稿也被洗劫一空。他的主要作品收入诗集《曲调与回响》（1965）中。他喜欢在诗中描述和赞美祖国山川之秀丽；其情诗颇具伍麦叶朝贞情诗之遗风；其颂诗则表达了他对进行反帝爱国斗争志士们的敬意，并具体描述了一些英勇斗争的场面，情感真挚而强烈。他的诗歌在形式上多循传统的格律，内容却富于浪漫主义色彩。如在一首题为《梦》的诗中，诗人写道：

是一种什么境界啊，你——梦境？
精神归你收容，先知由你产生，
在你那神奇的天地，灵魂
一次遨游，就是金色的一生。
从你那里吹来馨香四溢的清风，
轻轻地注入一颗痛苦、疲惫的心中……

他的很多作品还反映了劳动人民的苦难、社会的不公。如他在一首题为《擦皮鞋的孩子》的诗中写道：

啊，他总是跪在别人脚前，
顶着盛暑，烈日炎炎。
他在各种各样的腿间移步，
显得屈辱而又可怜。
用力拼命地擦呀擦呀，

把满是灰尘的鞋擦得亮光闪闪。
他把美与青春奉献给一双双脚，
自己却赤着双脚没有鞋穿……

当代摩洛哥受欧美和东部阿拉伯诸国影响而于20世纪五六十年代开始出现自由体新诗。其代表诗人有：穆罕默德·萨巴厄，作品有散文诗集《炽烈的芳香》，诗集《受伤的喘息》《群狮瀑布》《我与月亮》《一串露珠》等；阿卜杜·凯里姆·塔巴勒，作品有诗集《成人之路》（1971）、《碎物》（1973）等。两人的主要倾向仍是浪漫主义。

而艾哈迈德·马达维·迈加蒂、阿卜杜拉·拉吉厄、穆罕默德·迈穆尼等人则更多地受欧美诗人艾略特、波德莱尔、兰波、魏尔兰、加西亚·洛尔卡、艾吕雅、叶夫图申科等影响，诗歌更具有象征主义、超现实主义等现代主义色彩。

第三节　散文与小说

19世纪复兴时代摩洛哥散文的主要成就表现在史著上。

代表作家是艾哈迈德·塞拉维，其代表作是《马格里布诸国史记探赜索隐》，1895年首次出版。1954年于达尔贝达再版时，由作者的两个儿子加法尔（جعفر الناصري，Ja‘far an-Nāṣirī）和穆罕默德（محمد الناصري，Muḥammad an-Nāṣirī）校订并加评注，共分9卷。内容是自伊斯兰教传入直至近代的马格里布通史。该书再版前言中曾这样介绍过作者：“他总是渴望探求当时的各种知识，了解现代科学和欧洲发明的真相，为之赞赏，并加以研究。他注意阅读各种学术刊物，爱读各种报纸，如果不是阿拉伯文的，则爱把新闻翻译出来，从中借鉴、学习，并记录下来，加以研究、批评。那些报刊来自埃及、叙利亚、西班牙、法国……”

黎巴嫩学者哈纳·法胡里对他的评价则是：“他确实像伊本·赫勒敦那样客观、博学，行文精彩，文风甜润。你会高兴地看到，他的文笔流畅、细腻，词语通俗，结构严谨。他虽然在社会哲学及理论的世界意义上还未达到伊本·赫勒敦的程度，但他确已成为一位学者和史学家都要向其请教的马格里布的历史学家。他的书已成为——不简不繁的——马格里布历史大全。谁想写有关一个时期或一个时代的马格里布问题，都离不开这本重要参考书。”[①] 这一评价对这位摩洛哥近代以史著称的文学复兴运动先驱者还是比较公正的。

摩洛哥的阿拉伯文小说出现得较晚，具有现代意义的新小说的产生，一方面是受东方阿拉伯（主要是埃及、黎巴嫩、叙利亚）新小说的影响，另一方面则是受西方（主要是法国）文学影响的结果。

摩洛哥现代短篇小说的先驱是阿卜杜·拉赫曼·法西和阿卜杜·麦吉德·本·加伦。

阿卜杜·拉赫曼·法西生于文化名城非斯，出身书香门第。曾获盖莱维因大学“学者”学位。除阿拉伯语外，他还精通英、法两种语言，是一位著名的文史学者、教授。独立后曾跻身外交界，历任摩洛哥驻约旦、苏丹、叙利亚、伊拉克等国大使。他自 1941 年至 1951 年间曾在报刊发表相当数量的小说。1962 年出版了他的短篇小说集《我的布什塔格大叔》，共收入《药》《在中午》《休达的贞女》《梦》《圣诞老人的愤怒》等 9 篇小说。

阿卜杜·拉赫曼·法西在较好地继承阿拉伯文化遗产的基础上，能特别注意从西方文学中吸取营养；能在学习书本知识的同时，注目于生活现实。因此他的作品多是他对现实生活观察、思考的结果。这些作品题材不一：有的具有浓郁的乡土风情；有的颇似游记，记述了异国风光；有的是历史故事；亦有的近似寓言：如《圣诞老人的愤怒》，圣诞老人给孩子们分玩具，而魔鬼则把杀人武器分给大人……

阿卜杜·拉赫曼·法西的文字优美、凝练，颇具阿拉伯古代阿拔斯朝哈里里的玛卡梅式的古风，有一定的诗意韵味。

阿卜杜·麦吉德·本·加伦生于达尔贝达，童年时代曾随经商的父亲生活于英国的曼彻斯特，10 岁后才回

① حنا الفاخوري، تاريخ الأدب في المغرب العربي، المكتبة البولسية، بيروت، ١٩٨٢م، ص ٧٤٤.

到非斯。后又去埃及学习，1945 年于开罗大学文学院毕业。他曾积极参加反法爱国斗争。摩洛哥独立后，曾任《旗帜报》主编，后入外交界，任摩洛哥驻巴基斯坦大使、外交部顾问等职。他最初以诗跻身文坛，是著名的浪漫派代表诗人之一，出版有诗集《蓓蕾》。后转入小说创作，1948 年发表了其第一部短篇小说集《血谷》，后又出版了短篇小说集《在阿特拉斯山下的战斗》，主要内容是反映法国殖民主义者带给摩洛哥人民的苦难以及人民的反抗斗争。1972 年发表短篇小说集《若不是人……》，题材显得更为广泛，不仅描绘了现实生活的众生群像，还旁及哲学、历史乃至民间故事，在借鉴西方小说的基础上，手法也显得更加新颖。

阿卜杜·麦吉德·本·加伦的代表作是发表于 1957 年的自传体长篇小说《童年》，这也是摩洛哥现代文学史上出现的第一部长篇小说。小说以回忆的形式，以作家在英国曼彻斯特与赴埃及留学前在本国的经历为题材，较真实地反映了当时两种文化、两种生活方式的差异。小说颇似埃及名作家塔哈·侯赛因的《日子》，在一定程度上反映了当时摩洛哥社会落后、愚昧的一面，激励人们为改变这种状况而斗争。小说写得颇有诗意，并具有一定的浪漫主义情调。

在摩洛哥现当代小说方面成就突出、享誉阿拉伯文坛的作家有阿卜杜·凯里姆·加拉布、穆巴拉克·赖比厄、穆罕默德·宰福扎夫、穆罕默德·伊兹丁·塔兹、穆罕默德·舒克里、穆罕默德·伯拉达等。

阿卜杜·凯里姆·加拉布生于非斯，早年就读于盖莱维因大学，后与阿卜杜·麦吉德·本·加伦一道赴埃及留学，毕业于开罗大学文学院。他从学生时代起就积极参加爱国运动，并为此数次被捕入狱。他曾任《马格里布使命》杂志主编，1960 年被选为独立党执委会委员；1961—1981 年任《旗帜报》社长；1964 年当选为摩洛哥全国记者协会主席；1969 年被选为摩洛哥作家协会主席。其主要作品有长篇小说《七道门》（1965）、《我们埋葬过去》（1966）、《阿里师傅》（1971）。3 部长篇小说都以摩洛哥独立前，即约自 1930 年至 1956 年期间摩洛哥人民的反法爱国斗争为主题。

《七道门》具有自传的性质。作者通过自己的一段以破坏安全的罪名被捕入狱直至获释出狱的亲身经历，从一个侧面反映了摩洛哥人民的反帝爱国斗争。

《我们埋葬过去》和《阿里师傅》都是以作者的家乡非斯城为背景。《我们埋葬过去》是通过一个中产阶级大家庭的两代人在殖民统治下的不同态度、不同命运揭示了新与旧、进步与保守、爱国主义与殖民主义，两种力量之间错综复杂的矛盾和斗争。全书好似一幅历史画卷，较真实地反映了摩洛哥独立前的政治风云和社会风貌。

《阿里师傅》则是通过主人公如何从一个苦孩子、童工成长为工会运动的组织者、为争取独立而斗争的爱国战士的生活道路，反映了摩洛哥的工人阶级已经登上了政治舞台，在反帝爱国斗争中发挥了巨大的作用。

除长篇小说外，加拉布还创作有短篇小说集《心爱的人死了》（1965）《我热爱的土地》（1971）等。此外，他还是位文学评论家，写有《论文化与文学》（1964）《谈文学与文学家》（1974）《面临挑战的文化与思想》（1976）等。

穆巴拉克·赖比厄生于达尔贝达，曾在中、小学任教。后在拉巴特穆罕默德五世大学文学院哲学系心理专业作研究生，毕业后留校执教；是摩洛哥作家协会理事。他早年写过诗，1961年开始在报刊上发表短篇小说，后兼写长篇。主要作品有长篇小说《好人们》（1972年出版，1971年获马格里布阿拉伯小说奖）、《战友与月亮》（1976出版，1975年获阿拉伯语言学会奖）、《冬天的风》（1979），短篇小说集《我们的盖达尔先生》（1969年出版，曾获马格里布文化奖）、《血与烟》（1977）等。《好人们》是一部批判现实主义的作品。小说通过主人公卡塞姆·沙维的经历，描述了摩洛哥独立前后形形色色人物的面目：有的与法国殖民主义者、封建买办势力勾结起来，霸占农民的土地；有的打着办慈善事业的幌子而营私；有的沉湎于声色犬马中，醉生梦死；有的深信苏菲主义，与世无争；当然，也有人在从事革命斗争。同时，小说还通过卡塞姆·沙维与其女友海尼娅的爱情悲剧说明与封建传统势力斗争的艰巨、复杂。

《战友与月亮》是一部以1973年第四次中东战争中的叙利亚战线战况为背景的小说，其中描述了以赛拉姆与乌巴哈为代表的摩洛哥远征队官兵参战与归来的经历，试图表明摩洛哥人民的民族主义立场。

《冬天的风》是一部在阿拉伯文坛颇有影响的作品。小说描述了法国殖民主义统治时代，贫民百姓从走投无路，到逐渐觉悟，并起来斗争的过程。小说前半部写主人公阿拉比与迈兹库里的土地被外国人强占了去，被迫从农村逃往城里，在工厂打工。他们试图通过法律途径要回自己的土地，结果都以失败告终。最后，阿拉比死于机器之下，迈兹库里变疯。小说后半部则以阿拉比的堂弟凯布尔为主要人物，写他如何在殖民主义者开办的工厂里，通过参加工会，在先进知识分子的启发、教育下，从一个普通工人如何提高觉悟，走上爱国斗争的道路。作家像一位摄影师，真实、细致地描述了当时农村、城市贫民窟人民生活的种种细节，是这部小说的一大特点。

穆罕默德·宰福扎夫生于盖尼特拉，修业于拉巴特文学院哲学系。1968 年始任中学教员。20 世纪 60 年代末开始在一些阿拉伯文学刊物发表短篇小说。主要作品有长篇小说《女人与玫瑰》(1972)、《人行道与墙壁》(1974)、《水中的坟墓》(1978)、《蛇与海》(1979)，短篇小说集《深夜对话》《最强者》等。其中以《女人与玫瑰》影响最大，被评为 20 世纪 105 部阿拉伯最佳中长篇小说之一。

小说讲述了小资产阶级知识分子出身的主人公穆罕默德不满本国落后、贫穷、贫富悬殊、没有个人自由等现状，在从西方归来的朋友的蛊惑下，到了西方世界。结果，他发现，西方也远非理想的世界。在光怪陆离充满了诱惑的花花世界里，人很容易沉沦、堕落，失去自我。

穆罕默德·伊兹丁·塔吉生于非斯。高等师范学校毕业后，从事阿拉伯语教学工作。20 世纪 70 年代初跻身于文坛。主要作品有短篇小说集《断树杈》(1972)、《指名道姓》(1981)，长篇小说《城里的塔楼》(1978)、《航海》(1983)、《坟之上月之下》(1989)、《灰的日子》(1992)等。

穆罕默德·舒克里是一位贫民出身的小说家，生于农村，7 岁时随家人迁入丹吉尔市。少年时代从事多种工作，尝尽艰辛。直到 20 岁上师范学校学习，才摘了文盲帽子。他著有短篇小说集《玫瑰情痴》《对抗的城市》，中篇小说《内部市场》《帐篷》和两部自传体小说《光面包》（1972）、《机灵鬼》(1982)。在他的自传体小说里，作者真实、细致地描述了自己颇有传奇色彩的苦难的青少年时代生活：从7岁就开始到咖啡馆打工，擦皮鞋，卖蔬菜、水果，打短工，作仆役，卖报，为走私犯当搬运工。到20岁，求知欲引导他走进书的世界，走进学校，最终成为一个教师。小说把自传与小说两种体裁的艺术结合起来，通过对父亲愚昧、粗暴的描述，批判了封建家长制的专制统治，小说夹有一些方言土语，显得更加生动、真实。这些都是这两部小说的特点。

此外，摩洛哥现当代著名的小说家还有穆罕默德·阿齐兹·哈巴比，主要作品有长篇小说《渴求的一代》（1967）、《长生不老药》（1974）；阿卜杜拉·欧赖维主要作品有长篇小说《背井离乡》（1971）、《孤儿》（1978）。

年轻一代的著名作家还有：本萨利姆·哈米什生于米克纳斯，1970年于巴黎索邦大学完成哲学与社会科学学业。1974年与1983年两度获博士学位。现任拉巴特穆罕默德五世大学哲学教授，以擅长写阿拉伯著名历史人物著称。代表作是长篇小说《掌权的疯子》，内容是写埃及法蒂玛王朝第六任哈里发哈基姆，这位哈里发上台的最初几年曾为国家的繁荣昌盛殚精竭虑，不遗余力，但后期则以暴虐、专制著称。2002年，本萨利姆·哈米什又以描写享誉世界的阿拉伯古代历史学家、哲学家伊本·赫勒敦的长篇小说《学者》再度引起文坛瞩目。他曾先后获“批评家奖”（1990）、“大西洋文学奖”（2000）、“纳吉布·马哈福兹文学奖”（2002）、“沙迦阿拉伯文化奖”（2003）。

穆罕默德·巴拉达代表作是《忘却的把戏》。

著名的女作家则有海娜塞·白努娜，著有长篇小说《烈火与选择》（1966）、《明天与愤怒》（1981）；法蒂玛·拉薇，著有《明天土地将变样》（1967）；莱伊拉·艾布·宰德，著有《象年》（1983）、《回归童年》（1997）。

这些作家的作品内容有的是以独立前的反帝爱国斗争为题材，亦有的是反映当前的现实社会，对某些弊病、阴暗面作出或尖锐或委婉的批评。艺术手法方面则是现实主义与现代主义同时存在。

在被阿拉伯作家协会评为20世纪105部阿拉伯最佳中长篇小说中，属于摩洛哥的有7部：阿卜杜·凯里姆·加拉布的《阿里师傅》、穆巴拉克·赖比厄的《冬天的风》、穆罕默德·宰福扎夫的《女人与玫瑰》、穆罕默德·伊兹丁·塔吉的《灰的日子》、穆罕默德·舒克里的《光面包》、本萨利姆·哈米什的《掌权的疯子》、穆罕默德·巴拉达的《忘却的把戏》。

第三章　突尼斯近现代文学

第一节　历史与文化背景

突尼斯是阿拉伯马格里布地区的一部分，位于该地区的东北部。西与阿尔及利亚接壤，东南与利比亚交界，东、北两面濒临地中海。居民绝大多数为阿拉伯人，信奉伊斯兰教。

突尼斯历史悠久。公元前腓尼基人曾在此建立过著名的迦太基殖民地，此后罗马人打败了迦太基，取而代之。7 世纪中叶，阿拉伯人进入突尼斯。从此，突尼斯成为阿拉伯大帝国的一部分。1535 年，西班牙人入侵突尼斯，当时统治突尼斯的哈夫斯王朝沦为西班牙人的藩属。1574 年，奥斯曼帝国侵占突尼斯，哈夫斯王朝灭亡。此后，突尼斯由奥斯曼帝国素丹任命的“贝伊”进行统治。贝伊是最高的政治和宗教领袖。1705 年，侯赛因 · 本 · 阿里任贝伊，建立侯赛因王朝，名义上臣属奥斯曼帝国，实际上是一个独立国家。

19 世纪中叶，艾哈迈德帕夏在其执政期间（1837—1855），感到突尼斯面临外来侵略的威胁，于是企图参照他 1846 年访问法国期间在欧洲的所见所闻进行改革，以求振兴。他革新军队，建立了军事学校、造船厂、兵工厂等。但由于统治阶级贪污腐化，卖官鬻爵，致使国库空虚，债台高筑，民怨沸腾。1861 年颁布的宪法只是保障了地主、资产阶级和外国资本的利益，而突尼斯人民除了遭受更加残酷的压迫和剥削外，什么也没得到。人民忍无可忍，于 1864 年爆发了全国规模的大起义，最后被残酷地镇压下去。欧洲国家在突尼斯取得领事裁判权，为欧洲商人涌入突尼斯经商、定居创造了方便条件。英、法、意诸国更以提供贷款的途径插手突尼斯内政。1869 年，突尼斯经济濒于绝境，宣告破产。法国作为最大债权国，曾提出对突尼斯实行财政托管。后经协商，法、英、意组成国际财政委员会，监管突尼斯财政。

19 世纪 70 年代，民族主义改革家海鲁丁临危受命，出任首相，企图力挽危局，对政治、经济、文化教育进行过全面改革。但因触犯了殖民主义者和国内封建主们的利益，遭到阴谋破坏，致使改革最终流产。1881 年，法国出兵突尼斯，并与其签订《巴尔杜条约》。该条约使突尼斯实际上丧失了独立，保证了法国金融寡头的利益。1883 年，法国又与突尼斯签订了《马尔萨条约》，突尼斯由此正式沦为法国的保护国：突尼斯贝伊的地位变得有名无实，因为内政外交大权都操纵在法国驻突尼斯的使节手中。殖民当局掠夺阿拉伯人的土地，而鼓励从欧洲大量移民。法国资本疯狂掠夺突尼斯丰富的地下资源，从中获取巨额利润。法国货充斥市场，突尼斯手工业工人普遍失业。

法国的殖民主义统治唤起了突尼斯民众的民族意识，引起了资产阶级领导的反法斗争和民族解放运动。19 世纪末，突尼斯不断爆发反对殖民统治的斗争；出现了青年突尼斯人运动，主张由突尼斯人自己管理国家。参加者多是出身于封建贵族和资产阶级的知识分子。

其著名的领袖有阿里・巴什・哈尼巴、阿卜杜・阿齐兹・赛阿里比和穆罕默德・白希尔・赛弗尔等。

他们一方面受过西方教育，受西方文化影响；另一方面也受哲马鲁丁・阿富汗尼的泛伊斯兰主义和穆罕默德・阿布笃的伊斯兰教革新理论的影响。1888 年，他们出版了阿拉伯文的《首都报》（الحاضرة，al-Ḥāḍirah），宣传西方资产阶级意识形态，要求实行宪政，主张妇女受教育。

1908 年，他们成立青年突尼斯党，急切希望参政。1912 年，青年突尼斯党由于它的反法爱国斗争而被法国总督解散，其领导人阿里·巴什·哈尼巴和阿卜杜·阿齐兹·赛阿里比被放逐，还有些领导人被监禁。

第一次世界大战期间，突尼斯人民为法国提供了大量人力、物力，付出了巨大的牺牲。战后，突尼斯人民曾要求法国改变它的殖民政策，法国不但没有满足这一合理要求，反而对突尼斯实行更加严厉的统治。针对这种情况，突尼斯的民族解放运动日益发展。1920年，突尼斯民族资产阶级建立了以赛阿里比为首的宪政党（又称“自由宪政党”），要求参加议会和政府；要求出版、集会、结社自由；经济服从于全体居民的需要，而不只是为外国殖民者服务；实施初级义务教育，教学使用阿拉伯语等。宪政党很快发展为群众组织，参加者有工农群众，也有封建王室的代表。20世纪30年代，民族解放运动再度高涨，在激烈的斗争中，宪政党内部传统主义的保守派与现代主义的革新派之间的分歧日益加深，终于分裂。革新派以布尔吉巴为代表，他们多来自社会的中下层，受过西方教育，有现代的科学知识和卓越的才干，他们不仅要求独立，而且期望建设一个崭新的社会。

于是，他们在1934年另组新宪政党。在反法斗争中起了领导作用。在这一斗争中，工人阶级也日益显示出其威力。如1924年，突尼斯工人发动了一系列的罢工，建立了“突尼斯劳工总同盟”。在1934年新宪政党领导的规模巨大的反法斗争中， 工农成为主力军，工人纷纷罢工，反对法帝国主义的殖民统治；农民也进城进行游行示威，并与法军发生激战。1936年至1938年，罢工、游行示威一直未断。1938年4月，布尔吉巴和其他领导人被法国殖民当局逮捕，新宪政党转入地下。

第二次世界大战期间，突尼斯变成北非战场。战后，突尼斯民族解放运动更加蓬勃发展。1950年，新宪政党拟定了内阁自治的纲领。殖民当局予以拒绝，并镇压工农运动。1954年，新宪政党组织民族解放军，以突尼斯南部和中部为根据地展开武装斗争。1956年3月20日，法国被迫同突尼斯签订联合议定书，承认突尼斯独立。1957年7月25日，突尼斯制宪议会通过决议，废黜贝伊，宣布突尼斯为共和国，但许多地方仍为法国军事基地。经过不懈地谈判、斗争，直至1963年，法国最后一批军队才撤出突尼斯的领土。

突尼斯近现代文学的发展无疑是同近现代的政治风云变化、社会发展进程分不开的。许多诗人、作家本身就是政治家、社会活动家、民族解放运动的战士。反对法国殖民主义统治、争取民族独立和社会进步，无疑是现当代突尼斯文学的主要题材。而在艺术手法、表现形式上，现当代的突尼斯文学则始终贯穿着创新与守旧的斗争。其发展过程，实际上是在继承本民族文学传统的基础上，不断借鉴别国文学，从中吸取营养，不断更新，以跟上时代，跟上世界文学潮流的过程。

应当看到，促进现当代突尼斯文学发展的外来因素既有阿拉伯世界本民族的，如埃及、黎巴嫩、叙利亚，特别是旅美派文学，也有来自西欧，特别是法国文学的影响。还应提到的是，第一次世界大战后，苏俄革命文学对突尼斯文学的影响也很大。文学作品内容和形式不断更新的趋势首先表现在诗歌方面，其次是表现在小说的发展与繁荣上。

第二节　近代文学

突尼斯近代最著名的诗人是迈哈穆德·盖巴杜。他生于突尼斯城，自幼刻苦好学，在宗教方面奉苏菲派，故曾一度避世苦修。后去利比亚的的黎波里、土耳其伊斯坦布尔游历。1841 年归国后曾在宰图奈大学任教，曾任过宗教法官和穆夫提，后在军校任教，并参加将西方一些军事著作译成阿拉伯文的工作，从而使他开阔了眼界，痛感伊斯兰世界的衰落，故而写诗以唤醒民众，号召人们革故鼎新、注重科学，以改革社会。他是阿拉伯近代文化复兴运动的先驱和启蒙者之一。遗有诗集两卷，逝世后于 1879 年首次印行。

盖巴杜诗歌的题旨除传统的赞颂、矜夸、悼亡、讽刺、恋情等外，亦有一些苏菲派色彩的诗歌。特别值得注意的是，他的很多诗取材于历史和政治事件，反映现实和时代精神，表现出诗人炽烈如火的爱国精神、宗教热忱和改良的理想。他是突尼斯最早将笔锋直指法国殖民主义，向他们宣战的诗人：

告诉比邻我们国土的法国佬：
在你们之前，从未有羊将狮子抵顶，
但是和平的梦已经逝去了，
你们看到如何圆梦的将是暴风！

盖巴杜被认为是突尼斯诗坛新古典诗派的先驱。他的学生穆罕默德·白赖姆、穆罕默德·赛努西和萨里姆·布·哈吉布，都是著名学者，积极主张改革。

继他们之后，突尼斯著名诗人是穆罕默德·沙兹里·哈兹纳达尔与穆斯塔法·阿加。值得提及的是一位名叫阿卜杜·阿齐兹·迈斯欧迪的诗人在 1904 年 6—8 期的《最大幸福》周刊上发表的题为《诗歌的活力及其发展》一文，最早提出了“现代诗”这一概念而与古代诗相对立，认为现代诗是感情的诗，不应因陈袭旧，受古代诗框框的制约，从而通过报纸，引起长时间有关诗歌守旧与创新的争论。

突尼斯近代散文的繁荣与发展始于 19 世纪 60 年代。当时出现了第一份报纸《突尼斯先驱》（الرائد التونسي，ar-Rā’id at-Tūnusī 1860）、第一家官办的印刷厂和最早的西方文学译作。这一时期散文的繁荣、发展也是与思想启蒙及社会、宗教改革运动分不开的。

突尼斯近代文化复兴与思想启蒙的先驱是海鲁丁，他是积极主张改革的艾哈迈德帕夏在其执政期间（1837—1855）最得力的助手，曾任突尼斯首相。他看到了奥斯曼帝国的僵滞、腐朽、落后、尾大不掉，力主采用欧洲文明的成果，认为这是使国家取得政治、经济独立的唯一途径。他主张国家自主，实行法治，尊重人的个性，让妇女受教育，力图使突尼斯变为欧洲式的资产阶级民主国家。

他的主要政见集中反映在其代表作《认识国情之正途》（1867）一书中。他的这些言行虽受到不少因循守旧的卫道者们的抵制与攻击，但却在突尼斯整乃至个马格里布地区播下了文学复兴的种子。尤其是 1875 年他创建了萨迪格学院，并对伊斯兰经学院性质的宰图奈大学的课程进行修改，增加了一些与时代发展相适应的人文和自然科学的内容。这一切都为近现代突尼斯的复兴培养了人才。

近代突尼斯散文形式有杂文、演讲辞、游记。写作的主要宗旨仍在于唤醒民众，以求改良、振兴。

著名的演说家有穆罕默德·白希尔·赛弗尔，出身官僚家庭，在萨迪格学院学习时就曾受到海鲁丁的赏识。1880 年被派往法国留学。回国后曾在政府部门任职。1888 年，曾参与创办《首府周报》，并开始发表有关科学、社会、政治的论文。1896 年发起创建“赫勒敦学会”，把它作为学术论坛，作过多次有关历史、政治的学术报告。他的文章与演说中充满深厚的爱国情感。阿拉伯学者哈纳·法胡里（حنّا الفاخوري，Hannā al-Fākhūrī 1914—2011）曾在《马格里布阿拉伯文学史》中这样评论他：

白希尔·赛弗尔不会玩弄漂亮的言辞、复杂的文笔。他自幼便对民族同胞肩负着使命的责任感。他感到了马格里布阿拉伯人民所处情况的严重；他相信复兴只能靠本国人民自身，只有凭借文化、开放、不懈的努力和为国牺牲的精神才会复兴。

因此，他不断学习，又教育别人。他为了同胞，可以牺牲一切。他以自己的廉洁、口才和牺牲而为众目所瞩、众望所归。他站在这种人的前列：祖国的尊严、人民的荣誉、独立大旗的获取全靠他们的力量、他们的汗水和他们的心灵。①

突尼斯另一著名演说家是阿卜杜·阿齐兹·赛阿里比（عبد العزيز الثعالبي，'Abd al-'Azīz ath-Th'ālibī 1874—1944）。他祖籍阿尔及利亚，生长于突尼斯，是著名的阿拉伯民族主义政治活动家和领袖。他于1895年创办《正路报》，后来又参加了"青年突尼斯党"。由于他公开要求给突尼斯以自由，1911年被法国殖民当局监禁，出狱后，去了巴黎、伊斯坦布尔、印度、爪哇。1914年前回到突尼斯，组织群众进行地下反法斗争。第一次世界大战后，他再度去巴黎印刷《殉难的突尼斯》，再次被法国当局逮捕押回突尼斯。此后，赛阿里比曾辗转于埃及、叙利亚、伊拉克、汉志、印度和海湾地区，广泛进行反对帝国主义、殖民主义统治，使阿拉伯民族获得自由独立的宣传。伊拉克著名诗人鲁萨菲曾称誉他为"20世纪阿拉伯最伟大的演说家"。其演说思路敏捷，滔滔不绝，充满激情。遗著除《殉难的突尼斯》外，还有《我们的主公穆罕默德生平》《古兰经的精神》《突尼斯及其望族史》等。

有些知识分子则通过"游记"的形式，介绍国外，特别是西方的情况，以开阔本国人民的眼界，促使他们认识本国的落后状况，激发他们改革振兴的精神。

① حنا الفاخوري، تاريخ الأدب في المغرب العربي، المكتبة البوليسية، بيروت، ١٩٨٢م، ص ٦٢٠.

最著名的游记作家是穆罕默德·赛努西，他曾入宰图奈大学，师随著名诗人穆罕默德·盖巴杜，成为出类拔萃的学者，在首都一些清真寺授课，并开始写诗撰文，参加过黎巴嫩著名学者布特鲁斯·布斯塔尼的《百科全书》的编写工作。

他曾任宗教基金会的秘书和《先驱报》的编辑，同海鲁丁及其改良运动关系密切。1881年他出游意大利，后去伊斯坦布尔、汉志、叙利亚，1882年曾在大马士革会见过阿尔及利亚的民族英雄、诗人阿卜杜·卡迪尔，又去贝鲁特，会见布特鲁斯·布斯塔尼。回国后，因参加反对法国殖民当局的斗争而一度被从首都流放到加贝斯。

他的遗著有《掌故趣谈》，其中包括突尼斯历届法官、穆夫提和宰图奈清真大寺教长的传记、逸闻；有《突尼斯诗歌集成》，内集有约50位诗人的诗歌。但其最著名的作品是《希贾兹游记》，共三卷。

第一卷写意大利之行；第二卷写土耳其、希贾兹、叙利亚和马耳他之行；第三卷则介绍他旅途中接触的人物。

他还写有《巴黎求索录》，是他1890年去巴黎的游记。

赛努西擅长写游记，这是因为他知识渊博，又善于分析、表达。游记夹叙夹议，文字典雅而流畅，融知识趣味于一体，内中蕴含着倡导复兴改良的动机。

突尼斯近代著名的游记作家还有穆罕默德·本·胡杰，他于1900年赴巴黎参加国际博览会，将观感最初以五封信的形式发表于《首府》报，后集成《履金途赴巴黎》一书。

穆罕默德·米格达德，1911年曾赴法国、瑞士，将其见闻写成《阿拉伯人在巴黎》一书。

突尼斯对小说最早的尝试是发表于1906年文学杂志《海鲁丁》上的中篇小说《海法与希拉志·赖伊里》。作者是萨利赫·苏威西。

萨利赫·苏威西生于凯鲁万，是其双亲的独子，5岁时，随家人迁入首都，曾在书塾学过《古兰经》，15岁时返回故乡，父亲却死在了首都。突尼斯学者法迪勒·本·阿舒尔在《突尼斯文学复兴支柱》一书中介绍这位诗人、作家时说：我们认为——人们在我们之前已经认为——他是文学复兴的支柱之一，是思想与宗教改良的名士之一，也是把诗歌引导向描述民族和思想生活最高层次的诗人之一。

小说《海法与希拉志·赖伊里》的故事背景是在阿拉伯半岛的叶麻麦地区。海法是一个知情达礼的贤妻良母，非常重视对儿子希拉志·赖伊里的教育，儿子十岁时，丈夫出海采珠而死，她更把对儿子的培养看作一件大事，为了孩子的前途，她决定让儿子负笈去埃及求贤问业。小说只发表了前两章就由于《海鲁丁》杂志停刊而停止了连载，故事后来的情节虽不得而知，但其主题无疑是企图宣扬以科学、教育达到改良、复兴的目的。

此后，穆罕默德·迈纳舒发表于1910年《民族导师》杂志上的《法庭上的笑话》与萨迪格·雷兹基（الصادق الرزقي，aṣ-Ṣādiq ar-Rizqī 1874—1939）大约出版于1910—1915年间的《突尼斯女巫》，也是最早出现于突尼斯文坛的小说创作的尝试。前者是写一良家少女被人诱骗失身怀孕，沦落风尘，在法庭上见到审她的法官竟是造成她悲剧的那个纨绔子弟。后者则是一部借古喻今的政治小说：歌颂了为国捐躯的民族英雄，抨击了沉湎酒色丧权辱国的民族败类。这些小说更像一种故事性的杂文，艺术上远不成熟。

第三节　哈兹纳达尔与穆斯塔法·阿加

最早活跃于现代突尼斯诗坛的政治爱国诗歌的先驱，也是近现代突尼斯文化复兴运动的先驱者之一是诗人穆罕默德·沙兹里·哈兹纳达尔。

1919年，当宪政党成立时，哈兹纳达尔是该党的创始人之一。他以在各报刊发表诗歌成为宪政党的喉舌，希望通过诗文唤醒民众的民族意识。当局曾笼络他，任他为军官，但他不改初衷。1922年他被革职监禁。出狱后，他仍积极参加政治运动，并通过诗歌表达一腔爱国之情：

我呼唤，我怎能不呼唤
绿色的突尼斯，我的祖国？
她是母亲，青年人岂能

丢弃她受人压迫？
为爱她，我被监禁，
如今，她已知我的爱，我要说：
我忠于她，这是我的信仰，
我从未对她叛逆过……

哈兹纳达尔在诗中主张改良、革新，企图将人们从传统守旧的意识中唤醒，以追上世界时代的潮流，达到民族振兴的目的：

传统的时代已经一去不复返，
我们却奉为神圣，看不到缺点。
传统也有它的限期，
每一时代及其内容都有期限。
人们创新，我们却认为是异端，
这里一切旧的东西都难以改变。
别人登上高楼，一身绫罗绸缎，
我们却在凭吊废墟，一身破烂……

他被尊为"绿色突尼斯诗人"（شاعر الخضراء，Shā'ir al-Khaḍrā'）、"诗王"（أمير الشعراء，Amīr ash-Shu'arā'）。遗有诗集两卷，另有诗论《诗之产生与发展》（1919）。他虽为诗坛传统派主将，但也支持革新派的主张，认为诗歌首先是心声，其主要使命应是写人，写人的感情、人生的一切。

与哈兹纳达尔同时代的新古典派另一著名诗人是穆斯塔法·阿加，祖籍是希腊，祖父曾任陆军大臣。诗人过着养尊处优的生活。在诗坛上，他与哈兹纳达尔既是朋友，又是对手，被称之"诗柱"（عميد الشعراء，'Amīd ash-Shu'arā'）。他有诗集传世，出版于1921年，另有寓言诗和诗剧多种。其诗脱离政治，亦不涉及民族爱国运动，而以哲理为主。想象丰富、善于叙事为其诗的特点。

第四节　塔希尔·哈达德与沙比

20世纪二三十年代，具有强烈革命意识、新思想的诗歌代表是塔希尔·哈达德和沙比。

塔希尔·哈达德生于突尼斯一贫民之家。曾在私塾读《古兰经》启蒙，后来去宰图奈大学受过传统宗教教育，1919年取得相当于中等学历的毕业证书。1920年参加了自由立宪党。从此，在文坛与政坛上，他都被认为是阿拉伯马格里布地区复兴运动的先驱之一；是争取民族自由、独立、社会进步与公正的英勇斗士。

他是埃及倡导妇女解放运动的卡西姆·艾敏的追随者，曾写有《我们的妇女在教法与社会中》，认为阿拉伯—伊斯兰国家对妇女的种种歧视、限制，并不符合伊斯兰教原教旨，在伊斯兰教经典中是找不到法律依据的，那只是由于长期陋习与偏见造成的。他主张制定法律，禁止多妻制，离婚须经法院判决；他反对包办婚姻、夫权统治以及妇女戴面纱等传统习俗，而主张妇女受教育，认为只有提高妇女的文化素质，开阔她们的文化和精神视野，国家才有可能步入先进、文明的世界行列。

同时，塔希尔·哈达德又是一位工人运动的领袖，写有《突尼斯工人与工会运动的诞生》（1927）一书。该书被认为实际上是突尼斯工人运动的思想纲领。哈达德在书中指出了突尼斯劳动者在法国殖民主义统治下的悲惨生活，直接号召工人要团结、互助，反对殖民主义的压迫与剥削。书一出版，立即引起法国殖民当局的恐慌，下令予以没收，作家及这本书在当时的影响可见一斑。

塔希尔·哈达德受的是传统教育，写的诗是传统的格律诗。但诗的内容却是崭新的。早期他曾写有一些具有苏菲派色彩的抒情诗。此后，他的诗歌思想内容却紧贴现实生活，反映他的政治追求。他在诗中写出人民的贫困、饥寒，号召他们用知识武装自己，积极、勇敢地投入反对殖民主义压迫和剥削的斗争中。如在一首题为《啊，人民！》的诗中，他写道：

人民，起来！投入人生的战场！
不艰苦奋斗，就不会获得荣光。
愚昧无知，对侵略者屈膝投降，
在这个时代，就意味着灭亡！

又如，在另一首题为《祖国》的诗中，诗人更加表达了自己愿为祖国牺牲一切的献身精神：

祖国，我愿为你将生命、财产献上，
使我们一起摆脱凌辱，获得解放。
我愿为你牺牲，我的祖国，我的故乡，
你是我的骄傲，你是我的希望。
对你的爱，使我把灾难看作考验，
让我建功立业，不容别人说短道长。
我不会有理想的生活——
如果我的祖国不繁荣富强。
我要为我的祖国服务，
维护我的人民和我崇高的荣光。

沙比生于托泽尔郊区。父亲是一位毕业于埃及爱资哈尔大学的宗教法官。诗人幼年在父亲手下启蒙，1920年被送往宰图奈清真大寺学习《古兰经》和阿拉伯语；1928年毕业后，入突尼斯法学院，1930年毕业。他虽然自幼迫于父命，受的是传统宗教教育，但他酷爱文学，不仅潜心钻研古典诗文，而且还如饥似渴地阅读了大量阿拉伯近现代文学作品以及西方文学的译作。他尤其喜欢旅美派诗人纪伯伦、努埃曼、艾布·马迪，埃及阿波罗诗社的艾布·沙迪、纳吉和法国的拉马丁、缪塞、维尼、戈蒂耶等浪漫主义诗人的作品，并深受影响，遂成为阿拉伯现代诗坛最著名的浪漫主义诗人之一。沙比在15岁时就显露出诗才，17岁便开始在《复兴》周刊上发表诗作。其早期作品主要是歌颂祖国及其美丽的大自然风光。他看到在法国殖民主义统治下突尼斯人民悲惨不幸的生活，不愿趋炎附势，用诗粉饰太平。他在一首题为《我的诗》中写道：

我的诗喷吐自我的胸间，
那是我一腔难抑的情感。
若不是它，人生的烦恼
不会在我心中烟消云散；
你也不会发现
我的哀乐悲欢。
只有通过它，你才会看到
我愁眉不展，泪水涟涟；
只有通过它，你才会看到
我手舞足蹈，春风满面。
我写诗，并不企望
讨王公贵族喜欢；
也不把颂歌、诔词
献与君主帝王面前。
如果我的诗对得起良心，
就已足矣，并无别的心愿。

在大量诗歌中，他用隐喻、象征的手法，号召人民反对暴虐、打倒暴君和一切黑暗势力，表现他对祖国、对人民、对生活的热爱和对自由、正义、光明的向往。他在诗中对欺压人民的邪恶势力提出警告：

趾高气扬的暴君啊，且慢！
时光能建设，也能摧毁。
真理虽然总是默无一言，
可一旦怒不可遏，则会吼声如雷。
它会像顽石一样落下来，

把专横偶像的脑袋砸个粉碎！

沙比虽命途多舛：青少年时代失去了初恋的情人，未满20岁又失去了父亲，家庭的重担落在了他的肩上，随后，他本人又患上严重的心脏病。个人的痛苦加上祖国的不幸，使他的诗歌显示出一种忧伤、悲愤的基调。尽管如此，他的诗歌总体来看，并不显得低沉、悲观，而往往流露出一种积极、乐观的情绪和不畏艰险、勇往直前的革命精神。正如他在一首题为“巨人之歌”的诗中以为人类盗火的普罗米修斯自况：

我将活下去，不怕敌人和疾病，
像一只傲然屹立在山顶的雄鹰。
我凝眸注视着光辉的太阳，
轻蔑那些乌云、淫雨和暴风。
我不去看那黑暗的深渊，
也不会注视忧郁的阴影。
在感情的天地我彳亍而行，
憧憬、歌唱，这正是诗人的荣幸……

沙比英年早逝，遗有诗集《生命之歌》。其中名篇《生的意志》中的诗句：“人民一旦有生的意愿，/ 命运也只有俯首照办。/ 黑夜一定要消失，/ 枷锁一定要挣断……”曾不胫而走，脍炙人口，激励着广大的阿拉伯人民为争取生存和自由而斗争，成为他们的战斗口号。

除诗集外，沙比还有许多有关诗歌的论著。其中最重要的是《阿拉伯的诗歌想象》（1929），比较全面地论述了他对诗歌创作的基本观点：提倡诗歌创作自由；主张创新，反对因袭清规戒律；主张在诗歌中再现生活，表达人的内心世界。

沙比的诗音调、韵律富于变化，情感真挚，想象丰富，善于用隐喻、比拟、象征等手法，多姿多彩，意象万千。沙比被誉为“20世纪突尼斯最伟大的诗人”，“突尼斯民族之光”。其影响遍及整个阿拉伯文坛，为阿拉伯现代最著名的诗人之一。

第五节 其他诗人

突尼斯现当代著名的诗人还有：

穆斯塔法·胡莱伊夫，生于内夫塔市，其父为历史学家，家学渊源。1921年诗人随家迁入首都突尼斯市，入赛拉姆经学堂，1926年入宰图奈大学学习。他曾长期投身于民族解放斗争中，被认为是现实主义诗人。遗有诗集《光线集》《向往与鉴赏》等。其诗采取古典格律诗的形式，感情真挚、强烈、奔放，语言流畅、洒脱，往往富有鼓动性。诗多为政治性长诗，表达了诗人对祖国真诚、深沉的挚爱，也反映了他对北非阿拉伯诸国和整个阿拉伯世界民族解放斗争的深切关注。如在《西方》一诗中，他提醒阿拉伯人民警惕西方的阴谋：

> 我看西方的渔夫正垂下钓竿，
> 一种美妙的诱饵放在我们面前。
> 他们是戏弄头脑简单的孩子，
> 欺骗我们中的弱者、笨蛋。
> 假如我们果真认敌为友，
> 信任他们，那就是我们的灾难！
> 啊，谁以为太阳会从西方出来，
> 那可真是海外奇谈，一派胡言！

诗人欧麦尔·赛伊迪·盖里比，生于一个贝杜因人的家庭中，一生坎坷多艰：家境贫寒，父母早亡，使他很早就不得不自谋生路：他曾作过幼儿教师，后来又一度经商。在殖民主义、封建主义统治者的奴役下，他看到，并亲身体验到了人民遭受的种种痛苦、艰辛。他在1956年出版的诗集《锁链》中，满怀激情地喊出了劳动人民的心声：要求平等、自由，追求幸福、正义，反对压迫、剥削、腐败、暴政：

> 前进！如果你追求人生的光明；
> 前进！如果你向往人世的永恒。

走自己的路，迎着风暴，
迎着闪电，迎着雷霆。

不要害怕那伙人：
他们想要让你忍辱偷生；
他们遮住太阳让你看不到，
要让你习惯生活在黑暗中；
他们毁掉了你双手建造的一切，
让你流离失所，让你不幸。
前进！如果你厌恶黑暗，
就用意志去挣脱一切锁链和牢笼！
对一切改朝换代却将你活埋的人，
何不起来造反、革命、斗争！

盖里比，被认为是社会主义现实主义诗人。其诗在形式上是格律诗与自由体诗兼有，语言浅白如话，感情真挚而强烈，颇似演说词，富有鼓动性与号召力，但往往显得过于直露。

现当代活跃于突尼斯诗坛的知名诗人还有：艾哈迈德·赖加马尼、迈达尼·本·萨利赫、穆瑙瓦尔·赛马迪赫、穆斯塔法·哈比布·白哈里、努尔丁·赛姆德、杰马勒·哈伊迪、朱拜黛·白希尔、加法尔·马吉德、孟绥夫·瓦哈伊比、穆罕默德·扈齐、孟绥夫·穆兹伊尼等。

第六节　现代小说先驱阿里·杜阿吉

第一次世界大战前，有些作家对小说体裁作过尝试，但那些作品多半类似故事，远不成熟，在文学史上也没有很多影响。突尼斯较完美的小说出现于20世纪30年代，第二次世界大战后，开始繁荣、兴盛起来。突尼斯现代小说的先驱是阿里·杜阿吉。

阿里·杜阿吉生于富家。早年丧父，青年时代曾企图经商或务农，但其母希望他学有所成，母子因而发生争执，杜阿吉离家出走。他曾在一家布店工作，后又弃职流浪，希望能独立生活。为此，他长期与贫苦劳动人民生活在一起，备尝人生之艰辛。文艺吸引了他，他开始一边自学，一边写作，并参加突尼斯电台《文艺世界》和其他报刊的编辑工作。他广泛接触当时突尼斯著名诗人、作家，如沙比、塔希尔·哈达德等；他大量阅读了欧美小说，并深受影响；他受美国作家杰克·伦敦、海明威、斯坦贝克、考德威尔等人的影响尤深，有时竟直接借取他们作品中的主要情节进行创作。

杜阿吉具有多方面的文艺天才：他是位画家、诗人、新闻工作者、演员、导演、小说家和剧作家。他的作品通过广播、报刊风靡一时，但这些作品多未整理、结集出版，有的仅有手稿。他曾写有大量剧本，并亲自参加排演。他在剧中对人类的缺陷、社会的弊病进行辛辣的讽刺、无情的嘲笑，从而使批评界把他与莫里哀相比。

但杜阿吉最突出的成就是他的小说。他对小说的创作有自己的见解，他说道：小说实际上是对一种不寻常情景忠实的描述。虽然不寻常，但读者并不感到奇怪，也不会予以否认。小说家的任务就是用清楚明白的语言展示现实。他必须掌握好自己的笔，不要多余的评论，不要抒发自己个人的情感，也不要令人厌烦的说教。他将自己对小说的这种见解付诸创作实践中。

他用一种自称为“摄影镜头”的手法进行创作，即用敏锐的目光从生活中摄取一个个典型人物、一桩桩典型事件，笔调诙谐、幽默，令人读后忍俊不禁，但故事中又蕴涵深刻的思想，令人不禁掩卷深思。其作品一方面鼓舞人民同封建剥削阶级和殖民主义统治进行斗争；另一方面也使人民在艰难冷酷的现实生活中能得到一些快慰。他能较准确、深刻地描述当时突尼斯的社会生活与人们的性格、价值观念。这可能与他较长时期与各阶层特别是劳动人民接触而积累了丰富的生活素材有关。

因此，他被评论家认为是“当之无愧、无可争议的现代突尼斯小说之父”。与杜阿吉同代的突尼斯著名文学批评家穆罕默德·法里德·加齐（محمد فريد غازي，Muhammad Farīd Ghāzī 1929—1962）在评论杜阿吉时说道：有朝一日，杜阿吉的长短篇小说都得以发表时，我们可能会感到，我们曾有一个在这一时期阿拉伯世界最有才能的小说家，一个并不逊色于欧美最优秀作家的小说家。

如果说，这段话也可能有些言过其实的话，那么，雷德旺·易卜拉欣（رضوان إبراهيم，Ridwān Ibrāhīm）在《突尼斯文学介绍》一书中对他的评价则是公允的：杜阿吉的创作及其艺术表现了 20 世纪 30 年代末 40 年代初的突尼斯社会。他是现代突尼斯小说文学的旗手。他在小说艺术方面的地位可与现代突尼斯诗歌的先驱沙比相比。

独立后，突尼斯小说俱乐部曾整理出版了杜阿吉短篇小说集《不眠之夜》，集有 16 篇短篇小说。作品多描述一些小人物在生活的重压下挣扎、奋斗的种种境遇。作者幽默、诙谐的笔调，使得不少悲剧夹杂着喜剧的色彩，让人读时，时而流泪，时而微笑。

《我的邻居》是讲一个穷困潦倒的人，整日为房东向他追索那简陋住室的租金所苦。他以为可以借与女邻居联姻摆脱困境，就不断借债摆阔，向女邻赠礼，以求取得她的好感，最后发现她也一无所有，并对他不辞而别，使他债台高筑，面对房东更加狼狈。

《明亮的角落》描绘了 20 世纪 30 年代突尼斯文艺与新闻界的状况：一个小女孩在节日的晚上要求自己的父亲能让她像邻居的孩子一样得到一只羊陪她玩。父亲流着泪，闷闷不乐地来到咖啡馆，旁边一位记者见状并得知原委后，就决定冒险作一次实验：原来他与一位著名的舞女反目为仇，故在其周刊中辟一专栏，专门攻击那位舞女，说她悭吝、冷酷。记者写一介绍信，让可怜的父亲去找那位舞女，也许她会帮助他实现女儿的愿望，否则就会证实她悭吝。结果那位父亲在凌晨三点找到舞女的家，在听到这位穷人和他女儿的故事后，舞女动了恻隐之心，流着泪陪他去庭院里挑了一只羊，并乘车陪他回家，以分享他与孩子们的欢乐。小说表现出作家对下层劳动人民深厚的同情和强烈的人道主义精神。

除小说外，游记《地中海酒馆巡礼》被认为是杜阿吉最重要的作品。游记最早于1935年的《文学世界》杂志连载，20世纪40年代再次于突尼斯《研究》杂志发表，1962年经整理出单行本。1933年，作家曾巡游地中海沿岸诸港，如那不勒斯、雅典、伊斯坦布尔、伊兹密尔等。游记即据此写出，但它又与一般的游记不同，这正如作者在“前言”中所说：在这里，我不想对你们讲述你们在游记类书中所惯于看到的——讲博物馆的奇珍异宝、工厂的种种产品、海洋深处、自然奇异、高山深洞，也不想描述街道、广场、公园、楼房。因为我的游记是为了消遣，我写书的目的只是为了让读者消遣。至于我选《地中海酒馆巡礼》为题，是因为它是我们在一些海港游逛时的真实报告。我们在这些港口只看到酒馆和咖啡馆。谈谈这些，我想绝不会让人感到厌烦。

这部游记确与一般游记不同。作者用其特有的幽默、调侃的笔调，描绘出一幅幅生动、形象的世态风俗画。游记中有性格鲜明的人物，如好奇心特别重，喜欢什么事都想打听，好像什么事都少不了她似的“全知老太太”，又如好为人师、什么事都要评论一番，对什么事都要提出异议的被人称为“反对酸”的教员等。在描写景物时，作家也往往用比拟、象征的手法，使其描写的对象生动、形象，各有特色，别具一番情趣。

如他写法国的尼斯港：

> 尼斯是位美丽的歌女，穿着最鲜艳、最贵重的礼服，颈上一串项链，是由最美的楼房和清净的花园所组成。尼斯是一座花枝招展的城，一座欢乐、富有魅力的青春城，一座富有的壮年城。尼斯是一座灯红酒绿的城，一座寻欢作乐的城，一座吃喝嫖赌的城，一座醉生梦死的城……

在描述他乘船通过一衣带水将欧亚两洲连接起来的达达尼尔海峡时，作家更以揶揄、调侃的语气把欧亚两洲比作自己的两位妻子，用漫画式的手法描绘出东西方文明各自的特色。值得注意的是，通过细致入微的观察，通过对一个个画面、人物、事件生动、有趣颇带嘲讽口吻的描述，作家表现了自己对西方某些生活方式的批判。

第七节 迈哈穆德·迈斯阿迪

突尼斯现当代最著名的小说家是迈哈穆德·迈斯阿迪。

迈哈穆德·迈斯阿迪出身于塔兹里卡镇一个小知识分子家庭。他在萨迪格学堂中学毕业后，赴法国留学，毕业于巴黎索邦大学。回国后，一度执教，后在研究院任语言、哲学专业主任，1943—1947年任《学术》杂志主编。1952年，曾任突尼斯劳联主席，领导工会运动，后与一批爱国人士一道被法国殖民当局流放至南方。1955年任中学教育司司长，后任教育总监。突尼斯独立后，1958—1968年曾任教育部长，后任文化部长、议长。

迈哈穆德·迈斯阿迪有较深厚的阿拉伯语言、文学功底，又受过西方教育，通今博古，学贯东西。他深受存在主义哲学思想影响，因此，他的小说也多有象征、哲理思辨的色彩，深深地打上了存在主义的印记。其主要著作是《遗忘的产生》《水坝》和《艾布·胡赖伊拉传说》。

《遗忘的产生》创作于1945年，是一部具有哲理寓意的长篇幻想小说。写一个叫迈丁的医生由于死神夺走了爱人阿思玛而深感痛苦，竭力寻求一种方法能使自己忘却过去。最后竟求助于女巫用遗忘草煎制成药，以求解脱。但他发现只有死才能真正遗忘过去。人只要生存就无法逃避现实，无法摆脱现实中的各种烦恼。

迈斯阿迪的戏剧代表作是发表于1955年的8场哲理剧《水坝》。

故事题材可能受古代也门马里卜水坝崩溃一事的启发：主人公艾伊澜与妻子迈姆娜来到一个世代为干旱所苦的山谷。艾伊澜是个有雄心壮志的人，他不肯循规蹈矩、蹈常袭故，而勇于克服千难万险，向严酷的现实挑战。他决定修建大坝，以给荒漠带来富饶、幸福。在此过程中，他遭遇到无数困难：恶劣的气候、瘟疫、工人闹事，还有不求进取、随遇而安的妻子的不断指责。水坝虽然建成，但最后还是逃脱不过干旱之神沙赫巴的报复——雷雨大作、洪水泛滥，致使坝毁人亡。

作品通过象征的形式，一方面表明人终归斗不过命运的思想；另一方面歌颂了明知最终要失败也要为理想而奋斗的伟大精神。

创作于1939—1947年间，发表于1979年的长篇小说《艾布·胡赖伊拉的传说》是迈斯阿迪的又一力作。也许作者怕引起不必要的麻烦，小说开始就声明主人公艾布·胡赖伊拉并非那个《圣训》传述者之一，在伊斯兰初期追随于先知穆罕默德左右的圣门弟子艾布·胡赖伊拉（？—678）。但故事发生的时间显然又是假借那段时间。内容是说艾布·胡赖伊拉偶见一对男女做爱，激起他对爱欲的追求，当他尽情享受过肉欲的快乐后，死亡的意识又破坏了他的幸福。于是他参透人性之恶，对人失去信心。在进入修道院企图通过折磨肉体以净化灵魂而终归失败之后，他明白了灵与肉是相互依存的，认为是人创造了对神的崇拜，宗教只是一种欺骗。他看不到生存的意义，认为人无法超越时空。绝望之余，面朝落日，纵身跳下悬崖。小说借描写灵与肉的矛盾冲突，试图象征性地说明知识分子在追求真理过程中的惶惑、矛盾、痛苦、无奈。小说借鉴了阿拉伯传统的玛卡梅形式。

迈斯阿迪认为“文学要么是一个悲剧，要么什么也不是”。他认为文学的基础应体现在艺术的绝对自由上。他要求文艺摆脱一切宣传和意识形态的控制。他的这一观点体现在他的作品中。他的作品往往脱离突尼斯的社会现实的具体问题，而乞灵于一些抽象的哲学命题，阐述一些哲学观点。

埃及著名学者塔哈·侯赛因在论及他时曾说：“正如存在主义在法国著名作家加布里埃尔·马赛尔手中基督教化了一样，它在迈斯阿迪先生手中也伊斯兰化了。”“当哲学家象征性地表明他们想要描述的一些哲理时，在阿拉伯文学中我们还很少知道可与他（指迈斯阿迪研究——引者）相比的人。”

这一评语相当概括地说明了迈斯阿迪创作的主旨及其在阿拉伯现代文学史上的地位。

第八节　其他小说家

现代突尼斯著名的小说家还有：

白希尔·胡莱伊夫1947年毕业于宰图奈经学院。1937年开始创作小说。

1957年在《思想》杂志发表中篇小说《破产》。小说通过一个青年赛里姆·布尔吉对女演员莱娣法的单相思的故事，展示了两次世界大战之间突尼斯小资产阶级知识分子的生活：他们在宰图奈这种宗教学校培养出来的传统道德价值观念，终于在现实生活中、在西方生活方式和道德价值观念熏陶出来的另一类人的面前感到迷茫，不知所以。小说展现了多姿多彩的生活场景，反映了当时突尼斯的社会风貌。

发表于1960年的第二部长篇小说《拜尔哥·赖伊勒》是反映16世纪社会生活的。故事梗概为：从奴隶市场买来的17岁的黑奴拜尔哥·赖伊勒爱上了女主人。主人得知他们两人幽会后，一怒之下赶走了奴仆，休了妻子，过后又后悔，想与妻子复婚。但照伊斯兰教法，休掉的妻子必须与别人结一次婚，然后再离婚，才可与原夫复婚。主人认为找拜尔哥·赖伊勒担当这个临时的形式上的丈夫最合适。不料，拜尔哥·赖伊勒在与女主人结婚后，却不愿再与她离婚，以让她与前夫复婚。小说很好地再现了那个时代的生活。

其第三部长篇小说《未摘的椰枣》则通过萨利姆·本·阿卜杜·阿里的家族的遭遇，反映了突尼斯西南方杰里德地区受压迫的农场工人的生活和斗争，小说通过三个主要人物，从不同角度对一些事件进行平行或交叉的叙述，在表现手法上亦很有特点。此外，他还著有短篇小说集《茉莉花香》。现实主义的创作风格、主题鲜明、语言通俗浅易，使白希尔·胡莱伊夫的作品极受欢迎。他被突尼斯评论界认为是真正的民族作家。

穆罕默德·阿鲁西·马特维先后毕业于宰图奈大学和赫勒敦大学法律系。1948至1956年曾在大学执教。独立后，1956年至1963年曾长期在外交界任职，

先后作过文化参赞、代办、大使。曾被选为国会议员，并任文化和社会事务委员会主席，曾当选突尼斯作协主席。1966年创办《小说》杂志，任主编，为培养和组织青年创作队伍起了重要作用。他不仅是著名的小说家，还是一位诗人。著有中长篇小说《牺牲者》（1956）、《哈莉玛》（1962）、《苦桑》（1967），短篇小说集《榨油机路》（1981），自传体小说《回响》（1991），诗集《人

民欢乐》（1963）、《来自走廊》（1988），剧本《哈立德·本·瓦利德》（合著，1981）等。小说《哈莉玛》反映了突尼斯南方人民在法国殖民当局统治下，在苦难的社会现实中斗争不止、自强不息的生活。作品特别描述了妇女在民族解放斗争中的英雄业绩。代表作《苦桑》刻画了突尼斯农村青年如何充满朝气，不畏艰险，抵制殖民者的腐蚀毒害，积极同在一些贪官污吏怂恿下生产、销售毒品的现象进行斗争。

穆罕默德·马尔祖基曾任报刊编辑、中学教师，1961 年始任文化部民间文学处处长，至 1976 年退休。他著有诗集《泪与情》（1946）、《青春残余》（1966）。他在小说创作方面以写短篇为主，有短篇小说集《阿尔古布·海伊尔》《为了自由》（1956）、《夫妻之间》（1957）、《夜话》（1973），还写有中篇小说《变节女人的报应》（1946），长篇民间故事《贾姬娅·希拉丽娅》（1978）等。他被认为是突尼斯短篇小说的奠基人和先驱之一。

突尼斯现代小说以现实主义为主流，辅以现代主义。20世纪60年代登上文坛的作家阿卜杜·卡迪尔·本·谢赫（عبد القادر بن الشيخ，‘Abd al-Qādir bn ash-Shaykh）在其中篇小说《我的一份天地》中，最早引进了意识流的创作手法。

新一代的青年作家有：伊兹丁·迈达尼、艾哈迈德·迈姆、穆罕默德·叶海亚等。

他们在 20 世纪 70 年代主张全面借鉴西方现代主义创作手法，搞“实验小说”。很多作家是将传统手法与现代派、后现代主义的某些创作手法结合起来，并受到阿拉伯古典文学的某些启示，使突尼斯文学，特别是长篇小说的创作有了长足的进步。

当代著名的长篇小说作家有：

白希尔·本·赛拉麦在突尼斯高等师范学院毕业后，曾任教师，做过国会议员、文化部长、《思想》杂志主编。著有长篇小说《阿伊莎》（1972），短篇小说集《故事画幅》（1984）。

哈桑·奈斯尔生于首都突尼斯城。1958年于宰图奈经学院毕业后，一度任过小学教员，后去巴格达大学进修阿拉伯语言文学，毕业归国后，任过中专教师。随后赴毛里塔尼亚工作两年，回国后，重执教鞭。发表短篇小说集《雨

夜》（1967）、《52夜》（1979）、《不寐与创伤》（1989）；长篇小说《夜晚的长廊》（1977）、《大地的面包》（1985）。其中有些作品是反映当年反法斗争的。但以描述乡村的现实生活、揭示生活中的各种矛盾、表现新旧两代人价值观念的冲突见长。发表于20世纪90年代的长篇小说《帕夏大院》被评为“20世纪105部阿拉伯最佳中长篇小说”之一。小说以主人公穆尔台达·沙米赫阔别40年后又回到帕夏大院后，回忆自己在国内外经历的风雨沧桑，告诫年轻一代不要忘记过去，更要努力创造未来。作品采用了主人公与作者复式叙述的形式，颇有新意。

穆罕默德·萨利赫·加比里生于托泽尔一个磷矿矿工的家庭。在阿尔及尔大学获得博士学位后，曾在阿拉伯教科文组织里任职。1968年初涉文坛，发表中篇小说《泽姆拉的一天》，取材于殖民主义统治时代矿工们的斗争。1971年发表的短篇小说集《亲爱的，那是秋天！》曾获文化部的鼓励奖。此后，他又发表了长篇小说《海阔天空》（1975）、《十年之夜》（1982），短篇小说集《车在棋盘里征战》（1978），剧本《我怎么不喜欢白昼？》（1978）等。穆罕默德·萨利赫·加比里不仅是一位作家、小说家，而且还是一位文学评论家，著有《一个世纪（1870—1970）的突尼斯诗歌》（1974）、《突尼斯小说的发轫及其先驱》（1975）、《突尼斯现代诗歌》（1976）、《突尼斯现代文学研究》（1978）等。

萨拉丁·布加生于凯鲁万。他从童年时代就尝试写小说。现为小说家、大学教授。著有长篇小说《忏悔与隐私录》（1985）、《王冠、匕首与肉体》（1992）、《人口贩子》（1996）、《拉蒂娅与马戏》（1998）。他在创作方面师承迈哈穆德·迈斯阿迪。

穆斯塔法·法里斯生于斯法克斯，1955年于巴黎索邦大学毕业。兼用阿拉伯语和法语写作。代表作有长篇小说《曲折》（1963）、《运动》（1978），短篇小说集《拱桥就是生命》（1967）、《我偷了月亮》（1971）。作品大多描述知识分子在社会发展中的历史使命。

法拉志·希瓦尔生于哈马姆·苏塞。在取得法语语言文学文凭后，一直做法语教学工作。著有长篇小说《号角与骚乱》《死亡、海洋与老鼠》（1985）、《阴谋》（1992）、《离乡事件真相与伤感》（1996）。

当代最著名的女作家是阿鲁西娅·娜鲁蒂。

阿鲁西娅·娜鲁蒂生于杰尔巴岛，1975 年毕业于突尼斯大学文学院后曾任中专学校阿拉伯文学教师，后从事新闻、广播工作，曾作过电视节目主持人。是突尼斯作家协会会员。作品有短篇小说集《第五维》（1975），长篇小说《门闩》（1985）、《接触》。她创作的特点是敢于深刻地触及阿拉伯当今社会的伤痛，其中包括政治、社会、个人诸方面的问题。她往往站在穷苦百姓，特别是妇女的立场上，在作品中针砭时弊，抨击各种陈规陋习。人们也许可以从中发现阻碍当今阿拉伯社会发展、进步的某些问题。阿鲁西娅·娜鲁蒂在创作中采取了象征主义的手法，但写得生动、有趣，引人入胜，又让人读后掩卷深思，不胜感慨。

此外，著名的女作家及其作品还有纳吉娅·沙米尔著有剧作集《苍天的公正》（1956），短篇小说集《我们要生活》（1956）、《赛麦尔与阿蓓尔》（1972）、《皱纹》（1978）；莱伊拉·玛米著有短篇小说集《火焰中的宣礼塔》（1967）；纳蒂莱·苔巴尤妮娅著有短篇小说集《死亡、复活与传说》（1990），长篇小说《遗忘之路》（1993）；玛斯欧黛·艾布·伯克尔著有短篇小说集《菠萝的味道》（1994），长篇小说《不在的夜晚》（1997）、《苔尔舍卡娜》（1999）；阿勒娅·塔比伊著有长篇小说《仙人掌花》（1990）；哈娅·比谢赫著有诗集《爱你是我的缘分》（1984），短篇小说集《没有男人》（1979）、《明天自由的太阳会升起来》（1983）、《千年的期待》（1990），长篇小说《失败的婚礼》（1991）、《平民有话》（1994）；阿玛勒·穆赫塔尔著有长篇小说《生活的美酒》（1993）。

在阿拉伯作家协会选出的 20 世纪 105 部阿拉伯最佳中长篇小说中，突尼斯占有 10 部：迈哈穆德·迈斯阿迪的《艾布·胡赖伊拉的传说》、白希尔·胡莱伊夫的《未摘的椰枣》、穆罕默德·阿鲁西·马特维的《苦桑》、阿卜杜·卡迪尔·本·谢赫的《我的一份天地》、白希尔·本·赛拉麦的《阿伊莎》、哈桑·奈斯尔的《帕夏大院》、穆罕默德·萨利赫·加比里的《十年之夜》、萨拉丁·布加的《人口贩子》、法拉志·希瓦尔的《阴谋》、女作家阿鲁西娅·娜鲁蒂的《接触》。

第四章　利比亚现当代文学

第一节　历史与文化背景

利比亚位于北非东部，北临地中海，东接埃及，西邻突尼斯、阿尔及利亚，东南与苏丹交界，具有重要的战略地位。居民主要是阿拉伯人，其次是柏柏尔人。

利比亚历史悠久，早在远古时代，那里就有人类活动。7 世纪中叶阿拉伯人进入利比亚，当地居民渐奉伊斯兰教，使用阿拉伯语。16 世纪，土耳其人占领了利比亚。当时利比亚名义上属于奥斯曼帝国，实际上是独立国家。19 世纪 30 年代，土耳其素丹为加强对利比亚的控制，推翻了当时执政的卡拉曼利王朝，派遣总督直接统治，将全国分为若干行省，向当地居民征收赋税。

意大利的地主资产阶级对利比亚觊觎已久。1911 年 9 月，意大利对奥斯曼帝国宣战，随后其军队在利比亚登陆，奥斯曼帝国军队不敌。1912 年 10 月 18 日，奥斯曼帝国被迫同意大利在洛桑签订和约，意大利据此从奥斯曼人手中夺走了利比亚这片土地，成为其宗主国。利比亚从此沦为意大利的殖民地。殖民者的暴行激起了利比亚人民的强烈反抗。利比亚人民抵抗意大利入侵的斗争此起彼伏，一直未断。尤其应提及的是赛努西（محمد بن علي السنوسي，Muḥammad bn‘Alī as-Sanūsī 1791—1859）创立并由其子麦赫迪（المهدي بن محمد السنوسي，al-Mahdī bn Muhammad as-Sanūsī 1844—1902）继承的赛努西教团的斗争。他们以利比亚的绿山和贾加布卜绿洲为中心，势力遍及整个马格里布，乃至埃及、苏丹、印度。教团的活动形式上为宗教改革运动，实质上是反对异族统治的政治斗争。他们以“圣战”为号召，在团结群众抵制奥斯曼帝国、法国、意大利侵略势力方面起过很大作用，曾使意大利占领军焦头烂额、疲于奔命，迫使他们做出某些让步。

第一次世界大战后，意大利决定重新征服利比亚。1922 年，他们再次发动侵略利比亚的战争。举世闻名的利比亚民族英雄欧麦尔·穆赫塔尔（عمر المختار，'Umar al-Mukhtār 1862—1931）领导游击队以绿山区为根据地，面对强大的敌人，坚持艰苦卓绝的武装斗争，长达 8 年之久，表现了利比亚人民大无畏的英雄气概和捍卫民族独立的斗争精神，后遭到残酷镇压。意大利统治者曾企图使利比亚法西斯化，按照法西斯的精神和方式改造利比亚这个难以降服的国度；并颁布法令没收当地非洲人的大量土地，组织公司进行经营，强迫当地人充当劳动力。

第二次世界大战期间，英、法军队占领了利比亚。战后，一度由联合国对利比亚行使管辖权。1951 年利比亚独立，组成以伊德里斯一世为国王的王国。

1969 年 9 月，以卡扎菲为首的一批青年军官推翻了王朝政权，建立了共和国。新政府成立后，采取了一系列维护国家主权和民族利益的措施。

1977 年 3 月 2 日改国名为大阿拉伯利比亚人民社会主义民众国。

利比亚近现代文学的开端是与赛努西教团的创建有着密切的关系。1840 年，赛努西教团问世，利比亚的近现代史也从此揭开序幕。

自教团创立至 1911 年意大利入侵，可谓利比亚近现代文学的第一阶段。这一时期，教团在各地建立一种政教合一的宣教据点——“札维亚”（زاوية，Zāwiyah）。札维亚同时也是教育、文化中心，负责向人们普及伊斯兰宗教知识，激发人们的宗教热忱。其中临近埃及的札维亚贾加布卜（زاوية الزغبوب，Zāwiyah al-Jaghbūb）尤为著名。教团在那里建立了一所经学院，当时利比亚著名的宗教学者、诗人、文豪多聚于此。除札维亚外，还经常举行各种学术会议，特别是文学聚会，以普及知识，增进人们对文学的审美情趣。教团领袖麦赫迪还非常重视贾加布卜图书馆的创建和发展。当时从伊斯兰世界各地收集了各类书籍，其中包括许多珍贵的手稿和手抄本。据说，馆藏有 8 万册图书。类似的图书馆还不止一处。可惜，意大利人侵后，图书馆多遭洗劫、焚毁。

此外，麦赫迪还以关爱文人、诗人著称。在他的关照下，编写了一部名为《兄弟之舟》（سفينة الإخوان，Safīnah al-Ikhwān）的书，内中收集了赛努西教团诗人的诗文。值得注意的是，札维亚多半是在荒漠地区，所以利比亚荒漠地区的发展及其最初的振兴，首先应归功于赛努西教团的努力。而在城市里，文化教育主要靠以传授《古兰经》为主的私塾。除此之外，奥斯曼帝国还建立了四所“培智学校”（مدرسة الرشدية，Madrasah Rushdiyah），用土耳其语教学。意大利也开办了几所学校，以为他们对利比亚的渗透和人侵作铺垫。还应提及的是，1863—1864 年，在利比亚建立了第一家印刷所，1866 年，利比亚第一份报纸《西的黎波里报》问世，这些无疑都为利比亚近代的文化、文学复兴创造了条件。

自 1911 年人侵算起，意大利占领利比亚有 30 年，同时，利比亚人民也同意大利殖民主义、法西斯斗争了 30 年。在此期间，各地的札维亚都从宣教、文教中心变为了抵抗斗争中心。文化教育的发展相对处于停滞阶段。意大利殖民主义者却试图推行殖民化教育：他们建学校，派留学生去意大利留学，设法将意大利的文学、文化典籍翻译成阿拉伯文，鼓励出版、发行《利比亚画报》（ليبيا المصوّرة，Lībiyā al-Muṣawwarah）。意大利殖民主义者固然企图借这份杂志达到他们的目的，但利比亚的诗人、文人却也可以借此一吐他们心中的块垒。如著名诗人艾哈迈德·马赫达维、艾哈迈德·沙里夫都曾在上面发表过诗歌。

第二次世界大战期间，利比亚在班加西创建了“欧麦尔·穆赫塔尔协会”（جمعية عمر مختار，Jam'iyah 'Umar Mukhtār）。协会在振兴利比亚的文化、教育方面起了很大作用：他们要求当局开办学校，从埃及聘请教师；建立俱乐部，把青年团结起来，向他们灌输爱国主义和民族主义思想，同时也培养他们的文学兴趣、爱好；创办报刊，如《祖国周报》《欧麦尔·穆赫塔尔月刊》《利比亚》杂志、《独立报》《新曙光报》，为争取民族彻底解放和独立而大声疾呼。利比亚独立后，利比亚的诗人、作家用自己手中的笔投人了新的战斗：彻底肃清殖民主义的余毒，改变愚昧、落后的面貌，建立独具个性的新利比亚。

第二节 诗歌

利比亚的现代诗歌基本上可以分为三个阶段：

第一阶段从19世纪下半期到20世纪20年代，是传统的格律诗阶段。主要的诗歌活动是以赛努西派诗人们为核心进行的，他们曾经在贾加布卜成立一个文学俱乐部，朗诵和讨论诗歌。他们多以宗教为主要的创作题材。

赛努西派诗人的代表是艾布·赛夫·穆盖赖布·布尔欧绥和穆罕默德·本·阿卜杜拉·逊尼。他们生活于19世纪下半叶，曾伴随赛努西、麦赫迪两代教长，参加并讴歌民族解放斗争。他们的诗中洋溢着满腔的爱国热忱，在赛努西教团的宗教改革和反对异族侵略的斗争中，起了巨大的鼓动、宣传作用。如阿卜杜拉·逊尼曾在一首著名的长诗中，吁请麦赫迪率军与殖民主义者作战，以拯救伊斯兰教，诗中写道：

一旦战士们集结在雄鹰之下，
你会以为那是群熊熊的火山。
交锋的日子，他们进军，
群骑好似洪流，战旗似闪电……

著名的赛努西教团诗人还有：法利哈·扎希里（فالح الظاهري，Fālih az-Zāhirī）、艾哈迈德·塔伊菲（أحمد الطائفي，Ahmad at-Tā'ifī）、阿卜杜·拉希姆·麦格布卜（عبد الرحيم المغبوب，'Abd ar-Rahīm al-Maghbūb）、艾哈迈德·本·伊德里斯（أحمد بن إدريس，Ahmad bn Idrīs）等。

如前所述，赛努西教团及其所辖的札维亚多在贝杜因人（游牧民）所在的荒漠地区。而在城市，19世纪中叶的代表诗人是艾哈迈德·法基赫·哈桑（أحمد الفقيه حسن，Aḥmad al-Faqīh Ḥasan 1834—1884）。19世纪末20世纪初，被称之为“跨代诗人”的则是穆斯塔法·本·宰克里与易卜拉欣·巴吉尔。

穆斯塔法·本·宰克里被认为是利比亚近代最著名的诗人。他生于的黎波里，祖籍安达卢西亚。他在当地奥斯曼帕夏学校毕业，曾师随当时两名宗教学者——卡米勒·穆斯塔法与赛拉吉，受过良好的阿拉伯—伊斯兰文化教育，通晓土耳其文。曾任省行署委员、的黎波里工艺局局长、省参议员等职，并曾一度经商，到过埃及、法国、汉志等地。他被认为是利比亚承前启后的诗人，有“利比亚首席诗人”（شاعر ليبيا الأول，Shā‘ir Lībiyā al-Awwal）之称。其诗集 1892 年在埃及出版，是利比亚第一部印行出版的诗集。其诗多为情诗，设喻新颖，修辞讲究，情感细腻，颇具浪漫主义之风。利比亚的文学评论家塔哈·哈吉里（طه الحاجري，Ṭāhā al-Ḥājirī）在《利比亚的文学生活》一书中说他“把诗歌当成手艺，从中显示出自己的技巧和玩弄词句的能力”。又说：“如果说过于雕饰败坏了宰克里很多诗的话，那么，他也有的诗写得细腻，雕饰得漂亮，还有的确实读后会感到诗人的真情实感。”

易卜拉欣·巴吉尔出身于一个诗书和宗教氛围都很浓的家庭。自幼即受父亲熏陶，以进私塾背诵《古兰经》启蒙。后到的黎波里兼学哈乃斐派与马立克派教法。为人诙谐、幽默。曾执教鞭授课，颇受生徒好评。曾在大马士革上层生活过 8 年，后去麦地那，再返回的黎波里，先后出任过宗教法庭的法官、穆夫提。其诗仿照古风，各种题旨都有，尤以歌颂先知穆罕默德及其家族的“颂圣诗”见长。他还在诗中针砭时弊，盛赞近现代的科学发明创造。诗风轻捷明快，活泼风趣。如他在歌咏当时还是新生事物的广播时说：

广播好处何其多，
多得实在没法说：
东方西方一声传，
天下消息皆晓得……

易卜拉欣·巴吉尔不仅是位诗人，他还是一位学者。除诗集外，还编著有《利比亚文学点滴》《哈奈斐派释义》《修辞学论》《逻辑学论》《哲理与礼仪韵集》等。

从 20 世纪 20 年代起，利比亚诗歌进入了一个新的阶段。其特点是诗人们在继承、发扬阿拉伯传统格律诗的基础上，更充分利用诗歌为武器，投入反对意大利统治、争取民族独立的解放斗争。在形式上，诗人们努力使诗歌突破古典格律诗的束缚。这一时期最著名的诗人是艾哈迈德·沙里夫与艾哈迈德·马赫达维。

艾哈迈德·沙里夫生于兹利坦。自幼以学习经训启蒙，具有深厚的宗教知识功底。曾在“伯尼·穆斯林清真寺”宣教、讲学，曾任宗教法官。后参加了反意大利殖民主义统治的武装斗争，曾被俘，后获释。1943年始任最高宗教法院院长，直至退休、逝世。他被誉为“诗坛长老”“两地诗人”（指的黎波里与拜尔盖两地区诗人），有时亦称“利比亚最大的诗人”，其在诗坛的地位由此可见一斑。其诗遵循传统风格，显得凝练、雄健，结构严谨，并常嵌入格言、警句。他擅长长律，常用夹叙夹议的手法，反映利比亚人民的生活、理想和斗争。诗多显露出诗人爱国主义、民族主义的自豪感，寓意深邃，充满哲理。

艾哈迈德·马赫达维生于拜尔盖地区一名门世家，祖父曾任班加西市长，父亲曾任富萨图市市长。1910年诗人随家人迁往埃及。他在埃及亚历山大受教育，并登上诗坛。1920年回国，任班加西市府秘书。后因反意大利法西斯当局及其走狗而被撤职，被迫与父兄流亡于土耳其经商，1934年曾回班加西，两年后，因作诗攻击殖民主义激怒意大利法西斯当局，再度被迫流亡土耳其。1946年回国，1951年任参议院议员。马赫达维创作有大量情诗、挽诗、写景状物诗、叙事诗等，诗人死后出版了《马赫达维诗选》（1967）。诗人早年就提倡诗歌革新，反对因循守旧，主张突破诗歌严格的格律所带来的束缚，给诗歌注入新的生命，使形式为内容服务。其诗多反映诗人坚定的民族主义立场、强烈的爱国主义热忱，表现了他对敌斗争不屈不挠的大无畏精神。有些在国外写的诗则显示出诗人对祖国的忠诚与怀念。他认为诗人应是人民的代言人，与人民同甘共苦。他在一首题为《诗与诗人》的诗中写道：

人们分担种种命运，
苦难总是属于诗人。
他们的境况最糟糕，
他们的生活最艰辛。
仿佛他们是愤怒的眼睛，

在人世间总是看到不幸，
他们揭示时代的污点，
仿佛是弱者的保护人。

其代表作叙事诗《孤儿艾斯》深刻地揭露了意大利侵略者的残酷罪行，表达了利比亚人民对敌人怀有的深仇大恨。马赫达维还对国内那些认贼作父、为虎作伥的卖国贼、意大利法西斯当局的走狗给予无情的批判和辛辣的讽刺。如他在一首描述一个甘当侵略者帮凶的宗教法官的丑恶嘴脸的诗中写道：

一位宗教法官，岁月注定国家因他而不幸
—— 由于他玩忽职守和裁决不公正。
不管老百姓如何义愤填膺，
只要能讨总督欢心他就高兴。
他战战兢兢，几乎要给统治者跪下，
一半是欢迎，一半是尊敬。
即使他们让他允许糟践我们的妻女，
他也会俯首听命，马上答应。
他们通过他，玩弄我们的宗教，
桩桩罪行，他都是他们的帮凶。
他千方百计为卖国贼、杀人凶手开脱，
为了金钱，他早已出卖了宗教和祖宗。

马赫达维被认为是利比亚现代诗歌崛起的代表。由于其诗既继承了阿拉伯诗歌的传统形式，又很好地反映了人民的意愿和现实生活而被争相传诵。

这一时期，重要诗人还有苏莱曼·阿卜杜拉·巴鲁尼、赛义德·艾哈迈德·迈斯欧迪、穆罕默德·塔伊布·艾什海布、穆罕默德·穆尼尔·布尔欧绥等。

苏莱曼·阿卜杜拉·巴鲁尼生于贾杜市，祖籍阿曼，父亲是著名宗教学者。诗人幼年受父亲启蒙，后负笈求学于阿尔及利亚，三年后又赴突尼斯、埃及，先后在宰图奈大学和爱资哈尔大学学习过。回国后被奥斯曼政府指控为图谋搞地方独立而遭流放。后再度赴埃及，在开罗办印刷厂和《伊斯兰之狮报》，又被任命为奥斯曼帝国议员。意大利侵略利比亚时，他曾奋力反抗，并曾一度与同伴试图建立一个共和国。1914 年伊斯坦布尔当局曾任命他为的黎波里总督。后被迫流亡至阿曼，被马斯喀特素丹任为顾问。后染病去印度就医，病逝于孟买。其诗集曾于 1908 年印行，集有 80 首诗，但其后期诗歌尚未结集。巴鲁尼是著名的爱国志士，曾发誓蓄发、蓄须直至赶走意大利侵略者，并以此写有脍炙人口的名篇《一个战士的誓言》。

这胡须与头发
经历过可怕的战争：
炸弹如雨而下，
又似雷霆轰鸣。
他冲锋陷阵，无所畏惧，
策马在沙场上驰骋，
为的是把意大利鬼子
从家园里扫荡干净！

其诗多为明志报国之作，语言通俗、流畅，但由于量大，且多为即兴而作，故瑕瑜互见。

赛义德·艾哈迈德·迈斯欧迪生于的黎波里一书香门第，父兄皆为当时名学者。他于 1905 年赴埃及爱资哈尔大学学习，毕业后曾长期留校任教。回国后，曾先后在学校和法院任职，曾任军队教长，后又任法官等职。其诗多循古人古风，凝练中见细腻。他擅长写情诗和应制诗，喜欢雕词凿句，并以诗句纪年。他信奉宗教甚笃，是苏菲派一宗的长老，其诗亦显露出苏菲派色彩。在任军中教长时，他曾写有不少诗篇激励军民进行抗意斗争。意大利侵占利比亚后，他亦曾化名写过反意斗争的诗歌，为此曾被多次停职审查，几乎被送上法庭。

穆罕默德·塔伊布·艾什海布生于拜尔盖地区一个乡镇里。幼年以背诵《古兰经》启蒙，并由其父为他专聘一教师进行教育，1924 年后，因父亲逝世，教育中止，主要靠自学成材。曾参加反意大利侵略者的斗争，并因而长年遭监禁、放逐、监视。利比亚独立后，他一直在政府部门任职。他博学多才，除写诗外，他还是位著名的历史学家并有多部史学著作。其诗融古今风格于一体，遵循传统的格律，表达新的思想内容。诗多显得婉丽、柔顺，流露出诗人的爱国激情和渊博的文化知识。

穆罕默德·穆尼尔·布尔欧绥生于巴勒斯坦的萨费德，祖籍是利比亚的拜尔盖地区。1927年毕业于阿克市艾哈迈德大学。1929年入耶路撒冷警官学校，毕业后曾任预审员、警官、检察官等职。1946年弃职经商，后又参加为解放巴勒斯坦的武装斗争，并曾负伤被俘。1952年回归祖籍利比亚，在检察部门任职，官至一级检察官（1955）。其诗作集于《布尔欧绥诗集》中。其诗遵循阿拉伯传统格律，内容多反映诗人对敌斗争坚强不屈、宁折不弯的民族气节和对阿拉伯民族情炽如火的自豪感。

在利比亚现当代诗坛最早尝试写自由体新诗的是易卜拉欣·乌斯塔·欧麦尔。

易卜拉欣·乌斯塔·欧麦尔生于拜尔盖地区风景优美的海滨城市德尔纳。家贫、早孤使他备尝生活之艰辛。他曾在采石场做过工人，亦曾做过杂役、脚夫，利用业余时间自学成材。后由祖父举荐，任法庭书记员。意大利侵入利比亚后，他先后流亡于埃及、叙利亚、巴勒斯坦、约旦等地。在大马士革他参加过“保卫拜尔盖与的黎波里委员会”，在约旦做过筑路工人。他曾参加过赛努西解放军。第二次世界大战结束后，曾任法官，后不幸游泳淹死。他有诗选传世。其诗《军人》曾在英国广播公司举办的命题诗歌竞赛中获“北非奖”。诗人的丰富阅历和坎坷道路使他的诗歌题材广泛，内涵深邃，往往富于想象和哲理。如在一首题为《书》的诗中，诗人写道：

人生有什么东西
会比书更加宝贵？
它会引你走上正途，
砥砺你的智慧。
你一旦觉得郁闷，
它会让你感到快慰；

或者用甜美的笑话
让你开心，驱走伤悲。
在孤独中它更有益，
胜过伙伴胡聊——山南海北。
悔不该在青年时代
我未与它时时相随！

词句既典雅又晓畅，言近旨远。易卜拉欣·乌斯塔·欧麦尔的诗主要反映出诗人争取自由、独立的爱国热忱和不屈不挠的斗争精神。他虽试写过自由体新诗，但大多数诗歌还是格律诗。

在自由体新诗方面成就最大的是当代利比亚最著名的诗人阿里·绥德基·阿卜杜·卡迪尔。

阿里·绥德基·阿卜杜·卡迪尔生于的黎波里，自幼受过良好的教育。他毕业于艾哈迈德帕夏学堂。后又相继取得师范文凭和律师证书，通晓意大利语和英语。他曾积极参加各种民族爱国运动，是文学俱乐部和工人俱乐部的创始人之一。曾任国民大会党常务委员。他长期从事律师工作，曾任利比亚法律委员会常务理事。他从13岁起便开始诗歌创作，以诗歌为武器，反对意大利的占领，并在战后写诗要求英、美撤除在利比亚的军事基地，从利比亚国土上滚出去，喊出了利比亚人民心底的呼声：

滚出去，从我的家园滚出去！
带着满身的羞耻滚出去！
是你杀死了我的双亲和邻居，
是你抢走了我的祖国芳香的土地。
侵略者！你我之间有深仇大恨，
让我的子弹
射向你那颗罪恶的心！
快点滚出去！

快滚！降下你的国旗，
穿上你的靴子，迈动你的脚，
扛上你的棍子，抬起你的蹄子，
不许再玷污我的祖国大地！
还不快快滚出去！

绥德基·阿卜杜·卡迪尔是位多产的诗人。作品有诗集《我的梦之舟》《理想与革命》（1957）《呐喊》（1965）《黎明的欢呼与雨》（1968），有诗剧《枣椰树下的鲜血》。其诗歌多次在利比亚，以及其他阿拉伯国家、欧洲国家的电台朗诵。其名诗《爱国之歌》曾获 1966 年利比亚诗歌一等奖。诗人格律诗与自由体诗兼长，亦写无韵的散文诗。内容方面也多彩多姿，既有反映国家、民族重大政治事件的爱国诗篇，亦有揭露社会种种丑恶现象的叙事诗和抒情诗。其诗富有浪漫主义和象征主义色彩。

此外，利比亚现代著名诗人还有穆罕默德·艾敏·哈菲、穆罕默德·米拉德·穆巴拉克、阿卜杜·加尼·白什提、阿里·穆罕默德·狄布、侯赛因·加纳伊、阿里·穆罕默德·拉菲伊等。

20 世纪 50 年代利比亚获得独立以来，特别是 1969 年推翻封建王朝以后，1976 年利比亚作家协会成立，更促进了利比亚的文学活动，诗歌又进入一个新的阶段。诗歌的内容越来越丰富，除了爱国主义题材外，还有不少作品反映新时代政治、社会发展的新貌，出现的新问题。普通劳动人民常常成为诗人们描写和歌颂的对象。在表现手法上也呈多元化的色彩：格律诗与自由体诗共存，现实主义、浪漫主义与现代主义并举。

第三节　小说

利比亚同其他阿拉伯国家一样，自古就有源远流长的口头民间叙事文学传统。但相对于其他阿拉伯国家来说，现代形式的新小说出现则较晚。

利比亚小说的发轫可追溯至 20 世纪初。1908 年，由于奥斯曼帝国宣布恢复宪法，允许各行省私人发行报刊，又由于受其他阿拉伯国家特别是埃及作家的影响，利比亚报刊上开始出现了一些讽刺叙事短文。

如载于1908年1月26日的黎波里《观象台报》（المرصاد，al-Mirsād）的《灯红酒绿》就是最早出现的一篇。作者虽未署名，但据考证，是迈哈穆德·纳迪姆·本·穆萨所写。内容是揭露的黎波里城里的一些人过着双重生活：白天循规蹈矩，道貌岸然，晚上则是灯红酒绿，声色犬马。文笔辛辣、犀利，还颇有些讲究骈俪、押韵，还嵌有一些诗句。

这家报纸在同年4月16日又发表了《如果贫穷是个人，我一定要杀死他》。作者通过自身的经历，颇动感情地讲述了社会下层人如何在凄风苦雨中啼饥号寒，企望唤醒人们的良知，注意改善穷人的状况。文章也没有署名，但据考证，系出自作家艾哈迈德·法萨图里的笔下。文风较为朴实。

这两篇短文可以称之为"叙事杂文"（المقالة القصصية，al-Maqālah al-Qiṣaṣiyah）。这种文体显然是受了埃及著名作家曼法鲁蒂的影响。艾哈迈德·法萨图里曾在埃及爱资哈尔大学学习过，还在利比亚同乡著名诗人苏莱曼·阿卜杜拉·巴鲁尼在埃及办的《伊斯兰之狮》报上发表过文章。当时曼法鲁蒂在报刊发表的《管见录》和《泪珠集》正以煽情的浪漫故事和典雅的文笔在埃及乃至整个阿拉伯世界风靡一时，艾哈迈德·法萨图里等人受其影响应是自然而然的事。

自1911年意大利人侵后，利比亚的文化、文学活动都被迫停滞下来。直至1919年，才再次允许一些阿拉伯文的报刊印行出版。一些报刊，如《的黎波里旗帜报》（اللواء الطرابلسي，al-Liwā'aṭ-Ṭarābulisī），一方面发表一些志在振兴民族、反对侵略的诗歌，一方面转载曼法鲁蒂的类似小说的叙事杂文，如《穷少年》。因此曼法鲁蒂式的文风和题材，都再次影响利比亚的文坛，而被仿效。如佚名发表于1928年12月22日《观察家报》（الرقيب العتيد，ar-Raqīb al-'Atīd）上的《本无所有》，内容是说一个好心人收养了一个孤儿，结果那孩子竟恩将仇报。也是佚名发表于1929年12月20日同一家报刊上的《卑鄙的罪人》，讲述了一个作丈夫的如何在最困难的时刻抛弃了病中的妻子和两个孩子，而去追别的女人。署名"阿里"，实际上是作家阿里·迈哈穆德·本·穆萨（علي محمود بن موسى，'alī Maḥmūd bn Mūsā）在同年12月5日发表于同一家报刊上的《你》，则是作家向一个自己曾热恋但却英年早逝的美丽女人吐露心曲，回忆当年两人花前月下幽会的情景。《观察家报》在20世纪20年代末30年代初，一直发表这类作品，如1935年4月9日的报上曾发表了佚名作者的《一个文人的生活》，描述了一位穷困潦倒的作家拮据的状况：竟不知该用手中那点钱买一份刊有他写的小说的报纸呢，还是买点吃的充饥。这些曼法鲁蒂式的作品的特点是，大多是讲述一个现实生活的悲剧故事，发一通感慨、议论，可以称之为“叙事杂文”，亦可看作是小说的雏形。

1935年10月，意大利占领当局出版了《利比亚画报》（ليبيا المصوّرة, Lībiyā al-Muṣawwarah），学者们多认为利比亚现代的新小说是随着这份月刊的出现而诞生的。月刊设有小说专栏，从创刊号，到1940年底停刊，几乎每期都有一篇或翻译或创作的短篇小说。当时在意大利殖民当局的统治下，一些知识分子在意大利的学校里受到西方的现代教育，认为可以借意大利当局本想作为宣传工具的这份刊物作突破口，借现代新式小说这种形式走出传统旧文学的藩篱，贴近生活，贴近读者，反映现实，间接、曲折、含沙射影地宣泄他们压抑在胸的满腔怒火，以避免秉笔直书而招致法西斯当局的残酷迫害和镇压。这些大概就是利比亚小说先驱者们的初衷，也是利比亚早期小说问世的原因。

最早以不同笔名在《利比亚画报》发表小说的是艾哈迈德·拉希姆·盖德里，发表在这家月刊第一期上的小说《两种力量》是他的处女作。小说讲述了一个良家子弟走上社会以后，发现现实生活复杂、险恶，远非像父母教导的那样简单、理想：他爱上了一个姑娘，不料那姑娘竟欺骗、背叛了他，失望之余，使他改变得与以前判若两人，从此只看到生活的阴暗面。爱情、背叛和命运成了艾哈迈德·拉希姆·盖德里作品的三个要素。他相继又发表了《拉马丹！是你吗？》《青春记》《萨里士的黄昏》等。其作品受意大利翻译作品以及报刊文风的影响较大，仍旧有些类似叙事杂文，而够不上成熟的小说。

更为成熟的小说先驱是瓦赫比·布里。

瓦赫比·布里生于埃及的亚历山大，1920年返回利比亚班加西。1968年于纽约圣约翰大学获非洲问题研究硕士学位。曾任利比亚驻埃及使馆参赞兼驻阿盟代表（1953）、外交部部长（1957）、石油部部长（1960）、驻联合国代表（1963）等职。从《利比亚画报》创刊开始，他就参与月刊的编辑工作，并一直为它撰稿。其中除他创作的小说外，还有他从意大利文翻译的小说以及他写的杂文、对意大利文学的研究论文等。他在一篇为《利比亚画报》撰写的社论中曾提出，要吸引读者去读那些优美、有趣的故事，它们可以引起读者的想象，让他在读的时候生活在一个美丽的梦幻世界里，它们可以同他谈起爱情的甜蜜、大自然的美丽、社会的罪恶和世界的精彩。

但他发表于1936年9月号《利比亚画报》上的第一篇小说《新婚之夜》却并非是谈甜蜜的爱情，而是讲述了一个催人泪下的悲剧：出租汽车司机海里勒被雇驾车送新娘去新郎家，在途中他发现新娘竟是自己多年一直深爱着的恋人泽娜布。他正在拼命苦干，以便攒钱筹集聘礼，希望有朝一日把泽娜布迎娶到家。不料如今她已被另适他人。在车中一对往日的恋人通过司机前的镜子四目相对，抚今追昔，不禁潸然泪下。绝望之余，海里勒竟将车子坠入悬崖。

在利比亚的文学史上，《新婚之夜》被认为是第一篇完全符合条件的现代小说。从1936年至1939年，瓦赫比·布里在《利比亚画报》共发表了8篇短篇小说，除《新婚之夜》外，还有《继母》《失败》《良心的责备》《赛马场的用途》《无名的情人》《真主啊，还是让他腿断了吧！》《伤心人的信》。瓦赫比·布里被认为是利比亚现代小说名副其实的先驱和奠基人。

20世纪40年代，利比亚先是成为第二次世界大战重要战场之一，后又被英、法分治，文艺活动受到种种限制，瓦赫比·布里也停止了创作，利比亚的小说因而陷于停滞状态。

20世纪50年代，随着利比亚获得独立，国内政治气氛变得相对宽松，新闻出版事业迅猛发展，全国各种报刊竟达三十余种，为作家们发表作品提供了园地，小说创作也再度活跃起来。

穆罕默德·卡米勒·胡尼（محمد كامل الهوني，Muḥammad Kāmil al-Hūnī）以发表于1950年1—3月份的《利比亚》月刊分3期登载的小说《蹙额的美》先声夺人。小说讲述了一个少女被骗失身的悲剧。

这一时期最活跃的小说家是艾哈迈德·欧奈齐与塔里布·鲁维伊。艾哈迈德·欧奈齐以创作反映现实社会种种黑暗、不公现象的社会小说见长。在他的作品中，我们可以看到社会下层人民如何在贫穷、失业、剥削以及各种陈规陋习中挣扎。如小说《汗税》写一个码头工人因不肯屈服于工头的勒索而失业，为养家糊口又不得不到处奔波的窘境。《泥泞的路》《黎明的呼唤》则揭示了良家妇女如何在社会邪恶势力和传统礼教逼迫下走上堕落道路的悲剧。

塔里布·鲁维伊在反映社会的种种矛盾、斗争的同时，以擅长揭示人物的内心世界、描述他们的心理活动著称。

如《魔鬼的蠱惑》写穷苦的主人公在清真寺作小净准备礼拜时，见到墙上别人挂的衣服口袋里露出一个钱包，唾手可得，引起他激烈的思想斗争。

《逃出天园》则是写一个穷人被送进乞丐收容所，竭力要保持自己的尊严，与管理者斗争，说明自己不是乞丐，并设法逃出去。

《黎明的光线》通过一个贫苦农妇的回忆，揭示了乡长与教长如何相互勾结，鱼肉乡里。

更可贵的是他在小说《就这样下了命令》中，揭示了当年侵略者处死民族英雄欧麦尔·穆赫塔尔，人们被驱赶去刑场观看行刑时的情景和他们压抑在心中的怒火，以及最终爆发的反抗行动。显而易见，民族斗争是当时小说重要题材之一。

《育者之声》（صوت المربّي，Ṣawt al-Murabbī）月刊 1955 年 7 月曾刊出《利比亚小说专刊》。1957 年，阿卜杜·卡迪尔·艾布·海鲁斯（عبد القادر أبو هروس，‘Abd al-Qādir Abū Harūs）的《惶惑的心》问世，这是在利比亚出版的第一部短篇小说集。这些都被认为是利比亚小说发展史上的重大事件。

在利比亚现代文坛最著名的短篇小说家是阿里·米斯拉提和阿卜杜拉·古维里。

阿里·米斯拉提生于埃及的亚历山大。其父原在国内从事反意大利侵占的斗争，因受迫害而举家移居埃及。米斯拉提在开罗读完中学后，考入爱资哈尔大学，先后毕业于教法系与阿拉伯语系。在此期间，他熟读埃及著名文学家塔哈·侯赛因、易卜拉欣·马齐尼、阿卡德、陶菲格·哈基姆等人的作品，并与他们交往，深受影响。他在学生时代就积极参加政治活动，在报上发表文章，参加游行示威，并曾被捕入狱。

后来归国参加反抗意大利殖民统治、争取民族独立的爱国斗争。

阿里·米斯拉提曾从事新闻工作，作过教员，他不仅被认为是利比亚文学界的元老，而且也是一位著名的学者和社会活动家。他曾任利比亚国民议会议员、文学艺术最高委员会主席、作家协会主席等职，在阿拉伯文坛，特别是北非阿拉伯读者中享有很高的声誉。

阿里·米斯拉提自1949年发表塔哈·侯赛因为之作序的，有关古今作家对比研究的《文学家的天堂》一书起，至今已发表了五十余部作品。其中有学术研究论文，有人物传记，有民间文学。如《利比亚半个世纪的新闻报刊业》《的黎波里名人传》《朱哈在利比亚》《民间俗语与成语》。他早年写过诗，也热心于文学批评，还曾发表过一部描述利比亚人民所经历的三个时代的长篇小说《阿舒尔在队列中》，但他最热衷、成就最大的是短篇小说。

他曾说道：短篇小说比长篇小说、剧本甚至诗歌都难写。很多人凭空想象短篇小说容易写，这不对。把题材集中、浓缩在一个尽可能小的范围里，这要求特别的技巧和创造能力，而这些是很多人并不具备的。在长篇小说里，往往可以进进出出、添枝加叶、信马由缰地写，而在短篇小说中，你却不能啰嗦或者是东拉西扯。因此，我对短篇小说情有独钟。因为我可借以很快就说出所有我想说的话。对于我来说，每篇短篇小说就是一部长篇小说的引言，如同一篇好文章可以写成有关问题的一本书一样……

阿里·米斯拉提自1952年在报刊发表一组抒发侨居国外的利比亚人思乡报国情怀的短篇小说《离别与归来》后，一直笔耕不辍，迄今已发表数百篇短篇小说。如短篇小说集《米尔萨勒与其他》（1962）、《破帆》（1963）、《一捧灰》（1964）、《太阳与筛子》（1977）等。此外，他还写一分钟的小小说，如在《受伤的鸟》中就收有150篇这类的小小说。阿里·米斯拉提是一个把文学创作视为一种责任的具有使命感的作家。他的小说题材、内容广泛，时代色彩鲜明，生活气息浓郁；语言通俗、流畅、风趣、幽默。有些作品反映了意大利侵占时期和王国统治时期，人们如何饱受欺压，在凄风苦雨中挣扎，又如何机智、勇敢地同殖民主义和封建统治者进行斗争；也有些作品反映新时代的现实生活以及人们面临的种种新问题。

他敢于揭示矛盾，向各种丑恶现象挑战，但又充满了乐观主义精神，引人奋发向上，因而他被人们尊为“利比亚文学的元老”。

阿卜杜拉·古维里与阿里·米斯拉提的生平有相似之处。他也出生在埃及。在意大利侵占利比亚时，为躲避战乱，他父亲举家迁往上埃及做生意。古维里在上埃及读完中学后，考入开罗大学，1955年毕业于文学院地理系；1957年回国。但在利比亚革命前，他常因思想、言行与当局相左而被迫流亡海外，曾游学巴黎，长住突尼斯。他自幼喜爱文学，阅读广泛，当时埃及著名作家如陶菲格·哈基姆、塔哈·侯赛因、阿卡德的作品他在20岁之前就读过很多，同时他也喜爱契诃夫、莫泊桑、高尔基等西方和苏俄文学家的作品，并深受影响。

他于1956年在埃及《晚报》上发表了第一篇小说。1960年出版了第一部短篇小说集《他们的生活》，内容主要是描写上埃及农村农民的生活。此后的作品则多以利比亚人民的现实生活为题材。

他相继出版了短篇小说集《地上的节日》（1963）、《一块面包》《时机与猎手》（1965）、《油与椰枣》（1967）、《并非蛛丝》（1973）、《六十个故事》（1975）。阿卜杜拉·古维里在文学领域是个多才多艺的作家，他不仅擅长写小说，而且也是位著名的剧作家，写有剧本《光明面》《光线》（1965）、《声音与回响》（1972）、《欧麦尔·穆赫塔尔》，杂文集《内心喧腾时》（1972）、《惯常事物之磨》（1973），自传《一些小事》（1972），书信集《致祖国的信》（1965）等。

阿卜杜拉·古维里不仅是一位文学家，而且被认为是一位富有民族主义、爱国主义精神和革命理想的思想家。他擅长用平易朴实的笔法、通俗流畅的语言描述各种凡人小事，反映人们的苦难、斗争和理想，抨击各种邪恶势力、社会弊端和陈规陋习。他善于描写细节，又以人物对话、心理刻画见长，因而无论是小说还是戏剧都写得生动感人，且常会令人读后掩卷深思，回味无穷。

利比亚“六十年代辈”兼写长、短篇小说而且最负盛名的小说家是艾哈迈德·易卜拉欣·法基赫与易卜拉欣·库尼。

艾哈迈德·易卜拉欣·法基赫生于的黎波里以南一个沙漠边陲小镇。祖父是精通教法的私塾先生，父亲则是小商人。作家幼年在私塾受到启蒙教育，1957

年负笈去首都的黎波里，曾学过戏剧；20 世纪 60 年代曾赴埃及，学习视听艺术。1968 年又留学英国，获爱丁堡大学现代文学博士学位。他于 1959 年开始文学创作活动。1965 年，为庆祝利比亚文艺最高委员会成立并促进文学发展，特举行了文学征文比赛，就在这次大赛中，艾哈迈德·易卜拉欣·法基赫以其短篇小说集《无水的海》一举夺魁，从而在文坛声誉鹊起。他深受埃及著名作家尤素福·伊德里斯的影响，热爱并擅长写短篇小说。2000 年 6 月 22 日沙特阿拉伯的《半岛报》曾刊载了一篇对他的专访。

在谈及短篇小说时，他说道：我认为，对于我们仍然还存在许多贫困落后现象的阿拉伯社会来说，短篇小说比其他任何体裁更能很好地表述它。

他先后出版了《无水的海》（1964）、《系上安全带》（1968）、《星辰隐去了，你在哪里？》（1974）、《光彩夺目的淑女》（1985）、《威尼斯的镜子》《与树诉讼的五个甲虫》（1997）等短篇小说集。

艾哈迈德·易卜拉欣·法基赫是个勇于创新、不断探索、具有多方面才能的作家。他是资深的记者；也是著名的文学批评家，写过多部文学评论；20 世纪 70 年代涉足戏剧，写过《杏德与曼苏尔》《羚羊》《一个没有作品的作家》《男女游戏》《星辰之歌》等剧本；80 年代开始转向中长篇小说创作。

中篇小说《灰的田野》（1986）以一个纯真、美丽的农村姑娘杰米莱的成长及其婚恋遭遇为主线，描述了利比亚从传统的游牧社会向现代社会转变过程中一些扭曲、失衡的状态，也反映了人们反封建礼教、反专制统治、反愚昧落后以及反对外国势力侵占土地以修建军事基地斗争的艰巨、复杂。

三部曲《给你别样的城邦》《这是我的王国疆域》《一个女人照亮的隧道》（1991）是艾哈迈德·易卜拉欣·法基赫的代表作。小说一问世，就立刻受到阿拉伯文学界的关注和好评，被誉为“当代的《一千零一夜》”，“是一部优美的、充满诗情画意的杰作”。

小说用第一人称讲述了主人公海利勒在一生三个关键时期不寻常的经历。第一部《给你别样的城邦》是写他在西方世界——英国爱丁堡留学的岁月。第二部

《这是我的王国疆域》写他回国后，为了治病，在苏菲长老的引导下进入《一千零一夜》梦幻城珊瑚璎珞城的奇特经历。第三部《一个女人照亮的隧道》则写他回到现实中，在阿拉伯现代都市的生活。在这部小说中，可以明显地看出作家一方面传承了本民族渊源深远的传统文化，另一方面又深受西方现代文化的影响。这不仅表现在叙事的艺术手法上；在小说的思想内容上也同样可以看到，在作者亦幻亦真的描述中，我们通过主人公的经历，可以深刻地感到东西方两种不同的文明、现代与传统、新与旧的道德价值观念的矛盾、冲突与撞击。

艾哈迈德·易卜拉欣·法基赫的《三部曲》被阿拉伯作家协会评为 20 世纪 105 部阿拉伯最佳中长篇小说之一。利比亚享有这一殊荣的还有易卜拉欣·库尼的《拜火教》和哈里法·侯赛因·穆斯塔法的《太阳眼》。

易卜拉欣·库尼曾在苏联留学，毕业于莫斯科高尔基文学院。回国后在社会事务部、文化宣传部任职，曾任《祖国报》《革命报》编辑。他于 20 世纪 60 年代后期开始创作，以政论、短篇小说初露峥嵘，并兼治历史。他与艾哈迈德·易卜拉欣·法基赫有许多相似之处：以短篇小说初涉文坛，以长篇小说享誉世界。

他们都以现实主义起步，又都从本民族源远流长的文化遗产中汲取营养，借鉴西方的现代主义与后现代主义的诸多表现手法，创作出具有明显个性特征的作品，令国内外评论家赞叹不已。

易卜拉欣·库尼是个勤奋多产的作家，曾出版了短篇小说集《一口血》《圣鸟》《鸟笼》，长篇小说《月蚀》（1989，四卷：《井》《绿洲》《第二次洪水的逸闻》《瓦哥瓦哥的呼唤》）《石溢血》《金子》（1990）、《拜火教》（1991，两卷）、《拜火教逸事》（1992）、《魔法师》（上卷，1994，下卷，1995）、《苦修者的秋天》《毒麦的诱惑》（1996）、《小瓦乌》《夜草》（1997）、《玩偶》《稻草人》（1998）等。他的作品大多是描述利比亚西南部人迹罕至的沙漠地区的游牧民的生活。据说他为了深入了解沙漠游牧民的生活，曾身居荒漠，与当地居民打成一片，同吃、同住、同狩猎、同放牧，以至于他作品中沙漠地区的人物、景观栩栩如生，真实可信。他通过这些作品宣扬人与大自然要和谐一致，人与动物要保持生态平衡。在他的笔下，沙漠中的各种动物如骆驼、羚羊、山羊都有灵性，显得分外可爱。

他在作品中大量引用民间传说、神话故事、古诗、《古兰经》《圣经》，以及希腊史学家的论述，又大量运用时空交错、意识流、联想等现代主义的表现手法，从而使其作品从内容到形式都显得独树一帜，不同凡响。其作品已译成 20 多种文字。长篇小说《拜火教》与《石溢血》曾先后获瑞士文学最高委员会奖；《金子》获 1997 年度日本翻译委员会奖；《小瓦乌》2002 年获法阿（拉伯）友谊奖。

哈里法·侯赛因·穆斯塔法不仅是小说家，还是著名的文学评论家。1973 年毕业于班加西大学文学院。主持《太阳日报》的文化版。他于 1967 年开始发表小说。最初是写短篇小说，20 世纪 80 年代开始发表长篇小说。1983 年发表的《太阳眼》被阿拉伯作家协会选为 20 世纪 105 部阿拉伯最佳中长篇小说之一。此外，他还著有短篇小说集《死人的吵闹》《在肉体上签名》及长篇小说《星之夜》（两卷）等。其作品风格独特，具有强烈的现代主义色彩，充满象征、寓意，有时显得荒诞、深奥难解。

此外，利比亚著名的小说家还有哈里法·泰利斯、哈里法·泰克伯利、尤素福·谢里夫、哈里法·法赫里、齐亚德·阿里等。

附录 1

人名索引

阿巴斯·本·艾哈奈夫（العبّاس بن الأحنف，al-'Abbās bn al-Aḥnaf，？—808/伊 192）

阿比德·本·艾卜赖斯（عبيد بن الأبرص，'Abīd bn al-Abraṣ，约 455—约 545）

阿卜德·哈米德（عبد الحميد الكاتب，'Abd al-Ḥamīd al-Kātib，？—750/伊 132）

阿卜杜·阿齐兹·拉希德（عبد العزيز الرشيد，'Abd al-'Azīz ar-Rashīd，1894—1939）

阿卜杜·阿齐兹·迈斯欧迪（عبد العزيز المسعودي）

阿卜杜·阿齐兹·麦卡里哈（عبد العزيز المقالح，'Abd 'Azīz al-Maqāliḥ，1939— ）

阿卜杜·阿齐兹·穆什里（عبد العزيز مشري，'Abd al-'Azīz Mushrī，1954—2000）

阿卜杜·阿齐兹·赛阿里比（عبد العزيز الثعالب，'Abd al-'Azīz ath-Tha'ālibī，1874—1944）

阿卜杜·巴吉·欧麦里（عبد الباقي العمر，'Abd al-Bāqī al-'Umar，1790—1862）

阿卜杜·盖法尔·艾赫赖斯（عبد الغفار الأخرس，'Abd al-Ghaffār al-Akhras，1805—1872）

阿卜杜·哈格·法迪勒（عبد الحق فاضل，'Abd al-Ḥaqq Fāḍil，1911—1992）

阿卜杜·哈基姆·卡西姆（عبد الحكيم قاسم，'Abd al-Ḥakīm Qāsim，1935—1990）

阿卜杜·哈里格·赖卡比（عبد الخالق الركابي，'Abd al-Khāliq ar-Rakābī，1946— ）

阿卜杜·哈米德·艾哈迈德（عبد الحميد أحمد，'Abd al-Ḥamīd Aḥmad，1957— ）

阿卜杜·哈米德·本·海杜盖（عبد الحميد بن هدوقة，'Abd al-Ḥamīd bn Hadūqah，1925—1996）

阿卜杜·哈米德·焦达·萨哈尔（عبد الحميد جودة السحار，'Abd al-Ḥamīd Jawdah as-Saḥḥār，1913—1974）

阿卜杜·哈米德·宰赫拉维（عبد الحميد الزهراوي，'Abd al-Ḥamīd az-Zahrāwī，1871—1916）

阿卜杜·加尼·白什提（عبد الغني البشتي，'Abd al-Ghanī al-Bashtī，1909—1997）

阿卜杜·加尼·贾米勒（عبد الغني جميل，'Abd al-Ghanī Jamīl，1780—1863）

阿卜杜·杰巴尔·阿巴斯（عبد الجبار عباس，'Abd al-Jabbār 'Abbās，1941—1992）

阿卜杜·卡迪尔·哈桑（عبد القادر حسن，'Abd al-Qādir Ḥasan，1916—　）

阿卜杜·卡迪尔·杰扎伊里（عبد القادر الجزائري，'Abd al-Qādir al-Jazā'irī，1808—1883）

阿卜杜·卡迪尔·欧盖勒（عبد القادر العقيل，'Abd al-Qādir 'Uqayl，1954—　）

阿卜杜·凯里姆·本·沙比特（عبد الكريم بن ثابت，'Abd al-Karīm bn Thābit，1915—1961）

阿卜杜·凯里姆·加拉布（عبد الكريم غلاب，'Abd al-Karīm Ghallāb，1920—2006）

阿卜杜·凯里姆·纳绥夫（عبد الكريم الناصيف，'Abd al-Karīm an-Nāṣīf，1939—　）

阿卜杜·凯里姆·塔巴勒（عبد الكريم الطبال，'Abd al-Karīm aṭ-Ṭabbāl，1931—　）

阿卜杜·凯利姆·卡赖米（عبد الكريم الكرمي，'Abd al-Karīm al-Karīmī，1917—1980）

阿卜杜·库杜斯·安萨里（عبد القدوس أنصاري，'Abd al-Qudūs Anṣārī，1906—1983）

阿卜杜·拉赫曼·法西（عبد الرحمن الفاسي，'Abd ar-Raḥmān al-Fāsī，1918—　）

阿卜杜·拉赫曼·哈米西（عبد الرحمن الخميسي，'Abd ar-Raḥmān al-khamīsī，1920—1987）

阿卜杜·拉赫曼·凯瓦基比（عبد الرحمن الكواكبي，'Abd ar-Raḥmān al-Kawākibī，1854—1902）

阿卜杜·拉赫曼·穆阿瓦达（عبد الرحمن قاسم المعاودة，'Abd ar-Raḥmān Qāsim al-Mu'āwadah，1911—1996）

阿卜杜·拉赫曼·穆尼夫（عبد الرحمن منيف，'Abd ar-Raḥmān Munīf，1933—2004）

阿卜杜·拉赫曼·舍尔卡维（عبد الرحمن الشرقاوي，'Abd ar-Raḥmān ash-Sharqāwī，1920—1987）

阿卜杜·拉赫曼·舒克里（عبد الرحمن شكري，'Abd ar-Raḥmān Shukrī，1886—1958）

阿卜杜·拉希姆·迈哈穆德（عبد الرحيم محمود，'Abd ar-Raḥīm Maḥmūd，1913—1948）

阿卜杜·马因·马鲁西（عبد المعين الملوحي，'Abd al-Ma'īn al-Malūḥī，1917—2006）

阿卜杜·麦利克·努里（عبد الملك نوري，'Abd al-Malik Nūrī，1921—1998）

阿卜杜·迈西哈·安塔基（عبد المسيح الأنطاكي，'Abd al-Masīḥ al-Anṭākī，1874—1922）

阿卜杜·迈西哈·哈达德（عبد المسيح حداد，'Abd al-Masīḥ Ḥaddād，1890—1963）

阿卜杜·麦吉德·本·加伦（عبد المجيد بن جلون，'Abd al-Majīd bn Jallūn，1918—1981）

阿卜杜·蒙伊姆·雷法伊（عبد المنعم الرفاعي，'Abd al-Mun'im ar-Rifā'ī，1917—1985）

阿卜杜·穆赫辛·卡济米（عبد المحسن الكاظمي，'Abd al-Muḥsin al-Kāẓimī，1870—1935）

阿卜杜·赛拉姆·哈希姆·哈菲兹（عبد السلام هاشم حافظ，‘Abd as-Salām Hāshim Ḥāfiẓ，1929— ）
阿卜杜·赛拉姆·欧杰里（عبد السلام العجيلي，‘Abd as-Salām al-‘Ujaylī，1917—2006）
阿卜杜拉·阿卜杜·杰巴尔（عبد الله عبد الجبار，‘Abd al-Lāh ‘Abd al-Jabbār，1919—1983）
阿卜杜拉·阿卜杜·拉赫曼（عبد الله عبد الرحمن，Abd al-Lāh ‘Abd ar-Raḥmān，1892—1964）
阿卜杜拉·班纳（عبد الله البنا，‘Abd al-Lāh al-Bannā，1891—？）
阿卜杜拉·本·阿里·海里里（عبد الله بن علي الخليلي，‘Abd al-Lāh bn ‘Alī al-Khalīlī，1922—2000）
阿卜杜拉·本·侯赛因（عبد الله بن الحسين，‘Abd al-Lah bn al-Ḥusayn，1882—1951）
阿卜杜拉·本·吉白阿拉（عبد الله بن الزبعرى，‘Abd al-Lāh az-Ziba‘rā，？—636/伊 15）
阿卜杜拉·本·穆罕默德·塔伊（عبد الله بن محمد الطائي，‘Abd al-Lah bn Muḥammad aṭ-Ṭā’ī，1927—1973）
阿卜杜拉·古维里（عبد الله القويري，‘Abd al-Lāh al-Quwayrī，1930—1992）
阿卜杜拉·哈里法（عبد الله خليفة，‘Abd al-Lāh Khalīfah，1948— ）
阿卜杜拉·卡嫩（عبد الله كنون，‘Abd al-Lāh Kanūn，1908—1989）
阿卜杜拉·拉吉厄（عبد الله راجع，‘Abd al-Lāh Rāji‘，1948— ）
阿卜杜拉·欧赖维（عبد الله العلوي，‘Abd al-Lāh al-‘Ulawī，1933— ）
阿卜杜拉·萨格尔（عبد الله صقر，‘Abd al-Lāh Ṣaqar，1952— ）
阿卜杜拉·萨利姆·巴瓦齐尔（عبد الله سالم باوزير，‘Abd al-Lāh Bāwazīr，1938—2004)
阿卜杜拉·塔伊布（عبد الله الطيب，‘Abd al-Lāh aṭ-Ṭayyib，1921—2003）
阿卜杜拉·扎伊德（عبد الله الزايد，‘Abd al-Lāh az-Zāyid，1894—1945）
阿卜杜伊拉·艾哈迈德（عبد الإله أحمد，‘Abd al-Ilāh Aḥmad，1940—2007）
阿布笃·欧斯曼（عبده عثمان，‘Abduh ‘Uthmān，1936— ）
阿迪·本·宰德（عدي بن زيد，‘Adī bn Zayd，?—约 587)
阿迪勒·艾布·舍奈布（عادل أبو شنب，‘Ādil Abū Shanab，1931—2012）
阿多尼斯（أدونيس，Adūnīs，1930— ）
阿尔吉（العرجي，al-‘Arjī，？—738/伊？—120）
阿菲夫丁·特莱姆森尼（فيف الدين التلمساني，‘Afīf ad-Dīn at-Tilamsānī，?—1291/伊 690）
阿卡德（عبّاس محمود العقّاد，‘Abbās Maḥmūd al-‘Aqqād，1889—1964）
阿拉法特·穆罕默德·阿卜杜拉（عرفات محمد عبد الله，‘Arafāt Muhammad ‘Abd al-Lāh，

1899—1936）

阿拉夫（أبو الهذيل العلاّف，Abū al-Hudhayl al-'Allāf，?—845/伊 230）

阿拉勒・法西（محمد علال الفاسي，Muḥammad 'Allal al-Fāsī，1910—1974）

阿莱维・哈希米（علوي الهاشمي，'Alawī al-Hāshimī，1946— ）

阿勒娅・塔比伊（علياء التابعي，'Alyā' at-Tābi'ī，1961— ）

阿里・阿卜杜・阿齐兹・纳斯尔（علي عبد العزيز نصر，'Alī 'Abd al-'Azīz Naṣr，1923— ）

阿里・阿卜杜拉・哈利法（علي عبد الله خليفة，'Alī 'Abd al-Lāh Khalīfah，1944— ）

阿里・艾布・雷什（علي أبو الريش，'Alī Abū ar-Rīsh，1957— ）

阿里・奥贝德（علي عبيد）

阿里・巴吉布（علي باذيب，'Alī Bādhīb，1934— ）

阿里・巴什・哈尼巴（علي باش حانبة，1876—1918）

阿里・本・杰赫姆 (علي بن الجهم，'Alī bn al-Jahm，约 804—863/ 伊 188—249)

阿里・本・苏欧德（على بن سعود，'Alī bn Su'ūd，1932— ）

阿里・杜阿吉（علي الدعاجي，'Alī ad-Du'ājī，1903—1948）

阿里・海勒吉（علي خلقي，'Alī Khalqī，1910—1984）

阿里・加里姆（علي الجارم，'Alī al-Jārim，1881—1949）

阿里・俊迪（علي الجندي，'Alī al-Jundī，1900—1973）

阿里・凯勒巴尼（علي بن عبد الله الكلباني，'Alī bn 'Abd al-Lāh al-Kalbānī，1956— ）

阿里・迈哈穆德・塔哈（علي محمود طه，'Alī Maḥmūd Ṭāhā，1902—1949）

阿里・迈克（علي المكّ，'Alī al-Makk，1937—1992）

阿里・米尔扎・迈哈穆德（علي مرزا محمود，'Alī Mirzā Maḥmūd，1952— ）

阿里・米斯拉提（علي مصطفى المصراتي，'Alī Muṣṭafā al-Miṣrātī，1926— ）

阿里・穆巴拉克（علي مبارك，'Alī Mubārak，1823—1893）

阿里・穆罕默德・阿布笃（علي محمد عبده，'Alī Muḥammad 'Abduh）

阿里・穆罕默德・狄布（علي محمد الديب，'Alī Muḥammad ad-Dīb，1922— ）

阿里・穆罕默德・拉菲伊 (علي محمد الرفيعي，'Alī Muḥammd ar-Rafī'ī，1934—1966)

阿里・绥德基・阿卜杜・卡迪尔（علي صدقي عبد القادر，'Alī Ṣidqī 'Abd al-Qādir，1924—2008）

阿里卜・艾布・法赖吉（غالب أبو فرج，Ghālib Abū Faraj，1931— ）

阿里夫・哈杰（عارف الخاجة，'Ārif al-Khājah，1959— ）

阿里夫·谢赫（عارف الشيخ，‘Ārif ash-Shaykh，1952—　）

阿鲁西娅·娜鲁蒂（عروسية النالوتي，‘Arūsiyah an-Nālūtī，1950—　）

阿玛勒·穆赫塔尔（آمال مختار，Āmāl Mukhtār，1964—　）

阿慕鲁·本·库勒苏姆（عمرو بن كلثوم，‘Amru bn Kulthūm，？—584）

阿慕鲁·本·麦耳迪·凯里卜（عمرو بن معدي كرب，‘Amru bn Ma‘dī Karib，547—643）

阿齐兹·阿巴扎（عزيز أباظة，‘Azīz Abāẓah，1889—1973）

阿塔比（عتابي，‘Attābī，？—约824/伊209）

阿瓦德（محمد حسن عواد，Muḥammad Ḥasan ‘Awwād，1906—1976）

阿西娅·杰巴尔（آسيا جبار，Āsiyā Jabbār，1936—2015）

艾阿马·图岱里（الأعمى التطيلي，al-A‘mā at-Tuṭaylī，？—1126/伊520）

艾班·本·阿卜杜·哈米德（أبان بن عبد الحميد，Abān bn ‘Abd al-Ḥamīd，750—815/伊132—199）

艾布·阿慕鲁·本·阿拉（أبو عمرو بن العلاء，Abū ‘Amr bn al-‘Alā’，689—770/伊69—152）

艾布·阿塔希叶（أبو العتاهية，Abū al-‘Atāhiyah，748—826/伊130—211）

艾布·阿伊纳（أبو العيناء，Abū ‘Aynā’，807—896/伊191—283）

艾布·奥贝达（أبو عبيدة，Abū ‘Ubaydah，728—825/伊109—189）

艾布·白噶·伦迪（أبو البقاء الرندي，Abū al-Baqā’ ar-Rundī，1204—1285/伊601—684）

艾布·伯克尔·哈利德（أبو بكر خالد，Abū Bakr Khālid，1934—1976）

艾布·伯克尔·花拉子密（أبو بكر الخوارزمي，Abū Bakr al-khuwārazmī，？—993/伊383）

艾布·达乌德（أبو داود，Abū Dāwūd，？—889/伊275）

艾布·杜拉迈（أبو دلامة，Abū Dulāmah，?—777/伊161)

艾布·杜赖夫·海兹赖基（أبو دلف الخزرجي，Abū Dulaf al-Khazrajī，912—1002/伊300—390）

艾布·法赖吉·伊斯法哈尼（أبو الفرج الأصبهاني，Abū al-Faraj al-Isfahānī，897—967/伊284—356）

艾布·法老·沙希（أبو فرعون الساسي，Abū Far‘ūn as-Sāsī，?—827/伊212）

艾布·菲达（أبو الفداء，Abū al-Fidā’，1273—1332/伊671—732）

艾布·菲拉斯·哈姆达尼（أبو فراس الحمداني，Abū Firās al-Ḥamdānī，932—968/伊320—357）

艾布·海利勒·格巴尼（أبو خليل القبّاني，Abū Khalīl　al-Qabbānī，1833—1902）

艾布·胡宰勒（أبو الهذيل，Abū al-Hudhayl，752—849/伊135—235）

艾布·卡布斯·努尔曼·本·蒙齐尔（أبو قابوس النعمان بن المنذر，Abū Qābūs ah-Nu‘mān bn al-Mundhir，580—602在位）

艾布·卡西姆·萨阿达拉（أبو القاسم سعد الله，Abū al-Qāsim Sa‘d al-Lāh，1930—2013）
艾布·雷沙（全名：欧麦尔·艾布·沙雷，عمر أبو ريشة，‘Umar Abū Rīshah，1910—1990）
艾布·马迪（全名：伊利亚·艾布·马迪，إيليا أبو ماضي，’Īliyā Abū Māḍī，1889—1957）
艾布·米哈坚（أبو محجن الثقفي，Abū Miḥjan ath-Thagafī，？—650/伊 28）
艾布·穆阿蒂·艾布·奈加（محمد أبو المعاطي أبو النجا，Muḥammad Abū al-Mu‘āṭī Abū an-Najā，1931—2016）
艾布·努瓦斯（أبو نواس，Abū Nuwās，762—813/伊 145—197）
艾布·赛夫·穆盖赖布·布尔欧绥（أبو سيف مقرّب البروصي，Abū Saif Muqarrab al-Burūṣī）
艾布·沙迪（全名：艾哈迈德·扎基·艾布·沙迪，أحمد زكي أبو شادي，Aḥmad Zakī Abū Shādī，1892—1955）
艾布·沙拉姆（أبو سلام，Abū Salām，1875—1961）
艾布·舍伯凯（إلياس أبو شبكة，Ilyās Abū Shabakah，1903—1947）
艾布·舍迈格迈格 (أبو الشمقمق，Abū ash-Shamaqmaq，?—约 796/伊 180)
艾布·苏鲁尔·哈米德·本·阿卜杜拉（أبو سرور حميد بن عبد الله，Abū Surūr Ḥamīd bn ‘Abd al-Lah，1942—　）
艾布·塔希尔·穆罕默德·萨拉戈斯蒂（أبو الطاهر محمد السرقسطي，Abū aṭ-Ṭāhir Muḥammad as-Saraqusṭī，？—1144/伊 538）
艾布·泰马姆（أبو تمّام，Abū Tammām，788—846/伊 172—231）
艾布·希斯（أبوالشيص，Abū ash-Shīṣ，?—811/伊 196）
艾布·伊德·杜杜 (أبو العيد دودو，Abū al-‘Īd Dūdū，1934—2004)
艾布·印地（أبو الهندي，Abū al-Hindī）
艾布·宰德·安萨里（أبو زيد الأنصاري，Abū Zayd al-Anṣālī，738—831/伊 120—215）
艾布·宰德·古莱希（أبو زيد القرشي，Abū Zayd al-Qurashī，约 10 世纪）
艾布·祖艾伊布·胡宰里（أبو ذؤيب الهذلي，Abū Dhu’ayb al-Hudhalī，？—648/伊 28）
艾德蒙·萨布里·拉祖格（أدمون صبري رزوق，Admūn Ṣabrī Razūq，1921—1975）
艾迪布·穆兹希尔（أديب المظهر，Adīb Muẓhir，1898—1928）
艾迪布·奈哈维（أديب النحوي，Adīb Naḥwī，1926—1998）
艾迪布·伊斯哈格（أديب إسحاق，Adīb Isḥāq，1856—1885）
艾弗沃·奥迪（الأفوه الأودي，al-Afwah al-Awdī，？—570）

艾哈迈德•阿达瓦尼（أحمد العدواني，Aḥmad al-‘Adawānī，1922—1990）
艾哈迈德•艾敏•迈达尼（أحمد أمين المدني，Aḥmad Amīn al-Madanī，1931—1995）
艾哈迈德•白拉格（أحمد البراق，Aḥmad al-Barrāq，？—1948）
艾哈迈德•白拉勒（أحمد بلال，Aḥmad Balāl，1952— ）
艾哈迈德•本•阿舒尔（أحمد بن عاشور，Aḥmad bn ‘āshūr，1907— ）
艾哈迈德•杜赫布尔（أحمد دحبور，Aḥmad Duḥbūr，1946— ）
艾哈迈德•法里斯•希德雅格（أحمد فارس الشدياق，1804—1888）
艾哈迈德•法萨图里（أحمد الفساطوري，Aḥamad al-Fasāṭūrī，？—1936）
艾哈迈德•哈里法•布谢哈布（أحمد خليفة بوشهاب，Aḥmad Khalīfah Būshahāb，1932—2002）
艾哈迈德•哈利法（أحمد محمد الخليفة，Aḥmad Muḥammad al-Khalīfah，1930—2004）
艾哈迈德•哈桑•宰雅特（أحمد حسن الزيات，Aḥmad Ḥasan az-Zayyāt，1880—1968）
艾哈迈德•海卡尔（أحمد هيكل，Aḥmad Haykal，1922—2006）
艾哈迈德•侯赛因•迈鲁尼（أحمد حسين المروني，Aḥmad Ḥusayn al-Marūnī，1919— ）
艾哈迈德•贾比尔（أحمد يوسف الجابر，Aḥmad Yūsuf al-Jābir，1903—1992）
艾哈迈德•拉希姆•盖德里（أحمد راسم قدري，Aḥmad Rāsim Qadrī，1906—1986）
艾哈迈德•赖加马尼（أحمد اللغماني，Aḥmad al-Laghmānī，1923—2015）
艾哈迈德•里达•胡胡（أحمد رضا حوحو，Aḥmad Riḍā Ḥūḥū，1911—1956）
艾哈迈德•鲁特菲（أحمد لطفي السيد，Aḥmad Luṭfī as-Sayyid，1872—1963）
艾哈迈德•马达维•迈加蒂（أحمد المعداوي المجاطي，Aḥmad al-Ma‘dāwī al-Majāṭī，1936— ）
艾哈迈德•马赫达维（أحمد رفيق المهدوي，Aḥmad Rafīq al-Mahdawī，1898—1961）
艾哈迈德•迈哈福兹•欧麦尔（أحمد محفوظ عمر，1936— ）
艾哈迈德•迈姆（أحمد ممّو，Aḥmad Mammū，1949— ）
艾哈迈德•穆哈莱姆（أحمد محرّم，Aḥmad Muḥrram，1871—1945）
艾哈迈德•穆罕默德•萨里赫（أحمد محمد صالح，Aḥmad Muḥammad Ṣāliḥ，1898—1973）
艾哈迈德•穆罕默德•沙米（أحمد محمد الشامي，Aḥmad Muḥammad ash-Shāmī，1919—2005）
艾哈迈德•欧奈齐（أحمد العنيزي，Aḥmad al-‘Unayzī，1929—2009）
艾哈迈德•萨菲•纳贾费（أحمد الصافي النجفي，Aḥmad aṣ-Ṣāfī an-Najfī，1894—1977）
艾哈迈德•塞拉维（أحمد السلاوي，Aḥmad as-Salāwī，1835—1897）
艾哈迈德•沙里夫（أحمد علي الشارف，Aḥmad ‘Alī ash-Shārif，1872—1959）

艾哈迈德·舍雷西（أحمد الشريشي，Aḥmad ash-Sharīshī，1161—1222/伊 556—619）

艾哈迈德·苏莱曼·艾哈迈德（أحمد سليمان الأحمد，Aḥmad Sulaymān al-Aḥmad，1926—1993）

艾哈迈德·苏维德（أحمد سويد，Aḥmad Suwayd，1927— ）

艾哈迈德·台木尔（أحمد تيمور，Aḥmad Taymūr，1871—1930）

艾哈迈德·希贾齐（أحمد عبد المعطي حجازي，Aḥmad ‘Abd al-Mu‘ṭī Ḥijāzī，1935— ）

艾哈迈德·易卜拉欣·法基赫（أحمد إبراهيم الفقيه，Aḥmad Ibrāhīm al-Faqīh，1942— ）

艾哈迈德·尤素福·达伍德（أحمد يوسف داود，Aḥmad Yūsuf Dāwūd，1945— ）

艾哈奈夫·欧克白里（الأحنف العكبري，al- Aḥnaf al-‘Ukbarī，?—995 /伊 375）

艾哈瓦斯（الأحوص，al-Aḥwaṣ，655—728/伊 35—110）

艾赫拉姆·穆斯苔嘉妮米（أحلام مستغانمي，Aḥlām Mustaghānimī，1953— ）

艾赫泰勒（الأخطل，al-Akhṭal，约 640—710/伊 20—92）

艾克赛姆·本·帅伊菲（أكثم بن صيفي，Aktham bn Ṣayfī，？—630/伊 9）

艾勒延·戴拉尼（أليان ديراني，Alyān Dayrānī，1909—1992）

艾迈勒·冬古勒（محمد أمل دنقل，Muḥammad Amal Dunqul，1940—1983）

艾敏·雷哈尼（أمين الريحاني，Amīn ar-Rīḥānī，1876—1940）

艾敏·奈赫赖（أمين نخلة，Amīn Nakhlah，1901—1976）

艾敏·萨利赫（امين صالح，Amīn Ṣāliḥ，1950— ）

艾敏·尤素福·乌拉布（أمين يوسف غراب，Amīn Yusūf Ghurāb，1911—1970）

艾尼斯·穆格戴西（أنيس المقدسي，Anīs al-Muqaddasī，1885—1977)

艾斯库比（إبراهيم الأسكوبي，Ibrāhīm al-Askūbī，1852—1913）

艾斯马伊（الأصمعي，al-Aṣma‘ī，约 740—831/伊 123—216）

艾扎勒（الغزال，al-Ghazzāl，772—864/伊 156—250）

艾扎维（أحمد الغزاوي，Aḥmad al-Ghazāwī，1901—1983）

爱德华·海拉特（أدوار الخراط，Adwār al-Kharrāṭ，1926—2015）

安萨里（الغزاليّ，al-Ghazālī，1059—1111/ 伊 450—505）

安塔拉（عنترة بن شداد，‘Antarah bn Shaddād，525—615）

奥斯（أوس بن حجر，Aws bn Ḥajar，？—554）

奥斯曼·阿里·努尔（عثمان علي نور，‘Uthmān ‘Alī Nūr，1923— ）

奥斯曼·穆罕默德·哈希姆（عثمان محمد هاشم，‘Uthmān Muḥammad Hāshim，1897—1981）

巴鲁迪（محمود سامي البارودي，Maḥmūd Sāmī al-Bārūdī，1838—1904）
巴希尔·哈德什·阿里（بشير خادش علي，Bashīr Khādsh ‘Alī，1920— ）
白戴维·杰拜勒（بدوي الجبل，Badawī al-Jabal，1900—1981）
白迪阿·哈基（بديع حقي，Badī‘ Ḥaqqī，1922—2000）
白哈·塔希尔（بهاء طاهر，Bahā’ Ṭāhir，1935— ）
白哈·祖海尔（البهاء زهير，al-Bahā’ Zuhayr，1186—1258/伊 581—656）
白兰德·海岱里（بلند الحيدر，Baland al-Ḥaydarī，1926—1996）
白勒杜尼（عبد الله البردوني，‘Abd al-Laāh al-Bardūnī，1925—1999）
白沙尔·本·布尔德（بشّار بن برد，Bashshār bn Burd，714—784/伊 95—168）
白希尔·本·赛拉麦（البشير بن سلامة，al-Bashīr bn Salāmah，1931— ）
白希尔·胡莱伊夫（البشير خريف，al-Bashīr Khurayf，1917—1983）
白雅帖（عبد الوهاب البياتي，‘Abd al-Wahāb al-Bayātī，1926—1999）
白伊斯（البعيث المجاشعي，al-Ba‘īth al-Mujāshi‘ī，?—751/伊 134）
拜伯尔斯（الظاهر بيبرس，aẓ-Ẓāhir Baybars，1260—1277/658—675 在位）
保鲁斯·赛拉迈（بولس سلامة，Bawlus Salāmah，1902—1979）
贝尔孤格（برقوق，Barqūq，1382—1398/伊 784—800 在位）
本萨利姆·哈米什（بنسالم حميش，Bansālim Ḥamīsh，1948— ）
毕什尔·本·穆尔台米尔（بشر بن المعتمر，Bishr bn al-Mu‘tamir，？—825/伊 210）
宾图·莎蒂（بنت الشاطئ，Bint ash-Shāṭi’，1912—1998）
布哈里（البخاري，al-Bukhārī，810—870/伊 194—256）
布赫图里（البحتري，al-Buḥturī，820—897/伊 204—284）
布特鲁斯·布斯塔尼（بطرس البستاني，Buṭrus al-Bustānī，1819—1883）
大艾阿沙（الأعشى الأكبر，al-A‘shā al-Akbar，530—629）
大穆拉基什(المرقّش الكبير，al-Muraggish al-Kabīr，?—522)
黛拉勒·哈里法（دلال خليفة，Dalāl Khlīfah）
迪阿比勒（دعبل بن الخزاعي，Di‘bil bn ‘Alī al-khuzā‘ī，765—860/ 伊 148—246）
迪库·金（ديك الجنّ，Dīku al-Jinn，774—849/伊 157—234）
杜尔突什（الطرطوشي，aṭ-Ṭurṭūshī，？—1126/伊 520）
杜赖伊德（دريد بن الصمّة，Durayd bn aṣ-Ṣimmah，？—630）

法德瓦·图甘（فدوى طوقان，Fadwā Ṭūqān，1920—2004）

法迪勒·本·阿舒尔（الفاضل بن عاشور，1909—1970）

法迪勒·海勒夫（فاضل الخلف，Fāḍil al-Khalf，1927— ）

法迪勒·西巴伊（فاضل السباعي，Fāḍil as-Sibā‘ī，1929— ）

法蒂玛·尤素福·阿里（فاطمة يوسف علي，Fāṭimah Yūsuf ‘Alī，1943— ）

法杜露（فضل الشاعرة，Faḍl ash-Shā‘irah，？—874/伊 260）

法尔哈·安东（فرح أنطون，Faraḥ Anṭūn，1874—1922）

法尔罕·拉希德·法尔罕（فرحان راشد فرحان，Farḥān Rāshid Farḥān，1931—1983）

法赫德·阿斯凯尔（فهد العسكر，Fahd al-‘Askar，1910—1951）

法赫德·杜瓦伊雷（فهد الدويري，Fahd ad-Duwayrī，1921—1999）

法赫里·盖阿瓦尔（فخري قعوار，Fakhrī Qa‘wār，1945— ）

法姬娅·拉希德（فوزية رشيد，Fawziyah Rashīd，1954— ）

法拉志·希瓦尔（فرج الحوار，Faraj al-Ḥiwār，1954— ）

法拉兹达格（الفرزدق，al-Farazdaq，641—732/伊 20—114）

法里斯·祖尔祖尔（فارس زرزور，Fāris Zurzūr，1930—2004）

法鲁格·舒舍（فاروق شوشة，Fārūq Shūshah，1936— ）

法鲁格·朱维戴（فاروق جويدة，Fārūq Juwaydah，1940— ）

法齐·马鲁夫（فوزي المعلوف，Fawzī al-Ma‘lūf，1899—1930）

法特希·加尼姆（فتحي غانم，Fatḥī Ghānim，1924—1999）

法图里（محمد الفيتوري，Muḥammad al-Faytūrī，1930—2015）

法扎里（محمد بن إبراهيم الفزاري，Muḥammad bn Ibrāhīm al-Fazārī，？—约796/伊180）

弗朗西斯·麦拉什（فرنسيس مراش，Furansīs Marāsh，1835—1874）

福阿德·艾福拉姆·布斯塔尼（فؤاد أفرام البستاني，Fuād Afrām al-Bustānī，1904—1994）

福阿德·萨伊卜（فؤاد الشايب，Fu’ād ash-Shāyib，1910—1970）

福阿德·泰克里利（فؤاد التكرلي，Fu’ād at-Takrilī，1927—2008）

嘎迪·法迪勒（القاضي الفاضل，al-Qāḍī al-Fāḍil，1134—1199/伊 528—595）

盖拉温（المنصور قلاوون，al-Manṣūr Galāwūn，1279—1290/伊 678—689 在位）

盖勒盖山迪（القلقشندي，al-Qalqashandī，1355—1418/伊 756—821）

盖玛尔·克来妮（قمر الكيلاني，Qamar al-Kalānī，1931—2011）

盖斯·本·迈克舒赫（قيس بن المكشوح，Gays bn al-Makshūḥ，？—657/伊 36）

盖斯·本·穆劳瓦哈（قيس بن الملوّح，Gays bn al-Mulawwaḥ，？—约 688/伊 70）

盖斯·本·宰利哈（قيس بن ذريح，Gays bn Dharīḥ，？—687/伊 68）

盖塔里·本·福加艾（قطري بن الفجاءة，Qaṭarī bn al-Fujā'ah，？—697/伊 79）

盖兹威尼（القزويني，al-Qazwīnī，？—1283/伊 682）

格桑·卡纳法尼（غسان كنفاني，Ghassān Kanafānī，1936—1972）

古塔米（القتامي，al-Qutāmī，？—710/伊91）

哈比卜·萨伊厄（حبيب الصايغ，Ḥabīb aṣ-Ṣayigh，1955— ）

哈菲兹·易卜拉欣（حافظ إبراهيم，Ḥāfiẓ Ibrāhīm，1871—1932）

哈芙莎（حفصة الركونية，Ḥafṣah ar-Rukūniyah，？—1190/伊 586）

哈加志·本·优素夫（الحجّاج بن يوسف，al-Ḥajjāj bn Yūsuf，661—714/伊 41—95）

哈拉智（الحلاّج,الحسين بن المنصور，al-Ḥallāj，858—922/伊 243—309）

哈雷斯·本·希里宰（الحارث بن حلزة，al-Ḥārith bn Ḥillizah，？—570）

哈里法·法赫里（خليفة فخري，Khalīfah Fakhrī，1942— ）

哈里法·侯赛因·穆斯塔法（خليفة حسين مصطفى，Khlīfah Ḥusayn Muṣṭafā，1944—2008）

哈里法·泰克伯利（خليفة التكبالي，Khalīfah at-Takbālī，1938—1966）

哈里法·泰利斯（خليفة التليس，Khalīfah at-Talīs，1930— ）

哈里法·瓦格彦（خليفة الوقيان，Khalīfah al-Waqyān，1942— ）

哈里里（الحريري，al-Ḥarīrī，1054—1122/伊 446—516）

哈利德·法拉季（خالد الفرج，Khālid al-Faraj，1898—1954）

哈利姆·巴尔卡特（حليم بركات，Ḥalīm Barkāt，1936— ）

哈伦·哈希姆·拉希德（هارون هاشم رشيد，Hārūn Hāshim Rashīd，1927— ）

哈马德·阿志赖德（حماد عجرد，？—778/伊161）

哈马德·拉维叶（حمّاد الراوية，Ḥammād ar-Rāwiyah，？—772）

哈米德·达曼胡尔（حامد دمنهوري，Ḥāmid Damanhūr，1922—1965）

哈米杜丁（حميد الدين البلخي，Ḥamīdu ad-Dīn al-Balakhī，？—1164/伊 559）

哈姆黛·宾特·齐亚德（حمدة بنت زياد，Ḥamīdu Bint Ziyād）

哈姆黛·海米斯（حمدة الخميس，Ḥamdah Khamīs，1946— ）

哈姆德·本·拉希德（حمد بن رشيد بن راشد，Ḥamd bn Rashīd bn Rāshid，1960— ）

哈姆德·赖马丹（حمود رمضان，Ḥamūd Ramaḍān，1906—1929）

哈姆宰·迈利克·坦白勒（حمزة الملك طنبل，Ḥmzah al-Malik Ṭanbal，1893—1960）

哈纳·米纳（حنّا مينه，Ḥannā Mīnah，1924—2018）

哈娜·谢赫（حنان الشيخ，Ḥanān ash-Shaykh，1945— ）

哈尼·拉希布（هانئ الراهب，Hāni’ ar-Rāhib，1939— ）

哈萨尼·本·沙比特（حسّان بن ثابت，Ḥassān bn Thābit，563—约 674/伊 54）

哈桑·阿卜杜拉·古莱希（حسن عبد الله القرشي，Ḥasan ‘Abd al-Lāh al-Qurashī，1934—2004）

哈桑·班纳（حسن البنّاء，Ḥasan al-Bannā’，1906—1953）

哈桑·布哈里（حسن البحيري，Ḥasan al-Buḥayrī，1921—1998）

哈桑·哈米德（حسن حميد，Ḥasan Ḥamīd，1955— ）

哈桑·卡米勒·赛莱菲（حسن كامل الصيرفي，Ḥasan kāmil aṣ-Ṣayrafī，1908—1984）

哈桑·奈斯尔（حسن نصر，Ḥasan Naṣr， 1937— ）

哈桑·尼阿迈（حسن علي نعمة， Ḥasan ‘Alī Ni‘mah，1943— ）

哈帖姆·塔伊(حاتم الطائي，Ḥātim aṭ-Ṭā’ī，？—605)

哈西布·凯亚里（حسيب الكيالي，Ḥasīb al-Kayālī，1921—1993）

哈希姆·艾拉伊拜（هاشم غرايبة，Hāshim Gharāyibah，1951— ）

哈娅·比谢赫（حياة بالشيخ，Ḥayah Bi-shaykh）

哈伊达尔·希里（حيدر الحلّي，Ḥaydar al-Ḥillī，1831—1887）

哈伊戴尔·哈伊戴尔（حيدر حيدر， Ḥaydar Ḥaydar，1936— ）

海德尔·奈卜沃（خضر نبوة，Khaḍr Nabuwah，1935— ）

海兑尔·阿卜杜·埃米尔（خضير عبد الأمير，Khaḍīr ‘Abd al-Amīr）

海莱夫·艾哈迈尔（خلف الأحمر，Khalaf al-Aḥmar，？—796/伊 180）

海勒凡·本·穆斯比赫（خلفان بن مصبح，Khalfān bn Muṣbiḥ，1921—1945）

海勒夫·艾哈迈德·海勒夫（خلف أحمد خلف，Khalf Aḥmad Khalf，1946— ）

海利·舍莱比（خيري شلبي，Khayrī Shalabī，1938—2011）

海利勒（الخليل بن أحمد，al-Khalīl bn Aḥmad，718—789）

海利勒·哈维（خليل الخاوي，Khalīl al-Khāwī，1925—1982）

海利勒·马尔达姆（خليل مردم，Khalīl Mardam，1895—1959）

海利勒·台基丁（خليل تقي الدين，Khalīl Taqī ad-Dīn，1906—1987）

海利勒·辛达维（خليل الهنداوي，Khalīl al-Hindāwī，1906—1976）

海利勒·雅齐吉（خليل اليازجي，Khalīl al-Yāzijī，1856—1889）

海鲁丁（خير الدين，Khayr ad-Dīn，1822—1889）

海鲁丁·齐里克利（خير الدين الزركلي，Khayru ad-Dīn az-Ziriklī，1893—1976）

海娜塞·白努娜（خناثة بنونة，1940— ）

韩莎（الخنساء，al-Khasā'，575—664）

赫利勒·贝德斯（خليل بيدس，Khalīl Baydas，1875—1949）

赫利勒·胡里（خليل الخوري，Khalīl al-khūrī，1836—1907）

赫利勒·赛卡吉尼（خليل السكاكيني，Khalīl as-Sakākīnī，1878—1953）

赫迈扎尼（بديع الزمان الهمذاني，Badī' az-Zamān al-Hamadhānī，969—1007/伊 358—397）

侯奈因·本·伊斯哈格（حنين بن إسحاق，809—873/伊193—259）

侯赛因·加纳伊（حسين الغناي，Ḥusayn al-Ghanāy，1921—1991）

侯赛因·杰宰里（حسين الجزر，Ḥusayn al-Jazarī，？—约 1625 / 伊 1034）

侯赛因·西拉季（حسين السراج，Ḥusayn Sirāj，1912—2007）

侯斯尼·法里兹（حسني فريز，Ḥusnī Farīz，1907—1990）

侯斯尼·宰德·凯拉尼（حسني زيد الكيلاني，Ḥusnī Zayd al-Kaylānī，1910—1979）

侯忒艾（الحطيئة，al- Ḥuṭay'ah，？—679/伊 59）

胡布祖乌尔吉（الخبزأرزي，al-Khubzu'urzī，？—942 / 伊 330）

吉拉里·海拉斯（جيلالي خلاص，Jīlālī Khalāṣ，1952— ）

吉里·阿卜杜·拉赫曼（جيلي عبد الرحمن，Jīlī 'Abd ar-Raḥmān，1931—1990）

纪伯伦（全名：纪伯伦·海利勒·纪伯伦，جبران خليل جبران，Jubrān Khalīl Jubrān，1883—1931）

加法尔·马吉德（جعفر ماجد，Ja'far Mājid，1940—2009）

加里布·海勒萨（غالب هلسا，Ghālib Halsā，1932—1989）

加尼姆·戴巴厄（غانم الدباغ，Ghānim ad-Dabbāgh，1923—1991）

加齐·古赛伊比（غازي القصيبي，Ghāzī al-Quṣaybī，1940—2010）

加伊卜·塔阿迈·法尔曼（غائب طعمة فرمان，Ghā'ib Ṭa'mah Farmān，1928—1990）

嘉黛·萨曼（غادة السمان，Ghādah as-Sammān，1942— ）

贾吉碧娅·西德基（جاذبية صدقي，Jādhibiyah Ṣidqī，1920—2001）

贾瓦希里（محمد مهدي الجواهري，Muḥammad Mahdī al-Jawāhirī，1900—1998）

贾希兹（الجاحظ，al-Jāḥiẓ，775—868/伊 159—255）
简·凯山（جان الكسان，Jān al-Kasān，1935— ）
杰卜拉伊勒·德拉勒（جبرائيل الدلال，Jabrā'īl ad-Dallāl，1836—1892）
杰布拉·易卜拉欣·杰布拉（جبرا إبراهيم جبرا，Jabrā Ibrāhīm Jabrā，1920—1994）
杰哈翟（جحظة，Jaḥẓah，839—936/伊 224—324）
杰赫希亚里（الجهشياري，al-Jahshyārī，？—942/伊330）
杰丽莱·宾特·穆莱（جليلة بنت مرّة，Jalīlah bint Murrah，？—538）
杰马勒·哈伊迪（جمال حمدي，Jamāl Ḥamdī，1935— ）
杰马勒·海亚特（جمال الخيات，Jamāl al-Khayyāt，1958— ）
杰马勒·黑塔尼（جمال الغيطاني，Jamāl al-Ghayṭānī，1945—2015）
杰马勒·纳吉（جمال ناجي，Jamāl Nājī，1954— ）
杰米勒·阿蒂亚·易卜拉欣（جميل عطية إبراهيم，Jamīl 'Aṭiyah Ibrāhīm，1937— ）
杰米勒·艾布·苏拜赫 (جميل أبو صبيح，Jamīl Abū Ṣubayḥ，1951—)
杰瓦德·赛达维（جواد صيداوي，Jawād Ṣaydāwī，1932—2018）
杰扎尔（全名：艾布·侯赛因·杰扎尔，أبو حسين الجزار，Abū Ḥusayn al-Jazzār，1204—1281/伊 600—679）
卡提布·亚辛（كاتب ياسين，Kātib Yāsīn，1929—1989）
卡西姆·艾敏（قاسم أمين，Qāsim Amīn，1863—1908）
卡西姆·哈达德（قاسم الحداد，Qāsim Ḥaddād，1948— ）
卡西姆·陶菲格（قاسم توفيق，Qāsim Tawfīq，1954— ）
凯耳卜·本·祖海尔 (كعب بن زهير，Ka'b bn Zuhair，?—662/伊 24)
凯莱姆·穆勒哈姆（كرم ملحم كرم，Karam Mulḥam Karam，1903—1959）
凯马勒·纳赛尔（كمال ناصر，Kamāl Nāṣir，1925—1973）
凯马勒丁·本·艾阿马（كمال الدين الأعمى，Kamāl ad-Dīn al-A'mā，？—1292/伊 691）
库勒苏姆·杰布尔（كلثم جبر，Kulthum Jabr，1958— ）
库雷特·扈利（كليت الخوري，Kulayt Khūrī，1936— ）
库迈伊特（الكميت，al-Kumayt，679—744/伊 60—126）
库赛伊尔·阿宰（كثير عزة，Kuthayyir 'Azzah，665—723/伊 45—105）
库沙基姆（الكشاجم，Kashājim，903—970/伊 290—360）

拉齐（أبو بكر الرازي，Abū Bakr ar-Rāziy，864—923/伊 249—310）

拉希德·阿卜杜拉（رشيد عبد الله，Rashīd ‘Abd al-Lāh，1937— ）

拉希德·艾尤布（رشيد أيوب，Rashīd Ayūb，1872—1941）

拉希德·布杰德拉（رشيد بو جدرة，Rashīd Bū Jadrah，1941— ）

拉希德·伊萨（راشد عيسى，Rāshid ‘Īsā，1951— ）

拉祖格·法赖志（رزوق فرج رزوق，Razūq Faraj Razūq，1923—2002）

莱比德（لبيد بن ربيعة，Labīd bn Lubay‘ah，560—661）

莱娣法·泽娅特（لطيفة زيات，Laṭīfah Zayyāt，1923—1996）

莱丽拉·阿希朗（ليلى عسيران，Laylā ‘Asīrān，1933—2007）

莱丽拉·巴阿莱贝姬（ليلى البعلبكي，Laylā Ba‘labakī，1936— ）

莱伊拉·艾布·宰德（ليلى أبو زيد，Laylā Abū Zayd，1950— ）

莱伊拉·艾赫叶丽娅（ليلى الأخيلية，Laylā al-Akhyalīyah，？—约 709/伊 90）

莱伊拉·奥斯曼（ليلى عثمان，Laylā ‘Uthmān，1945— ）

莱伊拉·玛米（ليلى مامي，Laylā Māmī，1949— ）

赖比欧·布沙麦（الربيع بو شامة，ar-Rabī‘ bū Shāmah，1916—1959）

赖沙德·艾布·沙维尔（رشاد أبو شاور，Rashād Abū Shāwir，1942— ）

赖西德·纳绥里（رشيد الناصري，Rashīd an-Nāṣirī，1920—1963）

赖希德·赛里姆·胡利（رشيد سليم الخوري，Rashīd Salīm al-Khūrī，1887—1954）

雷德娃·阿舒尔（رضوى عاشور，Riḍwā ‘āshūr，1946— ）

雷法阿·塔赫塔维（رفاعة الطهطاوي，Rifā‘ah aṭ-Ṭahṭāwī，1801—1873）

雷兹格拉·哈松（رزق الله حسون，Rizq al-Lāh Ḥasūn，1825—1880）

鲁拜伊（عبد الرحمن مجيد الربيعي，‘Abd ar-Raḥmān Majīd ar-Rubay‘ī，1939— ）

鲁迈赫（محمد العامر الرميح，Muḥammad al-‘āmir ar-Rumayḥ，1930—1980）

鲁萨菲（معروف الرصافي，Ma‘rūf ar-Ruṣāfī，1875—1945）

鲁特菲·加法尔·艾曼（لطفي جعفر أمان，Luṭfī Ja‘far Amān，1928—1972）

鲁特菲·赛伊德（لطفي السيد，Luṭfī as-Sayyid，1872—1963）

马吉德·本·萨利赫·哈里菲（ماجد بن صالح الخليفي，Mājid bn Ṣāliḥ al-Khalīfī，1873—1907）

马立克（مالك بن أنس，Mālik bn Anas，712—795/伊 93—179）

马立克·哈达德（مالك حداد，Mālik Ḥaddād，1927—1978）

马龙·阿布德（مارون عبود，Mārūn ‘Abūd，1886—1962）

马龙·奈卡什（مارون النقّاش，Mārūn an-Naqqāsh，1817—1855）

马尼阿·欧台白（منيع العتيبة，Māni‘ al-‘Utaybah，1946—　）

玛斯欧黛·艾布·伯克尔（مسعودة أبو بكر，Mas‘ūdah Abū Bakr，1954—　）

迈阿鲁夫·爱纳乌特（معروف الأرناؤوط，Ma‘rūf al-Arnā’ūṭ，1892—1948）

迈达尼·本·萨利赫（الميداني بن صالح，Al-Maydānī bn Ṣāliḥ，1929—2006）

迈盖雷·特莱姆森尼（المقرّي التلمساني，al-Maqrrī at-Tilamsānī，？—1631/伊 1041）

迈哈穆德·艾哈迈德·赛义德（محمود أحمد السيد，Maḥmūd Aḥmad as-Sayyid，1903—1937）

迈哈穆德·白戴维（محمود بدوي，Maḥmūd Badawī，1912—1986）

迈哈穆德·达尔维什（محمود درويش，Maḥmūd Darwīsh，1941—2008）

迈哈穆德·盖巴杜（محمود قبادو，Maḥmūd Qabādū，1814—1871）

迈哈穆德·胡赛比（محمود الخصيبي，Maḥmūd al-khuṣaybī，1927—1998）

迈哈穆德·迈斯阿迪（محمود المسعدي，Maḥmūd al-Mas‘adī，1911—2004）

迈哈穆德·纳迪姆·本·穆萨（محمود نديم بن موسى，Maḥmūd Nadīm bn Mūsā，1879—1937）

迈哈穆德·赛义德·杰拉戴（محمود سعيد جرادة，Maḥmūd Sa‘īd Jarādah，1927—　）

迈哈穆德·塔希尔·哈基（محمود طاهر حقي，Maḥmūd Ṭāhir Ḥaqqī，1884—1965）

迈哈穆德·塔希尔·拉辛（محمود طاهر لاشين，Maḥmūd Ṭāhir Lāshīn，1894—1954）

迈哈穆德·台木尔（محمود تيمور，Maḥmūd Taymūr，1894—1973）

迈哈穆德·瓦拉格（محمود الوراق，Maḥmūd al-Warrāq，？—844/伊 230）

迈吉德·图比亚（مجيد طوبيا，Majīd Ṭūbiyā，1938—　）

迈姆杜赫·欧德万（ممدوح عدوان，Mamdūḥ ‘Adwān，1941—2004）

迈斯欧德·赛马哈（مسعود سماحة，Mas‘ūd Samāḥah，1882—1946）

迈斯欧迪（المسعودي，al-Mas‘ūdī，？—957/伊 346）

迈瓦希布·凯亚里（مواهب الكيالي，Mawāhib al-Kayālī，1918—1977）

麦阿里（全名：艾布·阿拉·麦阿里，أبو العلاء المعري，Abū al-‘Alā’ al-Ma‘arrī，973—1057/伊 363—449）

麦安·本·扎伊戴（معن بن الزائدة，Ma‘an bn az-Zā’idah，？—768/伊 150）

麦格里齐（المقريزي，al-Maqrīzī，1364—1442/伊 765—846）

麦赫迪·伊萨·萨格尔（مهدي عيسى الصقر，Mahdī ‘Īsā aṣ-Ṣaqr，1927—2006）

麦因·白西苏（معين بسيسو，Ma'īn Basīsū，1925—1984）
曼法鲁蒂（全名：穆斯塔法·曼法鲁蒂مصطفى المنفلوطي，Muṣṭafā al-Manfalūṭī，1876—1924）
毛希丁·法里斯（محيي الدين فارس，Muḥayī ad-Dīn Fāris，1932— ）
梅·齐雅黛（مي زيادة，May Ziyādah，1886—1941）
蒙齐尔·本·玛·赛玛（المنذر بن ماء السماء，al-Mudhir bn Mā' as-Samā'，514—554）
孟绥夫·穆兹伊尼（المنصف المزغني，al-Munṣif al-Muzghinī，1954— ）
孟绥夫·瓦哈伊比（المنصف الوهايبي，al-Munṣif al-Wahāyibī，1949— ）
米尔扎格·巴格塔什（مرزاق بقتاش，Mirzāq Baqtāsh，1945— ）
米赫亚尔·德莱米（مهيار الديلمي，Mihyār ad-Daylamī，970—1037/伊 360—428）
米沙尔·马鲁夫（مشال معلوف，Mishāl Ma'lūf，1889—1943）
米松·宾特·白赫黛勒（ميسون بنت بحدل，Maysūn Bint Baḥdal，？—700）
穆阿台米德·本·阿巴德（المعتمد بن عباد，al-Mu'tamid bn 'Abbād，1040—1095/伊 431—488）
穆阿威叶·努尔（معاوية محمد نور，Mu'āwiyah Muḥammad Nūr，1909—1942）
穆巴拉克·本·赛伊夫（مبارك بن سيف，Mubārak bn Sayf，1952— ）
穆巴拉克·赖比厄（مبارك ربيع，Mubārak Rabī'，1935— ）
穆巴拉克·欧盖伊里（مبارك العقيلي，Mubārak al-'Uqaylī，1875—1955）
穆巴赖德（المبرّد，al-Mubarrad，826—898/伊 211—285）
穆法德勒·丹比（المفضّل الضبّي，al-Mufaḍḍal aḍ-Ḍabbī，718—794/伊 100—178）
穆夫迪·宰克里亚（مفدي زكريا，Mufdī Zakriyā，1908—1977）
穆哈伊丁·沙比尔（محيي الدين صابر，Muḥayy ad-Dīn Ṣābir，1919—2003)
穆海勒希勒（المهلهل，al-Muhalhil，？—531）
穆罕默德（محمد，Muḥammad，570—632）
穆罕默德·阿巴斯·艾布·雷什（محمد عباس أبو الريش，Muḥammad 'Abbās Abū ar-Rīsh，1908—1935）
穆罕默德·阿卜笃·耶马尼（محمد عبده يماني，Muḥammad 'Abduh Yamānī，1939—2010）
穆罕默德·阿卜杜·哈里姆·阿卜杜拉（محمد عبد الحليم عبد الله，Muḥammad 'Abd al-Ḥalīm 'Abd al-Lāh，1913—1970）
穆罕默德·阿卜杜·麦利克（محمد عبد الملك，Muḥammad 'Abd al-Malik，1944— ）
穆罕默德·阿卜杜·瓦利（محمد عبد الوالي，Muḥammad 'Abd al-Wālī，1940—1973）

穆罕默德·阿布迪（محمد العبودي, Muḥammad al-'Abūdī, 1926— ）

穆罕默德·阿布笃（محمد عبده, Muḥammad 'Abduh, 1849—1905）

穆罕默德·阿布笃·加尼姆（محمد عبده غانم, Muḥammad 'Abduh Ghānim, 1912— ）

穆罕默德·阿里（محمد علي, Muḥammad 'Alī, 1769—1849）

穆罕默德·阿里·阿勒万（محمد علي علوان, Muḥammad 'Alī 'Alwān, 1942— ）

穆罕默德·阿里·易卜拉欣·鲁格曼（محمد علي إبراهيم لقمان, Muḥammad 'Alī Ibrāhīm Luqmān, 1898—1966）

穆罕默德·阿鲁西·马特维（محمد العروسي المطوي, Muḥammad al-'Arūsī al-Matwī, 1920—2005）

穆罕默德·阿齐兹·哈巴比（محمد عزيز الحبابي, Muḥammad 'Azīz al-Ḥabābī, 1922—1993）

穆罕默德·阿舍里（محمد عشري, Muḥammad 'Ashrī, 1908—1972）

穆罕默德·艾布·辛奈（محمد إبراهيم أبو سنة, Muḥammad Ibrāhīm Abū Sinnah, 1937— ）

穆罕默德·艾哈迈德·迈哈朱布（محمد أحمد محجوب, Muḥammad Aḥmad Mahjūb, 1910—1976）

穆罕默德·艾敏·哈菲（محمد أمين الحافي, Muḥammad Amīn al-Ḥāfī, 1916—1998）

穆罕默德·艾敏·扎维（محمد أمين الزاوي, Muḥammad Amīn az-Zāwī, 1956— ）

穆罕默德·奥贝德·艾巴什（محمد عبيد غبّاش, Muḥammad 'Ubeyd Ghabbāsh, 1952— ）

穆罕默德·巴吉尔·舍比比（محمد الباقر الشبيبي, Muḥammad al-Bāqir ash-Shabībī, 1889—1960）

穆罕默德·巴拉达（محمد برادة, Muḥammad Barrādah, 1938— ）

穆罕默德·巴希尔·易卜拉希米（محمد البشير الإبراهيمي, Muḥammad al-Bashīr al-Ibrāhīmī, 1889—1965）

穆罕默德·白赖姆（محمد بيرم, Muḥammad Bayram, 1840—1889）

穆罕默德·白萨提（محمد البساطي, Muḥammad al-Basāṭī, 1941— ）

穆罕默德·白希尔·赛弗尔（محمد البشير صفر, Muḥammd al-Bashīr Ṣafr, 1863—1917）

穆罕默德·本·阿比德·杰拉里（محمد بن العابد الجلالي, Muḥammad bn al-'Ābid al-Jalālī, 1890—1968）

穆罕默德·本·阿卜杜拉·逊尼（محمد بن عبد الله السنّي）

穆罕默德·本·哈迪尔（محمد بن حاضر, 1948—2011）

穆罕默德·本·胡杰（محمد بن الخوجة, Muḥammad bn al-Khūjah, 1869—1943）

穆罕默德·本·易卜拉欣（محمد بن إبراهيم, Muḥammad bn Ibrāhīm, 1806—? ）

穆罕默德·比兹姆（محمد البزم, Muḥammad al-Bizm, 1887—1955）

穆罕默德·迪布（محمد ديب，Muḥammad Dīb，1920—2003）

穆罕默德·法里德（محمد فريد أبو حديد，Muḥammad Farīd Abū Ḥadīd，1893—1967）

穆罕默德·法伊兹（محمد الفائز，Muḥammad al-Fā'iz，1937— ）

穆罕默德·盖尔迈提（محمد القرمطي，Muḥammad al-Qarmaṭī，1954— ）

穆罕默德·古特伯（محمد قطبة，Muḥammad Quṭbah，1955— ）

穆罕默德·哈莱维（محمد الحلوي，Muḥammad al-Ḥalawī，1922—2004）

穆罕默德·哈里法·阿迪叶（محمد خليفة العطية，Muḥammad Khalīfah al-'Aṭiyah，1962— ）

穆罕默德·哈桑·法基（محمد حسن فقي，Muḥammad Ḥasan Faqī，1914—2004）

穆罕默德·海姆舍里（محمد عبد المعطي الهمشري，Muḥammad 'Abd al-Mu'ṭī al-Hamsharī，1908—1938）

穆罕默德·侯赛因·海卡尔（محمد حسين هيكل，Muḥammad Ḥusayn Haykal，1888—1956）

穆罕默德·扈齐（محمد الغزي，Muḥammad al-Ghuzzī，1949— ）

穆罕默德·吉卜利勒（محمد جبريل，Muḥammad Jibrīl，1938— ）

穆罕默德·库尔德·阿里（محمد كرد علي，Muḥammad Kurd 'Alī，1876—1953）

穆罕默德·里达·舍比比（محمد رضى الشبيبي，Muḥammad Riḍā ash-Shabībī，1887—1966）

穆罕默德·马尔祖基（محمد المرزوقي，Muḥammad al-Marzūqī，1916—1981）

穆罕默德·迈赫迪·白绥尔（محمد مهدي البشير，Muḥammad Mahdī al-Basīr，1896—1974）

穆罕默德·迈穆尼（محمد الميموني，Muḥammad al-Maymūnī，1936— ）

穆罕默德·迈纳舒（محمد مناشو，Muḥammad Manāshū，1884—1933）

穆罕默德·迈斯欧德·阿杰米（محمد مسعود العجمي，Muḥammad Mas'ūd al-'Ajamī，1956— ）

穆罕默德·米格达德（محمد المقداد，Muḥammad al-Miqdād，1875—1950）

穆罕默德·米拉德·穆巴拉克（محمد ميلاد المبارك，Muḥammad Mīlād al-Mubārak，1922— ）

穆罕默德·穆尔（محمد المرّ，Muḥammad al-Murr，1955— ）

穆罕默德·穆尼尔·布尔欧绥（محمد منير البرعصي，Muḥammad Munīr al-Bur'uṣī，1911—1990）

穆罕默德·穆维利希（محمد المويلحي，Muḥammad al-Muwayliḥī，1868—1930）

穆罕默德·纳迪姆·伊本·穆萨（محمد نديم ابن موسى，Muḥammad Nadīm ibn Mūsā，1876—1938）

穆罕默德·奈加尔（محمد النجار，Muḥammad an-Najjār，1910—1967）

穆罕默德·努尔·赛伊夫（محمد نور سيف，Muḥammad Nūr Sayf，1905—1983）

穆罕默德·欧麦尔·阿拉卜（محمد عمر عرب，Muḥanmmad 'Umar 'Arab，1900—1955）

穆罕默德·欧麦尔·班纳（محمد عمر البنا，Muḥammad ʻUmar al-Bannā，1848—1919）
穆罕默德·欧姆兰（محمد عمران，Muḥammad ʻUmrān，1943— ）
穆罕默德·萨巴厄（محمد الصباغ，Muḥammad aṣ-Ṣabbāgh，1927—2013）
穆罕默德·萨利赫·海岱拉（محمد صالح حيدرة，Muḥammad Ṣāliḥ Ḥaydarah，1952— ）
穆罕默德·萨利赫·加比里（محمد صالح الجابري，Muḥammad Ṣāliḥ al-Jābirī，1941—2009）
穆罕默德·赛努西（محمد السنوسي，Muḥammad as-Sanūsī，1850—1900）
穆罕默德·赛义德·阿巴西（محمد سعيد عباسي，Muḥammad Saʻīd ʻAbbāsī，1881—1963）
穆罕默德·赛义德·阿尔扬（محمد سعيد العريان，Muḥammad Saʻīd ʻAryān，1905—1964）
穆罕默德·赛义德·侯布比（محمد سعيد الحبوبي，Muḥammad Saʻīd al-Ḥubūbī，1849—1915）
穆罕默德·赛义德·杰拉戴（محمد سعيد جرادة，Muḥammad Saʻīd Jarādah，1927—1991）
穆罕默德·赛义德·扎希里（محمد سعيد الظاهري，Muḥammad Saʻīd aẓ-Ẓāhirī，1899—1956）
穆罕默德·沙伊希（محمد الأخضر السائحي，Muḥammad a-Akhḍar as-Sāʼiḥī，1918—2005）
穆罕默德·沙兹里·哈兹纳达尔（محمد الشاذلي خزنه دار，Muḥammad ash-Shādhlī Khaznah Dār，1879—1954）
穆罕默德·舍里吉（محمد الشرقي，Muḥammad ash-Sharīqī，1898—1970）
穆罕默德·舒克里（محمد شكري，Muḥammad Shukrī，1935—2003）
穆罕默德·苏莱玛尼（محمد السليماني，Muḥammad as-Sulaymānī，1863—1925）
穆罕默德·塔伊布·艾什海布（محمد الطيب الأشهب，Muḥammad aṭ-Ṭayyib al-Ashhab，1909—1958）
穆罕默德·台木尔（محمد تيمور，Muḥammad Taymūr，1892—1921）
穆罕默德·西巴伊（محمد السباعي，Muḥammad as-Sibāʻī，?—1921）
穆罕默德·谢拉菲（محمد الشرفي，Muḥammad ash-Sharafī，1940—2013）
穆罕默德·谢里夫·西巴尼（محمد شريف الشيباني，Muḥammad Sharīf ash-Shaybānī，1930—1998）
穆罕默德·叶海亚（محمد يحيى，Muḥammad Yaḥyā，1931— ）
穆罕默德·伊德（محمد العيد，Muḥammad al-ʻīd，1904—1979）
穆罕默德·伊宰·戴鲁宰（محمد عزة دروزة，Muḥammd ʻIzzah Darūzah，1887—1984）
穆罕默德·伊兹丁·塔吉（محمد عزّ الدين التازي，Muḥammad ʻIzz ad-Dīn at-Tāzī，1948— ）
穆罕默德·易卜拉欣·达克鲁卜（محمد إبراهيم دكروب，Muḥammad Ibrāhīm Dakrūb，1929—2013）
穆罕默德·宰福扎夫（محمد زفزاف，Muḥammad Zafzāf，1946—2001）

穆罕默德·祖尔盖（محمد الزرقة，Muḥammad az-Zurqah，1945— ）
穆吉尔丁·本·台米姆（مجير الدين بن تميم الأسعردي，Mujīr ad-Dīn bn Tamīm al-As'ardī，？—1286/伊 685）
穆拉德·西巴伊（مراد السباعي，Murād as-Sibā'ī，1914—2002）
穆鲁德·费拉翁（مولود فرعون，Mawlūd Far'ūn，1913—1962）
穆鲁德·马默里 （مولود معمري，Mawlud Ma'marī，1917—1989）
穆纳海勒·叶什库里（المنخّل اليشكري，al-Munakhkhal al-Yashkurī，？—603）
穆瑙瓦尔·赛马迪赫（منور صمادح，Munawwar Ṣamādiḥ，1931—1998）
穆尼斯·拉扎兹（مؤنس الرزاز，Mu'nis ar-Razzāz，1951—2002）
穆赛吉布·阿卜迪（المثقب العبدي，al-Muthaqqib al-'Abdī，？—587）
穆赛叶布·本·阿赖斯（المسيّب بن علس，al-Musayyab bn 'Alas，？—580）
穆斯林·本·瓦立德（مسلم بن الوليد，Muslim bn al-Walīd，757—823/ 伊 140—208）
穆斯林·本·哈加志（مسلم بن الحجّاج，Muslim bn al-Ḥajjāj，?—875/伊 261）
穆斯塔法·阿加（مصطفى آغه，Muṣṭafā 'Āghah，1877—1946）
穆斯塔法·本·宰克里（مصطفى بن الزكري，Muṣṭafā bn az-Zakrī，1853—1918）
穆斯塔法·法里斯（مصطفى الفارسي，Muṣṭafā al-Fārisī，1931— ）
穆斯塔法·哈比布·白哈里（مصطفى الحبيب بحري，Muṣṭafā al-Ḥabīb Baḥrī，1932— ）
穆斯塔法·胡莱伊夫（مصطفى خليّف，Muṣṭafā Khulayyif，1909—1967）
穆斯塔法·卡米勒（مصطفى كامل，Muṣṭafā Kāmil，1874—1908）
穆斯塔法·曼法鲁蒂（مصطفى المنفلوطي，Muṣṭafā al-Manfalūṭī，1876—1924）
穆斯塔法·瓦赫比·坦勒（مصطفى وهبي التلّ，Muṣṭafā Wahbī at-Tall，1899—1949）
穆塔阿·萨弗迪（مطاع صفدي，Muṭā' Ṣafdī，1929—2016）
穆台希尔·艾尔雅尼（مطهر الأرياني，Muṭahhir al-Aryānī，1933—2016）
穆太莱米斯（المتلمس，al-Mutalammis，？—580）
穆太奈比（أبو الطيب المتنبّي，Abū aṭ-Ṭayyib al-Mutanabbī，915—965/伊 303—354）
穆忒耳·本·伊雅斯（مطيع بن إياس，Muṭī' bn Iyās，？—785/伊 168）
穆特朗（خليل المطران，Khalīl al-Muṭrān，1872—1949）
穆瓦法格·海德尔（موفق خضر，Muwaffaq Khaḍr）
穆扎法尔·哈只·穆扎法尔（مظفّر حاجّ مظفّر）

穆扎法尔·素丹（مظفر سلطان，Muẓaffar Sulṭān，1911—1991）

纳比埃·贾迪（النابغة الجعدي，an-Nābighah al-Ja‘dī，？—684 / 伊 65）

纳比埃·祖卜雅尼（النابغة الذبياني，an-Nābighah adhu-Dhubyānī，535—604）

纳比勒·苏莱曼（نبيل سليمان，Nabīl Sulaymān，1945— ）

纳蒂莱·苔巴尤妮娅（نتيلة التباينية，Natīlah at-Tabāyuniyah，1949— ）

纳吉布·哈达德（نجيب الحدّاد，Najīb al-Ḥaddād，1867—1899）

纳吉布·马哈福兹（نجيب محفوظ，Najīb Maḥfūẓ，1911—2006）

纳吉娅·沙米尔（ناجية ثامر，Nājiyah Thāmir，1926—1988）

纳赛尔·纪伯伦（ناصر جبران，Nāṣir Jubrān，1952— ）

纳赛尔·扎希里（ناصر الظاهر，Nāṣir aẓ-Ẓāhirī，1960— ）

纳绥夫·雅齐吉（ناصيف اليازجي，Nāṣīf al-Yāzijī，1800—1871）

纳娃勒·赛尔达薇（نوال السعداوي，Nawāl as-Sa‘dāwī ，1930— ）

纳西布·阿雷达（نسيب عريضة，Nasīb ‘Arīḍah，1887—1946）

纳西布·伊赫体亚尔（نسيب الاختيار，Nasīb al-Ikhtiyār，1910—1972）

纳伊姆·阿舒尔（نعيم عاشور，Na‘īm ‘Āshūr，1948— ）

纳扎姆（النظّام，an-Naẓẓām，？—845/伊 230）

娜齐克·梅拉伊卡（نازك الملائكة，Nāzik al-Malā’ikah，1923—2007）

奈赫赖·祖莱格（نخلة زريق，Nakhlah Zurayq，1859—1921）

奈萨仪（النسائي，an-Nasā’ī，?—915/伊 303）

尼阿迈拉·哈志（نعمة الله الحاجّ，1889—1978）

尼阿麦·卡赞（نعمة قازان，Ni‘mah Qāzān，1908—1979）

尼扎尔·格巴尼（نزار قباني，Nizār Qabbānī，1923—1998）

尼扎尔·穆艾伊德·阿兹姆（نزار مؤيد العظم，Nizār Mu’ayyid al-‘Aẓm，1930—1989）

尼扎尔·赛里姆（نزار سليم，Nizār Salīm，1925—1983）

努埃曼（مخائيل نعيمة，Mikhā’īl Nu‘aymah，1889—1988）

努尔丁·赛姆德（نور الدين صمود，Nūr ad-Dīn Ṣamūd，1932— ）

努尔曼·盖沙忒里（نعمان القساطلي，Nu‘mān al-Qasāṭalī，1854—1920）

努赛布·本·赖巴赫（نصيب بن رباح，？—724/728/伊105/109）

欧巴岱·本·马·赛马（عبادة بن ماي السماء，‘Ubādah bn Mā’ as-Samā’，？—1030/伊 421）

欧尔沃·本·沃尔德（عروة بن الورد，‘Urwah bn al-Ward，？—596）

欧盖勒·本·阿蒂叶（عقيل بن عطية，‘Uqayl bn ‘Aṭiyah，？—1211/伊 607）

欧莱娅·宾特·麦赫迪（علية بنت المهدي，‘Ulayyah bint al-Mahdī，776—825/伊 160—210）

欧迈里（محمد العمري，Muḥammad al-‘Umarī，？—1945）

欧麦尔·本·艾比·赖比阿（عمر بن أبي ربيعة，‘Umar bn Abī Rabī‘ah，644—711/伊 23—93）

欧麦尔·本·吉纳（عمر بن قينة，‘Umar bn Qīnah，1944—　）

欧麦尔·达嘎格（عمر الدقاق，‘Umar ad-Daqqāq，1927—　）

欧麦尔·胡法里（عمر الفاخوري，‘Umar Fākhūrī，1869—1946）

欧麦尔·穆赫塔尔（عمر المختار，‘Umar al-Mukhtār，1862—1931）

欧麦尔·赛伊迪·盖里比（عمر السعيدي الغريبي，‘Umar as-Sa‘īdī al-Gharībī，1936—　）

欧斯曼·杰拉勒（محمد عثمان جلال，Muḥammad ‘Uthmān Jalāl，1828—1898）

蒲绥里（البوصيري الدين شرف，Sharaf ad-Dīn al-Būṣīrī，1212—1296/伊 608—695）

齐尔雅卜（زِرْياب，Ziryāb，?—约 845/伊 230）

齐亚德·阿里（زياد علي，Ziyād ‘Alī，1949—　）

茜赫尔·哈里法（سحر خليفة，Siḥr Khlīfah，1941—　）

乔治·哈纳（جورج حنا，Jawraj Ḥannā，1893—1993）

乔治·萨利姆（جورج سالم，Jawrj Sālim，1933—1976）

乔治·宰丹（جرجي زيدان，Jarjī Zaydān，1861—1914）

让·阿鲁什（جان عمرش，Jean ‘Amrush，1906—1962）

让·舍拉克（جان شرك，Jean Sharak，1926—1973）

萨班（محمد سرور الصبان，Muḥammad Surūr aṣ-Ṣabbān，1899—1977）

萨布里·穆萨（صبري موسى，Ṣabrī Mūsā，1932—2018）

萨德·迈卡维（سعد مكاوي，Sa‘d Makkāwī，1916—1985）

萨迪·优素福（سعدي يوسف，Sa‘dī Yūsuf，1934—　）

萨迪格·本·哈桑·阿卜代瓦尼（صادق بن حسن عبدواني，Ṣādiq bn Ḥasan ‘Abdawānī，1944—　）

萨迪格·雷兹基（الصادق الرزقي，aṣ-Ṣādiq ar-Rizqī，1874—1939）

萨格尔·卡西米（صقر بن سلطان القاسمي，Ṣaqr bn Sulṭān al-Qāsimī，约 1920—1994）

萨格尔·舍比卜（صقر الشبيب，Ṣaqr ash-Shabīb，1894—1963）

萨拉丁·布加（صلاح الدين بوجاه，Ṣalāḥ ad-Dīn Būjāh，1956—　）

萨拉赫·阿卜杜·萨布尔（صلاح عبد الصبور，Ṣalāḥ ‘Abd aṣ-Ṣabūr，1931—1983）

萨拉赫·艾哈迈德·易卜拉欣（صلاح أحمد إبراهيم，Ṣalāḥ Aḥmad Ibrāhīm，1933—1993）

萨拉赫·赖布基（صلاح لبكي，Ṣalāḥ Labkī，1906—1955）

萨拉赫·齐赫尼（صلاح ذهني，Ṣalāḥ Dhihnī，1909—1953）

萨里姆·布·哈吉布（سالم بو حاجب，Sālim bū Ḥājib，1827—1924）

萨利赫·阿卜杜·库杜斯（صالح عبد القدوس，Sālih ‘Abd al-Quddūs，？—783/伊 167）

萨利赫·戴汉（صالح الدهّان，Sālih ad-Dahhān）

萨利赫·海莱费（صالح الخرفي，Ṣāliḥ al-Kharafī，1932—1998）

萨利赫·焦戴特（صالح جودت，Ṣāliḥ Jawdat，1912—1976）

萨利赫·苏威西（صالح سويسي，Ṣāliḥ Suwaysī，1880—1940）

萨利姆·本·阿里·阿维斯（سالم بن علي العويس，Sālim bn ‘Alī al-‘Awīs，1887—1959）

萨利姆·本·阿里·凯勒巴尼（سالم بن علي الكلباني，Sālim bn ‘Alī al-Kalbānī，1956—　）

萨尼·苏维迪（ثاني السويدي，Thānī as-Suweidī，1966—　）

萨希布·本·阿巴德（الصاحب بن عباد，aṣ-Ṣāḥib bn ‘Abbād，?—995/伊？—385）

赛阿莱卜（أبو العباس ثعلب，Abū al-‘Abbās Tha‘lab，815—904 /伊 199—291）

赛阿里比（أبو منصور الثعالبي النسابوري，Abū Mnṣūr ath-Tha‘ālibī an-Nisābūrī，961—1038/伊 350—429）

赛尔瓦特·阿巴扎（ثروت أباظة，Tharwat Abāẓah，1927—2002）

赛法·海岱里（صفاء الحيدر，Ṣafā’ al-Ḥaydarī，1921—　）

赛斐尤丁·希里（صفيّ الدين الحلّيّ，Ṣafiyu ad-Dīn al-Ḥillī，1278—1349/伊 676—750）

赛弗·道莱（سيف الدولة，Sayf ad-Dawlah，916—967/伊 303—356）

赛福丁·伊拉尼（محمد سيف الدين الإيراني，Muḥammad Sayf ad-Dīn al-’īrānī，1914—1968）

赛赫勒·本·哈伦（سهل بن هارون，Sahl bn Hārūn，？—830/伊 215）

赛赫勒·图斯塔里（سهل التستري，Sahl at-Tustariy，？—896/伊 283）

赛拉迈·奥贝德（سلامة عبيد，Salāmah ‘Ubayd，1921—1984）

赛勒玛·海德拉·杰尤西（سلمى الخضراء الجيوسي，Salmā al-Khaḍrā’ al-Jayūsī，1933—　）

赛勒玛·赛伊格（سلمى صائغ，Salmā Ṣā’igh，1889—1953）

赛勒娃·伯克尔（سلوى بكر，Salwā Bakr，1949—　）

赛里姆·布斯塔尼（سليم البستاني，Salīm al-Bustānī，1847—1884）

赛里姆·奈卡什（سليم النقاش，Salīm an-Naqqāsh，？—1884）

赛利伊·赖法（السري الرفّاء，as-Sarīy ar-Raffā'，？—976/伊 366）

赛米哈·卡西姆（سميح قاسم，Samīḥ Qāsim，1939—2014）

赛米拉·阿扎姆（سميرة عزام，Samīrah 'Azām，1927—1968）

赛米莱·哈西盖吉（سميرة خاشقجي，Samīrah Khāshiqajī，1938—1986）

赛缪尔(السموأل，as-Samaw'al，？—560)

赛瑙伯雷（الصنوبري，as-Ṣanawbarī，？—946/伊 334）

赛伊德·本·侯迈德（سعيد بن حُميد，Sa'īd bn Humayd，？—864/伊 249）

赛伊夫·本·赛义德·赛阿迪（سيف بن سعيد السعدي，Sayf bn Sa'īd as-Sa'dī，1967— ）

赛伊夫·赖哈比（سيف الرحبي，Sayf ar-Raḥbī，1956— ）

赛义德·阿格勒（سعيد عقل，Sa'īd 'Aql，1912—2014）

赛义德·艾哈迈德·迈斯欧迪（سعيد أحمد المسعودي，Sa'īd Aḥmad al-Mas'ūdī，1869—1952）

赛义德·郝拉尼亚（سعيد حورانية，Sa'īd Ḥawrāniyah，1929—1994）

赛义德·迈尔赛菲（سيد علي المرصفي，Sayyid 'Alī al-Marṣafī，？—1931）

沙比（أبو القاسم الشابي，Abū al-Qāsim ash-Shābī，1909—1934）

沙比尔·法勒侯特（صابر فرحوط，Ṣābir Farḥūṭ，1935— ）

沙比特·本·古赖（ثابت بن قرة，约836—901/伊221—288）

沙布·翟里夫（الشاب الظريف，ash-Shābb aẓ-Ẓarīf，1263—1289/伊 661—688）

沙菲莱·杰米勒·哈菲兹（سافرة جميل حافظ，Sāfirah Jamīl Ḥāfiẓ，1926— ）

沙基尔·海斯巴克（شاكر خصباك，Shākir Khaṣbāk，1930—2018）

沙基尔·穆斯塔法（شاكر مصطفى，Shākir Muṣṭafā，1921—1997）

沙基尔·赛亚布（بدر شاكر السياب，Badar Shākir as-Sayyāb，1926—1964）

沙鲁姆·达尔维什（شالوم درويش，Shālūm Darwīsh，1913—1997）

沙米·凯亚里（سامي الكيالي，Sāmī al-Kayālī，1898—1972）

珊台迈里（الأعلم الشنتمري，al-A'lam ash-Shantamarī，1019—1083/伊 409—475）

尚法拉（الشنفرى，ash-Shanfarā，？—525）

邵基(أحمد شوقي，Aḥmad Shawqī，1868—1932)

邵基·巴格达迪（شوقي بغدادي，Shawqī Baghdādī，1928— ）

邵基·戴伊夫（شوقي ضيف，Shawqī Ḍayf，1910—2005）

舍菲格·杰卜里（شفيق جبري，Shafīq Jabrī，1898—1980）

舍费格·马鲁夫（شفيق المعلوف，Shafīq al-Ma‘lūf，1905—1977）

舍哈泰·奥贝德（شحاتة عبيد，Shahātah ‘Ubayd，？—1965）

舍基卜·贾比里（شكيب الجابري，Shakīb al-Jābirī，1912—1996）

什布里·曼拉特（شبلي الملاّط，Shiblī al-Mallāṭ，1876—1961）

舒阿娴·哈里法（شعاع خليفة，Shu‘ā‘ Khlīfah）

舒克里·阿鲁西（محمود شكري الآلوسي，Maḥmūd Shukrī al-’Ālūsī，1856—1924）

舒克里·阿赛里（شكري العسلي，Shukrī al-‘Asalī，1868—1916）

舒克里·舍阿沙阿(شكري شعشاعة，Shukrī Sha‘shā‘ah，1890—1962）

苏阿德·凯娃丽（سعاد الكواري，Su‘ād al-Kawārī，1965—　）

苏阿德·萨巴赫（سعاد الصباح，Su‘ād aṣ-Ṣabāḥ，1942—　）

苏卜希·艾布·乌奈伊迈（صبحي أبو غنيمة，Ṣubhī Abū Ghunaymah，1902—1972）

苏尔坦·阿维斯（سلطان بن علي العويس，Sulṭān bn ‘Alī al-‘Awīs，1925—2000）

苏尔坦·哈里法（سلطان خليفة，Sulṭān Khalīfah，1942—　）

苏菲·阿卜杜拉（صوفي عبد الله，Ṣūfī ‘Abd al-Lāh，1925—　）

苏海尔·盖勒玛薇（سهير القلماوي，Suhayr al-Qalmāwī，1911—1997）

苏海勒·伊德里斯（سهيل إدريس，Suhayl Idrīs，1922—2008）

苏莱克·本·苏拉凯（السليك بن السلكة，as-Sulayk bn as-Salakah，？—605）

苏莱曼·阿卜杜拉·巴鲁尼（سليمان عبد الله الباروني，Sulaymān ‘Abd al-Lāh al-Bārūnī，1870—1941）

苏莱曼·费迪（سليمان فيضي，Sulaymān Fayḍī，1885—1951）

苏莱曼·胡莱菲（سليمان الخليفي，Sulaymā al-Khulayfī，1934—　）

苏莱曼·沙里米（سليمان السالمي，Sulaymān as-Sālimī，1924—　）

苏莱曼·谢迪（سليمان الشطي，Sulaymān ash-Shaṭṭī，1943—　）

苏莱曼·伊萨（سليمان عيسى，Sulaymān ‘Īsā，1921—2013）

苏莱娅·芭格莎米（ثريا البقصمي，Thurayyā al-Baqṣamī，1952—　）

苏勒玛·迈托尔（سلمى مطر，Salmā Maṭar，1962—　）

苏欧德·本·卡伊德（سعود بن كايد，Su‘ud bn Kāyid，？—2018）

苏欧德·本·赛阿德·穆扎法尔（سعود بن سعد المظفّر，Su‘ūd bn Sa‘d al-Muẓaffar，1951—　）

绥德基・伊斯梅尔（صدقي إسماعيل，Ṣidqī Ismā‘īl，1924—1972）

孙欧拉・易卜拉欣（صنع الله إبراهيم，Ṣun‘u al-Lāh Ibrāhīm，1937— ）

塔阿巴塔・舍拉（تأبّط شرّا，Ta’abbaṭa Sharrā，？—530）

塔哈・侯赛因 （طه حسين，Ṭāhā Ḥusayn，1889—1973）

塔拉法（طرفة بن العبد，Ṭarafah bn al-‘Abd，543—569）

塔里布・鲁维伊（طالب الرويعي，Ṭālib ar-Ruway‘ī，？—1994）

塔希尔・本・加伦（طاهر بن جلّون，Ṭāhir bn Jallūn，1944— ）

塔希尔・哈达德（طاهر الحداد，Ṭāhir al-Ḥaddād，1899—1935）

塔希尔・瓦塔尔（الطاهر وطار，aṭ-Ṭāhir Waṭṭār，1936—2010）

塔希尔・扎马赫舍里（طاهر الزمخشري，Ṭāhir az-Zamakhsharī，1914—1987）

塔伊布・萨利赫（الطيب صالح，aṭ- Ṭayyib Ṣāliḥ，1929—2009）

塔伊布・宰鲁格（الطيب زروق，aṭ- Ṭayyib Zarūq，1935— ）

塔志・希尔・哈桑（تاج السر حسن，Tāj as-Sirr Ḥasan，1930—2013）

台巴台巴伊（الطباطبائي，aṭ- Ṭabāṭabā’ī，1776—1853）

台伊希尔・苏布勒（تيسير سبول，Taysīr Subūl，1943—1973 ）

陶白・本・侯迈伊尔（توبة بن الحمير，Tawbah bn al-Ḥumayr，？—699 /伊 80）

陶菲格・阿瓦德（توفيق يوسف عوّاد，Tawfīq Yūsuf ‘Awwād，1911—1989）

陶菲格・艾哈迈德・伯克雷（توفيق أحمد البكري，Tawfīg Aḥmad al-Bakrī，1903—1966）

陶菲格・伯克里（توفيق بكري，Tawfīg Bakrī，1870—1932）

陶菲格・法亚德（توفيق فياض，Tawfīq Fayyāḍ，1939— ）

陶菲格・哈基姆（توفيق الحكيم，Tawfīq al-Ḥakīm，1898—1987）

陶菲格・齐亚德（توفيق زياد，Tawfīq Ziyād，1936—1994）

忒利马哈（الطرماح بن الحكيم，aṭ-Ṭirimmāḥ bn al-Ḥakīm，？—723/伊 105）

提尔密济（الترمذي，at-Tirmidhī，824—892/伊 209—279）

提加尼・尤素福・白希尔（التجاني يوسف بشير，at-Tijānī Yūsuf Bashīr，1912—1937）

瓦达侯・也门（وضاح اليمن，Waḍḍāḥ al-Yaman，？—708/伊 90）

瓦赫比・布里（وهبي البوري，Wahbī al-Būrī，1916—2010）

瓦利伯·本·侯巴卜（والبة بن الحباب，Wālibah bn al-Ḥubāb，？—786/伊 169）

瓦利德·赖希布（وليد الرحيب，Walīd ar-Rahīb，1954— ）

瓦绥勒·本·阿塔（واصل بن عطاء，Wāṣil bn ‘Aṭā’，？—748/伊 130）

婉拉黛（ولّادة بنت المستكفي，Wallādah bintu al-Mustakfī，？—1091/伊 484）

沃希尼·爱阿拉吉（واسيني الأعرج，Wāsīnī al-A‘raj，1954— ）

乌勒法·伊德丽碧（ألفة إدليبي，’Ulfah Idlibī，1912—2007）

乌姆·凯莱姆（أم الكرم，Umm al-Karam）

乌姆鲁勒·盖斯 (أمرؤ القيس，’Umru’ al-Qays，500—540)

伍麦叶特·本·艾比·赛勒特 (أمية بن أبي الصلت，’Umayat bn Abī aṣ-Ṣalt，?—630)

西拉志丁·瓦拉格（سراج الدين الورّاق，Sirāj ad-Dīn al-Warrāq，1218—1296/伊 615—695）

希布里·舒迈伊勒（شبلي شميّل，Shiblī Shumayyil，1860—1917）

希德雅格（أحمد فارس الشدياق，Aḥmad Fāris ash-Shidyāq，1804—1888）

希尔妮歌（خرنق بنت بدر，Khirniq bint Badr，？—580）

希拉勒·本·白德尔（هلال بن بدر，Hilāl bn Badar，1903—1966）

小艾赫法什（الأخفش الصغير，al-Akhfash aṣ-Ṣaghīr，850—927/伊 235—315）

小艾赫泰勒（الأخطل الصغير，al-Akhṭal aṣ-Ṣaghīr，1885—1968）

小穆拉基什（المرقش الأصغر，al-Muraqqish al-Aṣghar，？—570）

谢哈布·加尼姆（شهاب غانم，1940— ）

谢哈布丁·阿鲁西（شهاب الدين الألوسي，Shahāb ad-Dīn al-’ālūsī，1802—1854）

谢哈布丁·达曼胡里（شهاب الدين الدمهوري，Shahāb ad-Dīn ad-Damanhūrī，1333—1385/伊 733—787）

谢哈布丁·努韦里（شهاب الدين النويري，Shahāb ad-Dīn an-Nuwayrī，1278—1332/伊 677—732）

谢海·纳希（شيخة الناخي，Shaykhah an-Nākhī，1952— ）

谢赫·萨里米（الشيخ السالمي，ash-Shaykh as-Sālimī，1871—1919）

谢赫·伊萨（الشيخ عيسى，ash-Shaykh ‘Īsā，1888—1943）

谢吉布·艾尔斯兰（شكيب أرسلان，Shakīb Arsalān，1869—1946）

谢里夫·赖迪（الشريف الرضي，ash-Sharīf ar-Raḍī，970—1016/伊 359—406）

谢里夫·穆尔泰达（الشريف المرتضى，ash-Shrīf al-Murtaḍā，966—1044/伊 355—436）

雅古布·萨努阿（يعقوب الصنوع，Ya‘gūb aṣ- Ṣanū‘，1839—1912）

雅古布·赛鲁夫（يعقوب صروف，Ya'gūb Ṣarūf，1852—1927）

亚历山大·胡里·贝台加利（إسكندر الخوري البيتجالي，Iskandar al-Khūrī al-Baytajālī，1890—1973）

亚辛·雷法伊耶（ياسين رفاعية ，Yāsīn Rifā'iyah，1934—2016）

叶海亚·哈基（يحيى حقّي，Yaḥyā Ḥaqqī，1905—1992）

叶海亚·塔希尔·阿卜杜拉（يحيى الطاهر عبد الله ，Yaḥyā aṭ-Ṭāhir 'Abd al-Lāh，1938—1981）

叶海亚·耶赫里夫（يحيى يخلف，Yaḥyā Yakhlif，1944— ）

叶齐德·本·迈齐德（يازد بن مزيد，Yāzid bn Mazīd，？—801/伊185）

伊本·阿卜迪·拉比(ابن عبد ربّه，Ibn 'Abd Rabbih，860—940/伊 246—328)

伊本·阿拉比（ابن عربي，Ibn 'Arabī，1165—1240/伊 560—637）

伊本·阿拉伯沙（أحمد ابن عربشاه，Aḥmad Ibn 'Arabashāh，1388—1450/伊 790—854）

伊本·阿马尔（ابن عمار，Ibn 'Amār，1031—1084/伊422—477）

伊本·阿米德（ابن العميد，Ibn al-'Amīd，?—970/伊 358）

伊本·艾阿拉比（ابن الأعرابي，Ibn al-A'rābī，767—845/伊 149—231）

伊本·奥赛迈因（ابن عثيمين，Ibn 'Uthaymayn，1844—1944）

伊本·巴迪斯（عبد الحميد ابن الباديس，'Abd al-Ḥamīd Ibn Bādīs，1883—1940）

伊本·白图泰（ابن بطوطة，Ibn Baṭūṭah，1313—1374/伊 713—775）

伊本·达尼亚勒 (ابن دانيال，Ibn Dāniyāl，1248—1310/伊 646—710）

伊本·迪尔汗（ابن درهم，Ibn Dirham，1873—1943）

伊本·杜赖伊德（ابن دريد，Ibn Durayd，837—933/伊 222—321）

伊本·法里德（ابن الفارض，Ibn al-Fāriḍ，1181—1234/伊 576—632）

伊本·盖斯·鲁盖雅特（ابن قيس الرقيّات，Ibn Gays ar-Rugayyāt，633—694/伊 12—75）

伊本·古太白（ابن قتيبة，Ibn Gutaybah，828—889/伊 213—276）

伊本·古兹曼（ابن قزمان，Ibn Quzmān，？—1160/伊 555）

伊本·哈尼（ابن هانئ，Ibn Hāni'，938—973/伊 326—362）

伊本·哈兹姆（ابن حزم，Ibn Ḥazm，994—1064/伊 384—456）

伊本·海巴利叶（ابن الهبّارية，Ibn al-Habbāriyah，1023—1115/伊 414—508）

伊本·海法捷（ابن خفاجة，Ibn Khafājah，1058—1138 / 伊 450—533）

伊本·罕百勒（ابن حنبل，Ibn Ḥanbal，780—855/伊 164—241）

伊本·赫勒敦（ابن خلدون，Ibn Khaldūn，1332—1406/伊 732—808）

伊本·赫里康（ابن خلكان，Ibn Khalikān，1211—1282/607—681）

伊本·赖世格（ابن رشيق，Ibn Rashīq，995—1064）

伊本·蓝凯科（ابن لنكك，Ibn Lankak，？—约 971 /伊 360）

伊本·鲁米（ابن الرومي，Ibn ar-Rūmī，835—896/伊 221—283）

伊本·鲁世德（ابن رشد，Ibn Rushd，又称阿威罗伊 Averroes，1126—1198/伊 520—594）

伊本·马立克（ابن مالك，Ibn Malik，1203—1274/伊 599—672）

伊本·马哲（إبن ماجة，Ibn Mājah，？—887/伊 273）

伊本·迈马提（ابن ممّاتي，Ibn Mammātī，1149—1209/伊 544—605）

伊本·迈特鲁赫（ابن مطروح，Ibn Maṭrūḥ，1196—1251/伊 592—650）

伊本·穆阿台兹（ابن المعتزّ，Ibn al-Mu'tazz，861—908/ 伊 247—296）

伊本·穆阿忒（ابن معطي，Ibn Mu'ṭī，1168—1231/伊 563—628）

伊本·穆格法（ابن المقفع，Ibn al-Mugaffa'，724—759/伊 106—142）

伊本·奈迪姆（ابن النديم，Ibn an-Nadīm，890—989/伊 277—379）

伊本·努巴台（ابن نباتة，Ibn Nubātah，1287—1366/伊 686—768）

伊本·赛阿德（ابن سعد，Ibn Sa'd，?—845/伊 230）

伊本·赛拉姆（ابن سلاّم الجمحي，Ibn Sallām al-Jamḥī，?—846/伊 232）

伊本·舍伊汗（ابن شيخان，Ibn Shaykhān，1872—1928）

伊本·舒海德（ابن شهيد，Ibn Shuhayd，992—1034/伊 382—425）

伊本·苏顿（ابن سودون，Ibn Sudūn，?—1463/伊 868）

伊本·图菲勒（ابن طفيل，Ibn Ṭufayl，约 1100—1185/伊 493—581）

伊本·瓦尔迪（ابن الوردي，Ibn al-Wardī，1290—1349/伊 689—749）

伊本·西拿（ابن سينا，Ibn Sīnā，又称阿维森纳 Avicenne，980—1037/伊 369—428）

伊本·宰敦（ابن زيدون，Ibn Zaydūn，1003—1071/伊 394—463）

伊本·宰嘎格（ابن الزقاق البلنسي，Ibn az-Zaqqāq al-Balansī，1096—1134/伊 490—529）

伊本·祖拜尔（عبد الله بن الزبير，'Abd al-Lāh bn az-Zubayr，624—692/伊 2—73）

伊本·祖赫尔（أبو بكر ابن زهر，Abū Bakr Ibn Zuhr， 1113—1199/伊 506—595）

伊德里斯·罕伯莱（إدريس حنبلة，Idrīs Ḥanbalah，1922—1991）

伊德里斯·穆罕默德·杰马（إدريس محمد جماع， Idrīs Muḥammad Jamā'，1922—1980）

伊格芭勒·芭莱卡（إقبال بركة，Iqbāl Barkah，1943— ）

伊赫桑·阿卜杜·库杜斯（إحسان عبد القدوس，Iḥsān ‘Abd al-Qudūs，1919—1990）

伊赫桑·卡玛勒（إحسان كمال，Iḥsān Kamāl，1935— ）

伊勒亚斯·艾布·舍伯凯（إلياس أبو شبكة，1903—1947）

伊勒亚斯·戴里（إلياس الديري，Ilyās ad-Dayrī，1937— ）

伊勒亚斯·法尔哈特（إلياس فرحات，Ilyās Farḥāt，1893—1976）

伊勒亚斯·法尔库赫（إلياس فركوح，Ilyās Farkūḥ，1948— ）

伊勒亚斯·胡利（إلياس خوري，1948— ）

伊米勒·哈比比（إميل حبيبي，Imīl Ḥabībī，1921—1996）

伊米丽·娜苏尔拉（إميلي نصر الله，Imīlī Naṣr al-Lāh，1935—2018）

伊姆兰·本·希坦（عمران بن حطّان，‘Imrān bn Ḥiṭṭān，？—703/伊 84）

伊姆提亚兹（إبراهيم بن نوح امتياز，Ibrāhīm bn Nūḥ Imtiyāz，1908—1981）

伊萨·奥贝德（عيسى عبيد，‘Īsā ‘Ubayd，？—1923）

伊萨·易卜拉欣·纳欧里（عيسى إبراهيم الناعوري，‘Īsā Ibrāhim an-Nā‘ūrī，1918—1985）

伊斯阿夫·奈沙西比（إسعاف النشاشيبي，Is‘āf an-Nashāshībī，1882—1947）

伊斯哈格·本·易卜拉欣（إسحاق بن إبراهيم，Isḥāq bn Ibrāhīm，767—850/伊 150—235）

伊斯哈格·穆萨·侯赛伊尼（إسحاق موسى الحسيني，Isḥāq Mūsā al-Ḥusaynī，1904—1990）

伊斯梅尔·艾姆卡特（إسماعيل غموقات，Ismā‘īl Ghamūqāt，1951— ）

伊斯梅尔·法赫德（إسماعيل فهد إسماعيل，Ismā‘īl Fahd Ismā‘īl，1940—2018）

伊斯梅尔·萨布里（إسماعيل صبري，Ismā‘īl Ṣabrī，1854—1923）

伊兹丁·迈达尼（عز الدين المدني，‘Izz ad-Dīn al-Madanī，1938— ）

伊兹丁·穆纳赛赖（عز الدين المناصرة，‘Izz ad-Dīn al-Munāṣarah，1946— ）

易卜拉欣·阿卜杜·迈吉德（إبراهيم عبد المجيد，Ibrāhīm ‘Abd al-Majīd，1946— ）

易卜拉欣·艾斯兰(إبراهيم أصلان，Ibrāhīm Aṣlān，1937—2012)

易卜拉欣·巴吉尔（إبراهيم باكير，Ibrāhīm Bākīr，1856—1943）

易卜拉欣·本·穆罕默德（إبراهيم بن محمد，Ibrāhīm bn Muḥammad，1850—1933）

易卜拉欣·库尼（إبراهيم الكوني，Ibrāhīm al-Kūnī，1948— ）

易卜拉欣·马齐尼（إبراهيم المازني，Ibrāhīm al-Māzinī，1890—1949）

易卜拉欣·米德法尔（إبراهيم المدفع，Ibrāhīm al-Midfa‘，1909—1985）

易卜拉欣·摩苏里（إبراهيم الموصلي，Ibrūhīm al-Mawṣilī，742—804/伊 124—188）

易卜拉欣·穆巴拉克（إبراهيم مبارك，Ibrāhīm Mubārak，1952—　）

易卜拉欣·纳吉（إبراهيم ناجي，Ibrāhīm Nājī，1898—1953）

易卜拉欣·纳赛尔（إبراهيم ناصر，Ibrāhīm Nāṣir，1932—　）

易卜拉欣·纳苏拉（إبراهيم نصر الله，Ibrāhīm Naṣr al-Lāh，1945—　）

易卜拉欣·欧赖伊德（إبراهيم العريض，Ibrāhīm al-'Urayḍ，1908—2002）

易卜拉欣·塔巴塔巴伊（إبراهيم الطباطباني，Ibrāhīm aṭ-Ṭabāṭabānī，1832—1901）

易卜拉欣·图甘（إبراهيم طوقان，Ibrāhīm Ṭūqān，1905—1941）

易卜拉欣·乌斯塔·欧麦尔（إبراهيم الأسطى عمر，Ibrāhīm al-'Usṭā 'Umar，1907—1950）

易卜拉欣·雅齐吉（إبراهيم اليازجي，Ibrāhīm al-Yāzijī，1847—1906）

易卜拉欣·伊本·麦赫迪（إبراهيم بن المهدي，Ibrāhīm bn al-Mahdī，779—839/伊 162—224）

尤素福·艾苏布（يوسف غصوب，Yūsuf Ghaṣūb，1893—1972）

尤素福·本·伊萨（يوسف بن عيسى القناعي，Yūsuf bn 'Īsā al-Qinā'ī，1879—约 1925）

尤素福·岱姆赖（يوسف ضمرة，Yūsuf Ḍamrah，1952—　）

尤素福·盖伊德（محمد يوسف القعيد，Muḥammad Yusūf al-Qa'īd，1944—　）

尤素福·哈白什·艾什盖尔（يوسف حبشي الأشقر，Yūsuf Ḥabashī al-Ashqar，1929—1992）

尤素福·哈勒（يوسف الحال，Yūsuf al-Ḥāl，1916—1987）

尤素福·焦海尔（يوسف جوهر，Yusūf Jaohar，1912—2001）

尤素福·穆斯塔法·提尼（يوسف مصطفى التني，Yūsuf Muṣṭafā at-Tinnī，1907—1969）

尤素福·沙鲁尼（ يوسف الشاروني，Yusūf ash-Shārūnī，1924—2017）

尤素福·西巴伊（يوسف السباعي，Yusūf as-Sibā'ī，1917—1978）

尤素福·谢里夫（يوسف الشريف，Yūsuf ash-Sharīf，1938—　）

尤素福·伊德里斯（يوسف إدريس，Yūsuf Idrīs，1927—1991）

宰德·本·萨比特（زيد بن ثابت，Zayd bn Thābit，？—约 665/伊 45）

宰德·穆什基（زيد الموشكي，Zayd al-Mūshikī，1915—1948）

宰德·穆忒厄·戴马志（زيد مطيع الدماج，Zayd Muṭī' Dammāj，1943—2000）

宰哈维（جميل صدقي الزهاوي，Jamīl Ṣidqī az-Zahāwī，1863—1936）

宰姬娅·玛露拉（زكية مال الله，Zakiyah Mālu al-Lāh，1959—　）

泽娜布·宾图·穆萨（زينب بنت موسى，Zaynab Bint Mūsā）

扎卡里亚·塔米尔（زكريا تامر，1931—　）

哲利尔（جرير，Jarīr，653—733/伊 33—114）

哲马鲁丁 • 阿富汗尼（جمال الدين الأفغاني，Jamāl ad-Dīn al-Afghānī，1838—1897）

哲米勒（جميل بن معمر，Jamīl bn Ma‘mar，又称 جميل بثينة Jamīl Buthaynah，？—701/伊 82）

朱拜黛 • 白希尔（زبيدة بشير，Zubaydah Bashīr，1938—2011）

祝奈德（أبو القاسم الجنيد，Abū al-Qāsim al-Junayd，？—910/伊 297）

祖 • 鲁麦（ذو الرمّة，Dhū ar-Rummah，696—735/伊 77—117）

祖 • 努 • 阿尤布（ذو النون أيوب，Dhū an-Nūn Ayūb，1908—1988）

祖 • 伊斯比耳 • 阿德瓦尼（ذو الإصبع العدواني，Dhū al-Iṣbi‘ al-‘Adwānī，？—595）

祖白里（محمد محمود الزبيري，Muḥammad Maḥmūd az-Zubayrī，1910—1965）

祖海尔（زهير بن أبي سلمى，Zuhayr bn Abī Sulmā，约 520—约 609）

祖胡尔 • 瓦妮茜（زهور ونيسي，Zuhūr Wanīsī，1935—　）

附录 2

作品、报刊名索引

《1952》三部曲，1952 ثلاثية

《52 夜》，52 ليلة

《55 个爱情故事》，55حكاية حب

《778 小组》，778 المجموعة

《阿卜杜·阿齐兹国王传中的最佳故事》，ديوان أحسن القصص في سيرة جلالة الملك عبد العزيز آل سعود

《阿卜杜·阿齐兹国王史续》，القسم الثاني من تاريخ جلالة الملك عبد العزيز

《阿卜杜·拉赫曼·纳绥尔》，عبد الرحمن الناصر

《阿卜杜·拉扎格师傅》，المعلم عبد الرزاق

《阿布笃贝克》，عبده بيك

《阿德里·里兹格拉》，عدلي رزق الله

《阿蒂亚代理行》，وكالة عطية

《阿尔古布·海伊尔》，عرقوب الخير

《阿尔及利亚三部曲》ثلاثية الجزائر

《阿尔图基亚特》，الأرتقيات

《阿吉布与艾里布》，عجيب وغريب

《阿拉伯、波斯、柏柏尔人及其同代当局的历史殷鉴及原委》，كتاب العبر وديوان المبتدأ والخبر في أيام العرب والعجم والبربر ومن عاصرهم من ذوي السلطان الأكبر

《阿拉伯的诗歌想象》，الخيال الشعري عند العرب

《阿拉伯风情观止》，بلوغ الأرب في أحوال العرب

《阿拉伯国家怪骑士的变化》，تحولات الفارس الغريب في البلاد العاربة

《阿拉伯海湾的现代文学》，الأدب المعاصر في الخليج العربي

《阿拉伯喉舌》，لسان العرب

《阿拉伯列王志》，ملوك العرب

《阿拉伯民族》，الشعوب العربية

《阿拉伯人L韵》，لامية العرب

《阿拉伯人在巴黎》，البرنس في باريس

《阿拉伯诗歌集萃》，جمهرة أشعار العرب

《阿拉伯现代文学的诗歌及其问题》，الشعر وقضيته في الادب العربي الحديث

《阿里·本·杰赫姆诗集》，ديوان علي بن الجهم

《阿里巴巴》，علي بابا

《阿里师傅》，المعلم علي

《阿斯麦伊》，الأصمعي

《阿伊达》，عائدة

《阿伊莎》，عائشة

《啊，靠山！》，وامعتصماه

《啊，人！》，يا بن آدم

《埃及》周报，مصر

《埃及本土上的战争》，الحرب في بر مصر

《埃及集》，مصريات

《埃及时事》，جريدة الوقائع المصرية

《埃及小说的黎明》，فجر القصة المصرية

《埃及新闻》，الجوائب المصرية

《埃及政治回忆录》，مذكرات في السياسة المصرية

《艾布·伯克尔传》，الصديق أبو بكر

《艾布·胡莱伊莱与库吉卡》，أبو هريرة وكوجكا

《艾布·胡赖伊拉传说》，حدث أبو هريرة قال...

《艾布·沙比尔》，أبو صابر

《艾布·沙迪之歌》，أغاني أبي شادي

《艾尔德希尔》，أردشير

《艾勒夫·萨德的第一首歌》，أغنية ألف صاد الأولى

《艾勒娃》，غلواء

《艾米娜》，أمينة وقصص أخرى

《艾斯玛》，أسماء

《爱的诗篇》，قصائد حب

《爱的时代》，عصر الحب

《爱的证明》，شهادات حب

《爱你是我的缘分》，حبك قدري

《爱情的故事》，قصة حب

《爱情的吉他》，قيثارة حب

《爱情的圣殿》，هياكل الحب

《爱情也多种多样》，الحب له صور

《爱情与青春》，الهوى والشباب

《爱情与心灵》，الحب والنفس

《爱与死的日子》，أيام الحب والموت

《爱者与被爱者》，كتاب المحب والمحبوب

《暧昧的笑》，ابتسامة غامضة

《安达卢西亚公主》，أميرة الأندلس

《安达卢西亚枝头溢香录》，نفح الطيب في غصن الأندلس الرطيب

《安曼的鸟低飞》，طيور عمان تُحلّق منخفضة

《安塔拉》，عنترة

《安塔拉传奇》，سيرة عنترة بن شدّاد

《鹌鹑与秋天》，السمان والخريف

《暗与光》，ظلمات وأشعة

《翱翔的鸟》，طائر الحوم

《奥贝德·杰巴尔》，عبيد الجبار

《奥拉斯》，أوراس

《奥斯曼传》，عثمان بن عفان

《八月的星》，نجمة أغسطس

《巴比伦塔》，برج بابل

《巴格达的三个面孔》，ثلاثة وجوه لبغداد

《巴格达法官逸闻录》，كتاب أخبار قضاة بغداد

《巴勒斯坦的婚礼》，عرس فلسطيني

《巴勒斯坦与创伤的尊严》，فلسطين وكبرياء الجرح

《巴黎求索录》，الاستطلاعات الباريسية

《巴林之歌》，من أغاني البحرين

《巴鲁迪选古诗集》，مختارات البارودي

《白杜尔》，بدور

《白马嘶鸣》，صهيل الجواد الأبيض

《白女人》，البيضاء

《白日梦》，من أحلام اليقظة

《白士穆雷人》，البشموري

《白天的状况》，حالات النهار

《白头巾》，المناديل البيض

《白乌木》，الأبنوسة البيضاء

《百封情书》，مائة رسالة حب

《百科全书》，دائرة المعارف

《拜巴尔斯传奇》，سيرة الظاهر بيبرس

《拜尔哥 • 赖伊勒》，برق الليل

《拜火教》，المجوس

《拜火教徒的爱情故事》，قصة حب مجوسية

《拜火教逸事》，الوقائع المفقودة من سيرة المجوس

《拜物》，الأوثان

《拜物教徒的祈祷》，صلاة الوثني

《班达尔 • 沙赫》，بندر شاه

《半米事件》，حادث النصف متر

《半真半假的幽默》，دعابة بين الجد والهزل

《堡垒》，الحصون

《暴风》，العواصف

《暴风之后》，بعد الأعاصير

《悲伤的爱情》，الحب الحزين

《贝杜因人在摩天大楼中的迷茫》，متاهات الاعراب في ناطحات السراب

《贝鲁特，贝鲁特》，بيروت بيروت

《贝鲁特角》，رأس بيروت

《贝鲁特梦魇》，كوابيس بيروت

《贝鲁特磨坊》，طواحين بيروت

《背井离乡》，الغربة

《背叛的结局》，آخرالخيانة

《被丑化的神》，الآلهة الممسوخة

《被杀死的骑士下马》，الفارس القتيل يترجل

《被损害者》，المشوهون

《被围着的尸体》，الجثة المحاطة

《被遗忘的山丘》，الهضبة المنسية

《被遗忘的信》，الرسائل المنسية,

《蓓蕾》，براعم

《奔走在荒凉的海岸上》，الجري على الضفة الوحشية

《本来就是女人》，في البدء كانت الأنثى

《比鬼还鬼》，أشطر من إبليس

《比你还美？不！》，أجمل منك،لا!

《比时间更强》，أقوى من الزمن

《彼岸》，الضفاف الأخرى

《鄙人拙见》，في رأيي المتواضع

《必达萨那》，لا بد من صنعاء

《边界外的一家》，بيت وراء الحدود

《鞭子》，الكرباج

《变节女人的报应》，جزاء الخائنة

《别把我一个人撇下》，لا تتركني وحدي

《别的孩子》，مولود آخر

《别的季节》，المواسم الأخرى

《别的时候》，الزمن الآخر

《别的屋子》，الغرف الأخرى

《别的夜晚》，ليال أخرى

《别了！啊，漫漫长夜》，وداعا أيها الليل الطويل

《别了，阿帕梅亚！》，وداعا يا أفاميا

《别了，爱情！》，إلى اللقاء أيها الحب

《别了，大马士革》，ودعا يا دمشق

《别让我独饮》，لا تسقني وحدي

《别让烟消云散》，حتى لا يطير الدخان

《并非蛛丝》，خيط لم ينسجه العنكبوت

《病与药》，الداء والدواء

《波谷深处》，قرارة الموجة

《波浪无边》，أمواج ولا شاطئ

《波斯与阿拉伯平等书》，كتاب إنصاف العجم من العرب （俗称《等同书》كتاب التسوية）

《玻璃咖啡馆》，المقهى الزجاجي

《菠菜地里出身的先生》，السيد من حقل السبانخ

《菠萝的味道》，طعم الأناناس

《伯尼·哈特侯特族人西迁记》，تغريبة بنى حتحوت

《鹁鸽的项圈》，طوق الحمامة

《跛脚少年》，الصبي الأعرج

《不，陌生人！》，لا يا غريب!

《不合道理的女人》，امرأة فوق حدود المعقول

《不寐与创伤》，السهر والجرح

《不眠之夜》，سهرت منه الليالي

《不男不女》，الجنس الثالث

《不是我的灵魂》，لم تكن روحي

《不太沉默的诗》，قصائد اقل صمتاً

《不朽的话语》，كلمات لا تموت

《不寻常的任务》，مهمة غير عادية

《不育者》，العاقر

《不在的夜晚》，ليلة الغياب

《布比鲁的石头》，حجارة بوبيلل

《布尔志・白拉吉纳的十二个星座》，اثنا عشر برجاً لبرج البراجنة

《布哈里圣训》， صحيح البخاري

《布纳・安东》，بونا أنطون

《擦干眼泪》，تجفيف الدموع

《采珠人之歌》，أنشودة الغواص

《残酷的生活》，حياة قاسية

《残留的影像》，بقايا صور

《苍鹭》，مالك الحزين

《苍天的公正》，عدالة السماء

《草原新娘》，عروس المروج

《忏悔录》，سجل التوبة

《忏悔与隐私录》，مدونة الاعترافات والأسرار

《长街》，الشارع الطويل

《长距离竞赛》，سباق المسافات الطويلة

《长篇小说家们》，الروائيون

《长生不老药》，إكسير الحياة

《长特韵诗》，التائيّة الكبرى

《长夜的呼喊》，صراخ في ليل طويل

《场外的游戏》，اللعب خارج الحلبة

《敞开的大门》，الباب المفتوح

《巢》，الوكر

《朝露》，أنداء الفجر

《朝夕谈》，حديث الصباح والمساء

《潮汐之间》，بين الجزر والمدّ

《车在棋盘里征战》，الرخ يجول في الرقعة

《沉默的病人》，المريض الصامت

《沉默的歌》，غناء الصمت

《沉默的人们》，أبناء الصمت

《沉默时候的愿望》，أماني في زمان الصمت

《沉默与雨》，الصمت والمطر

《沉睡的人行道》，الرصيف النائم

《晨光微笑》，ابتسام الضحى

《晨曲》，أناشيد الصباح

《晨醒》，يقظة الصباح

《成方圆书》，رسالة التربيع والتدوير

《成人之路》，الطريق الى الإنسان

《城里的塔楼》，أبراج المدينة

《城市边缘的马队》，الخيول على مشارف المدينة

《城市不会陷落》，لن تسقط المدينة

《城市的记忆力》，ذاكرة المدينة

《城市的另一面》，الوجه الآخر للمدينة

《城市的七月》，تموز في المدينة

《城市姑娘》，فتاة في المدينة

《炽烈的芳香》，العبير الملتهب

《炽热的移居时刻》，ساعة الرحيل الملتهبة

《出发》，انطلاقة

《出卖的心》，قلب للبيع

《出卖往事的人》，بائع الذكريات

《出自贝勒吉斯的土地》，من أرض بلقيس

《出自死海》，الخروج من البحر الميت

《初期的诗》，قصائد أولى

《处女》，العذارى

《传说》，أساطير

《船》，السفينة

《窗上的阴影》，ظلال على النافذة

《春影》，أطياف الربيع

《春与秋》，ربيع وخريف

《瓷制的妇女》，نساء من خزف

《从流放地归来》，العودة من المنفى

《粗腿肚》，أبو بطة

《粗野的诗》，قصائد متوحشة

《蹉跎岁月》，زمان بلا نوعية

《错误的时代》，زمن الأخطاء

《重读古诗》，قراءة جديدة لشعرنا القديم

《重返故地》，العودة الى الأماكن القديمة

《重返海法》，عائد الى حيفا

《重返战场》，عائد الى الميدان

《达利拉》，دليلة

《打谷场》，البيادر

《打击》，الطعنات

《大〈歌诗诗话〉明细》，جداول الأغاني الكبير

《大阿里贝克》，على بك الكبير

《大地的面包》，خبز الأرض

《大地的神祇》，آلهة الأرض

《大地的受难者》，المعذبون في الأرض

《大地说》，قالت الأرض

《大地与鲜血》，الأرض والدم

《大地之歌》，نشيد الأرض

《大房子》，البيت الكبير

《大海改变了他的颜色》，يغير ألوانه البحر

《大家都获奖》，الجميع يربحون الجائزة

《大礼集》，الأدب الكبير

《大马士革的米赫亚尔之歌》，أغاني مهيار الدمشقي

《大骗局》，الخدعة الكبرى

《大人与小孩》，الكبار والصغار

《大影子》，الظل الكبير

《带有野性的女人》，المرأة المتوحشة

《带爪子的》，ذات المخالب

《丹沙微的少女》，عذراء دنشواي

《当代阿拉伯诗歌巡礼》，جولة في الشعر العربي المعاصر

《当代诗歌问题》，قضايا الشعر المعاصر

《当埋葬枣椰林时》，عندما تدفن النخيل

《当梦醒来时》，حين تستيقظ الاحلام

《当生命不值钱的时候》عندما تكون الحياة رخيصة

《当我们离开桥的时候》，حين تركنا الجسر

《悼安达卢西亚》，مرثية الأندلس

《悼念美好年华》，مرثية للعمر الجميل

《悼一位老骑士》，مرثية فارس قديم

《盗火者自传》，سيرة ذاتية لسارق النار

《盗贼与狗》，اللص والكلاب

《道路》，الطريق

《稻草人》，الفزاعة

《的黎波里名人传》，أعلام من طرابلس

《灯亮集》，لمع السراج

《等待吹口哨的女人》，في انتظار الصافرة

《笛声的嘲讽》，سخرية الناي

《地方腐败》，فساد الأمكنة

《地里所出》，أخرجت الأرض

《地名词典》， معجم البلدان

《地上的节日》， العيد في الأرض

《地狱的革命》， ثورة أهل الجحيم

《地狱中的礼拜》， صلاة في الجحيم

《地震》， الزلزال

《地中海酒馆巡礼》， جولة بين حانات البحر المتوسط

《地主与掮客》， السمسار وصاحب الأرض

《帝王明灯》， سراج الملوك

《第二次世界大战前的叙利亚的小说》， القصة في سورية حتى الحرب العالمية الثانية

《第十天的老虎》， النمور في اليوم العاشر

《第五维》， البعد الخامس

《第一次失足》， الزلة الأولى

《第一颗火星》， الشرارة الأولى

《典型人物》， نماذج بشرية

《点滴渴望》， قطرات من ظمأ

《凋谢的花朵》， أزهار ذابلة

《钉在十字架上的太阳》， الشمس المصلوبة

《东方》， المشرق

《东方的轴心》， مدارات الشرق

《东方与西方》， شرق وغرب

《东来鸟》， عصفور من الشرق

《冬眠》， البيات الشتوي

《冬曲》， لحن الشتاء

《冬天的风》， الريح الشتوية

《动物书》， كتاب الحيوان

《洞察归宿》， رسالة البصائر في المصائر

《洞中人》， أهل الكهف

《斗篷颂》， البردة

《斗篷之死》， موت عباءة

《毒麦的诱惑》，فتنة الزؤوان

《赌徒》，المقامر

《妒火中烧》，السليط الحسود

《杜哈说》，قالت ضحى

《短命人的梦》，أحلام رجال قصار العمر

《短篇又集》，وقصص أخرى

《断树杈》，أوصال الشجرة المقطوعة

《对各种〈圣训〉的诠释》，تأويل مختلف الحديث

《对文学与人生的思考》，تأملات في الأدب والحياة

《多彩的爱情》，ألوان من الحب

《多么便宜》，ما أقل الثمن

《多瑙河旅馆》，فندق الدانوب

《饿狼》，الذئاب الجائعة

《发疯的爱》，حالة حب مجنونة

《发光的沼泽》，المستنقعات الضوئية

《发烧》，الحمى

《发生在现今的埃及》，يحدث في مصر الآن

《发展面对面》，التنمية وجها لوجه

《发展是大问题》，التنمية،الأسئلة الكبرى

《法蒂玛及其他故事》，فاطمة وقصص أخرى

《法蒂娜》，فاتنة

《法尔哈特共和国》，جمهورية فرحات

《法里雅格谈天录》，الساق على الساق في ما هو الفارياق

《法塔希娅选择死亡》，فتحية تختار موتها

《法庭上的笑话》，فكاهة في مجلس القضاء

《帆与风》，الشراع والعاصفة

《房顶上的小屋》，غرفة على السطح

《彷徨者》，التائه

《飞翔的相思》，مخلوقات الأشواق الطائرة

《非洲的夏天》，صيف أفريقي

《非洲之歌》，أغاني أفريقيا

《废弃的笼子》，القفص المهجور

《废墟间》，بين الأطلال

《肺病患者》，المصدور

《费哈报》，جريدة الفيحاء

《费萨尔一世》，فيصل الأول

《分裂》，التفكك

《坟之上月之下》，فوق القبور تحت القمر

《疯狂的窗户》，نافذة الجنون

《疯狂的天堂》，فردوس الجنون

《疯子》，المجنون

《疯子的故事》，حكاية مجانين

《疯子咖啡馆》，قهوة المجاذيب

《疯子们的苹果》，تفاح المجانين

《夫妻之间》，بين زوجين

《伏在爱人胸前哭泣》，البكاء على صدر الحبيب

《父与子》，الآباء والبنون

《妇女与性》，المرأة والجنس

《复数形式的单数》，مفرد بصيغة الجمع

《赴伊斯坦布尔旅途记游》，نشوة الشمول في الذهاب الى اسطنبول

《富裕时期》，الزمن الوغد

《干旱的日子》，أيام الجفاف

《干渴的河流》，الأنهار الظماء

《干渴的沙漠》，رمال عطشى

《干枝集》，الأفنان

《甘露街》，السكرية

《感官的混乱》，فوضى الحواس

《感觉与感情之间》，بين الشعور والعاطفة

《橄榄树荫下》，تحت ظلال الزيتون

《橄榄叶子》，أوراق الزيتون

《冈比西斯》，قمبيز

《高傲的时刻》，ساعات الكبرياء

《高架上的男人》，رجال من الرف العالي

《高墙》，حيطان عالية

《鸽子》，حمامة ورقاء

《鸽子的野性》，وحشية هزار

《鸽子飞了》，طار الحمام

《歌女的心》，قلب غانية

《歌诗诗话》，　كتاب الأغاني

《革命与愤怒的歌曲》，أغنيات الثورة والغضب

《格拉纳达》三部曲，ثلاثية غرناطة

《给你别样的城邦》，سأهبك مدينة اخرى

《耕耘海的人》，من يحرث البحر

《公正报》，الاعتدال

《公正人睡着了》，إغفاءة العادل

《公主的珠宝》，جواهر الأميرة

《公主在等待》，الأميرة تنتظر

《攻克安达卢西亚》，فتح الأندلس

《供祈祷和革命》，للصلاة والثورة

《宫间街》，بين القصرين

《恭贺新禧》，كل عام وأنتم بخير

《拱桥就是生命》，القنطرة هي الحياة

《共产党人》，شيوعيون

《共和也门》，اليمن الجمهوري

《姑娘玛娅莎的悲伤》，أحزان البنت مياسة

《孤儿》，اليتيم

《孤立时间的座标》，إحداثيات زمن العزلة

《古都诗抄》，قصائد العاصمة القديمة

《古莱氏的鹰》，صقر قريش

《古莱氏少女》，عذراء قريش

《古莱氏族的主公》，سيد قريش

《古兰经》，القرآن الكريم

《古兰经的精神》，روح القرآن

《古兰经隐喻概述》，كتاب تلخيص البيان عن مجازات القرآن

《〈古兰经〉难题》，مشكل القرآن

《故事画幅》，لوحات قصصية

《故事源》，عيون الأخبار

《关于阿拉伯海湾的研究》，دراسات عن الخليج العربي

《关于教派和异端的批判》，الفصل في الملل والأهواء والنحل

《关于人与枪》，عن الرجال والبنادق

《关于诗、性和革命》，عن الشعر والجنس والثورة

《关于这和那》，عن هذا وذاك

《关于逐渐被偷去的灵魂》，عن الروح التي سرقت تدريجيا

《观察所》，المرصد

《官饭》，خبز الحكومة

《官司：一段经历》，المحاكمة مقطع من سيرة الواقع

《管见录》，النظرات

《惯常事物之磨》，طاحونة الشيء المُعتاد

《光彩夺目的淑女》，امرأة من ضوء

《光亮》，الضياء

《光面包》，الخبز الحافي

《光明面》，الجانب المضيء

《光明与风暴》，أضواء وأنواء

《光荣树的叶子》，أوراق من شجرة المجد

《光荣属于孩子们和橄榄树》，المجد للأطفال والزيتون

《光线》，الشُعاع

《光与暗》，النور والديجور
《光与影》，أشعة وظلال
《广场的门》，باب الساحة
《归来者》，العائد
《归思》，الشوق العائد
《归途》，طريق العودة
《归途诗邮》，بريد العودة
《闺阁外面》，خارج الحريم
《鬼丫头》，بنت الشيطان
《国王及其两位大臣》，الملك ووزيراه
《国王我来了》，أنا الملك جئت
《过错》，العيب
《哈布白》，حبوبة
《哈菲兹与邵基》，حافظ وشوقي
《哈基姆的驴子》，حمار الحكيم
《哈加志·本·尤素福》，الحجاج بن يوسف
《哈拉智的悲剧》，مأساة الحلاج
《哈莉玛》，حليمة
《哈里发解颐与风趣者竞嬉录》，فاكهة الخلفاء ومفاكهة الظرفاء
《哈立德·本·瓦利德》，خالد بن الوليد
《哈利德传》，كتاب خالد
《哈囡》，حنان
《哈桑·杰白勒》，حسن جبل
《哈希姆集》，الهاشميات
《哈义·本·叶格赞的故事》，قصة حيّ بن يقظان
《海达麦》，هدامة
《海盗》，القرصان
《海盗与城市》，القرصان والمدينة
《海的创伤》，جراح البحر

《海的旧梦》，أحلام البحر القديمة

《海迪婕与苏姗》，خديجة وسوسن

《海法与希拉志・赖伊里》，الهيفاء وسراج الليل

《海阔天空》，البحر ينشر ألواحه

《海湾的危机是企图明白》，أزمة الخليج محاولة الفهم

《海湾诗抄》，قصائد من الخليج

《海湾之歌》，أنشودة الخليج

《海燕》，طيور العنبر

《海洋》，البحر

《海员回忆录》，مذكرات بحار

《海藻》，الطحالب

《海蜇》，قناديل البحر

《海之歌》，نشيد البحر

《海之书》，كتاب البحر

《海竹兰的报复》，انتقام الخيزران

《含泪的芭希玛》，باسمة بين الدموع

《寒风》，رياح كانون

《罕世璎珞》，العقد الفريد

《汗・哈里里市场》，خان الخليلي

《航海》，رحيل البحر

《豪绅》，أكابر

《好工人》，العمال الصالحون

《好人们》，الطيبون

《号角与末日》，النفيرُ والقيامة

《河流拐弯的地方》，منحنى النهر

《河畔上的一棵枣椰树》，نخلة الحافة

《河在湖中洗澡》，نهر يستحم في البحيرة

《褐色姑娘对我说》，قالت لي السمراء

《黑暗中的爱情》，حب في الظلام

《黑暗中的女人》，امرأة في الظلام

《黑暗中的一个点》，نقطة في الظلام

《黑斑》，البقعة الداكنة

《黑带》，الشريط الاسود

《黑风》，النسيم الأسود

《黑姑娘的码头》，رصيف العذراء السوداء

《黑军人》，العسكر الأسود

《黑人、贝杜因人与农民》，زنوج وبدو وفلاحون

《黑塔尼路线》，خطط الغيطاني

《黑土地》，أرض السواد

《黑夜王国的万物》，كائنات مملكة الليل

《黑夜映出朦胧的脸》，وجوه دخانية في مرايا الليل

《黑障碍》，الحواجز السوداء

《恒定与变化》，الثابت والمتحول

《红岸》，الضفاف الحمر

《红冬青槲的根》，جذور السنديانة الحمراء

《红夜》，الليالي الحمراء

《洪水》，الطوفان

《虹》，قوس قزح

《后街》，الشوارع الخلفية

《厚嘴唇》，شفاه غليظة

《侯赛因殉难记》，الحسين شهيدا

《侯赛因在战斗》，الحسين ثائراً

《狐狸的丑闻》，فضيحة الثعلب

《胡达太太》，الست هدى

《湖的喧闹》，صخب البحيرة

《户主》，صاحب البيت

《花蕾》，البراعم

《花脸回忆录》，مذكرات الأرقش

《花束》，طاقات زهور

《花与酒》，زهر وخمر

《花与枪的对话》，حوار الورد والبنادق

《花找瓶》，الزهور تبحث عن آنية

《话篓子》，خزانة الكلام

《还回我的心！》，رد قلبي

《还有什么剩给你们？》，ما تبقى لكم؟

《幻影》，أطياف

《黄昏暴风》，أعاصير مغرب

《黄昏时分》，ساعة مغرب

《黄昏之后》，بعد الغروب

《黄金草原》，مروج الذهب

《黄炮》，المدفع الأصفر

《黄土地》，الأرض الصفراء

《灰暗清晨的血》，دماء في الصبح الأغبر

《灰城报》，الشهباء

《灰的日子》，أيام الرماد

《灰的田野》，حقول الرماد

《灰与花之间的时代》，وقت بين الرماد والورد

《灰中之春》，ربيع في الرماد

《回巴格达归途揽胜》，نشوة المدام في العود الى مدينة السلام

《回归童年》，رجوع إلى الطفولة

《回响》，رجع الصدى

《回忆》，الذكرى

《回忆初恋》，ذكرى الهوى الأول

《昏影》，أشباح الأصيل

《昏与晨》，الأصائل والأسحار

《婚姻法规》，شريعة الزواج

《魂灵与幽灵》，أرواح وأشباح

《混水》，الماء العكر

《火车站》，محطة السكة الحديد

《火山爆发》，ثورة البركان

《火焰》，شعلة

《火焰中的宣礼塔》，منارة في ألسنة اللهيب

《火与话》，النار والكلمات

《火灾》，الحريق

《火灾的大马士革》，دمشق الحرائق

《祸患》，النكبات

《霍乱病》，وباء الكوليرا

《饥饿》，الجوع

《机灵鬼》，الشطار

《机器的葬礼》，جنازة الآلة

《基督的启示》，من وحي المسيح

《基督教诗人》，شعراء النصرانية

《激情诗集》，ديوان الحماسة

《吉尼·巴拉卡特》，الزينى بركات

《籍贯录》，كتاب الديرة

《记忆的队列》，مواكب الذكريات

《记忆留存》，من بقايا الذاكرة

《记忆之星》，نجمة في الذاكرة

《记住大海的人》，من يذكر البحر

《记住我，非洲！》，اذكريني يا افريقيا

《纪伯伦传》，جبران خليل جبران

《济卡尔之战》，ذي قار

《继承人》，الوارث

《加米拉的悲剧》，مأساة جميلة

《夹竹桃》，شجرة الدفلى

《迦南牧歌》，رعويّات كنعانية

《迦南人》，كنعانياذا

《迦萨尼姑娘》，فتاة غسان

《家》，البيت

《家乡消息》，أخبار من البلد

《家园的状况》，أحوال الديار

《贾姬娅·希拉丽娅》，الجازية الهلالية

《贾瓦希里诗集》，ديوان الجواهري

《贾希利叶六诗人诗集珍辑》，العقد الثمين في دواوين الشعراء الستة الجاهليين

《贾希利叶时期阿拉伯人的习俗》，عادات العرب في جاهليتهم

《假里亚尔》，الريال المزيّف

《剑与船》，السيف والسفينة

《剑与花》，السيف والزهرة

《江河》，الأنهار

《交易》，الصفعة

《焦急的人们》，الجازعون

《教长政权的危险》，خطر الإمامة

《教堂的祭司》，كهان الهيكل

《接触》，تماس

《嗟叹集》，الزفرات

《节日的信》，رسالة في عيد

《杰弗拉》，جفرا

《杰姬娅和达尔维什》，الجازية والدراويش

《杰拉勒·哈立德》，جلال خالد

《杰拉什的月亮是悲伤的》，قمر جرش كان حزيناً

《杰扎尔撷华》，تقاطيف الجزار

《解放妇女》，تحرير المرأة

《今朝有酒……》，اليوم خمر

《今后的你》，أنت منذ اليوم

《今天的姑娘》，بنت اليوم

《金车上不了天》，العربة الذهبية لا تصعد الى السماء
《金船》，السفينة الذهبية
《金冠》，الإكليل الذهبي
《金链集》，سلاسل الذهب
《金沙》，الرمال الذهبية
《金诗》，المذهَّبات
《金子》，التبر
《金字塔报》，جريدة الأهرام
《紧闭的窗户与情人的眼睛》，النوافذ المغلقة وعيون الأحباب
《紧握你们的手》，أشد على أيديكم
《紧要关头》，اللحظة الحرجة
《近臣书》，رسالة الصحابة
《进步报》，التقدم
《浸透泪水的往事》，ذكريات دامعة
《禁止入内》，ممنوع الدخول
《荆棘的道路》，طريق الشوك
《精粹》，اللباب
《精灵与魔鬼》，رسالة التوابع والزوابع
《警觉的鸟》，طيور الحذر
《镜子》，المرايا
《九月的安曼》，عمان في أيلول
《九月的鸟》，طيور أيلول
《旧的事实会引起惊异》，الحقائق القديمة صالحة لإثارة الدهشة
《居地和古迹的鉴戒》，المواعظ والاعتبار بذكر الخطط والآثار
《居丧》，الحِداد
《巨帆》，الشراع الكبير
《巨人的觉醒》，صحوة المارد
《据说……》，يحكى أن
《距离》，المسافات

《掘墓人》，حفار القبور

《骏马与折剑》，الجواد والسيف المكسور

《卡德摩斯》，قدموس

《卡尔纳克咖啡馆》，الكرنك

《卡里来和笛木乃》，كليلة ودمنة

《卡林和哈桑》，كارن وحسن

《开罗埃及报》，مصر القاهرة

《开罗之夜》，ليالي القاهرة

《开头》，أول الشوط

《开心解颐集》，نزهة النفوس ومضحك العبوس

《凯耳卜·本·马立克》，كعب بن مالك

《坎坷旅途中的面容》，وجوه في رحلة التعب

《坎特拉城的骑士》，فارس مدينة القنطرة

《慷慨的故事》，قصة الكرم

《科威特的阿拉伯小说》，القصة العربية في الكويت

《科学、宗教与金钱》，الدين والعلم والمال

《渴求的一代》，جيل الظمأ

《渴望》，العطش

《渴望的湖》，بحيرة العطش

《渴望的心》，قلوب ظمأى

《渴与泉》，الظمأ والينبوع

《克里奥帕特拉之死》，مصرع كليوباترا

《克韵颂圣修辞诗》，الكافية البديعية في المدائح النبوية

《客死异乡》，يموتون غرباء

《空城》，المدينة الفارغة

《空腹三日》，وطاوي ثلاث

《恐龙回忆录》，مذكرات ديناصور

《哭废墟》，البكاء على الاطلال

《哭泣的晚霞》，الشفق الباكي

《哭笑不得》，مجلة المضحك المبكي
《苦尽甘来》，ثم أزهر الحزن
《苦恋者》，المتيّم
《苦命的宰德·阿尼的实践》，ممارسات زيد الغاثي المحروم
《苦难树》，شجرة البؤس
《苦泉》，النبع المر
《苦桑》，التوت المر
《苦行僧之曲》，معزوفة لدرويش متجول
《苦修者的秋天》，خريف الدرويش
《酷热与蜃景》，هجير وسراب
《宽恕书》，رسالة الغفران
《狂人》，المجنون
《困难的日子》，الأيام الصعبة
《拉车的马》，حصان العربة
《拉杜biss》，رادوبيس
《拉玛与龙》，رامة والتنين
《拉兹》，اللاز
《来，咱们让秋叶飞舞》，تعالي نطيّر أوراق الخريف
《来世的干粮》，زاد المعاد
《来自巴勒斯坦的情人》，عاشق من فلسطين
《来自非洲的情人》，عاشق من افريقيا
《来自哈伊勒的姑娘》，فتاة من حائل
《来自生活的十个故事》，عشر قصص من صميم الحياة
《来自太阳的歉意》，المعذرة من الشمس
《来自天上》，من السماء
《来自走廊》，من الدهليز
《来自祖国的嗟叹》，آهة من بلادي
《莱伊拉的情痴》，مجنون ليلى
《莱伊拉与她的情痴》，ليلى والمجنون

《兰德里》，رندلي

《蓝灯》，المصابيح الزرق

《蓝色的调子》，النغم الأزرق

《老海员给你的》，من البحار القديم اليك

《老虎与狐狸》，كبات النمر والثعلب

《老年及其他》，الشيخوخة وقصص أخرى

《老骑士之梦》，أحلام الفارس القديم

《乐趣院》，دار المتعة

《乐天的悲观者赛义德·艾比·奈哈斯失踪奇案》，الوقائع الغريبة في اختفاء سعيد أبي النحس المتشائل

《乐园报》，الجنة

《乐园里的蛇》，أفاعي الفردوس

《雷法伊》，الرفاعي

《雷哈尼散文集》，الريحانيات

《雷霆》，الرعد

《泪的收获》，حصاد الدموع

《泪谷》，وادي الدموع

《泪水已干》，جفت الدموع

《泪与情》，دموع وعواطف

《泪与笑》，دمعة وابتسامة

《泪珠集》，العبرات

《类编大成》，كتاب الطبقات الكبير

《离乡事件真相与伤感》，التِّبْيان فِي وقائع الغربة والأشجان

《黎巴嫩的法语诗歌》，الشعر اللبناني باللغة الفرنسية

《黎巴嫩的幻影》，أطياف من لبنان

《黎巴嫩复兴必要的哲学与神学基础》，الأساس الفلسفي واللاهوتي المحتوم في النهضة اللبنانية

《黎巴嫩腹地》，قلب لبنان

《黎明的欢呼与雨》，زغاريد ومطر بالفجر

《黎明的梦》，أحلام الفجر

《黎明的鸟》，عصافير الفجر

《黎明访问花园》，الفجر يزور الحديقة

《理想与革命》，أحلام وثورة

《历程》，المراحل

《立场》，مواقف

《利比亚半个世纪的新闻报刊业》，صحافة ليبيا فى نصف قرن

《两个疯子》，مجنونان

《两个吻》，قبلتان

《两海集》，مجمع البحرين

《两园的土地》，أرض الجنتين

《两枝仙人掌》，فرعان من الصبار

《列车》，القطار

《烈火与选择》，النار والاختيار

《烈士的土地》，أرض الشهداء

《烈士们本周回来》，الشهداء يعودون هذا الأسبوع

《猎人与野鸽》，الصياد واليمام

《吝人传》，كتاب البخلاء

《灵魂的镜子》，مرآة الروح

《灵魂归来》，عودة الروح

《羚羊》，الغزالات

《零点的女人》，امرأة عند نقطة الصفر

《零下的纳季兰》，نجران تحت الصفر

《领袖葬礼的点缀》，زينات فى جنازة الرئيس

《另一面》，الوجه الآخر

《流亡地的爱情》，الحب في المنفى

《流亡诗抄》，أشعار في المنفى

《六七事件的卷宗》，ملف الحادثة 67

《六十个故事》，ستون قصة قصيرة

《六天》，ستة أيام

《六天的六重奏》，سداسية الأيام الستة

《六弦琴》，القيثارة
《龙杰与妖怪》，لونجا والغول
《笼中鸟》，العصفور في القفص
《笼子与共同语言》，الأقفاص واللغة المشتركة
《鲁祖米亚特》，اللزوميات
《路》，دروب
《路边的葡萄》，كرم على درب
《路人》，عابر سبيل
《路上的一夜》，ليلة في الطريق
《驴夫与教士》，المكاري والكاهن
《旅居散心志异》，غرائب الاغتراب ونزهة الألباب في الذهاب والإقامة والإياب
《旅游列国奇观录》，تحفة النُظّار وغرائب الأمصار وعجائب الأسفار
《履金途赴巴黎》，سلوك الإبريز في مسالك باريز
《绿草上的舞蹈》，الرقص على العشب الأخضر
《绿柴》，حطب أخضر
《绿箭》，السهم الأخضر
《绿色的山峰》，القمم الخضراء
《绿山》，الجبل الأخضر
《绿山的天使》，ملائكة الجبل الأخضر
《绿瓦房》，بيت أخضر وسقف قرميدي
《绿茵如何变成了石头》，كيف صار الأخضر حجراً
《绿洲》，الواحة
《孪生子》，التوأمان
《乱七八糟》，فوضى الأشياء
《论文化与文学》，في الثقافة والأدب
《罗马集》，الروميات
《罗网与短矛》，المصائد والمطارد
《骡子的婚礼》，عرس بغل
《落叶飘飘》，أوراق في الريح

《马格里布地区》，المغرب الأقصى
《马格里布名人传》，مشاهير المغرب
《马格里布诸国史记探赜索隐》，كتاب الاستقصا لأخبار دول المغرب الأقصى
《马里卜抒怀》，مأرب تتكلم
《马群》，الخيل
《马群》，الخيول
《马与女人》，الخيل والنساء
《玛吉黛丽娅》，المجدلية
《玛卡梅集》，المقامات
《码头上的跛子》，الأعرج في الميناء
《埋葬死去的亲人，站起来！》，أدفنوا موتاكم وانهضوا
《买卖》，بيع وشرا
《迈哈穆德・瓦拉格诗集》ديوان محمود الوراق
《迈哈穆德王》，شاه محمد
《迈尼西庄园逸事录》，أخبار عزبة المنيسي
《麦加的姑娘》，غادة أم قرى
《麦加的启示》，الفتوحات المكيّة
《麦穗坦言》，بوح السنابل
《盲妓》，المومس العمياء
《毛衣》，قميص الصوف
《锚》，الياطر
《没有版图的世界》，عالم بلا خرائط
《没有男人》，بلا رجل
《没有旗帜的战斗》，معركة بلا راية
《没有亚当的夏娃》，حواء بلا آدم
《玫瑰对燕子说》，قالت الوردة للسنونو
《玫瑰祭》，مأتم الورود
《玫瑰情痴》，مجنون الورد
《玫瑰园》，جنة الورد

《梅达格胡同》，زقاق المدق

《美洲之星》，كوكب امريكا

《门闩》，مراتيج

《梦幻故事》，قصص الرؤية

《梦入乡》，الحلم يدخل القرية

《梦想女人的蜃景》，سراب الحالمات

《梦中的眼睛》，عيون في الحلم

《梦中的一步》，خطوة في الحلم

《迷宫》，أجنحة التيه

《迷茫的水手》，الملاّح التائه

《迷惘的骑士》，الفارس الضائع

《米尔达德》，مرداد

《米尔萨勒与其它》，مرسال

《米拉玛尔公寓》，ميرامار

《棉花大王》，ملك القطن

《面包、大麻和月亮》，خبز وحشيش وقمر

《面包》，الرغيف

《面临挑战的文化与思想》，الثقافة والفكر في مواجهة التحدي

《面目与故事》，وجوه وحكايات

《民间俗语与成语》，التعابير والأمثال الشعبية

《民族文化》，الثقافة الوطنية

《名人列传》，وفيات الأعيان وأنباء الزمان

《明日不会失去》，لن يضيع الغد

《明日的城市》，مدينة الغد

《明天土地将变样》，غدا تتبدل الأرض

《明天与愤怒》，الغد والغضب

《明天自由的太阳会升起来》，وغدا تشرق شمس الحرية

《鸣禽与羚羊》，الصادح والباغم

《冥冥中的呼唤》，هاتف المغيب

《命定的一代》，جيل القدر
《命运的嘲讽》，سخريات القدر
《命运的戏弄》，عبث الأقدار
《命中注定》，مكتوب على الجبين
《摩登女郎》，بنت العصر
《摩洛哥现代诗歌研究》，أبحاث في الشعر المغربي الحديث
《摩洛哥在阿拉伯文坛的出类拔萃者》，النبوغ المغربي في الأدب العربي
《磨的收获》，حصاد الرحى
《魔法师》，السحرة
《魔法师的惊奇》دهشة الساحر,
《魔鬼传》，ترجمة شيطان
《魔鬼会所》，مجمع الشياطين
《茉莉花》，ياسمين
《茉莉花香》，مشموم الفلّ
《莫名的召唤》，نداء المجهول
《母鸡回忆录》，مذكرات دجاجة
《姆哈》，مها
《目睹集》，ما تراه العيون
《牧人的归来》，عودة الراعي
《穆艾叶德报》，المؤيد
《穆尔家族的东迁》，تشريقة آل المرّ
《穆罕默德生平》，حياة محمد
《穆台瓦里大叔》，عم متولي
《穆志伯勒・本・ 舍赫万的两重性》，ثنائية مجبل بن شهوان
《内部市场》，السوق الداخلي
《内心的光明》，النور من الداخل
《内心喧腾时》，عندما تضّج الأعماق
《那漫漫长夜》，تلك الليلة الطويلة
《那种气味》，تلك الرائحة

《纳迪娅》，نادية

《纳季德近代史》，تاريخ نجد الحديث

《纳季德史》，تاريخ نجد

《纳姆鲁德》，النمرود

《娜赫德的童年》，طفولة نهد

《娜吉玛》，نجمة

《男女游戏》，لعبة الرجل والمرأة

《男人与道路》，الرجل والطريق

《男人与公牛》，رجال وثيران

《南风》ريح الجنوب

《难道不是这样吗？》，أ ليس كذلك؟

《难圆的圈》，دوائر عدم الإمكان

《闹鬼的房子》，البيت المسكون

《呐喊》，صرخة

《能说会道的埃及人的抱怨》，شكاوى المصري الفصيح

《尼罗河的鸟雀》，عصافير النيل

《尼罗河气味》，النيل الطعم والرائحة

《尼罗河上的絮语》，ثرثرة فوق النيل

《尼罗河向北流・开端》，النيل يجري شمالا - البدايات

《尼罗河向北流・守卫》，النيل يجري شمالا - النواطير

《尼沙布尔的审判》，محاكمة نيسابور

《泥塑神胎》，معبود من طين

《泥土与太阳》，الطين والشمس

《你，同寂静与犹豫的树林》，أنت.. وغابة الصمت والتردد

《你的目光》，بريق عينيك

《你们这些诗人》，أنتم الشعراء

《你是共产党人》，أنت شيوعي

《你是我的意中人》，أنت ليلاي

《你属于我》，أنت لي

《年年爱你》，كل عام وأنت حبيبتي
《鸟儿星眼的行程》，مسار الطائر عين النجم
《鸟儿与朋友》，الطيور والأصدقاء
《鸟笼》，القفص
《农村之歌》，شعر الريف
《农民》，الفلاح
《农奴之家》，منزل الأقنان
《努阿姆》，نعم ，亦称《R 韵诗》，الرائيات
《努尔曼恢复本色》，نعمان يسترد لونه
《努哈的呼吁》，نداء نوح
《女儿桥》，جسر بنات يعقوب
《女家庭教师日记》，من يوميات مدرسة حرة
《女骗子》，الدجالة
《女人与猫》，المرأة والقطة
《女人与玫瑰》，المرأة والوردة
《女性是根本》，الأنثى هي الأصل
《欧尔沃与阿芙拉》，عروة وعفراء
《欧麦尔・本・赫塔布》，عمر بن الخطاب
《欧麦尔・穆赫塔尔》，عمر المختار
《欧麦尔・穆赫塔尔的起义》，ثورة عمر المختار
《欧麦里叶院中的斑鸠声声》，شجع القمرية في ربع العمرية
《欧麦尔传》，الفاروق عمر
《欧麦尔颂》，العمرية
《欧斯福里亚疯人院》，العصفورية
《爬行的曙光》，الفجر الزاحف
《帕夏大院》，دار الباشا
《徘徊的幻影》，أخيلة هائمة
《叛逆》，العصاة
《叛逆的灵魂》，الأرواح المتمردة

《叛徒》，الخائن

《旁门》，الباب الآخر

《炮弹》，قنابل

《泡菜、糕点商游记》，رحلات الطرشجي والحلوجي

《泡沫》，قامات الزبد

《批评与改革》，نقد وإصلاح

《披沙拣金记巴黎》，تخليص الإبريز في تلخيص باريز

《皮格马利翁》，بجماليون

《偏激与改良》，التطرف والإصلاح

《骗子》，الكذوب

《漂泊人重返海上》，عودة الطائر إلى البحر

《飘飘的面纱》，النقاب الطائر

《贫困与革命之旅》，سفر الفقر والثورة

《平地》，الهيرات

《平凡的故事》，حكاية بسيطة

《平民史诗》，ملحمة الحرافيش

《破产》，الإفلاس

《破帆》，الشراع الممزق

《破壶》，أباريق مهشمة

《七束光》，الأشعة السبعة

《七道门》，سبعة أبواب

《七十述怀》，سبعون

《七十年代短篇小说选讲》，مختارات من القصة القصيرة في السبعينات

《凄凉的岁月》，الزمن الموحش

《齐诺比娅》，زنوبيا

《奇贝珍珠》，درّ الصدف في غرائب الصدف

《奇谈录》，البدائع والطرائف

《乞丐》，الشحاذ

《企图》，محاولات

《气息》，النسمات

《弃婴》，لقيطة

《千奇百怪录》，عجائب الموجودات وغرائب المخلوقات

《千行诗》，الألفيّة

《千夜之夜》，ليالى ألف ليلة

《迁徙》，الهجرات

《墙上的一张照片》，صورة في الجدار

《桥》，الجسر

《亲爱的，那是秋天！》，إنه الخريف،يا حبيبتي

《亲爱的，我们都是贼》，ياعزيزي كلنا لصوص

《青春残余》，بقايا شباب

《青春的梦》，أحلام الشباب

《青春之旅》，السفر الى الأيام الخضر

《青年、河流与将军》，الفتى والنهر والجنرال

《青年马赫兰》，الفتى مهران

《清客文学》，كتاب أدب الندماء

《清客文学与俳优趣谈》，أدب الندماء ولطائف الظرفاء

《情人》，العاشق

《情人的爱情与思念的故事》，حكاية العشاق في الحب والاشتياق

《情诗抄》，أبيات غزل

《情思集》，ترجمان الأشواق

《黥墨》，الوشم

《请听我的呼唤》，استمع الى ندائي

《穷苦人的灾难》，فجائع البائسين

《穷人的儿子》，ابن الفقير

《秋花集》，أزهار الخريف

《秋天的凉台》，شرفات الخريف

《秋天的太阳》，شمس الخريف

《囚居的诗人》，شاعر بين الجدران

《求婚》，الخطوبة

《求她！》，سلوها

《曲》，الألحان

《曲调与回响》，أنغام وأصداء

《曲折》，المنعرج

《趣闻雅诗鉴赏》，نزهة الأبصار بطرائف الأخبار والأشعار

《泉》，الينبوع

《群蝶》，الفراشات

《群氓》，الأوباش

《群神》，الآلهة

《群狮瀑布》，شلال الأسود

《燃烧的鼠李树》，العوسجة الملتهبة

《让剑说》，خلي السيف يقول

《让我畅所欲言》，بلا قيود دعوني أتكلم

《热病的旷野》，براري الحمى

《热风》，رياح النيران

《热恋的烦闷与早晨》，اختناقات العشق والصباح

《热恋与流血的夜晚》，ليلة العشق والدم

《人的七天》，أيام الإنسان السبعة

《人间喜剧》，المهزلة الأرضية

《人间有欢乐》，في الناس المسرة

《人口贩子》，النخاس

《人类史纲要》，المختصر في أخبار البشر

《人类史纲要续篇》，تتمّة المختصر في أخبار البشر

《人们与爱情》，الناس والحب

《人民欢乐》，فرحة الشعب

《人人有饭吃》，لكل فم الطعام

《人生悲剧与歌曲》，مأساة الحياة وأغنية الإنسان

《人生景象》，مشاهد الحياة

《人行道与墙壁》，أرصفة وجدران

《人与湖的传说》，أسطورة الإنسان والبحيرة

《人质》，الرهينة

《人子耶稣》，يسوع ابن الإنسان

《认识国情之正途》，أقوم المسالك في معرفة أحوال الممالك

《认识玫瑰的人》，من يعرف الوردة

《日落绿洲》，واحة الغروب

《日子》，الأيام

《荣誉》，شرف

《柔细的声音》，الصوت الناعم

《肉体的记忆》，ذاكرة الجسد

《肉屋》，بيت اللحم

《若不是人……》，لولا الإنسان

《若是信马由缰又会怎样？》，ماذا لو تركوا الخيل تمضي

《弱者的命运》，مصير الضعفاء

《萨拉》，سارة

《萨那大火》，حريق في صنعاء

《萨那——开放的城市》，صنعاء مدينة مفتوحة

《萨那篇》，المقامة الصنعاء

《萨珊吟》，قصيدة الساسانية

《塞维利亚的灯》，قناديل أشبيلية

《赛蒂赫夜话》，ليالي سطيح

《赛福・本・齐叶金传奇》，سيرة سيف بن يزن

《赛拉布・阿凡日记》，يوميات سراب عفان

《赛拉维的旅行》，أسفار السروي

《赛勒玛》，سلمى

《赛勒娃彷徨歧途》，سلوى في مهب الريح

《赛麦尔与阿蓓尔》，سمر وعبر

《赛米拉米斯女王》，سميراميس

《赛义德》，سعيد

《三层的故事》，حديث من الطابق الثالث

《三棵橙子树》，ثلاث شجيرات تثمر برتقالا

《三种爱情》，ألوان الحب الثلاثة

《沙布·翟里夫诗集》，ديوان الشاب الظريف

《沙卡勒的焦虑》，أحزان شاغال السّاخنة

《沙漏的秘密》，أسرار ساعة الرمل

《沙米娅》，سامية

《沙姆园地中的热恋》，الهيام في جنان الشام

《沙姆征战中的热恋》，الهيام في فتوح الشام

《沙滩》，طرح البحر

《沙与冰》，رمال وجليد

《沙与沫》，رمل وزبد

《沙与茉莉》，الرمل والياسمين

《傻瓜艾布·哈桑》，أبو الحسن المغفّل

《筛》，الغربال

《山》，الجبل

《山鲁佐德》，شهرزاد

《山鲁佐德之梦》，أحلام شهرزاد

《山泉》，أوشال

《闪电写的歌》，أغاني بريشة البرق

《伤疤史》，تاريخ الجرح

《伤逝》，لوعة الغياب

《商人与油漆匠》，التاجر والنقاش

《上坡路》，الطريق الصاعدة

《少女与黑夜》，العذراء والليل

《少女与野兽》，عذراء ووحش

《蛇线》，خط الأفعى

《蛇与海》，الأفعى والبحر

《设拉子之月》，قمر شيراز
《社会舞台》，مسرح المجتمع
《深谷百合》，زنبقة الغور
《深入》，المغلغل
《深夜》，قلب الليل
《深夜对话》，حوار في ليل متأخر
《深渊》，الهاوية
《神奇的阿特拉斯山》，أطلس المعجزات
《神圣的火焰》，اللهب المقدس
《神圣进军歌谣》，أهازيج الزحف المقدس
《生活的美酒》，نخب الحياة
《生活在真理之中》，العائش في الحقيقة
《生活之歌》，نشيد الحياة
《生就如此》，هكذا خلقت
《生命一瞬间》，العمر لحظة
《生命之歌》，أغاني الحياة
《声音与回响》，الصوت والصدى
《声誉事件》，حادثة شرف
《绳索》，الحبل
《圣地与火炬》，مشاعر ومشاعل
《圣女法蒂玛》，فاطمة البتول
《圣训》，الحديث 或 السنّة
《失败的人们》，المهزومون
《失落的曲子》，الألحان الضائعة
《失去影子的人》，الرجل الذى فقد ظله
《失望》，خيبة أمل
《诗的履历》，سيرة شعرية
《诗的时代》，زمن الشعر
《诗歌的革命》，ثورة الشعر

《诗歌风格》，الاساليب الشعرية

《诗歌在 20 世纪还有地位吗？》，هل للشعر مكان في القرن العشرين

《诗歌旨趣》，كتاب معاني الشعر

《诗刊》，الشعر

《诗情画意》，لوحات شعرية

《诗人的品级》，طبقات الشعراء

《诗人法庭》，محكمة الشعراء

《诗是绿灯》，الشعر قنديل أخضر

《诗选》，قصائد مختارة

《诗与诗人》，الشعر والشعراء

《诗之产生与发展》，حياة الشعر وأطواره

《诗之酿》，خمرة الشعر

《十二个男人》，اثنا عشر رجلاً

《十二个女人》，أثنتا عشرة امرأة

《十年之夜》，ليلة السنوات العشر

《十三号防空洞》，المخبأ رقم 13

《石头项链》，عقد من الحجار

《石溢血》，نزيف الحجر

《时代的见证——伊本·扎希尔》，ابن ظاهر شاهد العصر

《时代的声音》，أصوات العصر

《时机与猎手》，الفرصة والقناص

《时世绝品》，يتيمة في شعراء أهل العصر

《时事镜报》，مرآة الأحوال

《始与末》，بداية ونهاية

《世界的声音》，صوت العالم

《手、土地与水》，اليد والأرض والماء

《手鼓与箱子》，الدف والصندوق

《受欺者》，المظلوم

《受伤的喘息》，اللهاث الجريح

《受伤的鸟》，الطائر الجريح

《受伤期间的沉思》，تأملات في زمن جريح

《舒布拉来的姑娘》，بنت من شبرا

《赎罪集》，الممحَّصات

《曙光》，إشراقة

《曙光集》，ضوء الفجر

《树后人家》，بيوت وراء الأشجار

《树与暗杀马尔祖格》，الأشجار واغتيال مرزوق

《谁记得那些日子》，من يذكر تلك الأيام

《水坝》，السد

《水车的吟唤》，أنّات الساقية

《水夫死了》，السقامات

《水手的故事》，حكاية بحار

《水与火之歌》，أغنية الماء والنار

《水中的坟墓》，قبور في الماء

《睡不醒的素丹与扎尔朶・叶玛玛》，سلطان النوم وزرقاء اليمامة

《睡人行》，السائرون نياما

《司阍》，السادن

《思宫街》，قصر الشوق

《思想的舞台》，مسارح الأذهان

《撕烂了的警告》，الإنذار الممزق

《死海的生物》，أحياء في البحر الميت

《死人的吵闹》，صخب الموتى

《死人的回声》，دويّ الموتى

《死人与活人》，الميت و الحي

《死神的代表》，نائب عزرائيل

《死亡、海洋与老鼠》，الموت والبحر والجُرذ

《死亡的围墙》，سور المنايا

《死亡与死人的书》，كتاب الموت والموتى

《死亡与殉难的赞歌》，تَهليلة الموت والشهادة

《死刑》，الإعدام

《死在水上》，موت على الماء

《四篇模糊小说》，أربعة التباسات قصصية

《四十的灵感》，وحي الأربعين

《四十讲》，أحاديث ابن دريد

《四月梅》，برقوق نيسان

《苏阿来与欧弗莱》，ثعلة وعفرة

《苏丹短篇小说》，مجموعة قصص سودانية

《苏丹十日》，عشرة أيام في السودان

《苏拉拉》，سولارا

《苏勒塔娜》，سلطانة

《苏里亚》，ثريا

《苏珊》，سوزان

《素馨花环》，أجراس الياسمسن

《酸葡萄》，الحصرم

《岁月流逝》，تمضي الأيام

《碎片与灰烬》，شظايا ورماد

《碎片与马赛克》，الشظايا والفسيفساء

《碎物》，الأشياء المنكسرة

《碎屑喷泉》，نافورة الشظايا

《燧火集》，سقط الزند

《所多玛》，سدوم

《索引》，الفهرست

《锁链》，قيود

《锁链中的风暴》，أعاصير في السلاسل

《他们就这样在杀害山鲁佐德》，هكذا يقتلون شهرزاد

《他们为历史留下了什么？》，ماذا تبقى منهم للتاريخ

《他乡》，البلدة الأخرى

《塔里格·本·齐雅德》，طارق بن زياد

《塔利卜人殉难记》，مقاتل الطالبيين

《塔玛拉》，تمارا

《塔瓦辛书》，كتاب الطواسين

《塔希什·侯班》，طاهش الحوبان

《塔伊夫·海亚勒》，طيف الخيال

《台米姆人》，تميمون

《苔尔舍卡娜》，طرشقانة

《太阳出来了》，أشرقت الشمس

《太阳的焦灼》，لوعة الشمس

《太阳门》，باب الشمس

《太阳升起的前一天》，يوم قبل ان تشرق الشمس

《太阳随之升起》，ثم تشرق الشمس

《太阳眼》，عين الشمس

《太阳与筛子》，الشمس والغربال

《贪婪》，النهم

《谈诗论文》，من حديث الشعر والنثر.

《谈文学与文学家》，مع الأدب والأدباء

《坦荡的心灵》，قلوب خالية

《探臆得珠》，درّة الغواص في أوهام الخواص

《逃避岁月的人》，هارب من الأيام

《逃出咖啡馆》，الهارب من المقهى

《逃离黑暗的人》，هارب من الظلم

《逃亡者》，الهارب

《讨厌的客人》，الضيف الثقيل

《忒拜之战》，كفاح طيبة

《天空原是蓝的》，كانت السماء زرقاء

《天使与魔鬼》，ملائكة وشياطين

《天涯海角》，آخر الدنيا

《舔门槛》，لحس العتب

《条条沙丘》，أضلاع الصحراء

《通往山顶的路》，درب الى القمة

《通往太阳之路》，الطريق الى الشمس

《同人们在一起》，مع الناس

《童年》，في الطفولة

《童年习作》，محاولات طفولة

《痛苦的呼喊》，صرخة الألم

《痛苦的心》，الخافق المعذب

《痛苦的一课》，درس مؤلم

《痛苦与希望》，آلام وآمال

《头脑中的影子》，الظل في الرأس

《突尼斯工人与工会运动的诞生》，العمال التونسيون وظهور الحركة النقابية

《突尼斯及其望族史》，تاريخ تونس والأسر المعروفة فيها

《突尼斯女巫》，الساحرة التونسية

《突尼斯诗歌集成》，مجمع الدواوين التونسية

《突尼斯文学介绍》，التعريف بالأدب التونسي

《突尼斯现代诗歌》，الشعر التونسي الحديث

《突尼斯现代文学研究》，دراسات في الأدب التونسي الحديث

《突尼斯小说的发轫及其先驱》，القصة التونسية، نشأتها وروادها

《土、水与太阳的素描》，تصاوير من التراب والماء والشمس

《土地，啊，赛勒玛》，الأرض يا سلمى

《土地》，الأرض

《瓦达哈》，وضّاح

《瓦德・哈米德的棕榈树》，دومة ود حامد

《瓦迪欧与圣女米拉黛》，وديع والقديسة ميلادة

《瓦尔黛》，وردة

《瓦格・瓦格的悲剧》，مأساة واق الواق

《瓦茜米娅将从海中出来》，وسمية تخرج من البحر

《瓦斯米娅》，الوسمية

《玩偶》，الدمية

《玩笑及诸如此类》，مزاح وما أشبه

《晚会》，سهرة

《晚上的湖》，بحيرة المساء

《王冠、匕首与肉体》，التاج والخنجر والجسد

《王室狩猎》，الصيد الملكي

《王位与寺院》，العرش والهيكل

《王座前》，أمام العرش

《往事已矣》，كان يا ما كان

《忘恩负义》，ناكر الجميل

《忘却的把戏》，لعبة النسيان

《危难及其消除》，شدة وتزول

《威尼斯的镜子》，مرايا فينيسيا

《微弱的亮光照不出什么》，ضوء ضعيف لا يكشف شيئا

《微弱的声音》，الصوت الخافت

《为了结婚》，في سبيل الزواج

《为了自由》，في سبيل الحرية

《为什么？》，لماذا؟

《为先知的二十一响》，إحدى وعشرون طلقة للنبي

《围困》，الحصار

《违法的诗》，أشعار خارجة على القانون

《伟大的爱情》，الحب العظيم

《伪善之地》，أرض النفاق

《尾巴》，العصعص

《委员会》，اللجنة

《未拆的信封》，الظرف المغلق

《未来的曙光》，الفجر الآتي

《未曾料到的友谊》，صداقة المفاجأة

《未摘的椰枣》，الدقلة في عراجينها

《喂，上树的人！》，يا طالع شجرة

《喂，亚历山大的姑娘们！》，يا بنات اسكندرية

《温暖的怀抱》，حجر دافئ

《瘟疫》，الوباء

《文化侵略与其它》，ومقالات أخرى الغزو الثقافي

《文人》，أديب

《文坛》，حلبة الأدب

《文学的革命》，ثورة الأدب

《文学家的天堂》，فردوس الأدباء

《文学艺术》，فن الأدب

《文学与批评》，فصول في الأدب والنقد

《文苑观止》，نهاية الأرب في الأدب

《文摘》，مجلة المقتطف

《问》，السؤال

《我》，أنا

《我爱你还是不爱你》，أحبك أو لا أحبك

《我的爱人从梦中醒来》，حبيبتي تنهض من نومها

《我的布什塔格大叔》，عمي بوشتاق

《我的歌》，أناشيدي

《我的故乡阿卡》，وطني عكا

《我的孩子》，ولدي

《我的朋友》，صديقي

《我的情人》حبيبتي,

《我的人类兄弟》，أخي الانسان

《我的写诗经验》，تجربتي الشعرية

《我的一份天地》，نصيبي من الأفق

《我的姨妈和修道院》，خالتي صفية والدير

《我的祖国》，موطني

《我的祖国》，بلادي
《我告别了希望》，ودعت آمالي
《我告诉你们》，أقول لكم
《我活着》，أنا أحيا
《我家有个男子汉》，في بيتنا رجل
《我将归来》，سأرجع
《我看见了枣椰树》，رأيت النخل
《我们不会死》，لن نموت
《我们不栽刺》，نحن لا نزرع الشوك
《我们的妇女在教法与社会中》，امرأتنا في الشريعة والمجتمع
《我们的盖达尔先生》，سيدنا قدر
《我们的诗人埃米尔》，أمراؤنا الشعراء
《我们的主公穆罕默德生平》，حياة سيدنا محمد
《我们将笑》，سنضحك
《我们街区的孩子们》，أولاد حارتنا
《我们埋葬过去》，دفنا الماضي
《我们明天不会死》，لن نموت غدا
《我们区都咳血》，حينا يبصق دما
《我们要生活》，أردنا الحياة
《我们用绿色为它裹尸》，بالأخضر كفّناه
《我们再也不是你们的女奴了》，لم نعد جواري لكم
《我亲爱的米里希娅——民兵》，حبيبتي ميليشيا
《我去了》，إني راحلة
《我热爱的土地》，الأرض حبيبتي
《我是凶手》，أنا القاتل
《我同诗的故事》，قصتي مع الشعر
《我偷了月亮》，سرقت القمر
《我为巴勒斯坦歌唱》，أفراح الربيع
《我为你歌唱》，من أجلك أغني

《我献给你一只羚羊》，سأهبك غزالة

《我心中升起的烟》，دخان من قلبي

《我已故的朋友》，صاحبي الذي مات

《我与人们》，أنا والناس

《我与月亮》，أنا والقمر

《我怎么不喜欢白昼？》，كيف لا أحب النهار

《乌姆·阿瓦吉兹》，أم العواجز

《乌姆·哈希姆灯》，قنديل أم هاشم

《乌姆·莱蒂芭》，أم رتيبة

《乌姆·赛阿德》，أم سعد

《巫婆之女》，بنت الساحرة

《无岸的女人》，امرأة بلا سواحل

《无边的波涛》，أمواج بلا شاطئ

《无翅的小鸟》，عصافير بلا أجنحة

《无声的对话》，الحوار الأخرس

《无声手枪的自白》，اعترافات كاتم صوت

《无水的海》，البحر لا ماء فيه

《无心的城》，مدينة بلا قلب

《五彩的笑》，البسمات الملونة

《五人小组》，الخماسين

《五颜六色》，ألوان

《五种声音》，خمسة أصوات

《午热》，وهج الظهيرة

《武器与孩子们》，الأسلحة والأطفال

《舞台与镜子》，المسرح والمرايا

《雾》，الضباب

《雾的后面》，وراء الضباب

《西窗的节日》，العيد من النافذة الغربية

《西奈辫子上的玫瑰》，وردة على ضفائر سناء

《希贾兹的黑姑娘》，سمراء الحجازية
《希贾兹集》，الحجازيات
《希拉勒人传奇》，سيرة بني هلال
《希望》，أمنية
《希望的春天》，ربيع الأمل
《希扎尔·艾夫萨乃》，هزار أفسانه
《昔日的回忆》，ذكرى الأيام الماضية
《昔日与遗墨》，آماس وأطلاس
《昔日之终结》，نهاية الأمس
《牺牲》，القربان
《牺牲者》，ومن الضحايا
《溪流残水》，بقايا الغدران
《系上安全带》，اربطوا أحزمة المقاعد
《瞎子与聋子》，الأعمى والأطرش
《下层人的手》，اليد السفلى
《夏天的云》，سحابة صيف
《夏夜》，ليال صيفية
《仙人掌》，الصبار
《仙人掌花》，زهرة الصبار
《先锋》，الطلائع
《先驱》，السابق
《先知》，النبي
《先知遗著之隐喻》，كتاب مجازات الآثار النبوية
《先知园》，حديقة النبي
《鲜花的码头不回答》，رصيف الأزهار لا يجيب
《显灵书》，التجليات
《现代诗人》，شعراء معاصرون
《现在，这里》，الآن هنا
《线与墙》，الخيط والجدار

《献给她的红石竹花》，قرنفل أحمر لأجلها
《献给乌姆·贝勒吉斯》，لعيني أم بلقيس
《乡村检察官的手记》，يوميات نائب في الأرياف
《乡村美女》，غادة القرية
《乡村幽灵》，أشباح القرية
《乡谈录》，أحاديث القرية
《相会》，لقاء
《相会在那里》，لقاء هناك
《相似》，تماثلات
《香料瓶》，قارورة الطيب
《香料与饮料》，كتاب المشموم والمشروب
《向人世问好》，على الدنيا سلام
《向日葵》，عباد الشمس
《向往与鉴赏》，شوق وذوق
《项圈与手镯》，الطوق والأسورة
《象年》，عام الفيل
《小艾赫泰勒诗集》，شعر الأخطل الصغير
《小东西》，أشياء صغيرة
《小法老》，فرعون الصغير
《小河为什么沉默不语？》，لماذا سكت النهر
《小街的渔夫》，صيادون في شارع ضيق
《小礼集》，الأدب الصغير
《小瓦乌》，واو الصغرى
《小巷之战》，معركة الزقاق
《小小的梦》，أحلام صغيرة
《小小人生》，الحياة الصغيرة
《小园报》，الجنينة
《小资产阶级》，البرجوازية الصغيرة
《笑》，الضحك

《笑到群马经过时》，ابتسمي حتى تمرّ الخيل

《蝎子》，العقرب

《谐书》，الرسالة الهزليّة

《写给你，我的孩子！》，إليك يا ولدي

《写在赤裸的瞬间》，كتابة في لحظة عري

《写作是变革行为》，الكتابة عمل انقلابي

《写作是不眠的》，الكتابة أرق

《谢茜莱及其他故事》，شهيرة وقصص أخري

《心爱的》，قرة العين

《心爱的人死了》，مات قرير العين

《心的呼唤》，نداء القلب

《心地》，مكان القلب

《心灵的游园》，روضة الأنس ونزهة النفس

《心声集》，دقات قلب

《心思》，شيء في صدري

《心悬在铁丝网上》，قلوب على الأسلاك

《心中的风暴》，عواصف القلب

《新开罗》，القاهرة الجديدة

《新郎》，العريس

《新娘》，العرائس

《新女性》，المرأة الجديدة

《新伤》，جراح جديدة

《新时代》，عهد جديد

《新世界的儿女》，أبناء العالم الجديد

《新闻园地》，حديقة الأخبار

《新月》，الهلال

《星辰隐去了，你在哪里？》，اختفت النجوم فأين أنت؟

《星辰之歌》，غناء النجوم

《星期三谈话录》，حديث الأربعاء

《星期四晚上》，مساء الخميس

《星与灰》，النجم والرماد

《星之夜》，ليالي نجمة

《行列歌》，المواكب

《行尸走肉》，الموت في الحياة

《醒世故事》，الرواية الإيقاظية

《杏德与曼苏尔》，هند ومنصور

《修辞达意书》，كتاب البيان والتبيين

《修辞诗》，البديعيات

《修辞坦途》，نهج البلاغة

《修行吟》，نظم السلوك

《虚幻的舞台》，مسرح الأوهام

《叙利亚号角报》，نفير سورية

《叙利亚现代阿拉伯文学》，الأدب العربي المعاصر في سورية

《绪论》，مقدّمة

《悬诗》，المعلّقات

《漩涡》，الدوامة

《学生与功课》，التلميذ والدرس

《学者》，العـلامة

《雪从窗口来》，الثلج يأتي من النافذة

《雪鸟》，عصفور الثلج

《血的呼吁》，نداء الدماء

《血谷》，وادي الدماء

《血红的埃米尔》，الأمير الأحمر

《血鸟》，عصفورة الدم

《血染的十月之花》，أزاهير تشرين المدماة

《血腥的玫瑰帮》，عصابة الوردة الدامية

《血衣》，قمصان الدم

《血与泥》，دماء وطين

《血与烟》，دم ودخان
《寻求爱情的女人》，الباحثة عن الحب
《殉难的突尼斯》，تونس الشهيدة
《鸦片和木棒》，الأفيون والعصا
《亚比斯谷地的黄昏》，عشيات وادي اليابس
《亚历山大文件》，وراق اسكندرية
《亚历山大无人入睡》，لا أحد ينام في الإسكندرية
《烟尘直上》，أعمدة الغبار
《烟灰缸里的女人》，امرأة في إناء
《淹没的庙宇》，المعبد الغريق
《炎热的一天》，يوم قائظ
《盐城》，مدن الملح
《眼睑细语》，همس الجفون
《眼中的海法》，حيفا في سواد العين
《阳光下的人们》，رجال في الشمس
《遥远的港口》，المرفأ البعيد
《遥远荒野的树》，أشجار البراري البعيدة
《耶弗他的女儿》，بنت يفتاح
《也门古今诗歌巡礼》，رحلة في الشعر اليمني قديمة وحديثة
《也门民间文学》，الأدب السعبي في اليمن
《也门问题》，قضايا يمنية
《野兽、野兽、野兽》，الوحش الوحش الوحش
《业余录》，في أوقات الفراغ
《叶齐德·本·穆阿威叶》，يزيد بن معاوية
《叶齐德的泪》，دمعة يزيد
《夜班》，وردية ليل
《夜草》，عشب الليل
《夜愁》，أشجان الليل
《夜到何时尽》，متى ينتهي الليل

《夜的情人》，عاشقة الليل

《夜歌》，أغاني الليل

《夜话》，من أحاديث السمر

《夜间无咳嗽》，لا سعال في الليل

《夜浪》，أمواج الليالي

《夜里睁开眼》，في الليل تأتي العيون

《夜盲者的曙光》，صبح الأعشى

《夜眠回旋曲》，وموال البيات والنوم

《夜树》，شجر الليل

《夜晚的长廊》，دهاليز الليل

《夜晚的声音》，أصوات الليل

《夜行者》，مسافر ليل

《夜莺》，بلبل

《夜莺的模样》，وصف البلبل

《夜与岸》，الليل والضفاف

《夜与星》，الليالي والنجوم

《夜与昼》，ليل ونهار

《夜总有尽头》，ليل له آخر

《一步生，两步死》，خطوة للحياة خطوتان للموت

《一串露珠》，عنقود ندى

《一次爱情的经历》，تجربة حب

《一对男女》，امرأة ورجل

《一个埃及女学生在美国的日子》，الرحلة: أيام طالبة مصرية في أمريكا

《一个不现实女人的回忆录》，مذكرات امرأة غير واقعية

《一个工人的回忆录》，مذكرات عامل

《一个没有作品的作家》，صورة جانبية لكاتب لم يكتب شيئا

《一个男人》，رجل

《一个女囚徒》，العذراء السجينة

《一个女人》，امرأة

《一个女人的悄悄话》，فتافيت امرأة

《一个女人照亮的隧道》，نفق تضيئة امرأة واحدة

《一个朋友的烦恼》，آلام صديق

《一个世纪（1870—1970）的突尼斯诗歌》，الشعر التونسي المعاصر خلال قرن ١٨٧٠-١٩٧٠

《一个文人》，أديب

《一个职业政治家的日记》，يوميات سياسي محترف

《一根空骨头》，عظمة فارغة

《一颗心的故事》，قصة قلب

《一口血》，جرعة من دم

《一块面包》，قطعة من الخبز

《一年启示选》，مختار وحي العام

《一捧灰》，حفنة من رماد

《一千零一年的思念》，ألف عام وعام من الحنين

《一千零一夜》，ألف ليلة وليلة

《一时之间》，في ساع من الزمن

《一些小事》，أشياء بسيطة

《一夜间的事》，حدث ذات ليلة

《一周有七天》，في الأسبوع سبعة أيام

《一座城有多条路》，طرق متعددة لمدينة واحدة

《伊本 • 阿马尔》，ابن عمار

《伊本 • 白图泰游记》，رحلة ابن بطوطة

《伊本 • 法图玛游记》，رحلة ابن فطومة

《伊本 • 马吉德打官司》，ابن ماجد يحاكم متّهميه

《伊本 • 瓦尔迪勒韵诗》，لاميات ابن الوردي

《伊赫桑》，إحسان

《伊赫桑太太》，إحسان هانم

《伊拉克腹地》，قلب العراق

《伊勒木丁》，علم الدين

《伊历 13 世纪学者评传》，المسك الأذفر في تراجم علماء القرن الثالث عشر

《伊萨·本·希沙姆叙事录》，حديث عيسى بن هشام

《移居北方的季节》，موسم الهجرة الى الشمال

《移民》，الرحيل

《遗产》，الميراث

《遗忘的产生》，مولد النسيان

《遗忘之路》，طريق النسيان

《疑惑书》كتاب الشكوك

《以母与子的名义》，باسم الأم والابن

《艺术》，الفنون

《艺术成果》杂志 ，ثمرات الفنون

《艺术与司法忆旧》，ذكريات في الفن والقضاء

《易卜拉欣博士》，الدكتور إبراهيم

《阴谋》，المؤامرة

《阴天的太阳》，الشمس في يوم غائم

《阴影与欢乐的镜子》，مرايا الظل والفرح

《阴云与苗圃》，الغيوم ومنابت الشجر

《吟与鸣》，أنين ورنين

《隐秘的不安》，القلق السري

《英明的决断》，صرامة الفاروق

《英雄、革命与绞架》，البطل والثورة والمشنقة

《英雄》，البطل

《鹰》，نسر

《鹰猎集》，كتاب البيزرة

《影戏要略》，طيف الخيال في معرفة خيال الظلّ

《影子与符号》，أشباح ورموز

《影子与回响》，الظل والصدى

《永恒的夏娃》，حواء الخالدة

《永远》，الى الأبد

《咏怀》，شعر الوجدان

《忧伤的土地》，التراب الحزين

《尤素福与外套》，يوسف والرداء

《邮差》，البوسطجي

《油灯》，سراج

《油与椰枣》，الزيت والتمر

《游子》，السائح

《有灵性的女人及其他》，صاحبة الوحي وقصص أخرى

《有些怕》，شيء من الخوف

《有些人》，بعض الناس

《有形的诗歌》，قصائد مرئية

《有一种东西叫思念》，شيء اسمه الحنين

《又一年》，سنتها الجديدة

《幼稚的诗》，قصائد ساذجة

《渔夫和宫殿》，الحوات والقصر

《与浪涛搏击》，صراع مع الأمواج

《与黎明同在》，مع الفجر

《与穆太奈比在一起》，مع المتنبي

《与树诉讼的五个甲虫》，خمس خنافس تحاكم الشجرة

《雨、哀愁与花床单》，مطر وأحزان وفراش ملوّن

《雨何时再下》，متى يعود المطر

《雨夜》，ليالي مطر

《雨之歌》，أنشودة المطر

《雨中的爱情》，حب تحت المطر

《语法分析妙语》，ملحة الإعراب

《鹬鸟的赠礼》，هدية الكروان

《鹬鸟声声》，دعاء الكروان

《园地》，الجنان

《园地》，مجلة الروضة

《缘分》，نصيب

《源泉》，الينابيع

《远不止 16 年》，أكثر من ستة عشر عاما وأكثر

《远归》，الرجع البعيد

《远过莫斯科和华盛顿》，أبعد من موسكو ومن واشنطن

《远离第一重天》，بعيداً عن السماء الاولى

《约伯》，أيوب

《约旦短篇小说集》，أقاصيص أردنية

《月亮树》，شجرة القمر

《月亮与围墙》，القمر والأسوار

《月蚀》，رباعية الخسوف

《云外》，وراء الغمام

《运动》，حركات

《韵文》，الكلم المنظوم

《灾难》，النكبات

《灾难中的头脑》，العقل في محنته

《宰阿法拉尼街区案件》，وقائع حارة الزعفران

《宰哈维四行诗集》，رباعيات الزهاوي

《宰赫拉的故事》，حكاية زهرة

《宰马利克区的修女》，راهبة من الزمالك

《宰因的婚礼》，عرس الزين

《再谈拙见》，المزيد من رأيي المتواضع

《在阿特拉斯山下的战斗》，صراع في ظلال الأطلس

《在埃米尔时代》，على عهد الأمير

《在爱情的圣殿里》，في هيكل الحب

《在爱情的天堂里》，في جنة الحب

《在彼岸》，على الشاطئ الآخر

《在彼岸》，على الضفة الأخرى

《在大马士革的宫殿里》，في قصور دمشق

《在第六十七个夏天》，الصيف السابع والستين

《在风口》，في مهب الريح

《在荒野的海湾游泳》，السباحة في عيني خليج يتوحش

《在火车上》，في القطار

《在今晨》，في هذا الصباح

《在黎明的路上》，طريق الفجر

《在流放地》，في المنفى

《在那里，柳树旁》，هناك.. قرب شجر الصفصاف

《在日子的港口》，على مرفأ الأيام

《在肉体上签名》，توقيعات على اللحم

《在世界七道门上的情诗》，قصائد حب على بوابات العالم السبع

《在思念的寺庙中》，في معبد الأشواق

《在死亡河畔》，على حافة النهر الميت

《在坦白的边缘》，على شفا حفرة من البوح

《在往事的池塘中》，في غدير الذكريات

《在乡下》，في القرية

《在新筛中》，في الغربال الجديد

《在灾难的海洋里》，في خضم المصائب

《早春》，بداية الربيع

《枣椰树林东》，شرق النخيل

《枣椰树下的鲜血》，دماء تحت النخيل

《枣椰树与邻居》，النخلة والجيران

《藻饰修辞》，البديعة

《泽芭》，الزباء

《泽姆拉的一天》，يوم من أيام زمرا

《泽娜布》，زينب

《泽娜布与王座》，زينب والعرش

《赠礼》，الهدية

《扎赫莱进了街区》，زهرة تدخل الحي

《榨油机路》，طريق المعصرة

《展示报》，جريدة المعرض

《战斗的巴勒斯坦》，فلسطين المجاهدة

《战斗的话语》，كلمات مقاتلة

《战斗的土地》，أرض المعركة

《战斗的言词》，كلمات مقاتلة

《战神焚烧武器》，مارس يحرق معداته

《战友与月亮》，رفقة السلاح والقمر

《章节书》，كتاب الفصول والغايات

《章节之钥》，إقليد الغايات

《掌故趣谈》，مسامرات الظريف بحسن التعريف

《掌权的疯子》，مجنون الحكم

《帐篷》，الخيمة

《找寻瓦利德·迈斯欧德》，البحث عن وليد مسعود

《沼泽》，المستنقع

《折断的翅膀》，الأجنحة المتكسرة

《这里有玫瑰，我们在这里跳舞》，هنا الوردة .. هنا نرقص

《这是往事》，هذا ما كان

《这是我的王国疆域》，هذه تخوم مملكتي

《这些人》，الهؤلاء

《针对无名氏》，ضد مجهول

《珍珠》，اللآلئ

《珍珠集》，الدرر

《真理的丛林》，غابة الحقّ

《真理的启迪》，وحي الحق

《真理与教训》，حقائق وعبر

《真正的曙光》，الفجر الصادق

《阵痛》，المخاض

《争论与批评》，خصام ونقد

《证词》，أقوال شاهد إثبات

《知道自己罪名的男人》，الرجل الذي عرف تهمته

《知名王子与商人之女扎赫莱·安丝逸事》，ما جرى لابن الملك الشائع مع زهرة الأنس بنت التاجر

《知识书》，كتاب المعارف

《织布机》，النول

《直抒己见》，خواطر مصرحة

《直至最后一滴血》，حتى القطرة الأخيرة

《只有坦白》，لم يبق إلا الاعتراف

《指猴的语言》，لغة الآي آي

《指甲花》，الفواغي

《指名道姓》，النداء بالأسماء

《致电祖国》，برقيات عاجلة إلى وطني

《致她》，إليها

《致赛夫·本·齐一叶金》，رسالة الى سيف بن ذي يزن

《致西绪福斯》，الى سيزيف

《致祖国的信》，كلمات إلى وطني

《中东》，شرق المتوسط

《中尉的表》，ساعة الملازم

《忠言逆耳》，يضر النصح

《终极》，النهايات

《钟情与恋爱》，رسالة في الصبابة والوجد

《钟与人》，الساعة والإنسان

《种种形象》，صور شتى

《皱纹》，التجاعيد

《朱哈在利比亚》，جحا فى ليبيا

《朱玛教长》，الشيخ جمعة

《侏儒与巨人》，أقزام وجبابرة

《珠池》，صهاريج اللؤلؤ

《珠串集》，العقود الدرّيّة

《珠岛之诗》，أشعار من جزائر اللؤلؤ

《诸国奇观》，عجائب البلدان

《诸镇之母》，أمّ القرى

《烛》，شموع

《主桅》，الدقل

《主在第七天没有休息》，الرب لم يسترح في اليوم السابع

《爪牙》，مخالب وأنياب

《专制的本性》，طبائع الاستبداد

《庄书》，الرسالة الجدّيّة

《追猎能手》，سيد القنص

《追踪者》，القائف

《紫罗兰》，أعواد البنفسج

《紫罗兰在你的眼中绽开叶子》，في عينيك يورق البنفسج

《字行最后的逗号》，فاصلة في اخر السطر

《自白》，الاعتراف

《自然》，الطبيعة

《自杀曲》，ألحان منتحرة

《自身》，ذات

《自身旅程》，أسفار الذات

《自由的房间》，شقة الحرية

《自由的囚徒与其它禁诗》，سجناء الحرية وقصائد أخرى ممنوعة

《自由诗集》，ديوان الحرية

《走向真理》，العبور الى الحقيقة

《祖国》，وطني

《祖国的人们》，الناس في بلادي

《最后的宝剑》，آخر السيوف

《最后的机会》，الفرصة الأخيرة

《最后的时刻》，الساعة الأخيرة

《最后的印象》，الانطباع الأخير

《最后一辆车》，العربة الأخيرة

《最后一天》，اليوم الأخير
《最廉价的夜晚》，أرخص ليالي
《最强者》，الأقوى
《罪孽》，الحرام
《尊敬的先生》，حضرة المحترم
《昨日我梦见了你》，بالأمس حلمت بك
《作家》，الكاتب
《作家的文学》，أدب الكاتب
《作弄人的命运》，قدر يلهو
《作诗观止》，كتاب الوافي في نظم القوافي

附录3

部分中文参考书目

[阿尔及利亚] 阿卜杜·哈米德·本·海杜尔:《南风》，陶自强 吴茴萱译，上海译文出版社，1984年。

[阿拉伯] 《古兰经》，马坚译，中国社会科学出版社，1981年。

[阿拉伯] 《天方夜谭》，仲跻昆、郅溥浩等译，漓江出版社，1998年。

[阿拉伯] 《一千零一夜》，仲跻昆、刘光敏译，长江文艺出版社，2005年。

[阿拉伯] 《一千零一夜》(6卷)，纳训译，人民文学出版社，1982－1984年。

[阿拉伯] 蒲绥里:《天方诗经》，马安礼译，人民文学出版社，1957年。

[阿拉伯] 伊本·穆加发:《卡里来和笛木乃》，林兴华译，人民文学出版社，1959年。

[埃及] 阿卜杜·拉赫曼·谢尔卡维:《土地》，刘麟瑞、 陆孝修译，外国文学出版社，1980年。

[埃及] 艾哈迈德·海卡尔:《埃及小说和戏剧文学》，袁义芬、王文虎译，上海译文出版社，1993年。

[埃及] 纳吉布·马哈福兹:《底比斯之战》，良禾译，上海译文出版社，1992年。

[埃及] 纳吉布·马哈福兹:《宫间街》《思宫街》《甘露街》，朱凯、李唯中、李振中，湖南人民出版社，1986年。

[埃及] 纳吉布·马哈福兹:《命运的嘲弄·拉杜比丝·底比斯之战》，孟凯、袁义芬等译，上海译文出版社，1998年。

[埃及] 纳吉布·马哈福兹:《纳吉布·马哈福兹短篇小说选萃》，葛铁鹰等译，华夏出版社，

1989年。

[埃及] 纳吉布·马哈福兹：《世代寻梦记一我们街区的孩子们》，李琛译，花城出版社，1990年。

[埃及] 纳吉布·马哈福兹：《新开罗》，冯佐库译，上海译文出版社，1991年。

[埃及] 纳吉布·马哈福兹：《续天方夜谭》，谢秩荣等译，中国文联出版社，1991年。

[埃及] 纳吉布·马哈福兹：《雨中情》，蒋和平译，文化艺术出版社，1991年。

[埃及] 纳吉布·马哈福兹：《尊敬的阁下》，蒋和平译，文化艺术出版社，1991年。

[埃及] 纳吉布·马哈福兹：《自传的回声》，薛庆国译，光明日报出版社，2001年。

[埃及] 纳吉布·迈哈福兹：《梅达格胡同》，郅溥浩译，上海译文出版社，1985年。

[埃及] 邵武基·戴伊夫：《阿拉伯埃及近代文学史》，李振中译，人民文学出版社，1980年。

[埃及] 塔哈·侯赛因：《日子》，秦星译，作家出版社，1961年。

[埃及] 塔哈·侯赛因：《鹬鸟声声》，白水、志茹译，仲跻昆校，中国盲文出版社，1984年。

[埃及] 陶菲格·哈基姆：《灵魂归来》，陈中耀译，上海译文出版社，1986年。

[埃及] 陶菲格·哈基姆：《灵魂归来》，王复、陆孝修译，湖南人民出版社，1985年。

[埃及] 陶菲格·哈基姆：《乡村检察官手记》，杨孝柏译，人民文学出版社，1979年。

[埃及] 伊赫桑·阿卜杜·库杜斯：《库杜斯短篇小说选》，仲跻昆译，湖南文艺出版社，1998年。

[埃及] 伊赫桑·阿卜杜·库杜斯：《难中英杰》，仲跻昆、刘光敏译，江苏人民出版社，1983年。

[埃及] 伊赫桑·阿卜杜·库杜斯：《罪恶的心》，杨孝柏译，江苏人民出版社，1981年。

[埃及] 优素福·西巴伊：《回来吧，我的心》，朱威烈译，上海译文出版社，1983年。

[埃及] 尤素福·伊德里斯：《罪孽》，郭黎译，湖南人民出版社，1983年。

[埃及] 艾哈迈德·爱敏：《阿拉伯—伊斯兰文化史》（1—8册），纳忠等译，商务印书馆，1982—2007年。

[埃及] 迈哈穆德·台木尔：《台木尔短篇小说集》，邬裕池等译，人民文学出版社，1975年。

[埃及] 伊赫桑·阿卜杜·库杜斯：《亲爱的，我们都是贼》，葛铁鹰译，世界知识出版社，1987年。

[埃及] 哲迈勒·黑塔尼：《落日的呼唤》，李琛译，南海出版公司，2007年。

[埃及] 哲迈勒·黑塔尼：《宰阿法尼拉区奇案》，宗笑飞译，南海出版公司，2007年。

[德] 黑格尔：《美学》（三卷），朱光潜译，商务印书馆，1981年。
[科威特] 苏阿德·萨巴赫：《本来就是女性》，仲跻昆译，中国和平出版社，1991年。
[黎巴嫩] 乔治·汗纳：《教堂的祭司》，王仪英、崔喜禄译，作家出版社，1957年。
[黎巴嫩] 汉纳·法胡里：《阿拉伯文学史》，郅溥浩译，人民文学出版社，1990年。
[黎巴嫩] 纪伯伦：《折断的翅膀》，杨孝柏译，江苏人民出版社，1984年。
[黎巴嫩] 纪伯伦：《纪伯伦散文诗选》(冰心、仲跻昆译)，安徽文艺出版社，2005年。
[黎巴嫩] 纪伯伦：《泪与笑》，仲跻昆、李唯中、伊宏译，湖南人民出版社，1984年。
[黎巴嫩] 努埃曼：《努埃曼短篇小说选》，仲跻昆、郅溥浩、朱威烈译，外国文学出版社，1981年。
[黎巴嫩] 努埃曼：《七十述怀》，王复、陆孝修译，甘肃人民出版社，1993年。
[利比亚] 艾·伊·法格海：《一个女人照亮的隧道》，李荣建、李琛译，长江文艺出版社，2000年。
[美] 爱德华·W. 萨义德：《东方学》，王宇根译，生活·读书·新知三联书店，1999年。
[美] 爱德华·W. 赛义德：《赛义德自选集》，谢少波、韩刚等译，中国社会科学出版社，1999年。
[美] 伦纳德·S. 克莱因主编：《20世纪非洲文学》，李永彩译，北京语言学院出版社，1991年。
[美] 塞缪尔·亨廷顿：《文明的冲突与世界秩序的重建》，周琪等译，新华出版社，1998年。
[美] 西·内·费希尔：《中东史》（上下册），姚梓良译，商务印书馆，1979年。
[美] 希提：《阿拉伯简史》，马坚译，商务印书馆，1973年。
[美] 希提：《阿拉伯通史》（上下册），马坚译，商务印书馆，1979年。
[摩洛哥] 伊本·白图泰：《伊本·白图泰游记》，马金鹏译，宁夏人民出版社，1985年。
[苏丹] 塔伊布·萨里赫：《风流赛义德》，张甲民、陈中耀译，山西人民出版社，1984年。
[苏联] 尼基福罗娃等：《非洲现代文学》（上册），刘宗次、赵陵生译，外国文学出版社，1980年。
[突尼斯] 艾卜·卡赛姆·沙比：《沙比诗集》，冬林译，作家出版社，1961年。
[突尼斯] 艾卜·卡赛姆·沙比：《生命之歌》，杨孝柏译，外国文学出版社，1987年。
[叙利亚] 哈纳·米纳：《蓝灯》，陈中耀译，湖南人民出版社，1983年。
[叙利亚] 伊勒法·伊德莉比：《凄楚的微笑》，王复译，外国文学出版社，1991年。

[叙利亚] 阿多尼斯：《我的孤独是一座花园》，薛庆国译，译林出版社，2009 年。
[伊拉克] 白雅帖：《流亡诗集》，魏和咏译，人民文学出版社，1959 年。
[英] 汉密尔顿·阿·基布：《阿拉伯文学简史》，陆孝修、姚俊德译，人民文学出版社，1980 年。
蔡伟良、周顺贤：《阿拉伯文学史》，上海外语教育出版社，1998 年。
蔡伟良：《灿烂的阿拔斯文化》，上海外语教育出版社，1997 年。
曹顺庆主编：《比较文学史》，四川人民出版社，1991 年。
曹顺庆主编：《东方文论选》，四川大学出版社，1996 年。
曹顺庆主编：《世界文学发展比较史》（上下册），北京师范大学出版社，2001 年。
高慧琴、栾文华主编：《东方现代文学史》（上下册），海峡文艺出版社，1994 年。
葛铁鹰：《天方书话——纵谈阿拉伯文学在中国》，首都师范大学出版社，2007 年。
辜正坤主编：《世界名诗鉴赏词典》，北京大学出版社，1990 年。
郭黎编译：《阿拉伯现代诗选》，湖南文艺出版社，2000 年。
郭应德：《阿拉伯史纲》，中国社会科学出版社，1991 年。
何芳川主编：《中外文化交流史》（上下册），国际文化出版公司，2008 年。
侯传文：《多元文化语境中的东方现代文学》，社会科学文献出版社，2007 年。
季羡林、刘安武编：《东方文学名著题解》，中国青年出版社，1989 年。
季羡林主编：《东方文学辞典》，吉林教育出版社，1992 年。
季羡林主编：《东方文学史》（上下册），吉林教育出版社，1995 年。
季羡林主编：《东方文学作品选》（上下册），湖南人民出版社，1986 年。
季羡林主编：《简明东方文学史》，北京大学出版社，1987 年。
江淳、郭应德：《中阿关系史》，经济日报出版社，2001 年。
金宜久主编：《伊斯兰教辞典》，上海辞书出版社，1997 年。
乐黛云等主编：《世界诗学大辞典》，春风文艺出版社，1993 年。
李琛：《阿拉伯现代文学与神秘主义》，社会科学文献出版社，2000 年。
李琛选编：《四分之一个丈夫》（蓝袜子丛书·阿拉伯卷），河北教育出版社，1995 年。
林丰民：《为爱而歌——科威特女诗人苏阿德·萨巴赫研究》，中国华侨出版社，2000 年。
林丰民：《文化转型中的阿拉伯现代文学》，北京大学出版社，2007 年。
陆嘉玉选编：《外国名诗三百首》，长江文艺出版社，1988 年。

罗钢、刘象愚主编：《后殖民主义文化理论》，中国社会科学出版社，1999 年。
罗荣渠：《现代化新论》，北京大学出版社，1993 年。
孟昭强编：《世界名诗三百首·阿拉伯部分》，中国青年出版社，1992 年。
孟昭毅、李再道主编：《中国翻译文学史》，北京大学出版社，2005 年。
黎华主编：《世界情诗金库》，百花文艺出版社，1992 年。
纳忠：《阿拉伯通史》（上下册），商务印书馆，1997 年。
任继愈主编：《宗教词典》，上海辞书出版社，1981 年。
申丹：《叙述学与小说文体学研究》，北京大学出版社，2004 年。
时延春主编：《阿拉伯小说选》（5 卷），世界知识出版社，2004 年。
陶德臻主编：《东方文学简史》（修订本），北京出版社，1990 年。
陶德臻主编：《东方文学名著鉴赏大辞典》，河南人民出版社，1994 年。
王邦维主编：《东方文学经典：翻译与研究》，北岳文艺出版社，2008 年。
王邦维主编：《东方文学学科：建设与发展》，北岳文艺出版社，2007 年。
邬裕池、仲跻昆等译：《埃及现代短篇小说集》，中国社会科学出版社，1983 年。
薛庆国：《阿拉伯文学大花园》，湖北教育出版社，2007 年。
杨柄编：《马克思恩格斯论文艺和美学》（上下册），文化艺术出版社，1982 年。
杨孝柏编译：《阿拉伯古代诗文选》，北京语言文化大学出版社，1997 年。
叶廷芳主编：《外国文学名著速读》，华夏出版社，2004 年。
于晓丹主编：《世界中篇小说经典文库：阿拉伯·非洲卷》，九州图书出版社，1996 年。
岳凤麟编：《世界各国爱国诗选》，北京大学出版社，1996 年。
张洪仪、谢杨主编：《大爱无边——埃及作家纳吉布·马哈福兹研究》，宁夏人民出版社，2008 年。
张洪仪：《全球化语境下的阿拉伯诗歌——埃及诗人法鲁克·朱维戴研究的新描述》，北京语言文化大学出版社，2009 年。
张英伦等主编：《外国名作家大词典》，漓江出版社，1989 年。
张玉书主编：《外国抒情诗赏析辞典》，北京师范学院出版社，1991 年。
郑振铎编：《文学大纲》（上下册），上海书店，1986 年。
郅溥浩：《解读天方文学》，宁夏人民出版社，2007 年。
郅溥浩：《神话与现实——〈一千零一夜〉论》，社会科学文献出版社，1997 年。

郅溥浩编选：《世界短篇小说精品文库·阿拉伯卷》，海峡文艺出版社，1996年。

仲跻昆编译：《阿拉伯古代诗选》，人民文学出版社，2001年。

仲跻昆等著：《阿拉伯：第一千零二夜——“21世纪世界文化热点”丛书之阿拉伯卷》，吉林摄影出版社，2000年。

仲跻昆著：《阿拉伯文学通史》，译林出版社，2010年。

仲跻昆著：《阿拉伯现代文学史》，昆仑出版社，2004年。

朱虹、文美惠主编：《外国妇女文学词典》，漓江出版社，1989年。

朱维之等主编：《外国文学简编·亚非部分》（修订本），中国人民大学出版社，1998年。

附录 4

部分阿拉伯文参考书目

إبراهيم السعافين: تطور الرواية العربية الحديثة في بلاد الشام ١٨٧٠-١٩٦٧، دار المناهل، بيروت، ١٩٨٧م.

إبراهيم السولامي :الشعر الوطني المغربي في عهد الحماية ١٩١٢-١٩٥٦، دار الثقافة، الدار البيضاء، ١٩٧٣ إبراهيم سعفان:

نقد تطبيقي- دراسات في الأدب العربي المعاصر، الهيئة المصرية العامة للكتاب، القاهرة، ١٩٧٥م.

إبراهيم علي أبو الخشب : تاريخ الأدب العربي في العصر الحاضر، مطابع الهيئة المصرية العامة للكتاب، ١٩٧٨م.

أبو العلاء المعري: سقط الزند ، دار مكتبة الحياة للطباعة والنشر، بيروت.

أبو تمام (اختيار)،التبريزي(شرح): ديوان الحماسة، دار القلم، بيروت.

أبو حيان التوحيدي: كتاب الإمتاع والمؤانسة، دار الكتب العلمية، بيروت.

أبو عثمان عمرو بن بحر الجاحظ : البخلاء، المكتبة العصرية ، صيدا-بيروت، ٢٠٠١م.

أبي بكر محمد بن القاسم الأنباري: شرح القصائد السبع الطوال الجاهليات، المكتبة العصرية، صيدا- بيروت، ٢٠٠٥م.

اتحاد الكتاب اللبنانيين: أمين الريحاني رائد نهضوي من لبنان، دار العلم للملايين، بيروت، ١٩٨٨م.

إحسان عباس: تاريخ النقد الأدبي عند العرب، دار الثقافة ، بيروت،١٩٧١م.

أحلام حلوم: النقد المعاصر وحركة الشعر الحر، مركز الإنماء الحضاري، حلب، ٢٠٠٠م.

أحمد أبو سعد: الشعر والشعراء في السودان ١٩٠٠-١٩٥٨، دار المعارف، بلبنان، ١٩٥٩م.

أحمد الطويلي: أبو العلاء المعري، دار بوسلامة للطباعة والنشر والتوزيع، تونس، ١٩٨٧م.

أحمد بزون :قصيدة النثر العربية(الإطار المنظري)، دار الفكر الجديد،بيروت، ١٩٩٦م.

أحمد حسن الزيات: تاريخ الأدب العربي، دار نهضة مصر للطبع والنشر، القاهرة، ١٩٦٦م.

أحمد سوسة: حضارة العرب ومراحل تطورها عبر العصور، المكتبة الوطنية،بغداد، ١٩٧٩م.

أحمد قبش: تاريخ الشعر العربي الحديث، دار الجيل، بيروت، ١٩٧١م.

أسامة فوزي يوسف: مدخل الى القصة القصيرة في الأردن، منشورات مجلة فكر،١٩٨١م.

أسامة يوسف شهاب: الحركة الشعرية النسوية في فلسطين والأردن ١٩٤٨-١٩٨٨، شركة مطابع الإيمان، عمان، ١٩٩٥م.

الطاهر أحمد مكي: القصة القصيرة – دراسة ومختارات، دار المعارف، القاهرة، ١٩٧٨م.

الفرد خوري : إيليا أبو ماضي شاعر الجمال والتفاؤل والتساؤل، بيت الحكمة، بيروت، ١٩٨٢.

آمنة عبد الحميد عقاد: محمد حسن عواد شاعرا، دار المدني للنشر والتوزيع،جدة، ١٩٨٥م.

أمين البرت الريحاني : فيلسوف الفريكة صاحب المدينة العظمى، دار الجيل، بيروت، ١٩٨٧م.

أنور الجندي : طه حسين – حياته وفكره في ميزان الإسلام، دار بوسلامة للطباعة والنشر والتوزيع، تونس، ١٩٨٣م.

أنور خالد الزعبي:ظاهرية ابن حزم الأندلسي- نظرية المعرفة ومناهج البحث، دار البشير للنشر والتوزيع، عمان، ١٩٩٦م.

أنيس المقدسي: تطور الأساليب النثرية في الأدب العربي، دار العلم للملايين، بيروت، ١٩٦٠م.

أنيس المقدسي: أعلام الجيل الأول من شعراء العربية في القرن العشرين، مؤسسة نوفل.

أنيس منصور: كانت لنا أيام في صالون العقاد، المكتب المصري الحديث، القاهرة، ١٩٨٤م.

إيليا الحاوي : إيليا أبو ماضي شاعر التساؤل والتفاؤل، دار الكتاب اللبناني، بيروت، ١٩٨١م.

ب•م•كرير شويك : الإبداع القصصي عند يوسف إدريس، دار سعاد الصباح، ١٩٩٣م.

باقر ياسين: مظفر النواب – حياته وشعره، دار الحياة ، دمشق، ١٩٨٨م.

بثينة شعبان: ١٠٠عام من الرواية النسائية العربية، دار الآداب، بيروت، ١٩٩٩م.

بحوث سوفييتية في الأدب العربي، دار التقدم ، موسكو، ١٩٧٩م.

بدوي طبانه: دراسات في نقد الأدب العربي، مكتبة الأنجلو المصرية،القاهرة، ١٩٧٥م.

بشير الهاشمي: خلفيات التكوين القصصي في ليبيا – دراسة ونصوص، المنشأة العامة للنشر والتوزيع والإعلان، طرابلس، ١٩٨٤م.

بطرس البستاني: أدباء العرب في الأعصر العباسية، مكتبة صادر، بيروت، ١٩٥٨م.

بطرس البستاني: أدباء العرب في الأندلس وعصر الانبعاث، مكتبة صادر، بيروت، ١٩٥٨م.

بطرس البستاني: أدباء العرب في الجاهلية وصدر الإسلام، مكتبة صادر، بيروت، ١٩٥٨م.

جرجي زيدان: تاريخ آداب اللغة العربية (٣ أجزاء)، دار الهلال، القاهرة.

جمال الغيطاني(إعداد): نجيب محفوظ ...يتذكر، دار المسيرة، بيروت، ١٩٨٠م.

جمال الغيطاني: المجالس المحفوظية، دار الشروق، القاهرة، ٢٠٠٧م.

جميل جبر: أمين الريحاني سيرته وأدبه، المكتبة العصرية، صيدا- بيروت، ١٩٦٤م.

جوزيف دشهوان: المنحى الوجودي في القصة اللبنانية المعاصرة، ١٩٨٢م.

حسن بن فهد الهويمل: في الفكر والأدب - دراسات وذكريات، نادي المدينة المنورة الأدبي،١٤٠٨هـ.

حسني محمود: إميل حبيبي والقصة القصيرة، الوكالة العربية للتوزيع والنشر، الزرقاء-الأردن، ١٩٨٤م.

حلمي عبد الجواد السباعي: المسرح العربي – رواده ونجومه، دار الكتب، القاهرة، ١٩٧٠م.

حنا الفاخوري: تاريخ الأدب العربي في المغرب، المكتبة البولسية، لبنان، ١٩٨٢م.

حنا الفاخوري: الجامع في تاريخ الأدب العربي-الأدب الحديث، دار الجيل، بيروت، ١٩٨٦م.

حنا الفاخوري: الجامع في تاريخ الأدب العربي-الأدب القديم، دار الجيل، بيروت، ١٩٨٦م.

خضر عباس الصالحي: شاعرية الصافي، مطبعة المعارف، بغداد،١٩٧٠م.

خليفة محمد التليسي: الشابي وجبران، دار الثقافة، بيروت، ١٩٦٧م.

ديب علي حسن: نزار قباني رحلة الشعر والحياة ، دار الحكمة ، دمشق، ٢٠٠٠م.

روجر آلن: الرواية العربية، ترجمة: حصة إبراهيم المنيف، الهيئة العامة لشؤون المطابع الأميرية، القاهرة، ١٩٩٧م.

زياد أبو لبن: حوارات مع أدباء من الأردن وفلسطين، المؤسسة العربية للدراسات والنشر، بيروت، ١٩٩٩م.

زيغريد هونكه: شمس العرب تسطع على الغرب، الترجمة والتحقيق: فؤاد حسنين علي، دار الجيل، بيروت، ١٩٩٣م.

سالم أحمد الحمداني وفائق مصطفى أحمد: الأدب العربي الحديث – دراسة في شعره ونثره، دار الكتب للطباعة والنشر بجامعة الموصل، ١٩٨٧م.

سامح كريم: ماذا يبقى من طه حسين؟ دار القلم، بيروت، ١٩٧٧م.

سامي الكيالي: الأدب العربي المعاصر في سورية، دار المعارف بمصر،١٩٥٩م.

سحر شبيب: الالتزام والبيئة في القصة السورية – أدب إلفة الإدلبي نموذجا، دار إشبيلية، دمشق، ١٩٩٨م.

سعد البازعي ثقافة الصحراء- دراسات في أدب الجزيرة العربية المعاصر، شركة العبيكة للطباعة والنشر، ١٩٩١م.

سعد عبد العزيز: الزمن التراجيدي في الرواية المعاصرة، مكتبة الأنجلو المصرية، القاهرة، ١٩٧٠م.

سعيد علوش: الرواية والأيديولوجيا في المغرب العربي، دار الكلمة للنشر، بيروت، ١٩٨٣م.

سمر روحي الفيصل: ملامح في الرواية السورية، مطبعة الكاتب العربي، دمشق، ١٩٧٩م.

سمير قطامي: الحركة الأدبية في شرقي الأردن منذ عام ١٩٢١ حتى عام ١٩٤٨، شركة المطامع النموذجية، عمان، ١٩٨١م.

سميرة محمد زكي أبو غزالة: الشعر العربي القومي في مصر والشام بين الحربين العالميتين الأولى والثانية، الدار المصرية للتأليف والترجمة، ١٩٦٦م.

سيد حامد النساج: الأدب العربي المعاصر في المغرب الأقصى، دار سعاد الصباح، الكويت، ١٩٩٢م.

سيد حامد النساج: بانورما الرواية العربية الحديثة، دار المعارف، القاهرة، ١٩٨٠م.

سيد حامد النساج: تطور فن القصة القصيرة في مصر من سنة ١٩١٠ الى سنة ١٩٣٣، دار الكاتب العربي للطباعة والنشر، القاهرة، ١٩٦٨م.

شفيع السيد: اتجاهات الرواية المصرية منذ الحرب العالمية الثانية الى سنة ١٩٦٧م ، دار المعارف ، القاهرة، ١٩٧٨م.

شفيق يوسف البقاعي: نظرية الأدب، دار الكتب الوطنية، بنغازي، ١٩٩٥م.

شكري محمد عياد: المذاهب الأدبية والنقدية عند العرب والغربيين، مطابع السياسة، الكويت، ١٩٩٣م.

شوقي بدر يوسف: الرواية في أدب سعد مكاوي، الهيئة المصرية العامة للكتاب، ١٩٩٠م.

شوقي ضيف: الشعر والغناء في المدينة ومكة لعصر بني أمية، دار المعارف، القاهرة، ١٩٧٩م.

شوقي ضيف: الفن ومذاهبه في الشعر العربي، دار المعارف، القاهرة، ١٩٨٠م.

شوقي ضيف: الفن ومذاهبه في النثر العربي، دار المعارف، القاهرة، ١٩٨٠م.

شوقي ضيف: البطولة في الشعر العربي، دار المعارف بمصر، القاهرة، ١٩٧٠م.

شوقي ضيف: المقامة، دار المعارف بمصر، القاهرة، ١٩٧٦م.

شوقي ضيف: تاريخ الأدب العربي (١٠ أجزاء)، دار المعارف، القاهرة، ١٩٩٥م.

صلاح لبكي: لبنان الشاعر، مكتبة صادر، بيروت، ١٩٨٨م.

طاهر أحمد الطناحي: حياة مطران، الدار المصرية للتأليف والترجمة، القاهرة.

طه حسين وغيره: مقتطفات من كتب الأدب العربي (جزءان)، دار المعارف، القاهرة، ١٩٧٨م.

طه وادي: صورة المرأة في الرواية المعاصرة، دار المعارف، القاهرة، ١٩٨٤م.

عباس خضر: القصة القصيرة في مصر منذ نشأتها حتى سنة ١٩٣٠، الدار القومية للطباعة والنشر، القاهرة، ١٩٦٦م.

عباس محمود العقاد وغيره: أبو الطيب المتنبي – حياته وشعره، المكتبة الحديثة للطباعة والنشر، بيروت، ١٩٨٢م.

عباس محمود العقاد: أثر العرب في الحضارة الأوربية، دار المعارف ، القاهرة، ١٩٤٦م.

عبد الحسين شعبان: الجواهري- جدل الشعر والحياة، دار الكنوز الأدبية، بيروت، ١٩٩٧م.

عبد الحميد المحادين: التقنيات السردية في روايات عبد الرحمن منيف، المؤسسة العربية للدراسات والنشر، بيروت، ١٩٩٩م.

عبد الحميد جيدة :مقدمة لقصيدة الغزل العربية، دار العلوم العربية، بيروت، ١٩٩٢م.

عبد الرحمن أبو عوف: يوسف إدريس وعالمه في القصة القصيرة والرواية، الهيئة المصرية العامة للكتاب، ١٩٩٤م.

عبد الرحمن مجيد الربيعي: أصوات وخطوات – مقالات في القصة العربية،المؤسسة العربية للدراسة والنشر،بيروت، ١٩٨٤م.

عبد العزيز المقالح: الشعر بين الرؤيا والتشكيل، دار العودة، بيروت،١٩٨١م.

عبد الكريم غلاب: مع الأدب والأدباء،دار الكتاب، الدار البيضاء، ١٩٧٤م.

عبد الله إبراهيم: النثر العربي القديم – بحث في ظروف النشأة وأنظمة البناء، الدار الوطنية، بنغازي، ١٩٩٥م.

عبد الله الحامد: الشعر الحديث في المملكة العربية السعودية خلال نصف قرن (١٣٤٥-١٣٩٥هـ)، دار الكتاب السعودي، الرياض، ١٩٩٣م.

عبد الله الحسن بن أحمد الزوزني: شرح المعلقات السبع، المكتبة العصرية، صيدا- بيروت، ٢٠٠٧م.

عبد الله مسلم الكساسبة: حسني فريز شاعرا وأديبا، شركة مطابع الإيمان، عمان، ٢٠٠٠م.

عدنان الصائغ ومحمد تركي النصار(إعداد): عبد الوهاب البياتي- ما يبقى بعد الطوفان، نادي الكتاب العربي، لندن، ١٩٩٦م.

عدنان بن ذريل: الرواية العربية السورية- دراسة نفسية، مطبعة الآداب والعلوم، دمشق، ١٩٧٢م.

عز الدين إسماعيل : الشعر العربي المعاصر – قضاياه وظواهره الفنية والمعنوية، دار العودة،بيروت، ١٩٨٨م.

عزت قرني: فعل الإبداع الفني عند نجيب محفوظ – الإطار والتهيئة والعمليات، الهيئة المصرية العامة للكتاب، القاهرة، ٢٠٠٥م.

عزيز الحسين: شعر الطليعة في المغرب، سوشبرس، الدار البيضاء، ١٩٨٧م.

عطية عامر: دراسات في الأدب المقارن، مكتبة الأنجلو المصرية، القاهرة، ١٩٨٩م.

عكاشة عبد المنان الطيبي: قصص الطير والحيوان في الكتاب والسنة، دار الآفاق الجديدة،بيروت، ١٩٩٩م.

علاء الدين وحيد: في القصة القصيرة، الهيئة المصرية العامة للكتاب، القاهرة، ١٩٧٦م.

علاء الدين وحيد: مواقف واتجهات،الهيئة العامة لشؤون المطابع الأميرية، القاهرة، ١٩٦٩م.

علاء الدين وحيد: وجوه قصصية قديمة وجديدة، دار المعارف، القاهرة، ١٩٧٨م.

علي الراعي وغيره:عودة السارد- قراءة في أعمال رشاد أبو شاور الروائية، المؤسسة العربية للدراسات والنشر، بيروت، ١٩٩٩م.

علي جواد الطاهر وغيره: المنهل في الأدب العربي في العصر العباسي والأندلسي، مطبعة المعارف، بغداد، ١٩٦٢م.

علي حجازي: القصة القصيرة في لبنان ١٩٥٠-١٩٧٥ تطورها وأعلامها، دار المؤلف، بيروت، ٢٠٠٤م.

عمر الدقاق: فنون الأدب المعاصر في سورية، دار الشرق العربي، بيروت.

عمر فروخ: تاريخ الأدب العربي(٦ أجزاء)، دار العلم للملايين، بيروت، ١٩٨١م.

عيسى الناعوري: أدب المهجر، دار المعارف بمصر، القاهرة، ١٩٥٩م.

عيسى الناعوري: الحركة الشعرية في الضفة الشرقية من المملكة الأردنية الهاشمية، دار الشعب، عمان، ١٩٨٠م.

عيسى فتوح: من أعلام الأدب العربي الحديث- سير ودراسات، دار الفاضل، دمشق، ١٩٩٤م.

غالي شكري: أدب المقاومة، دار المعارف بمصر، القاهرة، ١٩٧٠م.

غالي شكري: الرواية العربية في رحلة العذاب، عالم الكتب، القاهرة، ١٩٧١م.

غالي شكري: ماذا أضافوا الى ضمير العصر، دار الكاتب العربي للطباعة والنشر، القاهرة، ١٩٦٧م.

فؤاد دواره: نجيب محفوظ من القومية الى العالمية، الهيئة المصرية العامة للكتاب، القاهرة، ١٩٨٩م.

فاتن على عمار: سعد الله ونوس في المسرح العربي الحديث، دار سعاد الصباح، الكويت، ١٩٩٩م.

فاروق شوشة : أحلى ٢٠ قصيدة حب، دار العودة، بيروت، ١٩٧٩م.

فتحي الإبياري: عالم تيمور القصصي، الهيئة المصرية العامة للكتاب، القاهرة، ١٩٧٦م.

فريال كامل سماحة: رسم الشخصية في روايات حنا مينه، المؤسسة العربية للدراسات والنشر، بيروت، ١٩٩٩م.

فوزية الصفار الزاوق: نظرات في الأدب التونسي الحديث والمعاصر، JMS للطباعة والاتصالات المرئية، ٢٠٠١م.

فيليب حتي وغيره : تاريخ العرب (مطول، جزءان)، دار الكشاف للنشر والطباعة والتوزيع، بيروت، ١٩٦٥م.

قاسم الخطاط وغيره: معروف الرصافي شاعر العرب الكبير – حياته وشعره، الهيئة المصرية العامة للتأليف والنشر، ١٩٧١م.

كاظم حطيط: دراسات في الأدب العربي، دار الكتاب اللبناني ودار الكتاب المصري، بيروت والقاهرة، ١٩٧٧م.

كامل السوافيري: الأدب العربي المعاصر في فلسطين، الناشر غير مذكور، ١٩٨٧م.

لجنة من الأساتذة بالأقطار العربية: الموجز في الأدب العربي وتاريخه (٥ أجزاء في مجلدين)، دار المعارف، القاهرة، ١٩٥٧م.

لحمداني حميد: الرواية المغربية ورؤية الواقع الاجتماعي- دراسة بنيوية تكوينية، دار الثقافة، الدار البيضاء، ١٩٨٥م.

لوم باربولكو وفيليب كاردينال: رأيهم في الإسلام- حوار صريح مع أربعة وعشرين أديبا عربيا، دار الساقي، لندن، ١٩٨٧م.

مارون عبود: رواد النهضة الحديثة، دار الثقافة، بيروت، ١٩٦٦م.

ماهر حسن فهمي: قضايا في الأدب والنقد- رؤية عربية، وقفة خليجية، دار الثقافة، الدوحة، ١٩٨٦م.

مجمد جبريل: مصر في قصص كتابها المعاصرين، الهيئة المصرية العامة للكتاب، القاهرة، ١٩٧٢م.

مجموعة كتاب: دراسات في أدب عبد الله القويري، الدار الجماهيرية للنشر والتوزيع والإعلان، بنغازي، ١٩٨٩م.

محسن جاسم الموسوي: الرواية العربية- النشأة والتحول، مكتبة التحرير، بغداد، ١٩٨٦م.

محسن جاسم الموسوي: الوقوع في دائرة السحر – الف ليلة وليلة في النقد الأدبي الإنكليزي ١٧٠٤-١٩١٠، الهيئة المصرية العامة للكتاب، القاهرة، ١٩٨٧م.

محسن جاسم الموسوي: نزعة الحداثة في القصة العراقية، المكتبة العالمية، بغداد، ١٩٨٤م.

محمد أحمد العزب: دراسات في الأدب، مطابع الهيئة المصرية العامة للكتاب، ١٩٧٦م.

محمد أحمد العزب: دراسات في الشعر، مطابع الهيئة المصرية العامة للكتاب، ١٩٧٥م.

محمد التويجي: دراسات في الأدب المقارن، دار العروبة للطباعة، دمشق، ١٩٨٢م.

محمد الصادق عفيفي: دراسات في الأدب السعودي، مكتبة الخانجي، القاهرة، ١٩٩٣م.

محمد القواسمة: الخطاب الروائي في الأردن،دار الفارس للنشر والتوزيع، عمان، ٢٠٠٠م.

محمد بدوي: الرواية الجديدة في مصر- دراسة في التشكيل والإيديولوجيا، المؤسسة الجامعية للدراسات والنشر والتوزيع، ١٩٩٣م.

محمد بن تاويت ومحمد الصادق عفيفي: الأدب المغربي، دار الكتاب اللبناني، بيروت، ١٩٦٩م.

محمد بن تاويت: الوافي بالأدب العربي في المغرب الأقصى(٣ أجزاء)، دار الثقافة، الدار البيضاء، ١٩٨٤م.

محمد بن حمود بن محمد حبيبي: الاتجاه الابتداعي في الشعر السعودي الحديث الى بداية التسعينات الهجرية - دراسة موضوعية وفنية (جزءان)، مكتبة المهرجان الوطني للتراث والثقافة، الرياض، ١٩٩٧م.

محمد حسن عبد الله: آفاق المعاصرة في الرواية العربية، مكتبة وهبة، القاهرة، ١٩٩٦م.

محمد شفيع الدين السيد: الرابطة القلمية ودورها في النقد المعربي الحديث، الهيئة العامة لشؤون المطامع الأميرية، القاهرة، ١٩٧٢م.

محمد عبد الرحيم كافود : النقد الأدبي الحديث في الخليج العربي، دار قطري بن الفجاءة للنشر والتوزيع، الدوحة، ١٩٨٢م.

محمد عبد الرحيم كافود: الأدب القطري الحديث,دار قطري بن الفجاءة للنشر والتوزيع، الدوحة، ١٩٨٢م.

محمد عبد المنعم خفاجي: أبو عثمان الجاحظ، دار الكتاب اللبناني، بيروت، ١٩٧٣م.

محمد عبد المنعم خفاجي: قصة الأدب المهجري، دار الكتاب اللبناني، بيروت، ١٩٧٣م.

محمد عبده: شرح مقامات بديع الزمان الهمذاني، دار الكتب العلمية، بيروت، ٢٠٠٢م.

محمد غنيمي هلال: الأدب المقارن، دار العودة ودار الثقافة، بيروت، ١٩٦٢م.

محمد غنيمي هلال: الموقف الأدبي، دار العودة، بيروت، ١٩٧٧م.

محمد قافود وغيره: القصة القصيرة في قطر- دراسة فنية اجتماعية، مطابع الدوحة الحديثة، الدوحة، ١٩٨٥م.

محمد كامل الخطيب وعبد الرزاق عيد: عالم حنا مينه الروائي، دار الآداب، بيروت، ١٩٧٩م.

محمد محمود رحومة: دراسات في الشعر والمسرح اليمني، دار الكلمة، صنعاء، ١٩٨٥م.

محمد مصطفى هدارة: تيارات الشعر العربي المعاصر في السودان، دار الثقافة، بيروت، ١٩٧٢م.

محمد مهدي البصير: نهضة العراق الأدبية في القرن التاسع عشر، مطبعة المعارف، بغداد، ١٩٤٦م.

محمد يوسف نجم: القصة في الأدب العربي الحديث ١٨٧٠ - ١٩١٤ ، القاهرة , ١٩٥٢م.

محمود ذهني: سيرة عنترة (دراسة)، دار المعارف، القاهرة، ١٩٧٩م.

مخايل عون: الرواد في الحقيقة اللبنانية، دار الباحث ودار النصر، بيروت،١٩٨٤م.

مصطفى إبراهيم حسين: يحيى حقي مبدعا وناقدا، الهيئة العامة لشؤون المطابع الأميرية، القاهرة، ١٩٧٠م.

مصطفى الشكعة: الأدب الأندلسي – موضوعاته وفنونه، دار العلم للملايين، بيروت، ١٩٧٥م.

مصطفى عبد الرازق وغيره: أبو نواس – حياته وشعره، المكتبة الحديثة، بيروت، ١٩٨٢م.

مصطفى عبد الغني: نجيب محفوظ – الثورة والتصوف، الهيئة المصرية العامة للكتاب، القاهرة، ١٩٩٤م.

مصطفى ماهر وحلمي ويوسف الشاروني: ألوان من الأدب المصري الحديث، دار كتابي، القاهرة، ١٩٧٩م.

مفيد قميحة: شرح المعلقات السبع، دار ومكتبة الهلال، بيروت، ٢٠٠٠م.

موسى سليمان: الأدب القصصي عند العرب، دار الكتاب اللبناني- مكتبة المدرسة، بيروت، ١٩٨٣م.

ناجي جواد: من أدب الرسائل، مطبعة المعارف، بغداد، ١٩٧٧م.

نادية رؤوف فرج: يوسف إدريس والمسرح المصري الحديث، دار المعارف بمصر، القاهرة، ١٩٧٥م.

نازك الملائكة : قضايا الشعر المعاصر،دار العلم للملايين، بيروت، ١٩٩٢م.

ناصف اليازجي: العرف الطيب في شرح ديوان أبي الطيب المتنبي، دار القلم، بيروت.

ناظم رشيد: في أدب العصور المتأخرة، مكتبة بسام، الموصل، ١٩٨٥م.

نبيل راغب: قضية الشكل الفني عند نجيب محفوظ – دراسة تحليلية لأصولها الفكرية والجمالية، الهيئة المصرية العامة للكتاب، القاهرة، ١٩٧٥م.

نجم عبد الله كاظم : التجربة الروائية في العراق في نصف قرن – متابعة تاريخية وتحليل موجز لأبرز المحاولات الروائية من ١٩١٩ الى ١٩٦٥، دار الشؤون الثقافية العامة، بغداد، ١٩٨٦م.

نجم عبد الله كاظم :الرواية في العراق ١٩٦٥-١٩٨٠ وتأثير الرواية الأمريكية فيها، دار الشؤون الثقافية العامة، بغداد، ١٩٨٧م.

نجمة خليل حبيب: النموذج الإنساني في أدب غسان كنفاني، بيسان للنشر والتوزيع والإعلام، بيروت، ١٩٩٩م.

نجيب محفوظ: أتحدث اليكم، دار العودة، بيروت، ١٩٧٧م.

نزار عابدين: الغزل في الشعر العربي- ملامح وشعراء، الأهالي للطباعة والنشر والتوزيع، دمشق، ١٩٩٩م.

نزيه أبو نضال وغيره: دراسات في الرواية العربية، المؤسسة العربية للدراسات والنشر، بيروت، ١٩٩٧م.

واسيني الأعرج: النزوع الوقعي الانتقادي في الرواية الجزائرية، مطبعة اتحاد الكتاب العرب، دمشق، ١٩٨٥م.

وليم الخازن: الشعر والوطنية في لبنان والبلاد العربية من مطلع النهضة الى عام ١٩٣٩، دار العلم للملايين، بيروت،١٩٩٢م.

وهب رومية: الرحلة في القصيدة الجاهلية، مطبعة المتوسط، ١٩٧٥م.

ياسين أحمد فاعور: الثورة في شعر محمود دروسش، دار المعارف للطباعة والنشر، سوسة- تونسن،١٩٨٩م.

ياسين الأيوبي: حسن عبد الله القرشي في مسار الشعر السعودي الحديث، دار ومكتبة الهلال، بيروت، ١٩٩٤م.

يحيى حقي: فجر القصة المصرية، الهيئة المصرية العامة للكتاب، القاهرة، ١٩٧٥م.

يوسف الشاروني: في الأدب العماني الحديث، رياض الريس للكتب والنشر، لندن، ١٩٩٠م.

يوسف الشاروني(إعداد): سبعون شمعة في حياة يحيى حقي، الهيئة المصرية العامة للكتاب، القاهرة، ١٩٧٥م.

يوسف الشاروني: دراسات في الرواية والقصة القصيرة،مكتبة الأنجلو المصرية، القاهرة، ١٩٦٧م.

يوسف الشاروني: نماذج من الرواية المصرية، الهيئة المصرية العامة للكتاب، القاهرة، ١٩٧٧م.

يوسف الشاروني: الروائيون الثلاثة، الهيئة المصرية العامة للكتاب، القاهرة، ١٩٨٠م.

يوسف الشاروني: الرواية المصرية المعاصرة، دار الهلال، القاهرة، ١٩٧٣م.

يوسف الشاروني: دراسات في الأدب العربي المعاصر، المؤسسة المصرية العامة للتأليف والترجمة والطباعة والنشر، القاهرة، ١٩٦٤م.

يوسف بقاعي: شرح مقامات الحريري، دار الكتاب اللبناني، بيروت،١٩٨١م.

يوسف حسن نوفل: القصة بعد جيل نجيب محفوظ، دار المعارف، القاهرة، ٢٠٠٠م.

يوسف حسن نوفل: أدباء من السعودية، دار العلوم للطباعة والنشر، الرياض، ١٩٨٣م.

يوسف عز الدين: الاشتراكية والقومية وأثرهما في الأدب الحديث، مطابع الهيئة المصرية العامة للكتاب، ١٩٧٦م.

يوسف عز الدين: الشعر العراقي الحديث وأثر التيارات السياسية والاجتماعية، الدار القومية للطباعة والنشر والتوزيع، القاهرة، ١٩٦٥م.

يوسف عز الدين: في الأدب العربي الحديث – بحوث ومقالات نقدية، الهيئة المصرية العامة للكتاب، القاهرة، ١٩٧٣م.

يوسف نوفل: قراءات ومحاورات، الهيئة العامة لشؤون المطابع الأميرية، القاهرة، ١٩٧٦م.

附录 5

古代阿拉伯主要王朝世系表

四大哈里发时期

艾布·伯克尔	632—634	أبو بكر الصديق
欧麦尔	634—644	عمر بن الخطاب
奥斯曼	644—655	عثمان بن عفان
阿里	655—661	علي بن أبي طالب

伍麦叶王朝世系表

穆阿威叶	661—680	معاوية بن أبي سفيان
叶齐德一世	680—683	يزيد بن معاوية
穆阿威叶二世	683—684	معاوية بن يزيد
麦尔旺一世	684—685	مروان بن الحكم
阿卜杜·麦利克	685—705	عبد الملك بن مروان
瓦立德一世	705—715	الوليد بن عبد الملك
苏莱曼	715—717	سليمان بن عبد الملك
阿卜杜·阿齐兹·欧麦尔二世	717—720	عمر بن عبد العزيز
叶齐德二世	720—724	يزيد بن عبد الملك
希沙姆	724—743	هشام بن عبد الملك
瓦立德二世	743—744	الوليد بن يزيد
叶齐德三世	744	يزيد بن الوليد
易卜拉欣	744	إبراهيم بن الوليد
麦尔旺二世	744—750	مروان بن محمد

阿拔斯王朝世系表

艾布·阿拔斯·赛法哈	749—754	أبو العباس السفاح
曼苏尔	754—775	أبو جعفر المنصور
麦赫迪	775—785	المهدي
哈迪	785—786	الهادي
赖世德	786—809	الرشيد
艾敏	809—813	الأمين
麦蒙	813—833	المأمون
穆阿台绥姆	833—842	المعتصم
瓦西格	842—847	الواثق
穆台瓦基勒	847—861	المتوكل على الله
孟台绥尔	861—862	المنتصر بالله
穆斯台因	862—866	المستعين بالله
穆阿台兹	866—869	المعتز بالله
穆赫台迪	869—870	المهتدي بالله
穆阿台米德	870—892	المعتمد على الله
穆阿台迪德	892—902	المعتضد بالله
穆克台菲	902—908	المكتفي بالله
穆格台迪尔	908—932	المقتدر بالله
噶希尔	932—934	القاهر بالله
拉迪	934—940	الراضي بالله
穆台基	940—944	المتقي لله
穆斯台克菲	944—946	المستكفي بالله
穆蒂尔	946—974	المطيع لله
塔伊尔	974—991	الطائع لله
噶迪尔	991—1031	القادر بالله
噶伊木	1031—1075	القائم بأمر الله
穆格台迪	1075—1094	المقتدي بأمر الله
穆斯台兹希尔	1094—1118	المستظهر بالله
穆斯台尔希德	1118—1135	المسترشد بالله
拉希德	1135—1136	الراشد بالله
穆格台菲	1136—1160	المقتفي لأمر الله
穆斯坦吉德	1160—1170	المستنجد بالله

续表

穆斯坦堆尔	1170—1180	المستضيء بأمر الله
纳绥尔	1180—1225	الناصر لدين الله
扎希尔	1225—1226	الظاهر بأمر الله
穆斯坦绥尔	1226—1242	المستنصر بالله
穆斯台耳绥姆	1242—1258	المستعصم بالله

“叙利亚的哈木丹尼”世系表

赛弗·道莱·艾布·哈桑·阿里	944—967	سيف الدولة أبو الحسن علي
赛耳德·道莱·艾布·麦阿里·舍利夫	967—991	سعد الدولة أبو المعالي شريف
赛义德·道莱·艾布·法德伊勒·赛义德	991—1001	سعيد الدولة أبو الفضائل سعيد
艾布·哈桑·阿里	1001—1003	أبو الحسن علي
艾布·麦阿里·舍利夫	1001—1003	أبو المعالي شريف

法蒂玛王朝世系表

麦海迪	909—934	المهدي
嘎义木	934—946	القائم
曼苏尔	946—952	المنصور
穆伊兹	952—976	المعز
阿齐兹	976—996	العزيز
哈基姆	996—1021	الحاكم
扎希尔	1021—1035	الظاهر
穆斯坦绥尔	1035—1094	المستنصر
穆斯台阿里	1094—1101	المستعلي
阿米尔	1101—1130	الآمر
哈菲兹	1130—1149	الحافظ
扎菲尔	1149—1154	الظافر
法伊兹	1154—1160	الفائز
阿迪德	1160—1171	العاضد

艾尤布王朝世系表

纳赛尔·萨拉丁	1169—1193	الناصر صلاح الدين
阿齐兹·仪马德丁	1193—1198	العزيز عماد الدين
曼苏尔·穆罕默德	1198—1199	المنصور محمد
阿迪勒一世赛福丁	1199—1218	العادل سيف الدين
卡米勒·穆罕默德	1218—1238	الكامل محمد
阿迪勒二世	1238—1240	العادل الثاني
撒利哈·奈吉木丁	1240—1249	الصالح نجم الدين
舍查尔·杜尔	1240—1250	شجرة الدر
穆阿萨木·图兰沙	1250	المعظم توران
艾什赖弗·穆萨	1250—1252	الأشرف موسى

后伍麦叶埃米尔王朝世系表

阿卜杜·拉赫曼一世	756—788	عبد الرحمن الأول بن معاوية
希沙姆一世	788—796	هشام بن عبد الرحمن
哈克木一世	796—822	الحكم بن هشام
阿卜杜·拉赫曼二世	822—852	عبد الرحمن بن الحكم
穆罕默德一世	852—886	محمد بن عبد الرحمن
孟迪尔	886—888	المنذر بن محمد
阿卜杜拉	888—912	عبد الله بن محمد

后伍麦叶哈里发王朝世系表

阿卜杜·拉赫曼三世	912—961①	عبد الرحمن الناصر لدين الله
哈克木二世	961—976	الحكم المستنصر بالله
希沙姆二世	976—1009	هشام المؤيد بالله
穆罕默德二世	1009、1013	محمد المهدي بالله
苏莱曼	1009—1010、1013—1016	سليمان المستعين بالله
阿卜杜·拉赫曼四世	1018	عبد الرحمن المرتضي بالله
阿卜杜·拉赫曼五世	1023	عبد الرحمن المستظهر بالله
穆罕默德三世	1023—1025	محمد المستكفي بالله
希沙姆三世	1027—1031	هشام المعتد بالله

① 929年始称哈里发。

الملحق

الفصل الثاني الشعر

الفصل الثالث محمد الفيتوري

الفصل الرابع القصة القصيرة

الفصل الخامس الرواية

الفصل السادس الطيب صالح

الجزء العاشر الأدب العربي الحديث في بلدان المغرب

الباب الأول الأدب العربي الحديث في الجزائر

الفصل الأول الخلفيات التاريخية والثقافية

الفصل الثاني أدب النهضة الحديثة

الفصل الثالث عبد الحميد ابن باديس

الفصل الرابع محمد العيد ومفدي زكريا وغيرهما من الشعراء

الفصل الخامس نشأة القصة والرواية الحديثتين ورائدها أحمد رضا حوحو

الفصل السادس عبد الحميد بن هدوقة وطاهر وطار وغيرهما من الكتاب المشاهير

الفصل السابع محمد ديب والأدب باللغة الفرنسية

الباب الثاني الأدب العربي الحديث في المملكة المغربية

الفصل الأول الخلفيات التاريخية والثقافية

الفصل الثاني الشعر

الفصل الثالث النثر والقصة والرواية

الباب الثالث الأدب العربي الحديث في تونس

الفصل الأول الخلفيات التاريخية والثقافية

الفصل الثاني أدب النهضة الحديثة

الفصل الثالث محمد الشاذلي خزنه دار ومصطفى آغه

الفصل الرابع طاهر الحداد وأبو القاسم الشابي

الفصل الخامس شعراء آخرون

الفصل السادس رائد القصة الحديثة على الدعاجي

الفصل السابع محمود المسعدي

الفصل الثامن قصاصون وروائيون آخرون

تاريخ الأدب العربي

المجلد الرابع

فهرس

الجزء التاسع الأدب العربي الحديث في بلدان وادي النيل

الباب الأول الأدب العربي الحديث في مصر (القسم الأول)

الفصل الأول الخلفيات التاريخية والثقافية

الفصل الثاني نبذة عن الشعر

الفصل الثالث محمود سامي البارودي

الفصل الرابع أحمد شوقي

الفصل الخامس حافظ إبراهيم

الفصل السادس جماعة الديوان

الفصل السابع جماعة أبولو

الفصل الثامن الشعر الحرّ الحديث

الباب الثاني الأدب العربي الحديث في مصر (القسم الثاني)

الفصل الأول النثر ورواده

الفصل الثاني نشأة القصة والرواية الحديثتين

الفصل الثالث نبذة عن القصة والرواية المعاصرتين في مصر

الفصل الرابع كتّاب جيل الستّينات

الفصل الخامس محمود تيمور

الفصل السادس طه حسين

الفصل السابع توفيق الحكيم

الفصل الثامن عبد الرحمن الشرقاوي ويوسف إدريس

الفصل التاسع نجيب محفوظ

الباب الثالث الأدب العربي الحديث في السودان

الفصل الأول الخلفيات التاريخية والثقافية